教育部高职高专规划教材

环境保护基础

第二版

于宗保　主编
陈炳和　主审

化学工业出版社
·北京·

本书共分为七章，主要内容有：环境与环境生态学，环境问题和环境污染，污染控制技术，典型工业污染及其防治措施简介，清洁生产，环境保护管理机制，低碳经济与可持续发展理论，附录部分介绍了中国环保标志图案和世界各个国家、地区或组织环保标志图案。

本书可供本科、高职高专非环境类的文理科专业使用，也可作为职工大学、函授学院的公共课教材及企业职工培训、公众环保教育的教材。

图书在版编目（CIP）数据

环境保护基础/于宗保主编. —2版. —北京：化学工业出版社，2012.2

教育部高职高专规划教材

ISBN 978-7-122-13237-6

Ⅰ. 环… Ⅱ. 于… Ⅲ. 环境保护-高等职业教育-教材 Ⅳ. X

中国版本图书馆CIP数据核字（2012）第004216号

责任编辑：陈有华 张建茹　　文字编辑：颜克俭

责任校对：陶燕华　　装帧设计：韩 飞

出版发行：化学工业出版社（北京市东城区青年湖南街13号 邮政编码100011）

印　　装：北京云浩印刷有限责任公司

787mm×1092mm 1/16 印张12 字数291千字 2012年4月北京第2版第1次印刷

购书咨询：010-64518888（传真：010-64519686） 售后服务：010-64518899

网　　址：http://www.cip.com.cn

凡购买本书，如有缺损质量问题，本社销售中心负责调换。

定　价：23.00元

社会的发展与进步，人类及一切生命的生存与繁衍都离不开优良的环境。环境问题是当今世界上人类所面临的重要和焦点问题之一，在联合国通过的《联合国人类环境会议宣言》中指出：可供人类生存的地球只有一个，如果这个地球遭到了毁坏，不但当代人类要自食其果，而且还将殃及子孙后代。

保护环境需要科学技术，需要硬件和软件，需要法律法规，但最重要的是生活在这个地球上的每一个人都要有环境保护的知识、意识和责任，并且要身体力行，积极参与环境保护。总之，环境保护需要全世界的人们共同合作才能完成。

中国政府历来重视环境保护及环保教育工作，早在1984年，国务院在《关于在国民经济调整时期加强环境保护工作的决定》中明确指出：“大学和中等专业学校的理、工、农、医、经济、法律等专业要开设环境保护课程”。2011年全国环境宣传教育工作会议指出：环境教育是教育战线在新形势下需要加强的一个重要方面，今后学生如果不了解和掌握一定的环境科学知识，将不是一个合格的毕业生。

《环境保护基础》第一版教材，在普及环境保护教育、传播环境保护知识方面发挥了重要作用，得到了广大师生及读者的好评，取得了较好的社会效益。但随着时代的发展与变化，在环境保护领域，新知识、新技术、新法规、新理念和新的问题也在不断地发生着新的变化。为适应新时期环境保护事业发展的要求，我们对该书内容进行了修订。

在保持第一版结构体系的基础上，删除部分章节中的陈旧内容，增加了低碳经济、低碳环保生活；核辐射污染及防护；国际环境保护机制、世界环保非政府组织、环保志愿者、各国绿色环保标志；中国新近的环境保护法律、条例及“十二五”规划纲要中有关环保内容。使广大读者更多地熟悉和了解国际、国内关于环境保护方面的基础知识。使本书的内容更加充实丰富、系统全面，知识更加先进、新颖。

本书可作为本科、高职高专和中专非环境类的文、理科各专业教材；同时也可作为企、事业单位职工环保教育培训教材及公众环保科普读物等。

本书由安徽工贸职业技术学院于宗保担任主编，并编写第一章，第三章第四、五、六节；安徽工贸职业技术学院金宏为副主编，并编写第二章第五、六节，第三章第一、二、三节，第六章第六节，第七章第一、二节；安徽理工大学李旭辉编写第二章第一、二、三、四、七节，第七章第三、四节；长沙环保职业技术学院郭正编写第五章；常州工程职业技术学院陆敏编写第四章，第六章第一、二、三、四、五节。

全书由常州工程职业技术学院陈炳和教授主审，李东升参审，并提出了宝贵意见；对书中引用的有关书籍、文献资料的作者，编者在此一并感谢。

编者

2011年12月

第一版前言

环境问题是当今世界上人类所面临的最重要的问题之一，环境保护是世界各国共同关注的热点、难点和焦点。在联合国通过的《联合国人类环境会议宣言》中指出：可供人类生存的地球只有一个，如果这个地球遭到了毁坏，不但当代人类要自食其果，而且还将殃及子孙后代。人类是否能够解决环境问题及保护好人类的家园，将深刻地影响着人类社会的持续发展，甚至影响着地球的生态系统、人类的生存和繁衍以及世界的和平与安宁。

中国政府历来重视环境保护工作，早在1984年，国务院在《关于在国民经济调整时期加强环境保护工作的决定》中明确提出“大学和中等专业学校的理、工、农、医、经济、法律专业要开设环境保护课程”。1992年，全国环境教育工作会议提出“环境教育是教育战线在新形势下需要加强的一个重要方面，今后学生如果不了解和掌握一定的环境科学知识将不是一个合格的毕业生”。

近几年来，环境知识普及教育的课程已陆续在全国各类学校开设，国家已把环境教育纳入国民教育体系，并从幼儿园、中小学抓起。通过基础的和社会的环境教育，提高全民族的环境保护意识，使人们的行为与环境相协调，并自觉地参与环境保护。这也是本书的编写目的所在。

本书主要适用于高职高专非环境类文、理科各专业；同时可作为职工大学、函授大学、夜大学及中等职业教育公共课教材；也可用于企事业单位职工、干部教育培训及公众环境科普读物。

本书共分七章，主要介绍环境问题与生态协调及人类健康的关系；重点讨论环境污染的产生及防控技术措施；阐述实施清洁生产方案和可持续发展理论。

该书由于宗保担任主编，并负责统稿。第一章、第三章由于宗保编写，第二章、第七章由李旭辉编写，第四章、第六章由陆敏编写，第五章由郭正编写。

全书由常州工程职业技术学院陈炳和主审，李东升参审，并提出了宝贵的意见；在本书的编写过程中得到了安徽理工大学尤峥同志的热情帮助，在此一并致谢。

在本书的编写过程中，作者参阅并引用了大量的国内外有关文献、书籍和资料，在此向所引用的参考文献的作者致以谢意。

由于本书内容涉及学科领域广泛，编者水平有限，难免有不妥之处，敬请广大读者不吝指正。

编者

2003年5月

目录

第一章 环境与环境生态学

通过本章学习，了解环境及其分类、生态系统的组成及生态平衡、生态学在环保中的作用；了解世界环境保护的发展历程，特别是21世纪以来围绕温室气体排放，世界各国的合作情况及我国生态环境建设目标。

第一节 环 境

一、环境及其分类

1. 环境

环境是指周围的一切事物。本书所涉及的是人类的环境，它是以人类社会为主体的外部世界的综合体，即以人类为中心事物，其他生物和非生命物质被视为环境要素，构成人类的生存环境。也有人把人类和整个生物界作为环境的中心事物，而把其他非生命物质看做生物界的环境，生态学家往往持这种看法。

世界各国的一些环境保护法规中，往往把环境要素或应保护的对象称为环境。《中华人民共和国环境保护法》明确指出“本法所称环境是指：大气、水、土地、矿藏、森林、草原、野生动物、野生植物、水生生物、名胜古迹、风景游览区、温泉、疗养区、自然保护区、生活居住区等。”这就以法律的语言准确地规定了应予保护的环境要素和对象。

2. 环境的分类

环境是一个非常复杂的系统，可按不同的方式进行分类。

(1) 按环境的要素分类　按照环境要素的不同，可以把环境分为自然环境和人为环境两大类。

① 自然环境。是时刻环绕着人类的空间中，对人类的生存和发展产生直接影响的一切自然形成的物质、能量和自然现象的总体，即阳光、温度、气候、地磁、空气、水、岩石、土壤、动植物、微生物以及地壳的稳定性等自然因素的总和。这些环境要素构成了相互联系、相互制约的自然环境系统。

② 人为环境。由于人类的活动而形成的各种事物，它包括人为形成的物质、能量和精神产品以及人类活动中所形成的人与人之间的关系（或称上层建筑）。人为环境由综合生产力（包括人）、技术进步、人工建筑物、人工产品和能量、政治体制、社会行为、宗教信仰、文化与地方因素等组成。

(2) 按环境范围分类　按环境范围的由小到大、由近及远可以把环境分为院落环境、村落环境、城市环境、地理环境和星际环境等。它们规模不同、性质不同，相互交叉、相互转化，从而形成了一个庞大的系统。

① 院落环境。作为基本环境单位，是由建筑物和与其联系在一起的场院组成的。院落环境是人类在发展过程中，为适应自己生产和生活的需要而因地制宜改造出来的，因而具有明显的时代特征和地方特征。如北极爱斯基摩人的小冰屋、内蒙古草原的蒙古包、黄土高原的窑洞等。院落环境的污染主要来自生活“三废”（废气、废水、废渣）。

② 村落环境。是农业人口聚居的地方。村落环境的多样性取决于自然条件的差异、农业活动的种类、规模和现代化程度的不同等。村落环境的污染主要来自农业污染和生活污染源，如化肥、农药、洗涤剂等。

③ 城市环境。是非农业人口聚居的地方，是人类利用和改造环境而创造出来的高度人工化的环境。城市化的发展在为居民提供了丰富的物质和文化生活的同时，也带来了严重的环境污染。城市化改变了大气的热量状况，城市化向大气、水中排放了大量的污染物质，导致地下水面下降等，城市规模越大，对环境的影响越严重。

④ 地理环境。是由人类生存、生活所必需的水、土壤、大气、生物等环境因子组成，与人类生活密切相关。这里有常温、常压的物理条件，适当的化学条件和繁茂的生物条件，为人类的生活和生产提供了大量的生活资料及可再生资源。

⑤ 地质环境。指地表之下的岩石圈。人类生产活动所需要的矿产资源都来自地质环境。随着人类生产活动的发展，越来越多的矿产资源被引入到地理环境中，其对地理环境的影响是不可低估的。这是环境保护中应引起重视的问题。

⑥ 星际环境。是由广阔的空间和存在于其中的各种天体以及弥漫物质组成的。人类所居住的地球大小适宜，距太阳不远不近，正处于“可居住区”，是迄今为止我们所知道的唯一有人类这样的高等生物居住的星球。地球上的现象与变化是受其他星球的作用和影响的，如地球上的潮汐受月亮的影响，气候受太阳黑子活动的影响，能源也主要来源于太阳的辐射能。目前环境科学对它的认识还很不足，是有待于进一步开发和利用的极其广阔的领域。

二、环境问题与环境科学的发展

1. 环境问题及其发展

所谓环境问题，是指由于环境受破坏而引起的后果，或者是引起破坏的原因。第一环境问题（原生环境问题）是由于自然界本身的变异造成的环境破坏，往往是区域性的或局部的。而人类的生产、生活活动等人为因素所引起的环境问题为第二环境问题（次生环境问题）。环境科学与环境保护所研究的主要对象是第二环境问题。环境问题是伴随着人类社会的产生而产生的，是随着人类社会的发展而加剧的，人类对环境问题的认识也是在人类社会的发展中不断加深的。

第二环境问题一般可为两类：一是不合理开发利用自然资源，超出了环境承载力，使生态环境质量恶化或自然资源枯竭的现象；二是人口激增、城市化和工农业高速发展引起的环境污染和破坏。总之，第二环境问题是人类经济社会发展与环境的关系不协调所引起的问题。

人类是环境的产物，又是环境的改造者。人类在同自然界的斗争中，运用自己的智慧，通过劳动，不断改造自然，创造新的生存环境。由于人类的认识能力和科学技术水平的限制，在改造环境的过程中，往往会造成对环境的污染和破坏。因此，从人类开始诞生就存在着人与环境的对立统一关系，就出现了环境问题。随着人类社会的发展，环境问题也在发展变化，其发展大体经历了四个阶段。

第一阶段：环境问题的萌芽阶段（工业革命以前）。

人类在诞生以后漫长的岁月里，只是天然食物的采集者和捕食者，对环境的影响不大。那时“生产”对自然环境的依赖十分突出，人类主要是以生活活动和生理代谢过程与环境进行物质和能量交换，原始地依赖和利用环境，而很少有意识地改造环境。在工业革命前，虽然也出现了城市和手工业作坊，但还没有大规模地开发利用自然资源。这段时期人与自然环境之间较为和谐，地球上大部分自然环境都保持着良好的生态。此时的环境问题主要是大量地砍伐森林、过度地放牧，引起严重的水土流失，水旱灾日益加重和土壤沙漠化、盐碱化、沼泽化等。

第二阶段：环境问题的恶化阶段（工业革命至20世纪50年代）。

工业革命是生产发展史的一次伟大的革命。它大幅度地提高了劳动生产率，增强了人类利用和改造环境的能力，但也带来了新的环境问题。工业革命带来了矿业的开发和耗煤量的增加，造成了大气、水、土壤等环境污染，即工业革命带来了工业污染。20世纪20～40年代是环境问题（公害）的发展期。在此期间，石油和天然气的生产急剧增长，石油在燃料构成中的比例大幅度提高，内燃机的应用在世界各国得到发展。与此同时，汽车、拖拉机、各种动力机和机车用油的消费量猛增，重油在锅炉燃烧中得到广泛使用，由此使石油污染日趋严重。由于石油工业的快速发展，一系列工业（大型火力电站、炼焦工业、城市煤气业、石油和化学工业等）也相应地得到发展。一些工业发达的城市和工矿区的工业企业排出大量废弃物污染环境，使污染事件不断发生。总之，由于蒸汽机的发明和广泛使用，大工业的日益发展，生产力提高了，环境问题也随之发展且逐步恶化。

第三阶段：环境问题的第一次高潮（20世纪50～80年代）。

在此期间，不断出现震惊世界的公害事件。造成这些公害的因素主要有两个。一是人口迅猛增加，都市化进程加快；二是石油工业的崛起导致工业不断集中和扩大，能源消耗大增。而当时人们的环境意识还很薄弱，出现第一次环境问题高潮是不可避免的。在此历史背景下，1972年6月5日在瑞典首都斯德哥尔摩召开了“世界人类环境会议”，会议通过了《联合国人类环境会议宣言》，提出了“只有一个地球”的口号，并把6月5日定为“世界环境日”。这次会议对人类认识环境问题来说是第一个里程碑。工业发达国家把环境问题摆上了议事日程。20世纪70年代中期环境污染得到有效的控制，使城市和工业区的环境质量有明显的改善。

第四阶段：环境问题的第二次高潮（20世纪80年代初至今）。

这次高潮是随着环境污染和大范围生态破坏而出现的。人们共同关心的影响范围大和危害严重的环境问题有三类：一是全球性的大气污染，如全球变暖、臭氧层耗损和酸雨范围扩大；二是大面积的生态破坏，如森林被毁、淡水资源短缺、水土流失，草场退化、沙漠化扩展、野生动植物物种锐减、危险废物扩散等；三是突发性的严重污染事件迭起，如2011年日本地震和海啸引发的核泄漏事故等。与第一次高潮相比，第二次高潮中环境污染的影响范围广，对整个地球环境造成了严重危害，已威胁到全人类的生存和发展，阻碍经济的持续发展。就污染源而言，不仅分布广，而且来源复杂，要靠众多国家以至全人类共同努力才能消除，这就极大地增加了解决问题的难度，而且突发的污染事件比之第一次高潮的“公害事件”污染范围大，造成的经济损失巨大。

2. 环境科学

(1) 环境科学的概念　环境科学是一门新学科，至今只有四十来年的历史，是在人们亟待解决环境问题的社会需要下，迅速发展起来的，其发展速度是任何一门其他学科都无法比拟的。它是一个由多学科到跨学科的庞大科学体系组成的新兴学科，也是一个介于自然科学、社会科学和技术科学之间的边缘学科。环境科学可定义为“一门研究人类社会发展活动与环境演化规律的相互作用关系，寻求人类社会与环境协同演化、持续发展途径与方法的科学”。

(2) 环境科学的研究对象及任务　环境科学的主体是人，与之相对的是围绕着人的生存环境，包括自然界的大气圈、水圈、岩石圈、生物圈。人的活动遵循社会发展规律，向自然界索取资源，产生出一些新的东西再返回给自然。自然环境本身具有它的发生和发展规律，而人类却要利用自然改造环境，因此两者之间存在矛盾。“人类与环境”系统就是人类与环境所构成的对立统一体，是一个以人类为中心的生态系统。环境科学就是以“人类与环境”系统为其特定的研究对象。

环境科学是研究“人类与环境”生态系统的发生、发展、预测、调控以及改造和利用的科学。环境科学的任务是研究在人类活动的影响下环境质量的变化规律和环境变化对人类生存的影响，以及改善环境质量的理论、技术和方法。

环境科学的研究可以分成两个层次：宏观上，研究人和环境相互作用的规律，由此揭示社会、经济和环境协调发展的基本规律；微观上，研究环境中的物质，尤其是人类活动产生的污染物，其在环境中的产生、迁移、转变、积累、归宿等过程及其运动规律，为保护环境的实践提供科学基础。还要研究环境污染综合防治技术和管理措施，寻求环境污染的预防、控制、消除的途径和方法，这些都是环境科学的任务。

(3) 环境科学的分类　在20世纪50年代末，环境问题已成为全球性的重大问题。为解决重大的环境问题，世界上不同学科的专家对环境问题进行了合作调查和研究。他们发挥各自专业在理论和方法方面的优势，互相渗透、启发和补充，对传统学科提出了新的问题和挑战，成为学科发展中的新的生长点，逐渐出现了一些新的分支学科。到70年代，在这些分支学科的基础上产生了环境科学。

环境科学是综合性的新兴学科，下面按其性质和作用划分为三大部分：基础环境学、应用环境学和环境学。

① 基础环境学。基础环境学是从各基础学科（数理化等）的角度应用本学科的理论和方法研究环境问题的学科分支，每一学科分支还包括若干更细的分支学科。如环境基础学中的环境物理学包括环境声学、环境光学、环境热学、环境电磁学和环境空气动力学等，环境基础学中的环境生物学包括环境微生物学、环境水生物学、污染生态学等。

② 应用环境学。应用环境学是应用科学（如工程技术、管理科学等）运用于环境科学研究所形成的分支学科。它包括环境工程学、环境管理学、环境行为学、环境法学、环境经济学、环境规划学等。

其中，环境工程学是在人类同环境污染做斗争，保护和改善人类生存环境的过程中形成的一门交叉的新兴学科。它运用环境科学、工程学和其他有关学科的理论和方法来研究控制环境污染，保护和改善环境质量，合理利用自然资源的技术途径和技术措施。具体讲就是重点治理和控制废气、废水、噪声和固体废弃物，研究环境污染综合防治的方法和措施。因此，环境工程学的任务有两个：一是保护环境，消除人类活动对它的危害影响；二是保护人类，消除不良环境对身心的损害，使人类得以健康舒适地生存。

③ 环境学。环境学是环境科学的核心，是在20世纪70年代中期发展起来的，环境学是在人类生态学基础上，综合运用环境生物学、环境地学、经济学、社会学等各种基础理论，统一研究人类与环境相互作用的规律及其机理的科学。它包括理论环境学、部门环境学和综合环境学。

三、全球环境保护的发展历程

环境保护是一项范围广、综合性强，涉及自然科学和社会科学的许多领域，又有自己独特对象的工作。概括起来说，环境保护就是利用环境科学的理论与方法，协调人类和环境的关系，解决各种问题；是保护、改善和创建环境的一切人类活动的总称。

根据中华人民共和国环境保护法的规定，环境保护的内容包括“保护自然环境”与“防治污染和其他公害”两个方面。这就是说，要运用现代环境科学的理论和方法，在更好地利用自然资源的同时，充分认识污染破坏环境的根源和危害，有计划地保护环境，预防环境质量的恶化，控制环境污染，促进人类与环境的协调发展。

环境保护的目的是随着社会生产力的进步，在人类“征服”自然的能力和活动不断增加的同时，运用先进的科学技术，研究破坏生态系统平衡的原因，研究人为的原因对环境的影响和破坏，寻找避免和减轻破坏环境的途径和方法，化害为利，为人类造福。

1. 世界环境保护的发展历程

环境保护的发展历程，大致经历了限制污染物排放、被动末端治理、综合防治和经济与环境协调发展四个阶段。

20世纪50年代，人们认识到污染物的大量排放对人类健康的巨大危害。但限于当时人们的认识水平，仅把这些严重的污染看做局部地区发生的“公害”，只是采取制定限制燃料使用量及污染物排放时间的一些限制性措施。

到60年代，一些发达国家的环境污染问题日益突出，尤其是工业污染物的大量排放，引起了水体、大气和土壤等的严重污染。为此，许多国家以污染的控制为目的，采取行政措施和法律手段对“三废”进行治理。如日本在1967年制定了《公害对策基本法》；美国国会在1969年通过了《国家环境政策法》等。在一定程度上使局部地区的环境污染问题得到了控制，但这种被动末端治理措施，收效并不显著。

70年代，随着对环境问题认识的加深，环境保护也由单纯治理转向预防为主、防治结合的综合防治阶段。许多国家逐渐认识到环境污染危害的严重性及保护环境的重要性，采取了一系列综合防治措施，使环境污染问题得到了一定的控制，环境质量在一定程度上得到了改善。这一阶段以1972年6月5～16日在瑞典斯德哥尔摩召开的人类环境会议为标志，在世界范围内掀起了环境保护的高潮，并使人类认识到环境污染对人类和生态平衡产生的严重后果，人类生存环境的整体性危机以及地球资源的有限性。

80年代，人们对环境问题的认识有了更新的飞跃，进入了经济发展与环境保护相协调，加强环境管理，进行区域综合防治的阶段。在这一阶段中，解决环境问题的突出特点是将环境作为经济发展的前提和基础来看待，注重资源利用、环境保护与经济同步发展，协调人类与环境的关系；在工程建设和开发活动中，开展环境影响评价和环境规划工作，强调合理的整体规划；加大环保投资力度，健全环保法律法规，加强环保意识的宣传和教育。同时，国际间的环境保护合作也空前发展。

1982 年在内罗毕召开的国际人类环境会议，通过了具有全球意义的《内罗毕宣言》，表明了人类社会经济发展必须以保护全球环境为基础的鲜明观点。1983 年第 38 届联合国大会通过并成立了世界环境与发展委员会。该委员会于 1987 年发表了《我们共同的未来》长篇报告。该报告指出了人类所面临的地球环境急剧改变和生态危机对全球的挑战，系统地分析了经济、社会、环境问题，并首次提出了被普遍接受的环境与经济增长相协调的可持续发展思想。1992 年，在巴西首都里约热内卢召开的由 183 个国家的代表团、102 个国家的元首或政府首脑出席的联合国环境与发展大会，通过了《里约宣言》（即《联合国气候变化框架公约》)、《21 世纪议程》等纲领性文件，标志着环境保护进入了全新的时期。

《联合国气候变化框架公约》是世界上第一个为全面控制以二氧化碳为主的温室气体排放，以应对全球变暖给人类、经济和社会带来危害的国际公约，也是国际社会对付全球化环境问题的国际化合作的基本框架。1997 年在日本京都召开的《联合国气候变化框架公约》第三次缔约方大会，通过了国际性公约，即《京都议定书》，其目标是：在 2008～2012 年间，全球主要工业国家二氧化碳排放量比 1990 年的排放量平均低 5.2%。

特别是 21 世纪以来，全球变暖逐渐凸显，已威胁到人类的生存与社会的发展。考虑到《京都议定书》2012 年即将到期，2007 年 12 月联合国气候变化大会第 13 次缔约方会议在印度尼西亚巴厘岛举行，大会通过了“巴厘岛路线图”，其主要内容是：大幅度减少全球温室气体排放量，未来的谈判应考虑为所有发达国家（包括美国，因美国至今未签订京都议定书）设定具体的温室气体减排目标；发展中国家应努力控制温室气体排放增长，但不设具体目标；为了更好地应对全球变暖，发达国家有义务在技术开发和转让、资金支持等方面，向发展中国家提供帮助；在 2009 年之前，达成接替《京都议定书》旨在减缓全球变暖的新协议。

2009 年 12 月，《联合国气候变化框架公约》缔约方第 15 次大会在丹麦首都哥本哈根召开，商讨《京都议定书》一期承诺到期后的后续方案，就未来应对气候变化的全球行动签署一份新的《哥本哈根议定书》，这是一次被喻为“拯救人类的最后一次机会”的会议，参会国反应不一、分歧不断，会议未能达成法律约束性协议，但最终达成了《哥本哈根协议》，即 2010 年 1 月 31 日前，发达国家应向《联合国气候变化框架公约》秘书处提交或通报截止 2020 年的减排目标；发展中国家则可通报自愿减排计划或温室气体控制行动计划。截止 2010 年 2 月，共有 55 个国家向联合国提交了减排承诺，这些国家占目前全球温室气体总排量的 78%。

2010 年 11 月 29 日至 12 月 10 日，《联合国气候变化框架公约》第 16 次缔约方会议在墨西哥的坎昆举行，会议经过艰难谈判、磋商，最终达成折中、平衡、模糊与灵活的“一揽子方案”，即《坎昆协议》，被认为是在重建未来谈判的信心上迈出坚实一步。《坎昆协议》的主要内容如下。①第二承诺期（即本期)：同意《京都议定书》工作小组应“尽早”完成第二承诺期的谈判工作，以“确保在第一承诺期和第二承诺期之间不出现空当”。②减排：巩固了各国在去年哥本哈根承诺的减排目标。③透明度：规定发达国家改善其排放量和减排行动的报告（包括每年提交排放清单，报告援助发展中国家减排资金情况等)，同时规定发展中国家每两年进行一次排放和减排报告。④资金：会议决议设立“绿色气候资金”，帮助发展中国家适应全球气候变化；发达国家集体承诺提供新的和额外的“绿色气候资金”，在 2010～2012 年间 300 亿美元的快速启动资金，该资金优先提供给最脆弱的发展中国家；会议并承认，在 2012～2020 年间，发达国家将联合募集 1000 亿美元“绿色气候资金”提供给发展中国家应对气候变化。

2011年11月28日至12月9日《联合国气候变化框架公约》缔约方第17次大会在南非的德班举行，出席大会的有200个缔约方国家和地区及非政府组织，会议有两方面主要议题：一是首要解决《京都议定书》在第二承诺期是否能得以存续的重大、关键问题；二是落实2010年《坎昆协议》中的“绿色气候资金”。

在全球气候变化已成现实，并引发各种严重气候灾害背景下，人类如何适应这一环境、减少损失、继续发展，只有加强国际间合作才能实现；而上述和今后的世界气候大会，将对全球环境保护、气候变化的走向产生决定性影响。

2. 中国环境保护的发展历程

环境保护在中国的历史源远流长。中华民族是有悠久历史文化的伟大民族，在古代文明史上长期处于世界的前列。在开发和利用自然环境和自然资源的过程中，逐步形成了一些环境保护的意识，这在《周礼》、《左传》、《尚书》、《孟子》、《荀子》、《韩非子》、《史记》等书中均有记载和反映。早在4000多年前大禹率众治水便是一项了不起的自然保护活动。但中国正式的环境保护事业起步较晚。1972年6月，中国派出代表团出席了斯德哥尔摩的联合国人类环境会议。自此，中国把环境保护工作正式列入议程。

20世纪50～70年代，中国相继颁布了有关文化古迹保护、矿产资源保护、水土保持、野生动物资源保护等一系列法规。

1973年8月5～20日，国务院委托国家计委在北京召开了全国第一次环境保护会议，制定了中国环境保护的32字方针：“全面规划，合理布局，综合利用，化害为利，依靠群众，大家动手，保护环境，造福人民”，会议还制定了《关于保护和改善环境的若干规定(试行草案)》。

从1973年以来，中国从中央到地方陆续建立了管理机构和科研教育机构。1984年成立国务院环境保护委员会，并将城乡建设环境保护部环境保护局改为国家环境保护总局。各省(区)、市(地)县也成立了相应的环境保护局，形成了相应的环境管理体系。

1978年3月5日，五届人大一次会议通过的《中华人民共和国宪法》明确规定：国家保护环境和自然资源，防治污染和其他公害。

1979年9月13日，五届人大常委会第十一次会议通过了《中华人民共和国环境保护法(试行)》，并予以颁布。它是中国环境保护的基本法，为制定环境保护方面的其他法规提供了依据。它标志着中国环境保护工作开始走上法制的轨道。1982年12月4日，五届人大五次会议通过《中华人民共和国宪法》，这部宪法在环境保护方面的规定比较详细、具体。如“国家保护环境和改善生活环境和生态环境，防治污染和其他公害”，“国家保障自然资源的合理利用，保护珍贵的动物和植物”，“国家保护名胜古迹，珍贵文物和其他重要历史文化遗产”等。

1983年12月31日至1984年1月7日，国务院在北京召开了第二次全国环境保护会议，这次会议在总结过去十年环境保护工作经验教训的基础上，提出了到20世纪末中国环境保护工作的战略目标、重点、步骤和技术政策，宣布“保护环境是我国的一项基本国策”。

1989年召开的第三次全国环境保护会议上，在继续推行原来“三同时”制度、“环境影响评价”制度和“排污收费”制度的同时，又正式提出了环境管理的新五项制度：“环境保护目标责任制”、“城市环境综合整治定量考核”、“排放污染物许可证制度”、“污染集中控制”和“污染限期治理”等五项制度。前三项和后五项总称八项管理制度。

1989年12月26日七届人大常委会第十一次会议通过环境保护法，并从公布之日起施行。该法的颁布标志着中国环境保护法制建设跨进了新阶段。新的《中华人民共和国环境保护法》把在实践中行之有效的制度和措施以法律的形式固定下来，这就形成了由环保专门法律、国家法规和地方法规相结合的环保法律法规体系。

1992年8月，在联合国环境与发展大会召开以后不久，党中央、国务院又批准了中国环境与发展的十大对策。这十大对策吸取了国际社会的新经验，总结了中国环境保护工作20余年的实践经验，集中反映了当前和今后相当长的一个时期中国的环境保护政策。这十大对策是：①实行持续发展战略；②采取有效措施，防治工业污染；③深入开展城市环境综合整治，认真治理城市“四害”；④提高能源利用效率、改善能源结构；⑤推广生态农业，坚持不懈地植树造林，切实加强生物多样性保护；⑥大力推行科技进步，加强环境科学研究，积极发展环保产业；⑦运用经济手段保护环境；⑧加强环境教育，不断提高全民族的环境意识；⑨健全环境法制，强化环境管理；⑩参照环发大会精神，制定中国行动计划。

中国政府于1994提出了《中国21世纪议程》和《中国环境保护21世纪议程》，就人口、环境和发展制定了可持续发展的长远规划和具体目标，标志着中国的环境保护进入了一个新的历史阶段。

2000年9月6日开幕的以“把绿色带入21世纪”为宗旨的2000年中国国际环境保护博览会，充分展现了中国政府致力于保护环境的决心。国家将继续加强和完善环保政策，扩大环保投资，加快环保技术的国产化、专业化，推进环保产业化和污染治理市场化。

但由于种种复杂的原因，中国的环境保护仍面临着严峻的形势，生态破坏和环境污染问题并没有得到有效的控制，某些地区、某些方面的环境问题甚至有加剧的趋势。

正如《国家环境保护“九五”计划和2010年远景目标》中所指出的“中国环境保护工作虽然取得了多项进展，但形势仍然非常严峻。从总体上讲，以城市为中心的环境污染仍在发展，并急剧地向农村蔓延；生态破坏的范围在扩大，程度在加剧，环境污染和生态破坏越来越成为影响中国经济和社会发展全局的重要制约因素，成为人民群众日益关注的重要问题。”

中国环境保护2010年远景目标是：到2010年，可持续发展战略得到较好贯彻，环境管理法规体系进一步完善，基本改变环境污染和生态恶化的状况，环境质量有比较明显的改善，建成一批经济快速发展、环境清洁优美、生态良性循环的城市和地区。其中林业系统提出：未来10年将重点实施野生动植物拯救工程10个，新建野生动物植物监测中心32个，新建野生动物饲养繁育中心15个，建设国家湿地保护与合理利用示范区22个。使全国自然保护区总数达1800个，国家级自然保护区数量达到180个，自然保护区面积占国土面积的16.14%。因此环境保护任务仍十分艰巨，任重而道远。

我国环保大会每五年召开一次，第六次大会于2006年4月在北京召开，会议提出要加快实现三个转变：一是从重经济增长轻环境保护转变为保护环境与经济增长并重，在保护环境中求发展；二是从环境保护滞后于经济发展转变为环境保护和经济发展同步努力做到不欠新账，多还旧账改变先污染后治理，边治理边破坏的状况；三是从主要用行政办法保护环境综合利用法律、经济技术和必要的行政办法解决环境问题，自觉遵循经济规律和自然规律，提高环境保护水平。

2011年国务院印发了《“十二五”节能减排综合性工作方案》、《国务院关于加强环境保护重点工作的意见》，国家环境保护部公布了《“十二五”全国环境保护法规和环境经济政策建设规划》并下发了《全国地下水污染防治规划（2011—2020年）》等。

2011年12月召开了第七次全国环境保护大会，本次大会除总结“十一五”环境保护工作外，重点部署“十二五”环境保护相关工作，“十二五”期间，国家将投资3万亿元用于环境保护事业和产业，我们相信，必将推动我国环境保护事业历史性的大转变、大繁荣、大发展。

第二节 环境生态学

近年来，由于人类对自然不合理的开发利用，以及工农业生产对环境造成的污染，使生态环境发生了一系列的变化，不同程度地改变了某些生态系统的结构和功能，破坏了生态平衡，严重地影响了某些生物种类的正常生长、发育和繁殖，也直接或间接地危及到人类本身。因此在环境问题引起人们高度重视的同时，生态学问题就显得更加重要突出了。

一、生态学的基本概念

生态学是研究生物与它所存在的环境之间以及生物与生物之间相互关系的作用规律及其机制的一门学科。生物包括植物、动物和微生物，环境包括非生物环境和生物环境。非生物环境由光、热、空气、水分和各种无机元素组成；生物环境由作为主体生物以外的其他一切生物组成。根据研究对象的不同，可分为植物、动物、微生物等生态学。自从环境问题被重视后，对生态学的发展产生了较大的影响，进而形成了污染生态学，成为环境科学的重要组成部分。

生态学的发展，大致可分为以下两个阶段。

1．生物学分支学科阶段

20世纪60年代以前，生态学只是生物学的一个分支学科，局限于研究生物与环境之间的相互关系。此时的生态学主要是以各大生物类群与环境相互关系为研究对象，因而出现了植物生态学、动物生态学、微生物生态学等生物学的分支学科。

2．综合性学科阶段

20世纪60年代以后，随着世界范围内环境问题的出现，人们更注重协调人类与自然的关系，探求可持续发展的有效途径，从而推动了生态学的发展，使生态学逐渐发展成为一门综合性的学科。

二、生态系统的组成

1．生态系统的涵义

系统是指由多个相互联系的部件组成的能够执行一定功能的整体。生态系统是指自然界一定空间内的生物与环境之间相互作用、相互制约、不断演变，达到动态平衡、相对稳定的统一整体，是具有一定结构和功能的单位。简单地说，生态系统是生物和环境之间进行物质和能量交换，并在一定时间内处于动态平衡的基本单位。

在生态系统中，各生物彼此之间，以及生物与非生物的环境因素之间互相作用，关系密切，而且不断进行着物质循环和能量流动。如果把地球上所有生存的生物和周围环境看做一个整体，那么这个整体就称为生物圈。它的范围自海面以下约11km到地面以上约10km。

目前人类所生活的生物圈内有无数大小不同的生态系统。一个复杂的大生态系统中又包含无数个小的生态系统，如湖泊、河流、海洋、森林、高山、平原、城市、矿区等，都可以构成不同的生态系统。生态系统虽然有大和小、简单和复杂之分，但其结构和功能都相似，都是自然界的一个基本活动单元。生物圈就是由无数个形形色色、丰富多彩的生态系统有机地组合而成。因此可以说，生物圈是地球上最大的生态系统，其余的生态系统都是构成生物圈的基本功能单元。

2. 生态系统的组成

生态系统可分为两大类：一类是生物成分；另一类是非生物成分。

(1) 生物成分　生物成分包括生产者、消费者和分解者。

① 生产者。生产者主要指能进行光合作用制造有机物的绿色植物，也包括光能合成细胞、单细胞的藻类，以及一些能利用化学能把无机物变为有机物的化学能自养微生物等。生产者利用太阳能或化学能把 CO_2、H_2O 和无机盐转化成有机物，太阳能转化成化学能，不仅供自身发育的需要，而且它本身也是整个生态系统中食物和能量的供应者。

② 消费者。消费者是指直接或间接利用绿色植物所制造的有机物质作为食物和能量来源的各种动物、某些寄生和腐生的菌类等。按食性差别分为直接以植物为食的一级消费者（草食动物）、以草食动物为食的肉食动物为二级消费者、以二级消费者为食物的称为三级消费者，以此类推。它们之间形成一个以食物联结起来的连锁关系，称为食物链。消费者虽然不是有机物的最初生产者，但在生态系统的物质与能量的转化过程中，也是一个极为重要的环节。

③ 分解者。分解者又称还原者，主要是指细菌和真菌等微生物和土壤中的小型动物。分解者的作用就在于把生产者和消费者的残体分解为简单的物质，再供给生产者。所以，分解者对生态系统中的物质循环，具有非常重要的作用。

(2) 非生物成分　非生物成分是指生态系统中的原料部分（温度、阳光、水、土壤、气候、各种矿物质），媒质部分（水、土壤、空气等）和基质（岩石、泥、沙等），是生态系统中生物赖以生存的物质和能量的源泉及活动场所。

以上各个组成部分，构成了一个有机的统一体，相互间沿着一定的循环途径，不断进行着物质循环和能量交换，在一定的条件下，保持着动态平衡。生态系统是一个开放的动态系统。

3. 生态系统的类型

生态系统在自然界中是多种多样的。①生态系统按人为干预程度不同，可分为自然生态系统（如原始森林），半自然生态系统（如放牧的草原、人工森林、养殖湖泊、农田等）和人工生态系统（如城市、矿区、工厂等）。②生态系统根据环境条件的不同，通常分为水生生态系统和陆地生态系统。水生生态系统包括海洋、河流、湖泊和沼泽等水域，根据水体的理化性质又可分为海洋和淡水生态系统；陆地生态系统包括陆地上的各类生物群落，根据地理位置、水、热等条件及植被状况可分为森林、草原、荒漠和高山等生态系统。

地球上最大的生态系统是生物圈。生物圈是指所有生物存在的地球部分，它是由无数小的生态系统组成的。生物圈与人类的生存和发展密切相关。

生态系统都有各自的结构和一定形式的能量流动与物质循环关系。无数小的生态系统的能量流动和物质循环系统，组成整个自然界总的能量流动和物质循环系统。

三、生态平衡

1. 生态平衡

在一定的时期内，生产者、消费者、分解者之间保持着一定的和相对的动态平衡状态，也就是说系统的能量流动和物质循环能在较长时期内保持稳定，这种平衡状态称为生态平衡。生态平衡包括结构上的平衡，功能上的平衡以及能量和物质输入、输出数量上的平衡等。生态系统的各组成部分按一定的规律运动或变化，能量不断地流动，物质不断地循环，整个系统都处于动态之中。显然，生态平衡是动态平衡。

生态系统之所以能够保持相对的平衡状态，主要是由于生态系统内部具有一定的自动调节的能力。当系统的某一部分出现了机能的异常，就可能被其他部分的调节所抵消。生态系统的这种自动调节并维持平衡的能力，是经过环境中发生物理、化学和生物化学一系列变化而实现的，这个过程称为环境的自净作用。如大气和河流均具有一定的对污染物的自净能力。系统的组成成分越多样，能量流动和物质循环的途径越复杂，其调节能力就越强。但是，一个生态系统的调节能力再强，也是有一定限度的，超出这一限度，生态平衡就会遭到破坏。

2. 生态系统的功能

(1) 生态系统的能量流动　地球上一切生物所需的能量来自于太阳。生物将太阳能收集和储存起来，并在利用后散逸到空间去，这一过程称为能量流动。这是生态系统中的一个重要机能。绿色植物利用太阳能进行光合作用制造有机物质，把太阳能（光能）转变为化学能储存在这些物质中，这种绿色植物所特有的能量转化过程，称为光合作用，是能量流动的起点。能量流动是通过生物食物链和食物网的方式进行的。生态系统能量流动如图 1-1 所示。

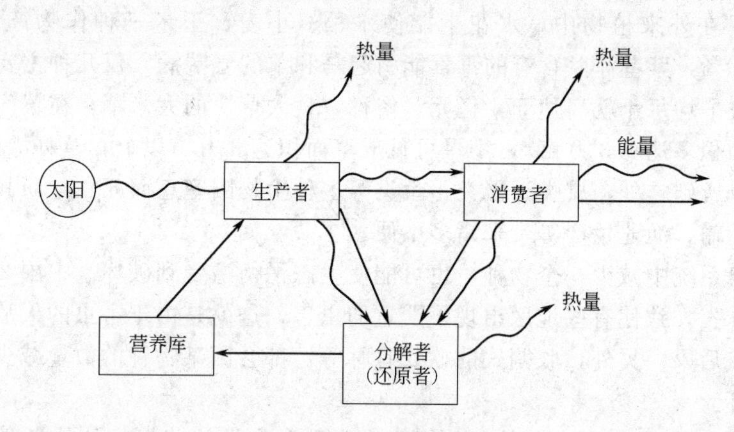

图 1-1　生态系统的能量流动

(2) 生态系统的物质循环　任何生态系统的各个组成部分之间不断进行着物质循环。生态系统的物质循环是伴随着能量流动进行的。但能量流动是单向性的、不可逆的过程，消耗后变成热量而耗散。而营养物质是不会消失的，可为植物重新利用。与生态环境关系密切的主要有水、碳、氮、硫四种物质的循环。

3. 生态平衡的破坏

生态平衡的破坏，有自然因素和人为因素。

(1) 自然因素　自然因素是指自然界突发的和慢性的自然灾害，如水灾、旱灾、地震、台风、山崩、泥石流、海啸等，常在短期内使生态系统遭到破坏，它在时间和空间上有其局限性，受破坏的生态系统在一定时期内一般能够自然恢复和更新。由这类原因引起的生态平衡破坏称为第一环境问题。

(2) 人为因素　人为因素主要是指人类对自然资源的不合理利用，工农业发展带来的环境污染等，由这些原因引起的生态平衡的破坏，称为第二环境问题。人为因素是破坏生态平衡的主要原因。

① 环境因素发生改变。人类的活动使环境因素发生改变，一个重要方面是人们向环境输入大量的污染物质，使环境质量恶化，产生近期效应或远期效应，使生态平衡失调或破坏。另一个方面是对自然和自然资源的不合理利用，如不合理地毁林开荒、不合理地围湖造田等，改变了当地的地形、植被和水文等环境因素。

② 生物种类发生改变。引进或消灭某些生物种群会引起生态平衡的破坏。在一个生态系统中增加一个物种，有可能使生态平衡遭受破坏。如澳大利亚原来并没有兔子，1859 年，一个名叫托马斯·奥斯京的大财主从英国带回 24 只兔子，放养在自己的庄园里供打猎用。引进后，由于没有天敌予以适当限制，致使兔子大量繁殖，在短短的时间内，繁殖的数量相当惊人，遍布数千万亩田野。该地区原来长满的青草和灌木，全被兔子吃光，再也不能放牧牛羊，田野一片光秃，土壤无植物保护而被雨水侵蚀，给农作物等造成的损失每年多达 1 亿美元，生态系统受到严重破坏。

2003 年在山东微山湖畔发现，20 年前引进的原产于南美洲亚马逊河流域的壳薄肉多的食用福寿螺，在这里已泛滥成灾，严重破坏了当地的生态平衡，大量秧苗受害，当地农民的忧虑之情溢于言表。

据统计，约有上百种外来物种给中国农业的生态系统、生物多样性保护和人类健康等造成了不良影响。在外来植物中，水花生能使水稻、小麦、玉米三种作物产量损失分别达 45%、36%、19%，紫茎泽兰含有的毒素能引起马和羊的气喘病，仅几种主要外来入侵物种造成的经济损失平均每年就高达 574 亿元。俗称“食人草”的大米草，在黄河入海口地区造成泛滥，成灾面积多达 1.3 万亩[1]，零星可见成草面积达 5 万亩以上，草籽漂流面积在 10 万亩以上。大米草所到之处，贝类、蟹类、鱼类等多种生物因窒息而死亡，而其发达的根系又堵塞航道，给运输、渔业生产等带来诸多不便。

在一个生态系统中减少一个物种，也可能使生态平衡遭受到破坏。中国 20 世纪 50 年代曾大量捕杀过麻雀，致使有些地区出现了严重的虫害，这就是由于害虫的天敌——麻雀被捕杀所带来的直接后果。另外，收割式的砍伐森林等，都会因某物种的数量减少或灭绝而使生态平衡遭到破坏。

③ 信息系统的破坏引起生态平衡破坏。生物种群依靠彼此之间的信息联系，才能保持集群性和正常的繁殖活动。如果我们人为地向环境中施放某种信息，造成信息系统的紊乱和破坏，就有可能使生态平衡遭受破坏。有些雌性昆虫在繁殖时将一种体外激素——性激素，排放于大气中，有引诱雄性昆虫的作用。如果人们向大气中排放的污染物与这种激素发生化学反应，性激素失去引诱雄性昆虫的作用，昆虫的繁殖就会受到影响，种群数量会下降，甚至消失。

这些人为因素都能破坏生态系统的结构和功能，引起生态平衡的破坏，甚至造成生态危

[1] 1 亩 $=666.6m^2$。

机，进而直接或间接地危害人类本身。

生态平衡是一种客观存在。人类应努力利用生态系统及其平衡的规律，即利用生态学的原理和思想去规划经济活动，进而去创造具有更高生物生产力的新的生态系统——建立生态系统的最佳平衡。

四、生态学在环境保护中的作用

随着社会生产力的发展水平提高、人口的迅速增长，人类在开发利用自然资源的过程中，对环境造成严重的污染，引起生态平衡的失调。人类终于认识到必须按照生态规律来指导人类的生产实践和一切经济活动，必须全面、综合地维护生态系统的平衡，自觉地遵循自然规律，才能解决当今世界面临的环境问题，才能建立并保持新的生态平衡系统。

1. 全面考察人类活动对环境的影响

处于一定时空范围内的生态系统都有其特定的能量流动和物质循环规律。只有顺从并利用这些自然规律来改造自然，即在不违背生态学一般规律的前提下发展生产，才能既产生出最大的经济效益，又保持生态环境的最佳状态。如果置生态学规律于不顾，就会适得其反。下面以中国三峡工程为例，说明上述认识的重要性。

举世瞩目的三峡工程，曾引起很大争议，其焦点之一就是如何全面考察三峡工程对生态环境的影响。长江是中国最大的河流，虽然长江流域的水资源、内河航运、工农业总产值都在全国占有相当的比重，但长江经常发生峰高量大、持续时间长的暴雨洪水，兴建三峡工程，可有效地控制长江中下游地区的洪水，减轻洪水对人民生命财产的威胁和对生态环境的破坏；长江三峡水电站建成后，可节约原煤40Mt；还可以改善长江航道，提高长江的航运效益，减轻对环境的污染。但是按三峡工程大坝正常蓄水175m的水位，将淹没四川、湖北两省的19个县市，移民达72万人；淹没耕地235万亩、工厂657家和一些风景名胜。建三峡大坝后，三峡沿岸地少人多，可能加剧水土流失，使水库中泥沙淤积。如果没有适当的措施，一些洄游鱼类的生长繁殖将受到影响。1992年全国人民代表大会经过认真热烈的讨论之后，认为兴建三峡工程利大于弊，投票通过了关于兴建三峡工程的议案，从经济效益和生态效益两方面，统筹兼顾时间和空间，贯彻了整体和全局的生态学中心思想。

2. 生物对污染环境的净化作用

生物与污染的环境之间，也存在着相互影响和相互作用的关系。生态系统的生产者、消费者和分解者在不断进行能量流动和物质循环过程中，当污染物进入生态系统后，对系统的平衡产生了冲击。由于系统具有保持其自身稳定的能力，在污染的环境作用于生物体的同时，生物也同样作用于环境，使污染的环境得到一定程度的净化。这就是生态系统的自净作用（又称反馈调节）。正是运用这种生物与环境之间的相互关系，充分发挥生物的净化能力。

(1) 生物对大气污染物的净化作用　大气污染物的生物净化是利用生态学原理大量栽培具有净化大气能力的乔木、灌木和草坪，协调生物与大气环境之间的关系。通过建立完善的城市防污绿化体系，以达到净化大气的目的。

绿色植物不仅具有调节气候、保持水土、防风固沙等作用，而且可以利用植物吸收大气中的二氧化碳，放出氧气，对降尘和飘尘有滞留和过滤作用，能吸收大气中的有害物质等。此外，植物还有减轻光化学污染、吸收和净化某些重金属、减少空气中的含菌量以及降低噪声的作用。

(2) 生物对水体污染的净化作用　水体污染的生物净化，是利用生态学原理，协调水生生物与水体环境之间的变化，充分利用水生生物的净化作用，使水体环境得以净化。

进入到河流、湖泊、水库、海洋等水体中的污染物，在水体中细菌、真菌、藻类、水草、原生动物、贝类、鱼类等生物的作用下，可以发生不同程度的分解和转化，变成低毒或无毒无害物质，这个过程称为水体的生物净化作用。其中，以细菌的作用最为重要。

利用水生植物和藻类共生的氧化塘，处理生活污水和工业废水可取得较好的效果。水生植物可通过附着、吸收、积累和降解，净化水体中的有机污染物和重金属。利用氧化塘净化污水，实际上就是建立一个人工生态系统。在好氧塘中，好氧微生物可以把污水中的有机物分解成 CO_2、H_2O、NH_4^+ 和 PO_4^{3-} 等，藻类以此作为营养物质大量繁殖，其光合作用释放出的 O_2 提供了好氧微生物生存的必要条件，而其残体又被好氧微生物分解利用。

目前，生物的净化作用已广泛应用到污水的处理中，如活性污泥法、生物膜法、生物氧化塘等，都是利用微生物能分解有机物这一原理设计的。在天然水体中，这种分解过程比较缓慢，并消耗大量的水中溶解氧。此外，分解的能力是有一个限度的，当污染物浓度过高、超过生物生存的阈值时整个生态系统的功能就会受到冲击，水体的生物自净作用往往也会遭到破坏。除上述微生物以外，许多水生植物也能吸收水中的有害物质。

（3）土地-植物系统对污染物的净化作用　土地-植物系统对污染物的净化作用是通过以下几方面来实现的。

① 植物根系的吸收、转化、降解和合成作用。

② 土壤中的真菌、细菌和放线菌等微生物区系对污染物的降解、转化和生物固定作用。

③ 土壤中的动物区系对含有氮、磷、钾的有机物质的代谢作用。

（4）生物对防治病虫害的作用　传统的防治病虫害的方法是施加农药。该法存在着不利影响，如农药会直接或间接危害人体健康；很多农药难于被生物降解，长期残留在果实或土壤中；长期施用一种农药，会使害虫产生抗性；在杀灭害虫的同时，也严重伤害害虫的天敌益鸟和益虫。

生物防治就是用生物或生物产物来防治有害生物的方法。生物防治方法主要有以虫治虫和以菌治虫两种。

所谓以虫治虫，就是利用天敌防治有害生物的方法，如一些病虫害的天敌有草蛉、瓢虫、蜘蛛、蛙、蟾蜍、食蚊鱼、寄生蜂和许多食虫益鸟等。

以菌治虫就是利用病原微生物在害虫种群中引起流行病以达到控制害虫的目的。这些可以利用的微生物有细菌、真菌和病毒。如利用绿僵菌防治棉铃虫、稻苞虫、玉米螟；利用白僵菌防治大豆食心虫、玉米螟；利用赤小蜂防治蔗螟等。目前发现的昆虫病原性病毒也很多，如多角体病毒，可用于防治棉花、白菜等作物上的鳞翅目幼虫等。

此外，还有利用耕作防治（改变农业环境）、不育昆虫防治（控制害虫繁殖能力）和遗传防治（改变昆虫的基因）等方法。

3. 污染物在环境中的迁移转化规律

污染物进入环境后不是静止不变的，而是随着生态系统的物质循环，在复杂的生态系统中不断地迁移、转化、积累和富集。生物在代谢过程中，通过吸附、吸收等各种过程，从其生存环境中蓄积某些化学元素或化合物，并随生物的生长发育，生物体内污染物的浓度不断增大。此外，污染物质在生态系统中通过食物链的放大作用，也会富集。通过对污染物在生态系统中迁移、转化规律的研究，可以弄清污染物对环境危害的范围及其后果。

如在日本发生的“水俣病”，就是人食用富集了大量有机汞的鱼所引起的，这个食物链的关系是：汞通过“浮游生物→小鱼→食肉鱼→人”这一食物链逐级富集，最后传递给人类。

4. 环境质量的生物监测与生物评价

(1) 生物监测　目前主要通过化学分析和仪器分析的方法监测环境质量。化学分析和仪器分析的优点是速度快、单因子检测准确度高。但由于中国经济条件的限制，目前还无法进行连续监测，这样就很难反映出环境质量的真实状况；另外，化学分析和仪器分析方法一般只能监测单因子污染物的污染状况，无法对实际环境中多种污染物质造成的综合污染状况进行监测。因此，用单因子污染的效果说明多种污染物质的综合污染状况往往不是很准确。

不同的生物物种对环境毒物、污染物及其含量有不同的反映和变化。所谓生物监测，就是利用生物对环境中污染物质的反映，也就是生物在污染环境中所发生的信息，来判断环境污染状况的一种方法。而被用来监测、评价环境质量及其变化、污染程度的生物称作指示生物。如地衣、苔藓和某些种子植物可监测大气污染，一些藻类、浮游生物和鱼类可监测水体污染，土壤藻类和螨类可监测土壤污染。监测生物所发出的各种信息包括受害症状、生长发育受阻、生理机能改变及形态解剖学变化等。所以，生物污染物的反应包括个体反应、种群反应和群落反应。通过这些反应的具体表现，可以判断环境中污染物的种类，通过反应的强度，可以判断环境受污染的程度。

与化学监测和仪器监测相比，生物监测与生物评价不仅可以反映环境和物质的综合影响，而且还能反映出环境污染的历史状况。

(2) 生物评价　生物评价是指用生物学原理，按一定方法对一定范围内的环境质量进行评定和预测。

植物长期生活在大气环境中，其生理功能与形态特征常常受大气污染作用而发生改变，大气中某些污染物会被植物叶片吸收，并在叶片中积累。这些变化可以在一定程度上指示大气污染状况。正是由于植物长期生活在一个固定的地方，所以它指示的大气污染状况具有很强的代表性。

水生生物与它们生存的水环境是相互依存、相互影响的统一体。当水体受到污染时，必然会对生存在其中的水生生物产生这样那样的影响，水生生物因此也会产生不同的反应和变化，人们利用这种反应和变化就可作为评价水质的指标，这是水环境质量生物学评价的基本依据和原理。

由于生物学评价的样品采集和分析都比较简单，一般部门都具备采用生物学评价的必要手段。因此，生物学评价受到各地的广泛重视。通常采用的生物学评价的方法有指示生物法、生物指数法和种类多样性指数法等。生物评价的范围可以是一个工厂、一座城市、一条河流或湖泊，也可以是一个更大的区域。由于生态系统的适应性地区差异较大，因此生物评价方法一般较难统一，不能明确指出具体污染物的性质和含量。

5. 以生态学规律指导经济建设

以往的工农业生产大多是单一的过程，既没有考虑与自然界物质循环系统的相互关系，又往往在资源和能源的耗用方面，片面强调单纯的产品最优化问题，因此给生态环境带来大量废物，甚至是有毒废弃物，以致造成环境的严重污染与破坏。其结果既浪费资源和能源，又影响环境生态系统的平衡。

解决这个问题较理想的办法就是应用生态系统的物质循环原理，建立闭路循环工艺，实现资源和能源的综合利用，杜绝浪费和无谓的损耗。闭路循环工艺就是把两个以上流程组合成一个闭路体系，使一个过程的废料和副产品成为另一个过程的原料。这种工艺在工业和农业上的具体应用就是生态工业和生态农业。

五、中国的生态环境建设总体目标

中国的生态环境保护的形势相当严峻，表现为全社会生态环境意识不强，生态保护能力薄弱，生态破坏的范围还在扩大，这已成为国民经济持续协调发展的严重阻碍。中国政府一再强调要加快环境与资源保护的法制建设，要把改善生态、保护环境作为经济发展和提高人民生活质量的重要内容，加强生态建设，遏制生态恶化，加大环境保护和治理力度，提高城乡环境质量。

1999 年 1 月初国务院常务会议讨论通过了由国家计委组织有关部门制定的《全国生态环境建设规划》。中国生态建设的总体目标是：用大约 50 年左右的时间，动员和组织全国人民，依靠科学技术，加强对现有天然林及野生动植物资源的保护，大力开展植树种草，治理水土流失，防治沙漠化，建设生态农业，改善生产和生活条件，加强综合治理力度，完成一批对改善全国生态环境有重要影响的工程，扭转生态环境恶化势头。国家环保总局从 1999 年起实施“33211”工程，即重点治理“三河”（淮河、海河、辽河）、“三湖”（太湖、巢湖、滇池）的水污染，“两区”（二氧化硫污染控制区和酸雨污染控制区）的大气污染，着力强化“一市”（首都北京市）和保护“一海”（渤海）的环境保护工程。加强以京津风沙源和水源为重点的治理和保护，建设环京津生态圈。继续建设“三北”、沿海、珠江等防护林体系，加速营造速生丰产林和工业原料林。力争到 21 世纪中叶，森林覆盖率达 26%以上，大部分地区生态环境明显改善，基本实现中华大地山川秀美。

中国环境保护和生态建设在“十一五”取得快速发展的基础上，“十二五”（2011—2015 年）期间主要强调环境保护和生态建设与经济协调发展。总的目标是：建设生态文明，基本形成节约能源、资源保护和生态环境的产业结构、增长方式、消费模式；循环经济形成较大规模，可再生能源比重显著上升；主要污染排放物得到有效控制，生态环境质量明显改善；生态文明观念在全社会牢固树立。

思考题

1. 什么是环境？其分类有哪些？
2. 环境问题的发展分为哪几个阶段？
3. 什么是环境科学？环境科学研究的对象和基本任务是什么？
4. 什么是生态系统？生态系统由哪几部分组成？
5. 生态平衡的定义和表现是什么？其破坏因素有哪些？
6. 试讨论如何改善生态环境。
7. 《京都议定书》、《巴厘岛路线图》、《联合国气候变化框架公约》含义是什么？
8. 什么是“绿色气候资金”？
9. “十二五”期间，我国环境保护与生态建设规划的总体目标有哪些内容？

环境问题和环境污染

通过本章学习，了解目前存在的主要全球性环境问题，熟悉温室气体、水体、大气、固体废物、放射性、辐射、噪声、光、热等污染的来源、种类及对环境和人类生存、生活及健康带来的严重危害。

第一节　全球性的环境问题

自工业革命，特别是20世纪80年代以来，随着科学技术的飞速发展，人类干扰、改造自然界的力量日益强大，环境问题出现的频率增加，强度增大，范围也更广。环境问题已从局部的、小范围的环境污染与破坏演变成区域性、全球性的环境问题。

环境问题是由于人类作用于自然环境的不合理和不科学的行动引起而又反作用于人类自己的综合性问题，它涉及人口的过度增长对环境所造成的环境压力；不合理地利用和开发自然资源所带来的环境恶化、资源枯竭、物种灭绝及生态破坏；由于浪费资源、向环境排放大量污染物而引起的环境污染等问题。这些问题相互关联、彼此影响，已成为全球性问题中一个十分引人注目的问题，也将是21世纪的热点和焦点问题。

一、温室效应

1. 温室效应的由来

太阳光的紫外光、可见光透过大气层被地球表面吸收。地球为了保持热平衡，将吸收的热量又以长波辐射的形式发回大气，被CO_2、H_2O这些组分吸收，使大气增温。这种逆辐射现象使地球表面温度保持在15℃左右。这就是“温室效应”产生的原因。正是由于地球具有“温室效应”现象，才保护着地球上所有的生命。

这些能使地球大气增温的微量组分，称为温室气体。主要的温室气体有CO_2、CH_4、N_2O、CFC（氟氯烷烃，又称为氟里昂）等。这四种微量气体主要吸收长波辐射，使地球的温度进一步上升。其中CO_2的作用占55%、CFC占24%、CH_4占15%、N_2O占6%。CO_2是主要的温室气体。因此CO_2的增加是造成全球变暖的主要因素。

2. 温室效应产生的影响

进入20世纪后，这些温室气体在大气中浓度都有增加，其中CO_2的增加是最快的。由于人类大量使用矿物燃料，矿物燃料燃烧所排放的CO_2，占排放总量的70%；绿色植物的光合作用可大量吸收CO_2。森林滥伐毁坏的结果不仅使光合作用减少，而且通过焚烧树木，

增加了 CO_2 的排放。大气中 CO_2 的浓度由 19 世纪中叶的 260～280cm^3/m^3 增加到 20 世纪 80 年代的 340cm^3/m^3，据预测至 21 世纪中叶还可能达到 600cm^3/m^3。CO_2 可让太阳光透射，并大量吸收大气表层和地表能生热的红外辐射，从而使低层大气温度升高。大气中 CO_2 等温室气体含量的增加，将使地球表面的能量平衡发生改变，就会在地球表面上空形成一座“玻璃温室”，使地球变暖。

“温室效应”将使全球气候变暖，并由此导致一些严重的生态问题，如增加台风、飓风及洪水发生的频率和强度、海平面升高、农作物减产及物种灭绝等。有些预测表明，如果大气中 CO_2 浓度增加 1 倍，全球温度将上升 3～5℃，而到 21 世纪中后期，大气中 CO_2 浓度完全可以翻一番。据政府间气候委员会（IPCC）对全球气候变化判断，21 世纪全球气温每 10 年将上升 0.3℃，到 2050 年，全球气温将上升 1℃；海平面每年上升 6cm，到 2070 年，海平面将上升 65cm，但不同海域相差较大；从而将使冰帽融化、陆地面积减少，许多处于低海拔高度的沿海城市和地区、岛国等将面临不复存在的灭顶之灾。

由此可以看出，随着温室气体排放量的增加，全球气候变暖的趋势仍然存在，由此而导致的各种影响也会继续增加，因此对温室气体的排放问题，需认真对待。

3. 控制气候变暖的国际行动和对策

（1）控制气候变化的国际行动　为了控制温室气体排放和气候变化危害，1992 年联合国“环境与发展”大会通过《气候变化框架公约》，提出到 20 世纪 90 年代末使发达国家温室气体的年排放量控制在 1990 年的水平。1997 年在日本京都召开了缔约国第二次大会，通过了《京都议定书》，规定了 6 种受控温室气体，明确了各发达国家削减温室气体排放量的比例，并且允许发达国家之间采取联合履约的行动。发展中国家温室气体的排放尚不受限制。

尽管中国到 2000 年的人均 CO_2 排放量不到 1989 年的世界人均水平（1.2t/人）的一半，不及工业化国家人均水平（3.3t/人）的六分之一，中国仍积极地参与了国际社会控制温室气体排放的行动，为全球气候变暖问题的解决作出贡献。

（2）基本控制方法　控制全球变暖，就必须减少大气中的温室气体含量，其中关键的问题是控制 CO_2 的含量。

① 能源对策。提高能源利用效率与节能，改变能源结构，这是控制 CO_2 排放的重要措施，也是目前控制 CO_2 排放量的最经济可行的办法。

从减少 CO_2 排放量的角度而言，核能可能是理想的能源。新能源是太阳能与风能，替代能源主要指水力发电。这些能源不仅可控制 CO_2 的排放，而且是保证可持续发展的长期可以利用的能源。

面对全球气候变化问题，发达国家已把开发节能、提高能源利用效率和新型能源技术列为能源战略的重点。如美国能源部把开发高效能源技术和减排温室气体列为中心任务，致力于开发各种先进发电技术和其他方面的能源技术。

② 绿色对策。充分利用森林及绿色植被对温室效应的调节作用。为此不仅要保护现有的热带森林，而且要扩大世界森林面积。

③ 固碳对策。研究 CO_2 的固定技术。基本思路是把燃烧气体中的 CO_2 分离、回收，然后深海弃置或地下弃置，或者通过化学、物理以及生物方法加以固定。固碳的技术原理是清楚的，但能否成为实用技术尚为未知数。

二、臭氧层空洞

1. 臭氧层的作用

在大气圈约25km高空的平流层底部，有一个臭氧浓度相对较高的小圈层，即为臭氧层。臭氧层中臭氧浓度很低，最高浓度仅10μl/L，质量仅占大气质量的百万分之一，若把其集中起来并校正到标准状态，平均厚度仅为0.3cm。臭氧在大气中分布得不均匀，低纬度较少，高纬度较多。臭氧层的臭氧含量虽然极少，却具有非常强烈地吸收紫外线的功能，特别是能99%地吸收来自太阳的对生物有害的紫外线部分，保护了人类和生物免遭紫外线辐射的伤害。但如果没有它的保护，地面上的紫外线辐射就会达到使人致死的程度，整个地球生命就将遭到毁灭。因此臭氧层有“地球保护伞”之称。

2. 臭氧层的破坏

臭氧层这一天然屏障正在遭到严重破坏。自1958年对臭氧层进行观察以来，发现高空臭氧层有减少的趋势。1970年以后，减少加剧，并且全球臭氧层都呈减少趋势，冬季减少率大于夏季。据监测，1978～1987年全球臭氧层浓度平均下降了3.4%～3.6%。1985年10月，英国科学家发现南极上空出现巨大臭氧空洞。据新华社报道，美国宇航局利用地球观测卫星上的“全臭氧测图分光计”测定，2000年9月3日在南极上空臭氧层空洞面积已达$2830\times10^4km^2$，相当于美国领土面积的3倍，而1998年9月19日测得臭氧空洞面积为$2720\times10^4km^2$。因此，用“天破了”来形容臭氧层的破坏并不过分，这意味着有更多的紫外线射到地面。科学家预言：到2050年，即使不考虑在南北极上空的特殊云层，在高纬度地区，臭氧的消耗量也将是4%～12%。这就意味着停止使用氯氟烃和其他危害臭氧层的物质刻不容缓。

臭氧层损耗原因，目前还存在不同的认识，但比较一致的看法为：人类活动排入大气的氟氯烃与氮氧化物等化学物质与臭氧发生作用，导致了臭氧的损耗。氟氯烃极其稳定，在低空中难以分解，最终升入高空的平流层中。一个氟氯烃分子分解生成的氯离子可以分解近十万个臭氧分子。

由于臭氧层遭到破坏，太阳紫外线对地球辐射增强。强烈的紫外线辐射，可引起白内障和皮肤癌，还能降低人体的抵抗能力，抑制人体免疫系统的功能，使许多疾病发生。研究表明，平流层臭氧浓度减少1%，紫外线辐射量将增加2%，皮肤癌发病率将增加3%，白内障发病率将增加0.2%～1.6%。因此臭氧层的损耗，已经造成了对人体的伤害。并且还使农作物减产，光化学烟雾严重，海洋生态平衡受影响。

目前平流层臭氧含量虽在减少，但对流层臭氧含量却在增加，这种情况的出现，加快了一些应用材料老化速度，也加速了地球气候变暖，直接危害到农作物的生长。据预测，高空臭氧减少，近地面臭氧浓度增加的这种趋势仍会继续下去。总之，全球臭氧层的损耗已是客观存在的事实。

3. 控制臭氧层破坏的国际行动和政策

大气中臭氧层的损耗，主要是由消耗臭氧层的化学物质引起的，因此对这些物质的生产量及消费量应加以限制，减少或停止向大气排放，将是防止臭氧层损耗的有效措施。

1987年9月16日在加拿大的蒙特利尔会议上通过了由联合国环境规划署组织制定的《关于消耗臭氧层物质的蒙特利尔议定书》，对CFC（氟里昂）及哈龙（溴氟烷烃）两类中的8种破坏臭氧层的物质（简称受控物质）进行了限控。并于1989年1月1日生效。由于该议定书不够完善，在1990年对《议定书》进行了修正。受控物质增加到六类十几种，把四氯化碳、三氯乙烷等都列为限控物质，并规定发达国家到2000年完全停止使用这些物质，发展中国家在2010年完全停止使用这些物质。在做了这样的限定后，预计到2050年，臭氧层浓度才能达到20世纪60年代的水平，到2100年后，南极臭氧空洞将消失。

1995年联合国大会指定9月16日为“国际保护臭氧日”，进一步表明了国际社会对臭氧层耗损问题的关注和对保护臭氧层的共识。

中国在1991年宣布加入修正后的蒙特利尔议定书。为了履行国际公约，1993年国务院批准了《中国消耗臭氧层物质逐步淘汰国家方案》，确定了在2010年全面淘汰的方案和行动计划，并已进入实施阶段，“九五”期间，要继续与有关国际组织密切合作，认真实施淘汰计划，按照规定的期限，控制和禁止ODS（CFC及哈龙等破坏臭氧层的物质）的生产、进口和使用。除此之外，中国还积极开展了ODS替代品及替代技术的开发与研究工作。中国已全面开展了保护臭氧的工作。

三、酸雨

1. 酸雨的形成

酸雨又称酸沉降，它是指pH值小于5.6的天然降水（湿沉降）和酸性气体及颗粒物的沉降（干沉降）。由酸沉降引起的环境酸化是20世纪最大的环境问题之一。大量的环境监测资料表明，由于大气层中的酸性物质增加，地球大部分地区上空的云水正在变酸，如不加控制，酸雨区的面积将继续扩大，给人类带来的危害也将与日俱增。

酸雨的成分比较复杂，现已确认，大气中的二氧化硫和二氧化氮是形成酸雨的主要物质。美国测定的酸雨成分中，硫酸占60%，硝酸占32%，盐酸占6%，其余是碳酸和少量有机酸。据统计，全球每年排放至大气的二氧化硫约10×10^7t，二氧化氮约5×10^7t，所以，酸雨主要是人类生产活动和生活造成的。

这些酸性污染物可以被吸收到云内（云内捕集），在云下的酸性污染物在降雨初期被雨水吸收（雨水捕集），进而成为酸性降水。所以酸性降水属于二次污染物。

2. 酸雨的危害

（1）土壤酸化　酸雨使土壤酸化，肥力降低，有毒物质更毒害作物根系，杀死根毛，导致发育不良或死亡。土壤酸化会破坏土壤结构，影响植物生长，可使一些有毒的金属离子溶出，这些离子可使人体致病，如水中铝离子浓度的增加并在人体中累积可使人类发生早衰和老年痴呆症；中北欧、美国、加拿大已出现明显的土壤酸化现象。据1998年资料，我国的江苏、浙江等七省因酸雨而造成农田减产约有1.5亿亩，年经济损失约37亿元。

（2）水体酸化　水体酸化对水中生物面临灭绝危险。加拿大的30万个湖泊到20世纪末，已有近5万个因湖水酸化使生物就要完全灭绝。

（3）森林受破坏　酸雨对森林的危害在许多国家已普遍存在。造成森林生态系统衰退和森林衰败，许多国家受酸雨影响的森林面积在20%～30%以上。

（4）严重损害建筑材料和历史古迹　全世界每年生产的钢铁中，约有10%是被酸等物质腐蚀掉的。无数的建筑古迹，被酸雨侵蚀而遭损坏。

（5）对人体健康的影响　直接影响是刺激皮肤，并引起哮喘和各种呼吸道疾病；间接影响是污染水源，人类通过饮用水而受其害；或酸雨使河流湖泊中的有毒金属沉淀，留在水中被鱼类摄入，人类食用而受其害。

在酸雨区，酸雨造成的破坏比比皆是，触目惊心，如在瑞典的9万多个湖泊中，已有2万多个遭到酸雨危害，4千多个成为无鱼湖。美国和加拿大许多湖泊成为死水，鱼类、浮游生物、甚至水草和藻类均一扫而光。北美酸雨区已发现大片森林死于酸雨。德国、法国、瑞典、丹麦等国已有700多万公顷森林正在衰亡，中国四川、广西等有10多万公顷森林也正在衰亡。世界上许多古建筑和石雕艺术品遭酸雨腐蚀而严重损坏，如中国的乐山大佛、加拿大的议会大厦等。最近发现，北京卢沟桥的石狮和附近的石碑、五塔寺的金刚宝塔等均遭酸雨侵蚀而严重损坏。酸雨污染造成的危害不断加剧，据中国社会科学院1999年公布的一项报告表明，1995年中国环境污染造成的经济损失达到1875亿元。其中，大气污染造成的经济损失占总损失的16.1%，因悬浮颗粒物影响导致的人体健康损失为171亿元，因酸雨造成的经济损失为130亿元。

目前，全球已形成三大酸雨区。当前酸雨最集中、面积最大的地区是欧洲、北美和中国。全球因降雨来源的硫沉降最高的地区是欧洲、美洲中部和中国西南部；硫沉降高的其他地区有北美、前苏联和亚洲环太平洋地区。

中国覆盖四川、贵州、广东、广西、湖南、湖北、江西、浙江、江苏和青岛等省市部分地区，面积达200多万平方公里的酸雨区是世界三大酸雨区之一。中国酸雨区面积扩大之快、降水酸化率之高，在世界上是罕见的。中国存在大片酸雨区，而且越来越严重。1984年明显的污染区有两个，一个以重庆为中心，一个以自贡为中心。1985年增至4个，厦门、福州和青岛都出现了酸雨。1994年对77个城市的统计，降水pH年平均值低于5.6的占了48.1%。1995年的测定表明，长江流域已经普遍出现酸雨，有些地方酸雨的酸度达到4～4.5，超过欧洲和美国曾经达到的程度，世界上另两个酸雨区是以德国、法国、英国等国为中心，波及大半个欧洲的北欧酸雨区和包括美国和加拿大在内的北美酸雨区。这两个酸雨区的总面积大约1000多万平方公里。

3. 控制酸雨的行动与战略

酸雨是一个国际环境问题，单靠一个国家解决不了问题，只有各国共同采取行动，减少向大气中排放酸性污染物，才能控制酸雨污染及其危害。1979年11月，在日内瓦举行的联合国欧洲经济委员会的环境部长会议上通过了《控制长距离越境空气污染公约》。1983年欧洲及北美32国在公约上签字，公约生效。1985年联合国欧洲经济委员会的21个国家签署了赫尔辛基议定书，规定到1993年底，各国需要将SO_2排放量比1980年降低30%。议定书于1987年生效。

综合控制燃煤污染，是解决SO_2排放的最为有效的途径。国际社会提倡实施系列的包括煤炭加工、燃烧、转换和烟气净化各个方面技术在内的清洁煤技术，使1993年的SO_2排放量比1980年降低60%。这种方法代价高昂、技术复杂，许多发展中国家很难达到这个水平。

对于像中国这样的发展中国家，先进实用的控制技术十分缺乏，且资金困难，必须采用使用清洁煤、开发新能源以及节能等对策，减少排放量。

目前，欧美、日本等国在消减SO_2排放方面取得了很大进展，但在控制NO_x排放的成效尚不明显。

四、森林的减少与土地荒漠化

1. 森林的减少

森林覆盖着全球陆地的三分之一，热带森林总面积共逾 190×10^8 ha（1ha＝10^4 m^2），其中 120×10^8 ha 是密闭森林，其余则是宽阔树丛。森林是绿色的宝库，庇护着无数的生物资源。森林是木材的供应来源，并具有储水、调节气候、水土保持、提供生计及保障生物多样性等重要作用。目前世界森林资源的总趋势是在减少。由于过度砍伐，全球的森林面积已由50亿亩减少至40亿亩左右，其中最重要的野生生物生存的热带雨林每年要减少2000多万亩，总量已减至原有热带雨林总面积的58%左右。热带干旱森林和温带森林，在非洲北部和中东已减少60%，在南亚地区已减少43%。砍伐森林的主要目的是把林地改作耕地，提供燃料和木材。由于森林砍伐和造林步伐的严重失调，造成土地裸露、土壤流失、小区域气候变化、河水流量减少、湖面下降、农业生产力降低、野生生物物种面临灭绝等后果。森林资源的减少的形势十分严峻。

2. 土地荒漠化

地球陆地表面极薄的一层物质，也就是土壤层，对于人类和陆生动植物生存极为关键。没有这一层土质，地球上就不可能生长任何树木、谷物，就不可能有森林或动物，也就不可能存在人类。土地沙漠化，就是指这一层土质的恶化，有机物质下降乃至消失，从而造成表面沙化或板结而成为不毛之地，包括沙漠和戈壁。

地球陆地上约有三分之一是干旱的荒漠地区，雨少风多、土壤沙质、缺少有机物质而盐分含量高。据报道，非洲北部撒哈拉沙漠扩展的速度每年达30～50km，南部流沙前沿的总长达3500km以上。目前，全球有 36×10^8 ha（1ha＝10^4 m^2）干旱土地受到沙漠化的直接危害，占全球干旱土地的70%。

土地荒漠化是由自然因素和人为因素造成的。其中自然因素有干旱、地表形成的松散砂质沉积物、大风的吹扬等因素。人为因素有过度放牧、乱开滥垦、过度樵采和不合理地利用水资源等。

土地荒漠化的扩展会破坏土地资源，使可供利用的地面积减少，土地滋生能力退化，造成农牧生产能力降低和生物生产量下降，成为影响全球生态环境的重大问题。

中国荒漠化面积大、分布广、类型多，目前全国荒漠化土地面积超过 262.2×10^4 km^2，占国土总面积的27.3%，其中沙化土地面积为 168.9×10^4 km^2，主要分布在西北、华北、东北13个省区市。

荒漠化及其引发的土地沙化被称为“地球溃疡症”，危害表现在许多方面，已成为严重制约中国经济社会可持续发展的重大环境问题。据统计，中国每年因荒漠化造成的直接经济损失达540亿元，相当于1996年西北五省区财政收入总和的3倍，平均每天损失近1.5亿元。新中国成立以来，全国共有 1000×10^4 ha 的耕地不同程度地沙化，造成粮食损失每年高达30多亿公斤。在风沙危害严重的地区，许多农田因风沙毁种，粮食产量长期低而不稳，群众形象地称为“种一坡，拉一车，打一箩，蒸一锅”。在内蒙古自治区鄂托克旗，30年间流沙压埋房屋2200多间，近700户村民被迫迁移他乡。

荒漠化的防治关键是调整生产方向，易荒漠化的土地应以牧为主，严禁滥垦草原，加强草场建设，控制载畜量。禁止过度放牧，以保护草场和其他植被；沙区林业要用于防风固沙、禁止樵采。

五、生物多样性

全世界因森林资源的减少和其他环境因素恶化而导致的物种灭绝达到了空前的速度，使生物多样性产生了危机。因此养护自然生态系统和保护生物多样性是当今世界的迫切问题之一。全世界已经正式辨明并分类的植物、动物、微生物品种有170万种，仍未发现或加以鉴定的动植物物种不可记数，可能逾3000万种。它们多数都在热带，具有作为食物、纤维、药品、化学品或其他材料来源的重要价值。不过由于人类活动的频繁，人类的足迹差不多已经遍及世界上的每个角落，尤其是由于生物物种生存环境的不可逆转，这些生物物种正以空前的速度在灭绝。全世界的湿地和天然林地尤其受到了威胁，不仅是物种，即使是动植物物种之内的品系和族系也在消失，因此物种多样性也在减少。这种损失在热带雨林区内最为显著。据估计，倘若一个森林区的面积减少10%，即可使继续存在的生物品种下降50%。因此物种的消亡，破坏了生态平衡，对人类发展是难以挽回、无法估计的损失，因为生物多样性包括数以万计的动物、植物、微生物和其拥有的基因，是人类赖以生存和发展的各种生命资源的总汇，是宝贵的自然财富。全世界都已认识到养护物种和生态系统在道义、文化、心理和娱乐上的价值。

要有效地管理动植物就必须维持其生存环境并控制其利用。必须把养护目标纳入到发展方案内。各国应制定国家养护战略，目前全世界约有3000个保护区。实现生物生存环境保护的面积不到全世界土地的4%。

六、人口问题

世界人口的急剧增加是造成当今环境问题首当其冲的原因。目前，世界人口增长的速度达到了近百年来的最高峰。1950年全世界人口为25亿。在第二次世界大战以来直至1987年的短短37年间，世界人口就翻了一番，达到50亿。1991年世界人口为54亿，而2000年，世界人口已突破60亿。

人口的急剧增加，对地球资源和能源、自然环境乃至人类生存条件的压力也相应加剧。人类无论作为生产者还是消费者，其任何生产和生活活动都需要大量的资源（如矿物、耕地、生物、水等）和能源并向环境排放污染物。人口增长首先导致对环境资源的压力，使得环境资源的开发和利用处于一种超负荷状态。例如耕地减少或土地利用过度，使土壤生态平衡失调，粮食产量下降，自然灾害频繁；森林资源枯竭，地球之肺遭破坏；矿产资源匮乏，水资源短缺，能源紧张。其次，人口增长也加剧了对环境的污染。由于人口剧增，所消耗的资源和能源也剧增，向环境排放的有害物质也随之剧增，在许多方面，完全依靠地球生物圈生态系统来稀释、分解和再消耗人类所产生的废物已超过了它的自净能力。

科学家的研究表明，就世界的资源、能源、环境和社会等各方面来考虑，控制人口是人类一件十分艰巨的事业。稳定的世界人口，从某种意义上讲，是人类长期生存的一个条件。

中国是世界上人口基数最大的国家，控制生育对中国本身和世界都具有很重要的意义。坚持计划生育是中国的基本国策。中国的人口政策立足于两点："控制人口数量，提高人口质量"。也就是要努力保持低生育水平，促进优生优育。控制人口数量对减轻人口对生态环境的压力有显著作用；提高人口素质的同时也提高了全民的生态环境意识，这对转化人口压力、减少生态环境破坏，实现生态环境良性循环具有重要的作用。

七、能源问题

1. 能源

能量的来源称为能源，是能够为人类提供某种形式能量的物质（自然资源及其转化物）

或物质的运动。能源是人类赖以生存和发展的基础，随着经济发展速度的增长，能源消耗随之剧增，同时能源的应用也带来一系列的环境污染问题。因此人类认识到必须协调能源应用与环境保护，解决环境与发展的矛盾，为自己和后代创造一个优美的生存空间。

能源按其利用的方式不同可分为一次能源和二次能源。在自然界中现成存在，基本上没有经过人为加工或转换的能源，称之为一次能源。经过加工或形式转换的能源称为二次能源，如蒸汽、焦炭、煤气、电力等。一次能源还可分为可再生能源和不可再生能源。太阳能和由太阳辐射而形成的风能、水能、生物质能等能够循环使用、不断得到补充的称为可再生能源。而煤、石油、天然气、原子核反应的原料铀等经亿万年形成而短期之内无法恢复的称为不可再生能源。

若按对环境的污染程度，能源又可划分为两类：第一类是清洁能源，如太阳能、水能、风能、海洋能、生物能、核能、地热能等。此外，天然气也是较清洁的能源。第二类是不清洁能源，如煤、石油、核裂变燃料等。对清洁能源的含义包括两方面内容：一是指可再生能源，并且不产生或很少产生污染物；二是指不可再生能源在生产产品及其消费过程中应尽可能减少对生态环境的污染。

2. 能源开发引发的环境问题

煤的露天开采造成地表破坏、岩石裸露，引起水土流失、河流淤塞，大多数露天煤矿区成为不毛之地；煤的地下开采引起塌陷，破坏地下水系。煤矿区排水呈酸性，洗煤厂也排出含硫、酚等有害污染物的黑水，大量的废水排入河流，致使河流污染。同时在开采和选煤过程中，排出大量煤矸石和废石，不仅占地，而且不断地自燃，排放气体和灰尘，污染环境。在煤的开采、装卸、运输的过程中散发的大量煤尘，会严重危害人体健康及矿区生态环境。

石油的污染主要是对海洋生态环境的破坏。石油的开采、海运使得全世界每年进入海洋的原油及石油产品的总量在 1000×10^4 t 以上（20 世纪 90 年代的估计值，在 1920 年，这个数字为 500×10^4 t），这对沿海和河口地区脆弱的生态系统造成严重的威胁，使渔业减产，旅游业遭到破坏。另外，石油燃烧会污染大气，这也是必须重视的。

核工业产生的环境污染主要来自两个阶段：核燃料生产和辐射后燃料的处理。

由于水力发电的一系列优点，国内外都将优先开发水电列入能源开发战略。但是事物总是具有正反两个方面。在水能开发初始阶段，不可避免地对环境造成破坏。水电工程要建筑大坝，拦蓄河水，以得到垂直落差。于是大片河谷流域成为水库，森林、土地、村庄被淹没，自然风景被破坏，流域生态系统受影响。

3. 能量的转换应用过程中对环境的影响

由于目前人类活动消费能源以电能、热能形式为主，所以大规模应用的能源都需要能量形式的转换。能量转换过程造成的环境污染最为严重。化石燃料的燃烧，不仅排放 SO_2、氮氧化合物、CO 和烟尘，而且排放大量的 CO_2 和废热，造成区域性和全球性的危害，如酸雨、光化学烟雾、大气温室效应及热污染等。放射性污染主要来自核电站，另外还来自核武器试验。同时核电站排放废热更为严重，它将全部热能的三分之二排给环境。汽车尾气和石油化工企业排放气体中的氮氧化合物和烃类，在阳光照射下，生成光化学烟雾的污染；能源动力工业还产生大量固体废料，有一些是可以利用的，如煤矸石、煤炭渣，只是目前中国尚未很好地处理。

4. 节能与新能源

节能是指尽可能地减少能源消耗量，生产出与原来同样数量、同样质量的产品；或以原来同样数量的能源消耗量生产出比原来数量更多或数量相同质量更好的产品。因此节能不仅可以推进技术进步和提高经济效益，还能减少污染，保护环境，是实现可持续发展的重要手段。节能是中国国民经济发展的一项长远战略方针。

随着常规能源的迅速耗竭，人类不得不努力寻求可连续再生的、无污染（或少污染）的替代能源。这些新能源包括太阳能、风能、海洋能、地热能、生物质能、核能等。

与化石燃料相比，通常认为新能源不造成环境污染，然而随着新能源的广泛使用，本来局部的影响也会给人类和自然界带来严重危害，如太阳能电池生产中使用的有毒物质、风能装置的噪声、地热能开发溢出的 H_2S 等。因此，新能源的开发利用同样要充分考虑环境保护。总之，解决能源问题的途径概括地说就是“开源节流”。这不仅是经济发展的需要，也是环境保护的需要。人类将以多样化的能源来迎接新的产业革命浪潮的到来。

八、城市环境和城市生态

1. 城市环境

城市是人类社会发展到一定历史阶段的产物，城市化是生产力发展，特别是工业化的一个必然趋势。随着世界人口的迅速增长，城市化进程的加快以及城市群、城市带的出现，尤其是城市人口的集中、工农业高度的发展及人类对自然改造能力的增强，环境遭受了严重污染并引起生态平衡的破坏。这样的结果又反过来影响社会生产的发展和人类正常的工作与生活，从而促使人们重视生态系统的作用，促进经济有序发展和生态系统的良性循环。目前人类面临的主要城市问题有以下几种。

（1）城市人口激增　城市人口本身的自然增长，加之农村人口的大量涌入，使得城市人口急剧增长。1900 年世界城市人口占总人口为 10%，1990 年已超过 40%。城市人口的增长必然带来一系列生态环境问题和社会问题。城市人口增长会造成水资源紧张、交通拥挤、住房紧张、就业困难等问题，可以说，城市的人口问题是其他城市问题的根源。

（2）城市超负荷运转　城市人口集中，人口密度大，工业、商业集中，道路密布，使得城市处于高密度、超负荷的运转状态。中国大城市人口密度平均每平方公里 1 万人以上，是郊区人口平均密度的 22～96 倍，广州市中心平均每平方公里 12.5 万人，最高达 15 万人。

（3）水资源短缺，城市供水紧张　由于城市工业消耗和人类生活用水都有逐年上升的趋势，加之由于经济发展和人口的增加，生产废水和生活污水的大量排放，所排放的污水未得到很好的处理，造成水体的严重污染，使得城市水资源短缺，水质变差，缺水现象严重。而过度开采地下水会造成地面沉陷，诱发地震灾害。缺水及水污染已严重地制约了城市工业发展，影响了人类的正常生活和身体健康。

（4）城市环境污染严重　城市的环境污染主要反映在水体污染、大气污染、固体废物污染、噪声污染、微波污染、热污染、放射性污染等。

城市环境问题产生的主要原因如下。

① 城市的公共基础设施，特别是涉及环境保护的基础设施，跟不上城市人口的增长和城市发展的需要。污水处理率不高，很多城市垃圾没有得到科学处理。

② 城市规划失误，工业区、功能区布局不合理。如将工业区建在城市常年主导风向的上侧，使城市居民受工业废气的污染。

③ 有严重污染的新建、改建、扩建项目，得不到严格的控制或有关污染防治措施不

得力。

④ 能源结构以煤为主或能源的利用率低。这种现象在中国的城市中尤为突出。在能源利用率方面，美国为51%，西欧为40%，日本为58%，中国只有30%。在单位产值能耗方面，按亿美元产值消耗的标准煤计算，美国为10.65×10^4t，原联邦德国为4.86×10^4t，日本为4.35×10^4t，中国为21.11×10^4t。能源消耗结构不合理，中国城市能源构成中煤占70%，燃煤会产生大量的粉尘和二氧化硫，严重污染大气。

⑤ 资金不足，制约了环境保护设施的建设和正常运转。

⑥ 机动车逐年增加，使城市大气中一氧化碳、氮氧化物和碳氢化物含量增加，容易形成二次污染。

除上述几个原因，人们的环保知识缺乏，环境保护意识淡薄，是造成城市环境问题的最根本原因。

2. 城市生态系统

(1) 城市生态系统的概念　一个生物物种在一定范围内所有个体的总和在生态学中称为种群；在一定的自然区域中，许多不同种的生物的综合则成为群落，任何一个生物群落与其周围非生物环境的综合体就是生态系统。

城市生态系统一般是指拥有10万以上人口，住房、工商业、行政、文化娱乐等建筑物占50%以上面积，具有发达的交通线网和车辆来往频繁的人类集居的区域，城市居民与城市环境是统一体以及在这个统一体中进行物质交换、能量流动、信息传递而发生相互作用、相互制约，构成具有一定功能的有机联系的整体，它是以人为中心的城市生态环境。

(2) 城市生态系统的特点　城市生态系统的组成与自然生态系统的组成成分是相同的，但彼此的关系和作用是有区别的。城市生态系统相对于自然生态系统有许多不同的特点。

① 人工生态系统。城市生态系统是由人类创造起来的，人工控制对该系统的存在和发展起着决定性的作用。当然，人工控制也是在自然控制的大背景下起作用的，必然受到太阳辐射、气温、气候、风、洪水、水源状况等因素的控制。

② 以人为主体的生态系统。人是城市生态环境的建造者，也是城市生态环境中的一员。人是城市物质、能量的主要消费者，同时又是生产者，参与生产经营，创造物质财富。在城市生态系统中，人口高度集中，其他生物的种类和数量都很少，而且主要受人类的支配。因此，在城市生态系统中，人是主要消费者，生产者、消费者所占的比例，与在自然生态系统中相反，是以消费者为主的倒三角形营养结构。

③ 不完全的生态系统。城市生态系统中生产者不仅数量少，而且作用也发生了改变。在城市中，由于绝大部分的地面都被道路、工厂、公共设施和房屋所覆盖，留下给生产者的空间很少，远远不能满足城市中消费者的需求，而必须从城市生态系统外部输入。如粮食、水果、蔬菜等大都来自郊区或农村。城市内植物的主要任务已不是向城市居民提供食物，其作用已变为美化环境，消除或减小污染和净化大气等。

在自然生态系统中，动、植物的尸骸、粪便等，一般被微生物就地分解。而城市环境则不然，适合于分解者生存并发挥其功能的环境已发生巨大变化，一是可供分解者分解的场地有限；二是系统中各种废物（工业废物、污水、粪便和生活垃圾等）数量巨大，往往不能被分解者就地进行分解，几乎都需要输送到污水处理厂、垃圾处理厂等进行“异地”处理，从而耗费了大量人力、物力。

④ 高度开放的系统。要维持城市生态系统的相对稳定，需要与外部环境进行广泛的物质、能量的交换。城市生态系统具有大量、高速的输入输出流，能量、物质和信息在系统中高度浓集，高速转化。

⑤ 城市生态系统是多层次的复杂系统。从以人为中心的角度考虑，城市生态系统可划分为三个层次的子系统：生物（人）-自然（环境）系统；工业-经济系统；文化-社会系统。

以上各层次的子系统内部，都有自己的能量流、物质流和信息流，而各层次之间又相互联系，构成不可分割的整体。

以各生产过程为主体的经济亚系统，通过不断扩大社会再生产，组织社会商品分配和消费，满足社会物质生活日益增长的要求。由自然的经济资源构成的环境（资源）亚系统，一方面为居民提供舒适安全的栖居条件，维护生态平衡，另一方面还要为人类再生产和经济再生产的需要持续提供资源。

对城市这样的社会-经济-自然复合生态系统，不应将各亚系统分别对待，必须重视整体综合。要着重了解几个亚系统的各项功能过程的相互关系和动态趋势。要探索系统内外各种确定性因素及不确定性因素对系统过程关系的影响。

(3) 生态城市建设

① 大城市在整个区域最有实力首先建成生态城市。以大城市生态建设为主导，把各个大城市建设成为区域（或流域）的生态城市中心，形成辐射效应，推动整个区域的生态城市建设。从中国的长远发展来看，在坚持自我特色的基础上，吸收国外的有益经验应当成为发展生态城市的有效途径之一。

② 在大城市的带动下，中等城市加入到生态城市建设当中。它们依托大城市的资金技术来改造原有的产业结构和产业布局，并增加对污染的处理能力，加大环保力度，互相之间加强对生态环境的共同保护，形成区域的生态保护网络。

③ 通过中等城市的二级辐射效应，加强农村城镇化的生态控制，做到城镇化与生态环境协调发展，从而增强进一步改善生态环境的实力，提高治理污染的能力，逐步实现对这些地区的生态化改造，最终形成区域性的生态城市分布格局。

④ 中国淡水资源不足，由水质污染引起的水质型水资源短缺问题也十分严重。这是制约城市可持续发展的症结所在。因此必须重视城市发展过程中节约与保护水资源，加强对污水的治理和资源化的回收利用。改革传统的经济增长方式，加强生态环境建设是提高城市的可持续发展水平的关键，而建设生态城市才能从根本上解决生态危机问题。

⑤ 建设生态城市只有在法制的大前提下才能成功，中国已经颁布了《环境保护法》，初步解决了有法可依的问题。下一步是要补充一些细则，使法律条文更加严密，并做到违法必究，使生态城市建设步入法制化的轨道。

综上所述，中国是人口众多、资源相对不足的国家，在现代化建设中必须实施可持续发展战略。生态城市建设是城市可持续发展的惟一出路，也是经济进一步发展的重要基础。要把发展与环境结合起来，使社会取得的经济发展不仅满足当代人的需要，还能给子孙后代留下发展的潜力。形成以人的全面发展为中心的社会发展体系和人与自然高度和谐的生态环境；实现经济效益、社会效益、生态效益的统一，把城市建设成为中国 21 世纪的生态良性循环区，成为经济发展的新一轮增长点。

第二节 水体污染

一、水资源

1. 水及其总量

水是地球上一切生命赖以生存、生活和生产不可缺少的基本物质之一。水是自然资源的重要组成部分，它能通过自己的循环过程不断地复原和更新。地球上海洋、河流、湖泊、冰川融化水、地下水、土壤水、生物水和大气含水，在地球周围形成了一个紧密联系、相互作用，又相互不断交换的水圈。水圈就是地球表面不连续的水壳。

地球总储水量约 $1.4\times10^9 km^3$，其中约 97.5％是海水，2.5％为淡水。淡水中的绝大部分是两极的雪山冰川和距地表 750m 以下的地下水，能够被人们开发利用的地表水和地下水仅占淡水总量的 0.34％。这部分淡水与人类的关系最密切，具有极其重要的经济和社会价值。虽然淡水在较长时间内可以保持平衡，但在一定时间、空间范围内，它的数量却是有限的，并不像人们所想象的那样可以取之不尽、用之不竭。

2. 水体

水体是海洋、湖泊、河流、沼泽、水库、地下水的总称，是由水本身及其中存在的悬浮物、溶解物、胶体物、水生生物和底泥等组成的完整的生态系统。环境污染研究中，区分“水”和“水体”的概念十分重要。很多污染物质在水中的迁移转化是与整个水体密切联系在一起的，仅仅从“水”着眼往往会得出错误的结论，对污染预防与治理产生误导。

3. 水资源

水资源是水作为资源属性的一种称呼。不同的角度和不同的观点对水资源定义也不相同。就目前来说对水资源有三种提法。

广义的说是指地球上的一切水体及水的其他存在形式均为水资源；狭义地讲是指陆地上可以逐年得到恢复、更新的淡水为水资源；在工程上是指在一定的技术经济条件下可以为人们利用的那一部分水体为水资源。

水是一种可再生的自然资源。长期以来，人们习惯地认为水是取之不尽、用之不竭的最廉价的资源，一直按“开采——利用——废水排放”这种线性方式消耗水，谈不上保护和再生。目前，水资源短缺和水环境污染造成的水危机已经严重制约了各国的经济发展，促使人类懂得环境与发展的正确关系，并开始采用保护和利用相协调的水资源开采利用模式，通过废水净化和水体保护，使水资源不受到破坏并能进入良性的再生循环。这种“水的可持续利用和保护”的水资源开采模式为解决水危机提供了惟一的机会和途径。没有水的可持续利用和保护，社会经济的可持续发展就不可能实现。

4. 中国的水资源现状

中国水资源短缺，水环境呈污染状态。中国七大水系、湖泊、水库、部分地区地下水均受到不同程度的污染。七大水系［长江、黄河、珠江、淮河、海（滦）河、大辽河和松花江］中海滦河水系和大辽河的污染最为严重，黄河则面临污染和断流的双重压力。大淡水湖和城市湖泊均为中度污染，主要是富营养化，以滇池为最重，其次是巢湖、南四湖、洪泽湖、太湖、洞庭湖、镜泊湖等。

中国的水资源总量不少，为 $(2.7\sim2.8)\times10^{12} m^3$，位居世界第六，但人均拥有量仅有

2400～2500m³，为世界人均的25%左右，位居世界第110位。此外，中国水资源时空分布不均匀，80%的地表水和70%的地下水分布在长江流域及其以南地区，而占国土面积50%以上的三北地区的水资源拥有量只占全国的18%。加上自然降水的70%集中在汛期的3～4个月内，不仅加剧了中国南涝北旱灾害发生的频率，也加重了中国北方地区的缺水状况。中国农业缺水量达30%，大量农村人口饮水困难，2000多万公顷农田受旱；全国工业每年缺水量达44%；全国有三分之二的城市缺水，日缺水量达（1500～1600）$\times 10^4$t。中国已被联合国列为13个水资源贫乏的国家之一。中国政府十分重视水资源的可持续利用。除了抓紧治理水污染源，加快城市废水处理设施建设外，提出“坚持开源节流并重，把节水放在突出位置”的战略思想。这是解决中国水资源紧缺的基本方针。

二、水体污染

1. 水体污染

水体因接受过多的污染物而导致水体的物理、化学和生物等特征的改变和水质的恶化，破坏了水中固有的生态系统及水体的功能，从而影响了水的有效利用，危害人体健康，这种现象称为“水体污染”。

造成水体污染的原因，有自然的和人为的两个方面。前者如由火山爆发等产生的尘粒落入水体而引起的水体污染；后者如生活废水、工业废水等未经处理而大量排入水体所造成的污染。通常所说的水体污染，均专指人为的污染。

2. 水体污染源

水在自然界中以固、液、气态等方式进行着循环。而在每次循环过程中，都可能由循环的各个环节引入污染物，从而使水体受到污染。而污染物在水体中，受水质环境的影响，进行着各种方式的迁移和转化，或使污染物的毒害加强，或使污染物的毒害减弱，或使污染物的存在形式发生变化。如由离子状态转化为沉淀状态，或由沉淀状态转化为离子状态，或被吸附，或被解析。这些变化都与污染物在水体中的迁移转化有关。

污染物的迁移是指污染物在环境中所发生的空间位置的移动及其所引起的富集、分散和消失的过程。污染物的转化是指污染物在环境中通过物理的、化学的或生物的作用改变形态或转化成另一种物质的过程。虽然污染物的迁移和转化实质不同，但污染物的迁移和转化往往是伴随进行的。各污染源排出的废水、废渣、垃圾及废气均可通过上述途径对水体造成污染。

引起水体污染的主要污染源按人类活动内容可分为：工业污染源、生活污染源、农业污染源及交通运输污染源。这些废水常通过排水管道集中排出，又被称为点污染源。农田排水及地表径流分散地、成片地排入水体，其中也往往含有化肥、农药、石油及其他杂质，形成所谓的面污染源。面污染源在某些地区某些污染的形成上，正越来越严重。

（1）工业废水　工业废水是水体污染的最主要的污染源。它的排放具有以下特点：排放量大、种类繁多、成分复杂、有毒性、污染范围广、排放方式复杂、浓度波动幅度大，并且净化和处理均较困难。

（2）城市生活废水　城市生活废水是仅次于工业废水的第二大水体污染源，包括生活污水和降水初期的城市地表径流。以有机污染为主，它的特点是：成分复杂，主要是病源微生物、需氧有机物、植物营养物（氮、磷）和悬浮物等，容易引起水体富营养化；在厌氧性细菌作用下易产生恶臭；易使人传染上各种各样的疾病；合成洗涤剂含量高时，对人体有一定的危害。

(3) 交通运输污染源　铁路、公路、航空、航海等交通运输部门，除了直接排放各种作业废水（如货车、货舱的清洗废水）外，还有船舶的油类泄漏，汽车尾气中的铅通过大气降水而进入水体等污染途径。

(4) 农业排水　农业排水造成的水体污染主要是施肥和灭虫后残剩农药，使水质恶化和富营养化。农业排水具有面广、分散、难于收集、难于治理的特点。因此对农业排水造成的污染不可轻视。

3. 水体污染类型

根据污染物质的性质可以将水污染分成化学性污染、物理性污染及生物性污染等。

(1) 化学性污染

① 酸碱污染。酸、碱是化工生产的基本原料，在化工生产排放的废水中，经常含有酸碱或酸碱性物质。酸碱对人体皮肤、眼睛和黏膜有强烈的刺激作用。酸、碱和盐的污染主要来自工、矿业废水以及某些工业废渣和酸雨。各种酸、碱和盐等无机化合物进入水体后，溶解土壤中的一些可溶性物质，改变水体的 pH 值，抑制细菌和其他微生物的生长，影响水体的生物自净作用，还会腐蚀船舶和水下建筑物，影响渔业，破坏生态平衡，并使淡水资源的矿化度增高不适于作饮用水源或其他工、农业用水。

② 重金属污染。电镀工业、冶金工业、化学工业等排放的废水中往往含有各种重金属。重金属对人体健康及生态环境的危害极大，如汞、镉、铅、砷、铬等。闻名于世的水俣病就是由汞污染造成的，镉污染则会导致骨痛病。重金属排放于天然水体后不可能减少或消失，却可能通过沉淀、吸附及食物链而不断富集，达到对生态环境及人体健康有害的浓度。

③ 需（耗）氧性有机物污染。是指含有碳水化合物、蛋白质、脂肪和酚、醇等有机物质所造成的水体污染。生活污水和更多工业废水，如食品工业、石油化学工业、制革工业、焦化工业等废水中都含有这类有机物。这些物质以悬浮或溶解状态存在于污水中，可通过微生物的生物化学作用而分解。分解过程中需要消耗氧，因此被统称为需（耗）氧性有机物。

这类物质虽然不具有毒性，但大量需氧性有机物排入水体，会引起微生物繁殖和溶解氧的消耗。当氧化作用进行得太快，而水体不能及时从大气中吸收充足的氧来补充消耗，水体中溶解氧降低至 4mg/L 以下时，鱼类和水生生物将不能在水中生存。水中的溶解氧耗尽后，有机物将由于厌氧微生物的作用而发酵，生成大量硫化氢、氨、硫醇等带恶臭的气体，使水质变黑发臭，严重污染水环境和大气环境。需氧有机物污染是水体污染中最常见的一种污染。

④ 营养物质污染。营养性污染物指可以引起水体富营养化的物质，主要有氮和磷。此外，可生化降解的有机物、维生素类物质、热污染等也能触发或促进富营养化过程。故又称为富营养污染。生活污水和某些工业废水中常含有一定数量的氮、磷等营养物质，农田径流中也常挟带大量残留的氮肥、磷肥。这类营养物质排入湖泊、水库、港湾、内海等水流缓慢的水体，将提高各种水生生物的活性，刺激它们大量繁殖（尤其是藻类），这种现象被称为“富营养化”。大量藻类的生长覆盖了大片水面，减少了鱼类的生存空间，藻类死亡腐败后会消耗溶解氧，并释放出更多的营养物质。如此周而复始，恶性循环，最终将导致水质恶化、鱼类死亡、水草丛生、湖泊衰亡。

富营养化是湖泊水体老化的一种自然现象。在自然界物质的正常循环过程中，湖泊将由贫营养湖发展为富营养湖，进一步又发展为沼泽地和干地。但这一历程需要很长的时间。在自然条件下需几万年甚至几十万年。但是，人为的富营养化将大大加速这个过程。

湖泊富营养化是可逆的，特别对于人为富营养化湖，通过合理的治理，如切断流入湖内过量营养物质的来源，清除湖底淤泥，疏浚河道，缩短湖泊换水周期等，可使湖泊恢复年轻。

⑤ 有机毒物污染。各种有机农药，有机染料及多环芳烃、芳香胺等往往对人体及生物体具有毒性，有的能引起急性中毒，有的则导致慢性病，有的已被证明是致病、致畸形、致突变物质。有机毒物主要来自于焦化、染料、农药、塑料合成等工业废水，农田径流中也有残留的农药。

这些有机物大多具有较大的分子和较复杂的结构，不易被微生物所降解，因此在生物处理和自然环境中均不易去除。

（2）物理性污染

① 悬浮物污染。各类废水中均有悬浮杂质，排入水体后影响水体外观和透明度，降低水中藻类的光合作用，对水生生物生长不利。悬浮物在水体中沉积后，淤塞河道，危害水体底栖生物的繁殖。悬浮物还有吸附凝聚重金属及有毒物质的能力。在废水处理中，通常采用筛滤、沉淀等方法使悬浮物与废水分离而除去。

② 热污染。热污染主要来源于工矿企业向江河排放的冷却用水，当温度升高后的水排入水体时，将引起水体水温升高，溶解氧含量下降，微生物活动加强，某些有毒物质的毒性作用增加等，对鱼类及水生生物的生长有不利的影响。

③ 放射性污染。放射性是指原子裂变而释放射线的物质属性。对人体有危害的放射线有X射线、γ射线、α射线、β射线及质子束等。放射性污染是放射性物质进入环境造成的。

放射性污染包括天然放射性污染和人工放射性污染，人工放射性污染来源于原子能工业和反应堆设施的废水、核武器制造和核武器的污染、放射性同位素应用产生的废水、天然铀矿开采和选矿、精炼厂的废水等。放射性污染物可以通过呼吸道、消化道、皮肤和食物链进入人体。水中的放射性污染物可以附着在生物体表面，也可进入生物体内蓄积起来，影响人体健康。当人体受到放射性辐射时，可诱发癌症，对孕妇和胎儿产生损伤，引起遗传性伤害等。

（3）生物性污染　生物性污染主要指病原体污染，病原体污染来源于生活污水、畜禽饲养场污水以及制革、屠宰业和医院等排出的废水，这些污水往往带有一些病原微生物，如伤寒、副伤寒、霍乱、细菌性痢疾的病原菌等。水体受到病原体污染后，会传播疾病，将对人类健康及生命安全造成极大威胁。

在实际的水环境中，上述各类污染往往是同时并存的，也常常是互有联系的。例如，很多有机物以悬浮状态存在于废水中，很多病原性微生物与有机物共同排放至水体等。

三、海洋污染

由于人类活动直接或间接的排入海洋的有害物质，超过了海洋的自净能力，改变了海水及其底质的物理、化学和生物学性状的现象，称之为海洋污染。

海洋污染有如下几个途径：工业废水、废渣的直接或间接排放和倾倒；生活污水、农药直接或间接排放和倾倒；船舶、油船排放的废水和废物；海底石油开采渗漏的石油及其他有害物质；投弃海洋中放射性废物；战争中大气降落的有害灰尘和有害气体；海上的其他事故等。每年都有数十亿吨的淤泥、污水、工业垃圾和化工废物直接流入海洋；河流每年也将近百亿吨的淤泥和废物带入沿海水域。因此造成世界许多沿海水域，特别是一些封闭和半封闭的海湾和港湾出现富营养化，过量的氮、磷等营养物造成藻类和其他水生植物爆发性增殖，消耗大量的溶解氧，导致水生生物的死亡，有可能发生由毒藻类构成的赤潮。赤潮往往很快蔓延，造成鱼类死亡、贝类中毒，给沿海养殖业带来毁灭性的影响。

随着石油事业的发展，油类物质对水体的污染越来越严重，已成为水体污染的重要类型之一。特别在河口、近海水域，油的污染更为严重。目前通过各种途径排入海洋的石油数量每年达几百万吨至上千万吨。据实测每吨石油可能覆盖 $5\times10^6m^2$ 的水面。油膜使大气与水面隔绝，破坏正常的复氧条件，将减少进入海水的氧的数量，从而降低海洋的自净能力。

油膜覆盖海面阻碍海水的蒸发，影响大气和海洋的热交换，改变海面的反射率和减少进入海洋表层的日光辐射，对局部地区的水文气象条件产生一定的影响。

海洋石油污染的最大危害是对海洋生物的影响。水中含油 0.01～0.1ml/L 时对鱼类及水生生物就会产生有害影响。油膜和油块能粘住大量鱼卵和幼鱼，或使鱼卵死亡，更使破壳出来的幼鱼畸形，并使其丧失生活能力。因此，石油污染对幼鱼和鱼卵的危害最大。石油污染短期内对成鱼危害不明显，但石油对水域的慢性污染会使渔业受到较大的危害。

海洋约占地球总面积的71%，是地球上最大的水体。海洋污染有如下特点。

(1) 污染源多而复杂　海洋污染的污染源包括陆地和海洋上的污染，在陆地上的大气污染物、水体中的污染物以及固体废物都可以直接或间接地进入大海，因此，可以说，一切的污染物最终都可能进入大海，如大气中的污染物可通过降水，水体中的污染物可通过迁移，固体废物可通过溶解和径流的方式使污染物进入海洋。

(2) 污染的持续性强，危害性大　海洋是一切污染物的最终归宿。污染物进入海洋后，很难转移出去（除渔业外），因此，一些不溶解、不易分解的污染物便在海洋中积累起来，数量逐年增多，这些污染物还能通过迁移转化而扩大危害污染范围。

(3) 污染影响的范围大　虽然海洋不是人类居住的场所，但海洋却是人类消费和生产所不可缺少的物质和能量的源泉。海洋的面积很大，自净能力很强，而且处理污染物的容量很大，所以人们常将海洋当成污染物的净化场所，但当海洋一旦受到污染时，直接威胁着人类的生存，由于地球上各个海洋都是相互连通的，当某一海域受到污染时，可通过扩散作用迁移污染物，最终使全球的海洋均受到污染，并且是很难治理的。

四、饮用水污染

现在许多城镇的水源，不仅受到城市污水和工业废水等点源的污染，而且还受到农田径流、大气沉降、降水等多种非点源的污染。前者是较容易控制的，而后者则很难控制，因此即使城市污水和工业废水处理普及率很高的发达国家或地区，如北美、西欧，其许多饮用水源的污染仍在逐渐加重。污染的特点是水中含有许多微量的有机化合物和一些无机物（主要是重金属），其中有些是致癌、致畸和致突变的。国内外一些流行病学的调查研究证明，饮用污染水的人群比饮用洁净水的人群的消化道癌症死亡率明显的高。

过去为了保护水源地曾采用设置卫生防护带的做法，但这种做法不能非常有效地控制水源免受污染，因为卫生防护带以外点源的排放，尤其是非点源的排放会使水源受到不同程度的污染。一些作为水源的水库和湖泊，由于城市污水和工业废水的汇入以及农田径流水或灌溉回水的汇入造成含磷等营养物的增加并出现富营养化现象，导致蓝绿藻类的过度繁殖，分泌出有异臭、异味的物质，甚至一些毒素，使水质恶化。为了消除这种不良现象，在其入口处拦截流入的水流进行化学沉淀除磷处理，将脱除磷和其他污染物的处理水引入水库中。一些地下水源更易受到污染，美国有的地方将污染的地下水源抽出，经活性炭滤罐过滤后再回注入地下水源中。另外，地下水源的过量开采使地下水位不断下降，储水量不断减少，是个相当普遍的问题，美国将城市污水进行高级处理或经过土地处理系统处理后注入或渗入地下水中以补充地下水源。德国则将一些污染的河水（如鲁尔河、莱茵河）经臭氧化-生物活性炭法深度净化后，通过慢滤池或深井回注入地下水中，以供地下水源之用。

根据中国242个地下水源调查，完全符合Ⅲ类“地下水质量标准”的水源数为162个，供水量为$41.58\times10^{8}m^{3}/a$，分别占调查地下水源数及水量的66.94%及72.2%。有80个水源不符合Ⅲ类“地下水质量标准”，占被调查总数的33.1%，其供水量为$15.93\times10^{8}m^{3}/a$，占地下水总供水量的27.71%，主要超标项目为：溶解性固体、挥发性酚类、高锰酸盐指数、硝酸盐氮、氨氮、氟化物、汞、铬、总大肠菌群等10余项。

根据中国地表水水源调查表明，在全国329个水源中，枯、平、丰三期可达GB 3838—2002Ⅱ类标准的水源数分别为108个、107个、123个，分别占水源数的32.8%、32.53%和37.39%。对应水量为$16.27\times10^{8}m^{3}/a$、$17.94\times10^{8}m^{3}/a$、$17.70\times10^{8}m^{3}/a$，分别占总水量的16.67%、18.38%和18.14%。调查表明，全国水源中至少有80%以上的水体因受到污染而达不到地面水质量标准Ⅱ类，52%的水体受到较为严重的污染。地表水源中污染类型主要属有机污染型。

第三节 大气污染

一、大气简介

在研究大气污染规律及对空气质量进行评价时，为了便于说明问题，空气和大气这两个名词常常分别使用。一般，对于室内或特指某个场所（如广场、厂区等）供人和动植物生存的气体，习惯上称为空气；而在科学研究中，常常以大区域或全球性的气流为研究对象，则常用大气一词。大气是维持生命活动必需的物质之一。一个成年人每天呼吸大约两万次，吸入的空气量大约为$10\sim15m^{3}$，在$60\sim90m^{2}$肺泡表面上进行气体交换，吸入O_2排出CO_2以维持正常生理活动。生命的新陈代谢一时一刻也离不开空气，人一个月不吃饭，5天不饮水，尚能生存，而5min不呼吸就会死亡。

1. 大气圈

在自然地理学上，把在地心引力作用下而随地球旋转的大气层叫做大气圈。大气圈的厚度大约有$1\times10^{4}km$。大气圈中的空气分布是不均匀的。海平面上的空气密度最大，近地层的空气密度随高度上升而逐渐减小。

2. 大气圈结构

根据大气圈在垂直高度上温度的变化、大气组成及其运动状态可将大气按图2-1所示划分为若干层。

（1）对流层　对流层是大气圈的最低一层，其厚度平均约12km（两极薄、赤道厚），对流层虽然很薄，但空气密度最大，质量占整个大气圈质量的75%左右，特点是温度随高度的增加而下降，一般每升高1km，气温下降6℃。上冷下热使空气形成对流。在此层中除

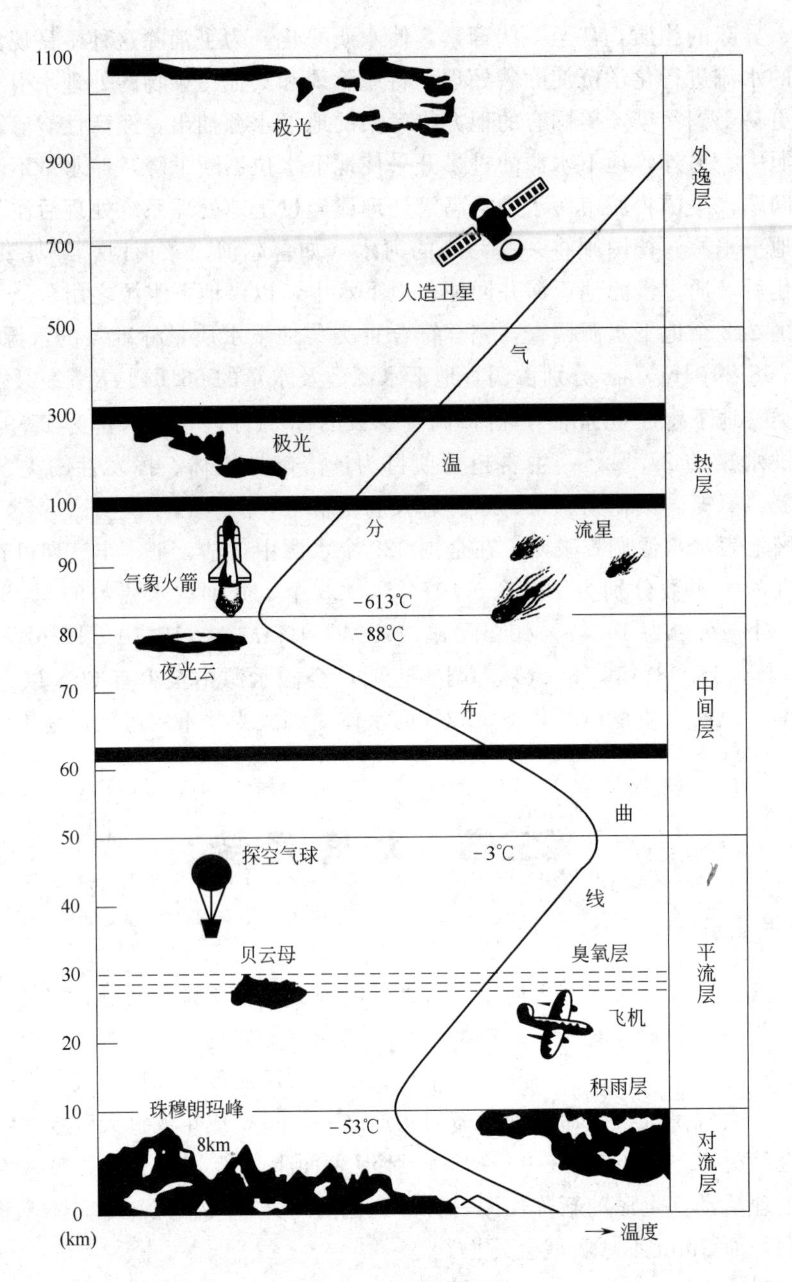

图 2-1 大气层的结构

了有纯净的干空气外，尘埃多，又集中了几乎全部的水蒸气。云、雾、雨、雪、霜、雷、电等自然现象都发生在这一层，它是天气变化最复杂的层次。这一层大气对人类的影响最大，通常所谓空气（大气）污染就是指这一层。特别是厚度 2km 以内的大气，受到地形和生物的影响，局部空气更是复杂多变。对流层有三个主要特征。

① 由于对流层不能从太阳光得到热能，只能从地面反射得到热能，因此该层大气温度随高度增加而降低，平均每上升 100m，气温下降约 0.65℃。

② 大气具有强烈的对流运动，对大气污染物的扩散和传输起着重要的作用。

③ 温度和湿度的水平分布不平均，从而使空气发生大规模的水平运动。

（2）平流层　平流层是自对流层层顶距地面约 50～55km 的大气层。平流层下部气温几乎不随高度变化，为一个等温层，等温层上部距地面约20～40km，平流层上部的温度随高度增加而上升，这一温度分布的特点是由于15～35km处臭氧层的作用，臭氧层能吸收波长小于300nm的太阳辐射，使平流层温度由－50℃增至－3℃以上，使平流层加热并阻挡强紫外辐射到达地面，对地面生物和人类具有保护作用。由于下冷上热，气流上下运动微弱，只有水平方向流动，垂直对流运动很小，故污染物一旦进入平流层，滞留时间可长达数年，易造成大范围以至全球性的影响。此层没有云、雨等天气现象，大气透明度好，是超音速飞机飞行的理想场所。

(3) 中间层　中间层位于平流层之上，层顶距地面大约为80～85km，由于该层中没有臭氧这一类可直接吸收太阳辐射能量的组分，因此其气温随高度增加而下降，中间层顶部温度可降至－83～－113℃。这种温度分布下高上低的特点，使得中间层空气再次出现强热的垂直对流运动（又称高空对流层）。

(4) 热层（热成层、电离层）　热层位于中间层的上部，上界距地球表面超过500km，该层的空气密度很小，空气稀薄，仅占大气总质量的0.05%。气体在太阳紫外线和宇宙射线作用下处于电离状态，具有电导性，所以又称作电离层。电离层能将电磁波发射回地球，使全球性无线电通信得以实现。由于电离后的氧能强烈吸收太阳的短波辐射，使空气迅速升温，因此，热层中气体的温度是随高度增加而迅速上升的，并有显著的日变化和季节变化，昼夜温差可达几百度。

(5) 外层（逸散层）　这是大气圈的最外层，在热层的上部，距地面800km以外，那里空气极为稀薄，几乎全部电离了，而且气温高，分子运动速度快，有的高速粒子能克服地球引力作用而逃逸到太空中去。逸散层是相当厚的过渡层，其厚度约2000～3000km，是从大气圈逐步过渡到星际空间的大气层。

3. 大气的组成

大气（或空气）不是单一的物质，而是多种气体的混合物。大气是由恒定、可变和不定三种类型组分所组成的。大气中的氧、氮及微量的惰性气体的含量基本保持不变，是恒定组分，氮、氧、氩三种气体共占大气总体积的99.96%。

大气中CO_2、水蒸气的含量随地区、季节、气象以及人类活动等因素的影响而有所变化，是可变组分。一般情况下，水蒸气的含量为0.4%，CO_2含量近年来已达0.036%。含有上述恒定组分及可变组分的大气，认为是洁净空气。

由于自然界的火山爆发、森林火灾、海啸、地震等暂时性灾害所产生的尘埃、硫、硫化氢、硫氧化物、碳氧化物及恶臭气体，是不定组分。此外，人类的生产、生活活动所产生的废气也是大气中的不定成分。

4. 大气污染及污染源类型

(1) 大气污染　大气污染是指进入大气层的污染物的浓度超过环境所能允许的极限，改变正常大气的组成，破坏其物理、化学和生态平衡体系，使大气质量恶化，从而危害人类生活、生产、健康，损害自然资源，给正常的工农业带来不良后果的大气状况。

根据大气污染范围可分为四类：局部性污染、地区性污染、广域性污染、全球性污染；根据能源性质和大气污染物的组成和反应，可将大气污染划分为煤炭型、石油型、混合型和特殊型污染；根据污染物的化学性质及其存在的大气环境状况，可将大气污染划分为还原型和氧化型污染。

(2) 污染源类型　引起大气污染的因素有自然因素，也有人为因素。自然因素指由大风刮起地面的沙层、火山爆发喷出的灰、CO_2 等；森林大火产生的 CO_2、CO、NO_2 及碳氢化合物。人为因素主要是工农业、交通运输业及生活取暖等所排放的污染物。

污染源按存在形式可分为固定污染源和流动污染源，前者指工厂烟囱等，后者指交通工具如汽车、火车、飞机、轮船等。污染源按排放方式可分为点源（可看做一点或集中于一点的小范围排放污染物）、面源（在大范围内排放污染物）和线源（沿一条线上排放污染物）。按排放的时间分为连续源、间断源和瞬间源。按产生形式可分为生活污染、工业污染、农业污染及交通运输污染。按排放的空间可划分为高架源和地面源。

大气污染物的迁移和扩散主要与污染源的分布、排放量、地形、地貌、气象条件（风向、风速、大气湍流、大气稳定度）等因素有关，同一污染源对同一地点，在不同时间内由于气象因素的影响，所造成浓度可相差几十倍。

二、主要大气污染物

排入大气的污染物种类很多，依据不同的原则，可将其进行分类。

大气中的污染物质的存在状态是由其自身的理化性质及形成过程决定的；气象条件也起一定的作用。依照污染物存在的形态，可将其分为颗粒污染物与气态污染物。

依照与污染源的关系，可将其分为一次污染物与二次污染物。若大气污染物是从污染源直接排出的原始物质，进入大气后其性质没有发生变化，则称其为一次污染物；若由污染源排出的一次污染物与大气中原有成分，或几种一次污染物之间，发生了一系列的化学变化或光化学反应，形成了与原污染物性质不同的新污染物，则所形成的新污染物称为二次污染物。二次污染物，如硫酸烟雾和光化学烟雾，所造成的危害，已受到人们的普遍重视。

1. 颗粒污染物

进入大气的固体粒子和液体粒子均属于颗粒污染物。对颗粒污染物可作出如下的分类。

（1）尘粒　一般是指粒径大于 $75\mu m$ 的颗粒物。这类颗粒物由于粒径较大，在气体分散介质中具有一定的沉降速度，因而易于沉降到地面。

（2）粉尘　在固体物料的输送、粉碎、分级、研磨、装卸等机械过程中产生的颗粒物，或由于岩石、土壤的风化等自然过程中产生的颗粒物，悬浮于大气中称为粉尘，其粒径一般小于 $75\mu m$。在这类颗粒物中，粒径大于 $10\mu m$，靠重力作用能在短时间内沉降到地面者，称为降尘；粒径小于 $10\mu m$，不易沉降，能长期在大气中飘浮者，称为飘尘。

（3）烟尘　在燃料的燃烧、高温熔融和化学反应等过程中所形成的颗粒物，飘浮于大气中称为烟尘。烟尘的粒子粒径很小，一般均小于 $1\mu m$。它包括了因升华、焙烧、氧化等过程所形成的烟气，也包括了燃料不完全燃烧所造成的黑烟以及由于蒸汽的凝结所形成的烟雾。

（4）雾尘　小液体粒子悬浮于大气中的悬浮体的总称。这种小液体粒子一般是由于蒸汽的凝结、液体的喷雾、雾化以及化学反应过程所形成，粒子粒径小于 $100\mu m$。水雾、酸雾、碱雾、油雾等都属于雾尘。

（5）煤尘　燃烧过程中未被燃烧的煤粉尘，大、中型煤码头的煤扬尘以及露天煤矿的煤扬尘等。

2. 气态污染物

以气体形态进入大气的污染物称为气态污染物。气态污染物种类极多，按其对大气环境的危害大小，有五种类型的气态污染物是主要污染物。

（1）含硫化合物　主要指 SO_2、SO_3 和 H_2S 等，其中以 SO_2 的数量最大，危害也最大，是影响大气质量的最主要的气态污染物。

（2）含氮化合物　含氮化合物种类很多，其中最主要的是 NO、NO_2、NH_3 等。

（3）碳氧化合物　污染大气的碳氧化合物主要是 CO 和 CO_2。

（4）碳氢化合物　此处主要是指有机废气。有机废气中的许多组分构成了对大气的污染，如烃、醇、酮、酯、胺等。

（5）卤素化合物　对大气构成污染的卤素化合物，主要是含氯化合物及含氟化合物，如 HCl、HF、SiF_4 等。

气态污染物从污染源排入大气，可以直接对大气造成污染，同时还可以经过反应形成二次污染物。

3. 二次污染物

二次污染物中危害最大、最受到人们普遍重视的是光化学烟雾。光化学烟雾主要有如下类型。

（1）伦敦型烟雾　大气中未燃烧的煤尘、SO_2 与空气中的水蒸气混合并发生化学反应所形成的烟雾，也称为硫酸烟雾。当大气的相对湿度比较高，气温比较低，并有颗粒气溶胶存在时，SO_2 就容易形成硫酸烟雾。大气中颗粒气溶胶具有凝聚大气中水分吸收 SO_2 与氧气的能力，在颗粒气溶胶表面上发生 SO_2 的催化氧化反应，生成亚硫酸和硫酸，即 SO_2 溶解于水滴时发生的化学反应，生成的亚硫酸在颗粒气溶胶中的 Fe、Mn 等催化作用下，继续被氧化成硫酸，生成硫酸烟雾。硫酸雾是强氧化剂，对人和动植物有极大的危害。从 19 世纪中叶以来，英国曾多次发生这类烟雾事件，最严重的一次硫酸烟雾事件，发生在 1962 年 12 月 5 日，历时 5 天，死亡 4000 多人。

（2）洛杉矶型烟雾　汽车、工厂等排入大气中的氮氧化物或碳氢化合物，经光化学作用所形成的烟雾，也称为光化学烟雾。光化学烟雾最早发生在美国洛杉矶市，随后在墨西哥、日本的东京市以及中国的兰州市也相继发生这类光化学烟雾事件。其表现是城市上空笼罩着白色烟雾（有时带有紫色或黄色），大气能见度降低，具有特殊气味和强氧化性，刺激眼睛和喉黏膜，造成呼吸困难，使橡胶制品开裂，植物叶片受害、变黄甚至枯萎。烟雾一般发生在相对湿度低的夏季晴天，高峰出现在中午，夜间消失。

（3）工业型光化学烟雾　在中国兰州西部地区，氮肥厂排放的氮氧化合物、炼油厂排放的碳氢化合物，经光化学作用形成光化学烟雾。

三、能源型污染

能源型污染多指燃料燃烧污染。在人为因素中，因燃烧矿物燃料而排放的污染物量最大。燃料燃烧污染包括火电厂、工业锅炉、家用炉灶等的污染。

据中国有关部门对烟尘、SO_2、氮氧化合物、CO 四种量大面广的大气污染物发生量统计表明，燃料燃烧、工业生产和交通运输的上述污染物产生量分别约占总量的 70%、20% 和 10%。而燃煤排放的大气污染物数量约占燃料燃烧排放总量的 95%以上。由此可见，燃煤是中国大气污染物的主要来源。中国能源消耗总量中煤占 78%，石油占 18.1%，天然气占 2.0%，水占 1.9%，核电站所占比例甚微。

SO_2 是无色且有恶臭的刺激性气体，对人体的主要影响是造成呼吸道内径狭窄。当其吸入浓度为 5ml/m^3 时，对鼻腔和呼吸道黏膜都会出现刺激感。如果吸入浓度超过 10ml/m^3，就会发生鼻腔出血、呼吸受阻等现象。SO_2 在被污染的大气中，常常与多种污染物共存。吸入含有多种污染物的大气对人体产生的危害往往比它们各自作用之和要大得多，这就是污染物的协同效应。特别是在 SO_2 与颗粒物共存时，对人体产生的危害更为严重。这是因为飘尘气溶胶粒子把 SO_2 带入呼吸道和肺泡中，其毒性可增大 3～4 倍。若飘尘为重金属粒子时，由于催化作用，可使 SO_2 氧化为硫酸雾，其刺激作用比单独 SO_2 的刺激作用强 10 倍。SO_2 还可增强致癌物苯并芘的致癌作用。

SO_2 腐蚀性较大，并能使皮革强度下降，建筑物变色破坏，塑料及艺术品损坏，植物伤害，SO_2 转变成 SO_3 与大气中水汽形成硫酸气溶胶的危害极大，曾使森林大片死亡。

尘的危害视其化学组成而定，汽车尾气中铅尘的 97% 为大于 0.5μm 的微粒，人吸入后可导致脑神经麻木、慢性肾病等。一般大于 10μm 的粒子，可被人的呼吸道（鼻、咽喉）所阻留，而小于 10μm 的微粒（飘尘）则可进入肺泡沉积，危害人体健康，职业病“矽肺”，属这一类，此外，飘尘与 SO_2 协同作用的效果比两者单独作用相加还要严重，1962 年伦敦烟雾事件即是一例证。

四、工业与交通废气污染和室内空气污染

1．工业废气污染

由火力发电厂、钢铁厂、化工厂及水泥厂等工矿企业在燃料燃烧和生产过程中所排放的煤烟、粉尘及无机化合物等所造成大气污染的污染源。这类污染源因生产的产品和工艺流程不同，所排放的污染物种类和数量有很大差别，但其共同点是排放源较集中，而且浓度较高，对局部地区或工矿的大气质量影响较大。各类工业、企业排放的气体污染物见表2-1。

表 2-1　各类工业部门排出的空气污染物

化学工业		冶金工业		其他	
工厂	排出污染物	工厂	排出污染物	工厂	排出污染物
合成氨厂	CO、NH_3	钢铁厂	CO_x、SO_x、氧化铁、硅酸盐、氟化物	鱼食品加工厂	H_2S、$(CH_3)_3N$
氯气生产厂	Cl_2、Hg	炼铝厂(粗炼)	HF、Al_2O_3、C 粒	制砖厂	HF、SO_2
硫酸厂	SO_x、氮氧化合物	炼铝厂(精炼)	O_3、氟化物	水泥厂	Cr、粉尘
硝酸厂	氮氧化合物	炼铜厂	CO、SO_x、氮氧化合物、Cd	沥青生产厂	油雾、石棉、CO、苯并芘
炼油厂	H_2S、Se、烃、氟化物	炼镁厂	BaO、氟化物		
油漆厂	醛、酮、酚、萜				
合成橡胶厂	羟、羰基化合物				

化学污染物质，如重金属、氰化物、氟化氢、硫酸气溶胶、氯气等对人体都是毒害较大的物质，特别是苯并芘、三氯甲烷等为“三致”（致癌、致畸、致突变）物质。工业废气的危害范围一般视其性质和排放量而定，通常在工厂周围一定距离之内。

2．交通废气污染

交通污染源是由汽车、飞机、火车和船舶等交通工具排放尾气所造成大气污染的污染源。这类污染源是在移动过程中排放污染物的，又称移动污染源。相应地生活污染源和工业污染源，多数是在固定位置排放污染物的，又称固定污染源。交通工具污染源属流动污染源，与工厂相比，每一交通工具所排放污染物是很小的，但由于数量很大，在城市中或交通干线，其排放总量和浓度是很高的，而且随着经济发展，这类污染所占比重正以较快速度上升。在交通工具中，因为汽车数量最多，在城市中密度高，故以汽车尾气污染影响最大。

汽车尾气的主要污染物为碳氢化合物（HC）和氮氧化合物，但也有研究表明，柴油汽车所排放的未完全燃烧的柴油气溶胶，对人体健康危害最大。

HC和氮氧化合物在阳光作用下，发生化学反应，产生甲醛、臭氧、过氧化苯甲酰硝基酯、丙烯醛等二次污染物，对人体危害更大，称之为光化学烟雾。光化学烟雾是1946年首先在美国洛杉矶发现的，它一般出现在上午上班高峰期，当空气中氮氧化合物和HC浓度达到最高，并与阳光作用3～4h后出现，到下午5～6时后，光化学烟雾的浓度迅速下降。由于这些物质的强氧化性刺激眼睛和呼吸道，引起胸部疼痛，刺激黏膜，头痛、咳嗽、疲倦等症状，使哮喘病增加，植物损伤。

美国交通运输排入大气中氮氧化合物、HC、CO、SO_x和粉尘约占相应污染物排放总量的50%、56%、76%、3%和2.7%。

火车仍是许多国家重要交通工具，电气火车几乎无污染，燃煤机车污染最大。

3. 室内空气污染

居室、宾馆、办公室、剧场、医院、娱乐等室内场所是人类休息、活动时间最长的地方，室内环境的好坏直接影响人类的健康。室内与室外大气相比具有范围小，流动性差等特点，人群久居的室内的空气较室外的空气污浊得多。因此，某些室内空气污染对人体的影响甚至超过室外。人体会散发出几百种代谢产物；室内燃烧燃料（煤或煤气）及烹饪过程的油烟均可造成居室内的空气污染。此外，室内吸烟、杀虫剂的使用、居室装修、新家具的购置也是居室内空气污染的主要原因。一些生活用品使用不当，也可给人体健康造成危害。

室内空气中氧气的含量降低，将引起喘息、呼吸困难等一系列症状。可见，保持室内空气的流通，保持一定新鲜空气是非常重要的。

室内空气中细菌的增加，使病原菌繁殖增加，容易引发传染病。

吸烟是室内重要的污染源之一。不吸烟的人在吸烟的环境内，同样受到烟气的危害，即所谓的被动吸烟。烟草的成分较复杂，目前已鉴定出3000多种化学物质，它们在空气中以气态、气溶胶状态存在，其中不少是致癌或可疑致癌物。烟草中的尼古丁对人的神经细胞和中枢神经系统有兴奋和抑制作用，吸入达一定量后会产生“烟瘾”。烟草在燃烧过程中产生大量烟雾，其中有焦油物质和CO、CO_2、氮氧化物、氰氢酸、氨、烯、烷、醇等各种气体。吸烟可加速衰老进程，降低免疫能力。世界卫生组织为了引起人们对吸烟问题的重视，将每年的5月31日定为“世界无烟日”。宣传吸烟有害健康，禁止在公共场所吸烟在多数国家中已普遍实行。

随着人民生活水平的提高，住房条件有了改善，居室装修成为一种时尚。装饰材料和新家具中的甲醛、苯等有害物质也随之进入了室内。医学研究认为甲醛能损害人体内脏器官，美国国家环保局已将甲醛定为潜在性的致癌物。装修中使用的涂料、油漆、胶黏剂会散发出大量的化学合成物质，其中的苯、甲苯、二甲苯的危害比甲醛更大。苯有“芳香杀手”之称，是国际卫生组织认定的强烈致癌物，甲苯、二甲苯对黏膜和神经系统的损害比苯还强。如长期工作和生活在这种环境中，会使体内发生某些潜在的疾患，这些隐患很可能在机体抵抗能力下降或在某一特定因素下被引发而生病。

用于建筑的砖、混凝土、石膏板等土质建筑材料会使室内的氡浓度高达室外的2～20倍。氡是一种无色无味的放射性气体，可通过呼吸道吸入人体并沉积在人体肺泡中，破坏肺泡组织，诱发细胞癌变。氡对吸烟者的危害是不吸烟者的3～5倍。可见，保持室内空气的流通，保持一定新鲜空气是非常重要的。

第四节 固体废物污染

一、固体废物的分类及对环境的危害

1. 基本概念

(1) 固体废物 固体废物简称废物。指人类在生产过程和社会生活中产生的不再需要或没有“利用价值”而被遗弃的固态或半固态物质。被丢弃的非水液体，如废变压器油等，由于无法归入废水、废气类，故习惯上也归在废物类。通常将各类生产活动中产生的固体废物称为“废渣”，将生活活动中产生的固体废物称为“垃圾”。

(2) 危险固体废物 危险固体废物简称危险废物，又称有害废物，一般指具有腐蚀性、毒性、反应性、放射性、感染性的固体废物。

(3) 固体废物的利用 废物是相对而言的概念，往往一种过程中产生的固体废物可以成为另一过程的原料或可转化成另一种产品。故固体废物有“放错地点的原料”之称。将固体废物进行资源化的积极利用，对保护环境、发展生产是十分有益的。固体废物的利用包括生产工艺过程中的循环利用、回收利用及交由其他单位利用。

(4) 固体废物处理 将固体废物转化为适于运输、贮存、利用和处置的过程或操作，即采取防污措施后将其排放于允许的环境中，或暂存于特定的设施中等待无害化的处理。

(5) 固体废物处置 是将无法回收利用或不打算回收的固体废物长期地保留在环境中所采取的技术措施，是解决固体废物最终归宿的手段，故也称最终处置。

2. 固体废物的分类

固体废物主要来源于人类的生产及消费活动。在资源开发及产品的制造过程中，必然有废物产生。任何产品经过使用和消费后，都会变成废物。它的分类方法很多，按化学性质可分为有机废物和无机废物；按形状可分为固体状废物和泥状废物；按危害状况可分为有害废物和一般废物；按来源可分为矿业固体废物、工业固体废物、城市垃圾(包括下水道污泥)、农业废物和放射性固体废物等。在固体废物中对环境影响最大的是工业有害固体废物和城市垃圾。从固体废物管理的需要出发，将其分为工业固体废物、危险废物和城市生活垃圾。

(1) 工业固体废物（废渣） 工、矿业固体废物是指在工业生产、加工过程中产生的废渣、粉尘、碎屑、污泥，以及在采矿过程中产生的废石、尾矿等。

(2) 城市垃圾 城市垃圾是指居民生活、商业活动、市政建设与维护、机关办公等过程产生的固体废物。包括生活垃圾、城建渣土、商业固体废物、粪便等。

(3) 危险固体废物 这类废物除了放射性废物以外，还指具有毒性、易燃性、反应性、腐蚀性、爆炸性、传染性因而可能对人类的生活环境产生危害的固体废物。这类固体废物的数量约占一般固体废物量的1.5%～2.0%，其中大约一半为化学工业固体废物。

3. 中国废物排出情况

中国固体废物的产生量，随着经济的发展和人民生活水平的不断提高也在急剧地增加。1997年全国工业固体废物产生量为10.6×10^8t，其中煤矸石和尾矿各占1亿多吨，各种工业锅炉炉渣为8000多万吨，乡镇企业固体废物产生量为4×10^8t，危险废物1077×10^4t，造

成的各种污染损失和资源浪费高达近百亿元。中国固体废物的排放问题具有产生量大、占地多、危害大和回收利用率低等特点。

中国城市垃圾的产出量近几年增长也较快，1987 年为 5397.7×10^4t，1989 年增至 6291.4×10^4t，1990 年已达到 7000 多万吨。目前，全国城市垃圾的年增长率平均为 10%。到 2000 年中国城市垃圾的产生量已达到 1.5×10^8t。近年来，塑料包装物用量迅速增加，“白色污染”问题突出。

4. 固体废物对环境的危害

中国传统的垃圾消纳倾倒方式是一种“污染物转移”方式。由于现有的垃圾处理场的数量和规模远远不能适应城市垃圾增长的要求，大部分垃圾仍呈露天集中堆放状态，对环境即时的和潜在的危害很大，污染事故频出。固体废物对环境的污染往往是多方面的、多环境要素的。

（1）侵占土地，破坏地貌和植被　固体废物需占地堆放。堆积量越大，占地也越多。据估算，每堆积 1×10^4t 固体废物，约需占地 667m^2，其中 5% 为危险废物。随着中国工农业生产的发展和消费的增长，城市垃圾堆放场地日益显得不足，垃圾与人争地的矛盾日益尖锐。全国已有 2/3 的城市陷入垃圾包围之中。以北京市为例，远红外高空探测结果显示，市区几乎被环状的垃圾堆所包围。固体废物的堆放侵占大量土地，造成了极大的经济损失，并且严重地破坏了地貌、植被和自然景观。

（2）污染土壤　废物任意堆放或没有适当的防渗措施的简易填埋会严重污染处置地的土壤。因为固体废物中的有害组分很容易经过风化、雨雪淋溶、地表径流的侵蚀产生高温和有毒液体，渗入土壤，能杀害土壤中的微生物，破坏微生物与周围环境构成的生态系统，导致草木不生，致使污染环境的事件屡有发生。如包头市尾矿堆积如山，使坝下游的大片土地被污染，居民被迫搬迁。未经处理或未经严格处理的生活垃圾直接用于农田时，由于垃圾中含有大量玻璃、金属、碎砖瓦、碎塑料薄膜等杂质，会破坏土壤的团粒结构和理化性质，致使土壤保水保肥能力降低，后果严重。

（3）污染水体　固体废物中不但含有病原微生物，在堆放腐烂过程中还会产生大量的酸性和碱性有机污染物，并会将垃圾中的重金属溶解出来，是有机物、重金属和病原微生物三位一体的污染源。任意堆放或简易填埋的固体废物，其内含的水量和淋入的雨水所产生的渗沥液流入周围地表水体和渗入土壤，会造成地表水和地下水的严重污染。固体废物若直接排入河流、湖泊或海洋，又能造成更大的水体污染，不仅减少水体面积而且还妨害水生生物的生存和水资源的利用。

（4）污染大气　在大量垃圾堆放的场区，尾矿粉煤灰、污泥和垃圾中的尘粒随风飞扬；运输过程中产生的有害气体和粉尘、固体废物本身或在处理（如焚烧）过程中散发的有害毒气和臭味等严重污染大气。如煤矸石的自燃，曾在各地煤矿多次发生，散发出大量的 SO_2、CO_2、NH_3 等气体，造成严重的大气污染。一些有机固体废物在适宜的温度和湿度下被微生物分解，释放出有害气体，造成堆放区臭气冲天，老鼠成灾，蚊蝇孳生；由此而导致传染疾病的潜在威胁。由固体废物进入大气的放射尘，一旦侵入人体，还会由于形成内辐射引起各种疾病。随着城市垃圾中有机质含量的提高和由露天分散堆放变为集中堆存，容易产生甲烷气体的厌氧环境，使垃圾产生沼气的危害日益突出，事故不断，造成重大损失。例如，北京市昌平区一个垃圾堆放场在 1995 年连续发生了三次垃圾爆炸事故。如不采取措施，因垃圾简单覆盖堆放产生的爆炸事故将会有较大的上升趋势。

（5）对人体健康的危害　大气、水、土壤污染对人体健康有危害，而危险废物则会对人体产生危害。危险废物的特殊性质（如易燃性、腐蚀性、毒性等）表现在它们的短期和长期危险性上。就短期而言，是通过摄入、吸入、皮肤吸收、眼睛接触而引起毒害或发生燃烧、爆炸等危险性事件；长期危害包括重复接触导致的长期中毒、致癌、致畸、致突变等。

（6）影响环境卫生　城市的生活垃圾、粪便等由于清运不及时，堆存起来，会严重影响人们居住环境的卫生状况，对人们的健康构成潜在的威胁。

二、工业与农业固体废物污染

1．工业固体废物污染

工业固体废物是固体废物中数量最大的，它是生产过程中产生的废物。

在工业固体废物中，对环境影响较大的是有害固体废物，或称危险废物，有毒废物。有毒废物一般指能造成人和动物死亡或严重伤害的废物。一般，鉴别一种废物是否有害，可用下列四点不良后果来衡量：

① 引起或严重导致死亡率增加；

② 引起各种疾病的增加；

③ 降低对疾病的抵抗力；

④ 在处理、储存、运送、处置或其他管理不当时，对人体健康或环境造成现实的或潜在的危害。

由于上述定义没有量值规定，因此在实际使用时人们往往根据废物具有潜在危害的各种特性及其物理、化学和生物的标准实验方法对其进行定义和分类。

随着工业的发展，工业中排放的有害废物日益增多。据估计，全世界每年的危险废物产量超过 3.3×10^8t，其中美国占 80%，欧盟国家约为（2500～3500）$\times10^4$t，日本约为 2400×10^4t。其他新兴工业化国家及正在崛起的发展中国家，每年也产生相当数量的危险废物。

危险废物对人类有严重的毒害和潜在的影响，治理的经济代价也十分昂贵，同时还受到处置所在地民众的反对。危险废物的处置和管理成了既敏感又棘手的问题，是人类所面临的新课题。但是，进入 20 世纪 80 年代后期，出现了危险废物的越境转移问题。据绿色和平组织统计，从 1986 年到 1988 年中，大约有 3000×10^4t 废物从发达国家运到了发展中国家，约占工业国产生危险废物的 20%。

目前危险废物越境转移的特点如下：

① 由发达国家转移到非洲和拉丁美洲的发展中国家；

② 向境外转移的危险废物是危险性最高的废物；

③ 由于接受国往往是不发达地区，没有管理和处置危险废物的技术能力。因此转移的结果是放大了灾难，引起发展中国家的强烈抗议。

危险废物的越境转移是法理不容的罪恶行为，为了控制危险废物的污染转嫁，联合国环境署于 1989 年 3 月 22 日在瑞士巴塞尔通过了《控制危险废物越境转移及其处置巴塞尔公约》（简称巴塞尔公约）。1992 年 5 月巴塞尔公约正式生效，1994 年在日内瓦举行“有关管理有害废弃物的越境转移及其处理”的巴塞尔条约缔约国会议上一致决定，以 1997 年 12 月 31 日为限全面禁止有害废物出口。中国是缔约国之一。

巴塞尔公约的基本原则如下：

① 所有国家都应禁止输入有害废物；

② 应尽量减少有害废物的产生量；

③ 对于不可避免而产生的有害废物，应尽可能以对环境无害的方式处置，并应尽量在生产地处置；

④ 需帮助发展中国家建立起最有效的管理有害废物的能力；

⑤ 只有在特殊情况下，当有害废物产生国没有合适的处置设施时，才允许将有害废物出口到其他国家，并以对人体健康和环境更为安全的方式处置。

中国由于生产工艺落后，单位产品产生的废物量远大于发达国家，因而，工业固体废物产生的量极大。据统计，1991 年全国工业固体废物产生量为 5.9×10^8t。2000 年增至 9×10^8t。电力、煤炭、钢铁等工业产生的粉煤灰、煤石、钢渣和高炉渣侵占了大量的农田。化工、有色金属等工业生产产生的有害废物，对人类健康和环境构成了即时的和潜在的危害。固体废物不仅给环境造成很大压力，也极大地浪费了资源。

目前，中国已制定出一系列有关固体废物控制及管理的实施方案。其主要内容是：采用清洁生产工艺，减少废物的产生量；加强废物的综合利用及合理开发利用资源；大力推行有害废物的环境无害化管理。

2. 农业固体废物污染

农业固体废物主要包括稻草、秸秆、腐烂的蔬菜和水果、果树枝、糠秕、落叶等植物废料；牲畜粪便、农药、废塑料等。

目前，农业固体废物中数量最多，问题最大是稻草，秸秆。对此类废物的传统处理方法是将大部分作燃料，少量掺入其他有机肥料沤肥。但由于重量轻，体积大，热能少，以及现在农村灶具的改革，稻草、秸秆被用作燃料的量越来越少，稻、麦收割季节，农民都采用简便的焚烧方法处理大量的稻草、秸秆，而焚烧产生大量的烟雾，造成了局部地区的大气污染。1998 年 6 月成都市郊的农民烧稻草使整个城市市区笼罩在烟雾之中，使成都双流机场的几十个航班不能准时起飞及降落，经济损失严重。有关专家正在研究，培育专用微生物，使稻草、秸秆体积迅速减少并转化为肥料，以及其他处置办法。

三、城市垃圾

城市垃圾是指城市居民在日常生活中抛弃的固体垃圾，主要包括生活垃圾、零散垃圾、医院垃圾、市场垃圾、建筑垃圾和街道扫集物等，其中医院垃圾（特别是带有病原体的）和建筑垃圾应予单独处理，其他垃圾则通常由环卫部门集中处理，一般称为生活垃圾。

随着经济的发展、人口的增加和人民生活水平的提高，城市垃圾数量迅速增长，成分也日趋庞杂。由于中国城市生活垃圾的无害化处理率很低。目前，全国有三分之二的城市陷入垃圾的包围之中，使城市环境受到严重损害，甚至成为制约城市发展的重要因素。

城市生活垃圾的组成和产生量，因不同功能区和不同居民的生活水平、生活方式和季节的不同而不同。一般，在居民区内每人每天生活垃圾的产量为 0.7～1.3kg。

由于城市生活垃圾的组成不固定，给垃圾的处理和处置带来一定的困难，为此，发达国家的许多城市要求居民对垃圾实行分类堆放和收集，将玻璃、金属、废纸、旧衣服、废塑料和厨房类垃圾等分类堆放，有利于回收利用，避免混堆后分拣困难。

城市生活垃圾的处置方法主要有焚烧（包括热解、气化）、卫生填埋和堆肥。

在联合国环境与发展大会后，中国也明确提出了广泛开展固体废物、生活垃圾的综合利用和无害化处理，在经济发达的部分城市，对城市生活垃圾实现分类收集，回收可利用的部分，建立符合环保要求的生活垃圾填埋场或焚烧厂，全国城市生活垃圾处置率达到55%～60%。其中特大城市不低于60%，大城市不低于55%，中小城市达到65%。

第五节　放(辐)射性污染及防治

自2011年3月11日日本因地震和海啸引发福岛核电站泄漏事故以来，所带来的核放（辐）射对日本及周边国家的影响至今尚未消除。中国是否受影响、影响有多大、中国的核电站是否足够安全等，成为人们高度关注的焦点话题。与其同时，公众对放（辐）射性污染及防护方面的知识、信息的了解及需求也更加迫切。

一、放射性污染

1. 放射性污染的含义

放射性污染是指由于人类活动造成物料、人体、场所、环境介质表面或者内部出现超过国家标准的放射性物质或者射线。

2. 放射性污染的来源

环境中的放射性的来源分天然放射源和人工放射源。

天然放射源主要来自宇宙放（辐）射、地球和人体内的放射性物质，这种放射通常称为天然本底放射。

由于人类生产、生活等活动引起的，在自然条件下原本不存在的放射源称为人工放射源，如核试验造成的全球性放射性污染，核能（电）生产、放射性同位素的生产和应用导致放射性物质以气态或液态的形式释放而直接进入环境，核材料贮存、运输或放射性废物处理不当、核设施泄漏、退役等，均可能造成放射性物质间接地进入环境。如2011年3月日本核泄漏要求的放射性污染，日本及周边国家的大气、土壤和海洋等放射污染带来的影响至今未消除。

3. 放（辐）射污染对人体的危害

放（辐）射对人体的危害主要表现为受到射线过量照射而引起的急性放射病以及因放射导致的远期影响。

(1) 急性放射病　急性放射病是由大剂量的急性照射所引起的，多为意外核事故、核战争所造成。按射线的作用范围，短期大剂量外照射引起的辐射损伤可分成全身性辐射损伤和局部性辐射损伤。

(2) 远期影响　放（辐）射危害的远期影响主要是慢性放射病和长期小剂量照射对人体健康的影响，多属于随机效应。

二、放射性废物的术语与分类方法

1. 放射性废物的相关术语

(1) 放射与辐射　放射是指放射物质的元素从不稳定的原子核自发地放出射线（如α射线、β射线、γ射线等），而随着时间的延长放射物质是可以衰变形成稳定的物质而停止放射，即有一定的衰变周期；而辐射是由电磁波或机械波，或大量的微粒子（如质子、α粒子等）由发射体出发，在空间或媒质中向各个方向传播的过程，媒质也可以是波动能或大量微粒子本身。因此，放射是辐射的一种，两者既有联系又有区别。

（2）放射性废物 放射性废物是含有放射性核素或被放射性核素所污染，其浓度或比活度大于监管部门确定的清洁解控水平，并且预计不再被利用的废物。

（3）放射性气载废物 含有放射性气体和气溶胶，其放射性浓度超过国家审管部门规定的排放限值的气态废物。

（4）放射性液态废物 含有放射性核素，其放射性浓度超过国家审管部门规定的排放限值的液态废物。

（5）放射性固体废物 含有放射性核素，放射性比活度或污染水平超过国家审管部门规定的清洁解控水平的固态废物。

（6）放射性废物的比活度 是指放射源的放射性活度与其质量（或重量）之比，即单位物质或产品所含的放射性活度。活度是单位时间内放射性元素衰减的次数，贝克/克（Bq/g）。

（7）豁免废物 含放射性元素，但其放射性比活度或污染水平不超过国家审管部门规定的清洁解控水平的废物。

（8）清洁解控水平 由国家审管部门规定的，以放射性浓度、放射性比活度或总活度表示的一组数值，当辐射源等于或低于这些一组数值时，可解除审管控制。

2. 放射性废物的分类

（1）按使用方法分类 按使用，放射性废物主要可分为核设施、伴生矿和技术应用三个来源。放射性废物的特点是：长期危害性、处理难度大和处理技术复杂。

（2）按其物理状态分类 按其物理状态分为气体废物、液体废物和固体废物三类。

（3）按国（际）家标准分类 根据国际原子能机构（IAEA）提出的放射性废物分类的建议，我国修订并颁布了《放射性废物分类标准》（GB 133—1995）。该标准从处理和处置角度，按比活度和半衰期将放射性废物分为高放长寿命、中放长寿命、低放长寿命、中放短寿命和低放短寿命五类。寿命长短的区分按半衰期 30 年为限。

（4）其他分类方法 按放射性核素半衰期长短分为长半衰期（大于 100 天）、中半衰期（10～100 天）、短半衰期（小于 10 天）。这种分类方法是利用半衰期的含义，便于采用贮存法去除放射性沾污。因为任何一种放射性核素，当其经过 10 倍半衰期之后，其放射性强度将低于原来强度的 1/1000，对短半衰期废水，采用贮存法将是一种简单而又经济的处理措施。

此外，尚有按射线种类分为甲、乙、丙种放射性废物。按废液的 pH 值分为酸性放射性废水、碱性放射性废水等，但较少采用。

三、放射性废物的处理（置）原则

1. 国际上对放射性废物的处理原则

国际原子能机构（IAEA）在放射性废物管理原则中提出了九条基本原则。

（1）保护人类健康 工作人员和公众受到的照（辐）射在国家规定的允许限值之内。

（2）保护环境 确保向环境的释放最少，对环境的影响达到可接受的水平。

（3）超越国界的保护 保护他国人员健康和环境影响，及时交换信息和保证越境转移条件。

（4）保护后代 保护后代的健康。

（5）给后代的负担 不给后代造成不适当的负担，应尽量不依赖于长期对处置场的监测和对放射性废物进行回取。

(6) 国家法律框架　放射性废物管理必须在适当的国家法律框架内进行，明确划分责任和规定独立的审管职能。

(7) 控制放射性废物产生　尽可能少。

(8) 放射性废物产生和管理间的相依性　必须适当考虑放射性废物产生和管理的各阶段间的相互依赖关系。

(9) 设施的安全　必须保证放射性废物管理设施使用寿期内的安全。

2. 我国对放射性废物的管理的方针

我国制定了放射性废物管理的40字管理方针：减少产生、分类收集、净化浓缩、减容固化、严格包装、安全运输、就地暂存、集中处置、控制排放、加强监测。

四、我国对放射性污染防治标准简介

为了有效地进行核安全与辐射环境监督管理，我国在学习和借鉴世界核先进国家的经验，并参照国际原子能机构（IAEA）制定的核安全与辐射防护法规、标准的基础上，结合我国国情，在较短的时间内组织制定发布了一系列核安全与辐射环境监督管理的条例、规定、导则和标准，初步建立了一套具有较高起点，并与国际接轨的核安全与辐射环境管理法规体系。

我国最早在1960年发布了第一个放射卫生法规《放射性工作卫生防护暂行规定》，同时发布了《电离辐射的最大容许标准》、《放射性同位素工作的卫生防护细则》和《放射性工作人员的健康检查须知》三个执行细则。1964年1月，发布了《放射性同位素工作卫生防护管理办法》；1974年5月发布了《放射防护规定》（GBJ 8—74）集管理法规和标准为一体；1984年9月5日发布了《核电站基本建设环境保护管理办法》；1988年3月11日发布《辐射防护规定》（GB 8703—88）；1989年10月施行《放射性同位素与射线装置放射防护条例》；2003年10月1日施行《中华人民共和国放射性污染防治法》。

2011年9月1日，我国发布并开始实施三项放射性污染防护标准。即《核动力厂环境辐射防护规定》（GB—2011）、《低、中水平放射性废物固化体性能要求-水泥固化体》（GB—2011）、《核电厂放射性液态流出物排放技术要求》（GB—2011）。

五、放（辐）射污染防护常识

1. 外照射的防护

(1) 距离防护　实际操作应尽量远离放射源。

(2) 时间防护　工作人员熟悉操作，尽量缩短操作时间，从而减少所受辐射剂量。

(3) 屏蔽防护　是射线防护的主要方法，依射线的穿透性采取相应的屏蔽措施。

2. 内照射的防护

(1) 防止放射性物质经呼吸道吸收　增加内部通风、使用柜或手套箱、佩戴面具或湿式作业。

(2) 防止放射性物质经胃肠道吸收　食物和饮用水易被放射物质污染，严禁在辐射工作区和污染区饮食、饮水和吸烟。

(3) 防止放射性物质经身体表面或伤口吸收　应避免皮肤与放射性物质直接接触，可穿戴工作帽、手套和防护鞋等，离开污染区要彻底清洗，并对皮肤表面观察和监护。

第六节 噪声、电磁辐射、光和热污染

一、噪声污染

1. 噪声

人类生存的空间是一个有声世界，大自然中有风声、雨声、虫鸣、鸟鸣，社会生活中有语言交流、美妙音乐，人们在生活中不但要适应这个有声环境，也需要一定的声音满足身心的支撑。人通过声音进行交谈，表达思想感情以及开展各种活动。但如果声音超过了人们的需要和忍受力就会使人感到厌烦，所以噪声可定义为人们不需要的声音。

需要与否是由主观评价确定的，不但取决于声音的物理性质而且和人类的生理、心理因素有关。例如，听音乐会时，除演员和乐队的声音外，其他都是噪声；但当睡眠时，再悦耳的音乐也是噪声。

声音的本质是波动，受作用的空气发生振动，当振动频率在 20～20000Hz 时，作用于人耳鼓膜而产生的感觉称为声音。声源可以是固体，也可以是液体（液体和气体）的振动。声音可通过空气、水和固体进行传播，他们分别称为空气声、水声和固体声，对人体影响最多的是空气声。

向外辐射声音的振动物体称为声源。噪声源可分为自然噪声源和人为噪声源两大类。目前人们尚无法控制自然噪声，所以噪声的防治主要指人为噪声的防治。

噪声污染与大气污染、水污染相比，具有以下四个特点。

① 噪声具有感觉性。一种声音是否属于噪声全由判断者心理和生理上的因素所决定。不同的人对声音的感觉是不同的，因此，可以说任何声音对于接受者都可能成为噪声。

② 噪声具有局部性。声音在空气中传播时衰减得很快，它决不像大气污染及水污染影响面广，而是带有局部的特点。但是在某些情况下，噪声的影响范围很广，例如，发电厂高压排气放空，其噪声可能干扰周围几千米内居民生活的安宁。

③ 噪声污染在环境中不会有残留的污染物存在，一旦噪声源停止发声后，噪声污染也立即消失。

④ 噪声一般不直接致病或致命，它的危害是慢性的和间接的。

2. 噪声的来源

在生产和生活中，噪声污染和水污染、空气污染、固体废物污染等一样，是主要环境污染之一。但噪声与后者不同，它是物理污染（或称能量污染）。一般情况下他并不致命，且与声源同时产生同时消失，噪声源分布很广，较难集中管理。由于噪声渗透到人们生产和生活的各个领域，且能够直接感觉到它的污染，不像其他物质污染那样在产生后果时才受到注意，所以噪声往往是受到抱怨和控告最多的环境污染。

(1) 交通噪声　交通噪声是汽车、拖拉机、摩托车、飞机、火车等交通工具在行驶中产生的，对环境冲击最强。城市噪声中约有三分之二以上由交通运输产生。城市机动车噪声产生的原因，除了机动车本身构造上的问题外，道路宽度、道路坡度、道路质量、车速、车种、交通量等都是产生噪声的因素。在车流量高峰期，市内大街上的噪声可达 91dB。交通噪声是活动的噪声，对环境影响范围极大。

(2) 工业噪声　工厂机器运转发出多种噪声，还有机器振动产生的噪声。普查结果表明，有些工厂的生产噪声都在90dB左右，有的超过100dB。工业噪声强度大，是造成职业性耳聋的主要原因，它不仅给工人带来危害，对附近居民影响也很大。中国约有20%左右的工人在听觉受损的强噪声中，有近亿人受到噪声的严重干扰。但是工业噪声一般是有局限性的，噪声源是固定不变的。因此，污染范围比交通噪声要小得多，防治措施相对也容易些。

(3) 建筑施工噪声　近年来，中国基本建设迅速发展，城市道路、工厂、高层建筑不断兴起，采用打桩机、混凝土搅拌机、推土机、空压机等大型建筑施工设备的数量增加，这些设备运转时噪声均高达100dB以上。这类噪声虽是临时的、间歇性的，但在居民区施工，有时施工在夜间进行，对人们的生理和心理损害很大。

(4) 社会生活噪声　社会生活的噪声主要由商业、娱乐歌舞厅、体育及游行和庆祝活动等产生；家庭生活中家用电器（如收录机、洗衣机、电视机、电冰箱等）引起的噪声以及繁华街道上人群的喧哗声等，是影响城市声环境最广泛的噪声来源。社会生活噪声一般在80dB以下，虽然对人体没有直接危害，但却能干扰人们的工作、学习和休息。据环境监测表明，中国有近三分之二的城市居民在噪声超标的环境中生活和工作。

3. 噪声污染的危害

噪声的危害主要表现在以下几个方面。

(1) 对人体生理的影响　强的噪声可以引起耳部的不适，如耳鸣、耳痛、听力损伤。在噪声长期作用下，听觉器官的听觉灵敏度显著降低，称作“听觉疲劳”，经过休息后可以恢复。若听觉疲劳进一步发展便是听力损失，分轻度耳聋、中度耳聋以致完全丧失听觉能力。据测定，超过115dB的噪声将会造成耳聋。

噪声间接的生理效应是诱发一些疾病。噪声会使大脑皮质的兴奋和压抑失去平衡，引起头晕、头疼、脑涨、耳鸣、多梦，失眠、嗜睡、心慌、记忆力减退、注意力不集中等症状，临床上称之为“神经衰弱症”；

噪声还会对心血管系统造成损害，它可使交感神经紧张，从而出现心跳加快，心律不齐，心电图T波升高或缺血型改变，传导阻滞，血管痉挛，血压变化等；噪声会加速心脏衰老，增加心肌梗死发病率。

噪声对视力也有影响。可造成眼疼、视力减退、眼花等症状；噪声会使人的胃功能紊乱，出现食欲不振、恶心、肌无力、消瘦、体质减弱等症状。

噪声对内分泌系统有影响，使人体血液中油脂及胆固醇升高，甲状腺活动增强并轻度肿大等。

噪声对女性生理机能的损害。专家们曾在哈尔滨、北京和长春等7个地区经过为期3年的系统调查，结果发现噪声不仅能使女工患耳聋疾病，而且会导致女性性机能紊乱，月经失调，流产率增加和畸胎等疾病。

(2) 杀伤动物　噪声对自然界的生物也是有危害的。如强噪声会使鸟类羽毛脱落，不产蛋，甚至内出血直至死亡。1961年，美国空军F-104喷气战斗机在俄克拉荷马市上空作超音速飞行试验，飞行高度为10km，每天飞行8次，6个月内使一个农场的1万只鸡被飞机的轰响声杀死6000只。实验还证明，170dB的噪声可使豚鼠在5min内死亡。

(3) 破坏建筑物　20世纪50年代曾有报道，一架以1.1×10^3km/h的速度（亚音速）飞行的飞机，作60m低空飞行时，噪声使地面一幢楼房遭到破坏。在美国统计的3000起喷气式飞机使建筑物受损害的事件中，抹灰开裂的占43%，损坏的占32%，墙开裂的占

15%，瓦损坏的占6%。1962年，3架美国军用飞机以超音速低空掠过日本藤泽市时，导致许多居民住房玻璃被震碎，屋顶瓦被掀起，烟囱倒塌，墙壁裂缝，日光灯掉落。

随着工业生产、交通运输、城市建设的高度发展和城镇人口的迅猛膨胀，噪声污染日趋严重。据《中国环境状况公报》显示，中国多个城市噪声处于中等水平。其中，生活噪声影响范围大并呈扩大趋势，交通噪声对环境冲击最强，各类功能区噪声普遍超标。城市中功能区超标的百分率分别为：特殊住宅区57.1%；居民、文教区71.7%；居住、商业、工业混杂区80.4%；工业集中区21.7%；交通干线道路两侧50.0%。由此可见，中国的噪声污染已相当严重。

二、电磁辐射污染

1．电磁辐射

以电磁波形式向空间环境传递能量的过程或现象称为电磁波辐射，简称电磁辐射。电磁波有很多种，各种电磁波的波长与频率各不相同。在空气中，不论电磁波的频率如何，它传播速度均为固定值（3×10^8 m/s）。

因此，频率越高的电磁波，波长越短，二者呈反比例关系。无线电波、微波、红外线、可见光、紫外线、X射线、γ射线和宇宙射线均在电磁波的范畴内。

2．电磁辐射源

电磁辐射源有两大类：一类是自然界电磁辐射源，另一类是人工型电磁辐射源。自然界电磁辐射源来自于某些自然现象；人工型电磁辐射源来自于人工制造的若干系统或装置与设备，其中又分为放电型电磁辐射源、工频电磁辐射源及射频电磁辐射源。各种电磁辐射源的分类如表2-2和表2-3所示。

表2-2　自然界电磁辐射源

大气与空气辐射源	自然界的火花放电、雷电、台风、寒处雪飘、火山喷烟等
太阳电磁场源	太阳的黑点活动与黑体放射等
宇宙电磁场源	银河系恒星的爆炸，宇宙间电子移动等

表2-3　人为电磁辐射源

<table>
<tr><th colspan="2">分　类</th><th>设备名称</th><th>辐射来源与部件</th></tr>
<tr><td rowspan="4">放电所致辐射源</td><td>电晕放电</td><td>电力线（送配电线）</td><td>高压、大电流而引起的静电感应，电磁感应、大地漏电所造成</td></tr>
<tr><td>辉光放电</td><td>放电管</td><td>日光灯、高压水银灯及其他放电管</td></tr>
<tr><td>弧光放电</td><td>开关、电气铁道、放电管</td><td>点火系统、发电机、整流装置等</td></tr>
<tr><td>火花放电</td><td>电气设备发动机、冷藏库</td><td>整流器、发电机、放电管、点火系统</td></tr>
<tr><td colspan="2">工频辐射场源</td><td>大功率输电线、电气设备、电气铁道</td><td>高电压、大电流的电力线场电气设备</td></tr>
<tr><td colspan="2" rowspan="3">射频辐射场源</td><td>无线电发射机、雷达</td><td>广播、电视与通信设备的振荡与发射系统</td></tr>
<tr><td>高频加热设备、热合机等</td><td>工业用射频利用设备的工作电路与振荡系统</td></tr>
<tr><td>理疗机、治疗机</td><td>医用射频利用设备的工作电路与振荡系统</td></tr>
<tr><td colspan="2">建筑物反射</td><td>高层楼群以及大的金属构件</td><td>墙壁、钢筋、吊车等</td></tr>
</table>

人工型电磁辐射源按电磁能量传播方式划分，可分为发射型电磁场源与泄漏型电磁场源

两类。前者主要有广播、电视、通信、遥控、雷达等设施；后者主要是工业、科研与医用射频设备，简称ISM设备。

3. 电磁辐射污染

电磁辐射强度超过人体所能承受的或仪器设备所允许的限度时就构成电磁辐射污染简称电磁污染。

人类生活在充满电磁波的环境里。电磁波可在空中传播，也可经导线传播。全世界约有数万个的无线广播电台和电视台，在日夜不停地发射着电磁波。此外，还有为数很多的军用、民用雷达，无线电通信设备，各种电磁波设备和仪器，以及电热毯和日渐进入家庭的微波炉等也在不断地发射电磁波。电磁波的影响可经常感觉到，如会场里扩音器刺耳的啸叫，打电话时收音机距离过近发出的尖叫，洗衣机、吹风机开动时对电视图像的干扰，无绳电话对电视接收的干扰等。这些都是人为的电磁辐射污染源。

4. 电磁辐射的危害

电磁辐射污染是指电磁辐射能量超过一定限度，所引起的有机体异常变化和某些物质功能的改变，并趋于恶化的现象。电磁辐射危害主要包括以下内容。

(1) 高强度的电磁辐射以热效应与非热效应两种方式作用于人体　导致身体发生机能障碍和功能紊乱，从而造成危害。

(2) 工业干扰　尤其是信号干扰与破坏非常突出。

(3) 引燃引爆　特别是在高场强作用下引起火花而导致可燃性油类、气体和武器弹药的燃烧与爆炸事故。

(4) 对人体的危害

① 癌症发病率增高。前苏联为监听美驻苏使馆的通信联络情况，向使馆发射微波，由于使馆工作人员长期处在微波环境中，1976年馆内被检查的313人中，有64人淋巴细胞平均数高44%，有15个妇女得了腮腺癌。

② 伤害眼睛。眼睛被高强度的微波照射几分钟，就可以使晶状体出现水肿，严重的造成白内障。强度更高的微波，会使视力完全消失。

③ 影响生殖功能。微波对皮肤的影响不大，但可使睾丸受到伤害，造成不育或女孩出生率明显增加。

④ 影响遗传基因。父母一方曾经长期受到微波辐射时，其子女中畸形儿童如先天愚型、畸形足等发病率异常高。

⑤ 损害中枢神经系统。头部长期受微波照射后，轻则引起失眠多梦、头疼头昏、疲劳无力，记忆力衰退、易怒、抑郁等神经衰弱症状，重则造成脑损伤。

⑥ 引起心血管疾病。高强度微波连续照射全身，可使体温升高，产生高温的生理反应，如心跳加快、血压升高、呼吸率加快、喘息、出汗等。严重的出现抽搐和呼吸障碍，直至死亡。

三、光污染及其危害

光对人类的生产生活至关重要，是人类永不可缺少的。超量的光辐射，包括紫外、红外辐射对人体健康和人类生活环境造成不良影响的现象称为光污染。在电磁辐射波谱中，光包括红外线、可见光和紫外线三种。

(1) 可见光　可见光是波长为390～760nm的电磁辐射体，按其光波长短可区分为不同的七色。当光的亮度过高或过低，对比过强或过弱时，均可引起视觉疲劳，导致工作效率降低。

激光光谱除部分属于红外线和紫外线外，大多属于可见光范围。因其具有指向性好、能量集中、颜色纯正等特点，在科学研究各领域得到广泛应用。当激光通过人眼晶状体聚焦到达眼底时，其光强度可增大数百倍至数万倍，对眼睛产生较大伤害。大功率的激光能危害人体深层组织和神经系统。所以激光污染已越来越受到重视。激光光谱还有一部分属于紫外线和红外线频率范围。

眩光也是一种光污染。汽车夜间行驶所使用的车头灯，球场和厂房中布置不合理的照明设施都会造成眩光污染。在眩光的强烈照射下，人的眼睛会因受到过度刺激而损伤，甚至有可能导致失明。

杂散光是光污染的又一种形式。在阳光强烈的季节，饰有钢化玻璃、釉面砖、铝合金板、磨光石面及高级涂面的建筑物对阳光的反射系数一般在65%～90%，要比绿色草地、深色或毛面砖石建筑物的反射系数大10倍，从而产生明晃刺眼的效应，扰乱驾驶员或行人的视觉，成为交通事故的隐患；同时当阳光反射进附近居民的房内，造成光污染和热污染。在夜间，街道、广场、运动场上的照明光通过建筑物反射进入相邻住户，其光强有可能超过人体所能承受的范围。这些杂散光不仅有损视觉，而且还能导致神经功能失调，扰乱体内的自然平衡，引起头晕目眩、食欲下降、困倦乏力、精神不集中等症状。

(2) 红外线污染　红外光辐射又称热辐射。自然界中以太阳的红外辐射最强。红外光穿透大气和云雾的能力比可见光强，因此在军事、科研、工业、卫生等方面（还有安全防盗装置）应用日益广泛。另外在电焊、弧光灯、气焊、气割操作中也辐射红外线。

红外线是通过高温灼伤人的皮肤，当皮肤受到短期红外线照射时，可使局部升温、血管扩张，出现红斑反应，停照后红斑会消失。适量的红外线照射，对人体健康有益，若过量照射，除产生皮肤急性灼烧外，透入皮下组织的红外线可使血液和深层组织加热；当照射面积大且受照时间又长时，则可能出现中暑症状。若眼球吸收大量红外线辐射，可导致角膜热损伤，还可透过眼睛角膜对视网膜造成伤害；波长较长的红外线还能伤害人眼的角膜；长期接触中区范围红外照射的工作人员，可引起白内障眼疾。近区范围的红外线可以对视网膜黄斑区造成损伤。以上的一些症状，多出现于使用电焊、弧光灯、气焊、气割等的操作人员中。

(3) 紫外线污染　紫外线辐射（简称紫外线）是波长范围为10～390nm的电磁波，其频率范围在$(0.7\sim3)\times10^{15}$Hz，相应的光子能量为3.1～12.4eV。自然界中的紫外线来自太阳辐射，人工紫外线是由电弧和气体放电产生的，可用于人造卫星对地面的探测和灭菌消毒等方面。适量的紫外线辐射量对人体健康有积极的作用。若长期缺乏这种照射，会使人体代谢产生一系列障碍。其中波长为220～320nm波段的紫外光对人具有伤害作用，轻者引起红斑反应，重者的主要伤害表现为角膜损伤、皮肤癌、眼部烧灼等，并伴有高度畏光、流泪和痉挛等症状。

当紫外线作用于排入大气的污染物氮氧化合物和碳氢化合物等时，会发生光化学反应，形成具有毒性的光化学烟雾。

此外，核爆炸、电弧等发出的强光辐射也是一种严重的光污染。

四、热污染及其危害

(1) 热污染的含义　所谓热污染，是指现代工业生产和生活中排放的废热所造成的环境污染。热污染可以污染大气和水体，使局部环境或全球环境发生增温，并可能对人类和生态系统产生直接或间接、即时或潜在的危害。当前，随着世界能源消费的不断增加，热污染问题也日趋严重，已引起人们的重视。

(2) 热污染的形成原因

① 热量直接向环境，特别是向水体排放。发电、冶金、化工和其他的工业生产，通过燃料燃烧和化学反应等过程产生的热量，一部分转化为产品形式，一部分以废热形式直接排入环境。转化为产品形式的热量，在消费过程中最终也要通过不同的途径释放到环境中（如加热、燃烧等方式）。而且各种生产和生活过程排放的废热大部分转入到水中，使水升温。这些温度较高的水排进水体，形成对水体的热污染。电力工业是排放温热水最多的行业。据统计排进水体的热量，有80%来自发电厂。

② 大气组成的改变。人类的生产和生活活动向大气大量排放温室气体，引起大气增温；同时消耗臭氧层物质的排放，破坏了大气臭氧层，导致太阳辐射的增强。

③ 地表状态的改变。主要是改变了地面反射率，影响了地表和大气间的换热等，如城市中的热岛效应。另外由于农牧业的发展，使森林改变成农田、草场，很多地区更由于开垦不当而形成沙漠，这样就大面积地改变了地面反射率，改变了环境的热平衡，形成热污染。

(3) 热污染的危害　热污染主要表现在对全球性的或区域性的自然环境热平衡的影响，使热平衡遭到破坏。目前尚不能定量地指出由热污染所造成的环境破坏和长远影响，但已可证实由于热污染使大气和水体产生了增温效应，对生命会产生危害。

① 水体热污染的影响。由于向水体中排放含热废水、冷却水，导致水体在局部范围内水温升高。

水体温度升高后，首先影响鱼类的生存。这是因为，一般来说，温度每升高10℃，生物代谢速度增加一倍，从而引起生物需氧量的增加。而在同一时间里，水中溶解氧却随温度的升高而下降。当淡水温度从10℃升至30℃时，溶解氧会从11mg/L降至8mg/L左右。同时，水体的生物化学反应加快，水中原有的氰化物、重金属离子等污染物毒性将随之增加。因此，当生物对氧的需要量增加时，所能利用的氧反而少了。溶解氧减少的第二个原因是当温度升高时，废物的分解速度加快了，分解速度越快，需要的氧气越多。结果水中的溶解氧在大多数情况下不能满足水生物生存所必需的最低值，从而使水生物难以存活下去。

在具有正常混合藻类种群的河流中，硅藻在18～20℃之间生长最佳，绿藻为30～35℃；蓝藻为35～40℃。水体里排入热废水后利于蓝藻生长，而蓝藻是一种质地粗劣的饵料，可引起水的味道异常，并可使人畜中毒。

此外，河水水温上升给一些致病微生物造成一个人工温床，使它们得以滋生、泛滥，引起疾病流行，危害人类健康。1965年澳大利亚曾流行过一种脑膜炎，后经科学家证实，其祸根是一种变形原虫，由于发电厂排出的热水使河水温度增高，这种变形原虫在温水中大量孳生，造成水源污染而引起了这次脑膜炎的流行。

② 大气热污染的影响。由于向大气排放含热废气和蒸汽，导致大气温度升高而影响气象条件时，称为大气热污染。通常在燃料燃烧时会有碳氧化物等产生，在完全燃烧的条件下，CO_2 的产量最高。由于能源的大量消耗，据估算近30年来大气中的 CO_2 含量每年以0.7mg/L的速率在增长。大气中的 CO_2 分子（或水蒸气）的增加，不仅能加大太阳透过大气层辐射到地球表面的辐射能，而且还能吸收从地球表面辐射出的红外线，再逆辐射到地球

表面。如此多次反复，终使近地层大气升温。大气层温度升高的结果将导致极地冰层融化。

大气热污染会给人类带来各种不良影响，会加重工业区或城镇的环境污染；局部大气增温也将影响大气循环过程，容易形成干旱。这些都将直接或间接危害人类。

③ 热污染引起的城市“热岛”效应。由于城市人口集中，城市建设使大量的建筑物、混凝土代替了田野和植物，改变了地表反射率和蓄热能力，形成了同农村有很多差别的热环境。工业生产、机动车辆行驶和居民生活等排出的热量远远高于郊区农村，可造成温度高于周围农村（1～6℃）的现象。夏季危害尤其严重，为了降温，机关、单位、家庭普遍安装使用空调，又新增了能耗和热源，形成恶性循环，加剧了环境的升温。资料表明，大城市市中心和郊区温差在5℃以上，中等城市在4～5℃，小城市市内外也差3℃左右。城市成了周围凉爽世界中名副其实的“热岛”。

造成热污染最根本的原因是能源未能被最有效、最合理地利用。随着现代工业的发展和人口的不断增长，环境热污染将日趋严重。然而，人们尚未有用一个量值来规定其污染程度，这表明人们并未对热污染有足够重视。为此，科学家呼吁应尽快制定环境热污染的控制标准，采取行之有效的措施防治热污染。

第七节　环境污染与人体健康

一、致病因素和人体调节功能

环境的任何变化都会不同程度地影响人体的正常生理功能。但是，人类具有调节自己的生理功能来适应不断变化着的环境的能力。这种适应环境变化的正常生理调节功能，是人类在长期发展过程中形成的，如果环境的异常变化不超过一定限度，人体是可以适应的。如人体可以通过体温来适应环境中气象条件的变化；通过红细胞和血红蛋白含量的增加，在一定程度上适应高山缺氧环境等。如果环境的异常变化超出人类正常生理调节的限度，则可能引起人体功能和结构发生异常，甚至造成病理性的变化。这种能使人体发生病理变化的环境因素，称为环境致病因素。

人类的疾病是由化学和生物、物理的致病因素所引起。化学性因素包括重金属、农药、化肥及其他有机及无机的化合物；生物性因素包括细菌、病菌、虫卵等；物理性因素有噪声和振动、放射性、冷却用水造成的热污染等。这些因素达到一定程度，都可以成为致病因素。在环境致病因素中，环境污染又占最重要的位置。以人类肿瘤为例，根据资料统计分析，人类肿瘤病因大部分与环境污染直接有关，有人估计与环境化学污染物有关的肿瘤至少占90%以上。

疾病是机体在致病因素作用下，功能、代谢及形态上发生病理变化的一个过程，这些变化达到一定程度才表现出疾病的特殊临床症状和体征。人体对致病因素引起的功能损害有一定的代偿能力，在疾病发展过程中，有些变化是属于代偿性的，有些变化则属于损伤，二者同时存在。当代偿过程相对较强时，机体还可能保持着相对的稳定，暂不出现疾病的临床症状，这时如果致病因素停止作用，机体便向恢复健康的方向发展。但代偿能力是有限度的，如果致病因素继续作用，代偿功能逐渐发生障碍，机体则以病理变化的形式反应，从而表现出各种疾病所特有的临床症状和体征。

疾病的发生发展一般可分为潜伏期（无临床表现）、前驱期（有轻微的一般不适）、临床症状明显期（出现某疾病的典型症状）、转归期（恢复健康或恶化死亡）。在急性中毒的情况下，疾病的前两期可以很短，会很快出现明显的临床症状和体征。在微量致病因素（如某些化学物质）的长期作用下，疾病的前两期可以相当长，病人没有明显的临床症状和体征；此时，人对其他的致病因素（如细菌、病毒等）的抵抗能力减弱，处于潜伏期或处于代偿状态。暂未出现临床症状，而实际上已受危害损伤的“病人”，不能认为是“健康”的人，而应看作是处于“疾病”的早期（临床前期或临床状态）。因此，从预防医学的观点来看，不能以人体是否出现疾病的临床症状和体征来评价有无环境污染及其严重程度，而应当观察多种环境因素对人体健康的影响。一般从以下几个方面来考虑：是否引起急性中毒；是否引起慢性中毒；有无致癌、致畸及致突变作用；是否引起生理、系列化的变化。

二、化学污染物在人体中的迁移、转化

1. 污染物的侵入和吸收

污染物主要经呼吸道和消化道侵入人体，也可经皮肤或其他途径侵入。空气中的气态污染物或悬浮的颗粒物质，经呼吸道进入人体，从鼻咽腔至肺泡。整个呼吸道的各部分由于结构不同，对污染物的吸收也不同，愈入深部，面积愈大。肺部富有毛细血管，污染物由肺部吸收速度极快，仅次于静脉注射。水和土壤中的有毒物质，主要是通过饮用水和食物经消化道被人体吸收。

2. 污染物的分布和蓄积

污染物经上述途径吸收后，由血液分布到人体各组织，不同的污染物在人体各组织的分布情况不同，污染物长期隐藏在组织内，其量又可逐渐积累，这种现象叫做蓄积。如铅蓄积在骨内，DDT（一种杀虫剂）蓄积在脂肪组织内。蓄积在某些情况下（如毒物蓄积部位不同）对人体具有某种保护作用，但同时仍是一种潜在的危险。

3. 污染物的生物转化

除很少一部分水溶性强、相对分子质量极小的污染物可以原形从人体中排出外，绝大部分污染物都要经过某些酶的代谢（或转化），从而改变其毒性，增强其水溶性，而易于排泄。毒物在体内的这种毒性转化过程，叫生物转化过程。肝脏、肾脏、胃肠等器官对各种毒物都有生物转化功能，其中以肝脏最为重要。

4. 毒物的排泄

毒物的排泄途径主要有肾脏、消化道和呼吸道。少量随汗液、乳汁、唾液等各种分泌液排出；也有的毒物在皮肤的新陈代谢过程中，到达毛发而离开机体。毒物在排出过程中，可在排出的器官造成继发性损害，成为中毒表现的一部分，能够通过胎盘进入胎儿血液的毒物，可以影响胎儿的发育和产生先天性中毒及畸胎。

5. 污染物对人体危害的影响因素

污染物对人体危害的性质和程度与以下因素有关。

（1）剂量　对于人体非必需元素、有毒元素或生物体内尚未检出的某些元素，由环境污染而进入人体的剂量达到一定程度，即可引起异常反应，甚至进一步发展成疾病。对于这一类元素主要是研究制定其最高允许限量的问题，即环境中的最高允许浓度、人体的最高允许负荷量等。

（2）作用时间　很多环境污染物具有蓄积性，只有在体内的蓄积量达至中毒阈值时，才

会产生危害。因此随着作用时间的延长，毒物的蓄积量将加大。污染物在体内的蓄积是受摄入量、污染物的生物半衰期（即污染物在生物体内浓度减低一半所需的时间）和作用时间三个因素影响的。

（3）多种因素的联合作用　环境污染物常常不是单一的，而是经常与其他物理化学因素同时作用于人体的，因此，必须考虑这些因素的联合作用和综合影响。如 CO 与 H_2S 可相互促进中毒的发展。

（4）个体敏感性　人的健康状况、生理状态、遗传因素等不同，则人体对环境异常变化的反应强度和性质也就不同。如 1962 年伦敦烟雾事件一周内死亡的 4000 人中，其中 80% 是原来就患有心肺疾病的人。

三、生物性污染因素对人体健康的影响

生物污染因子大多是通过污染水体对人体产生影响的。世界卫生组织的资料表明，缺乏清洁水和基本卫生设备，是世界上近 80%疾病产生的根源，每天死于水源疾病的人数达 2.5×10^4 人，每年有数百万人因水污染而身体虚弱，可见水与健康的密切关系。

大多数污染水体的病原体主要来自人和动物粪便。这些病原体包括细菌、病毒、原生质和线虫类。大多数肠道病原体离开人体后，可以在自然界存活较长时间。然后经雨水冲刷进入水体或者转移到食物链中。也有些病原体可以通过苍蝇和蚊类进行传播和转移。

大多数与水中病原体等有关的疾病属于传染病。有学者建议将与水有关的疾病分为五类：介水型、缺水型、中间宿主型、虫媒型以及水播散型。

（1）介水型　介水型是通过被人类和牲畜以有致病性和细菌污染的水体作为饮用水源而致病。如霍乱、伤寒等。破损皮肤与疫水接触也会导致疾病。

（2）缺水型　在缺水条件下，人们难以保持个人卫生和环境卫生。此时，病原体可通过各种途径进入人体。因此，一些腹泻性疾病流行的地方，也是接触性皮肤和眼病流行的地方。所有介水性疾病亦可形成缺水性疾病。

（3）中间宿主型　水为中间宿主提供了生存场所，有些寄生虫借助中间宿主完成它们的生活周期。这些寄生虫是人类蠕虫病的病因。具有感染性的幼虫可通过钻入皮肤侵入人体，也可通过人们摄食或者饮用不洁水进入人体，并在人体中长成具有致病性的成虫。

（4）虫媒型　水可以提供某些疾病虫媒体孳生的场所。蚊子的幼虫可以在水中孳生，成虫可以传播疟疾病、丝虫病以及病毒性疾病（人登革热、黄热病和乙型肝炎）。不同种类的蚊子在不同水体孳生，大多数传播疟疾的蚊子喜欢在清亮的水体中繁殖；传播丝虫的蚊子喜欢在厕所的积液和其他污染严重的水体；传播河流盲眼病的蚊子喜欢在红蝇喜欢栖息的沼泽地；传播非洲睡眠的舌蝇，虽然可以栖息在陆地上，也常在水道上叮咬人类。

（5）水播散型　前四种与水有关的疾病多发生在发展中国家。第五类与水有关的疾病出现在发达国家，致病因子可以在清洁水体中生存繁殖，通过呼吸道进入人体，使其发生感染。例如，阿尔巴原虫在温水中可以增殖，当通过呼吸道进入脑部，可以引起致命的脑膜炎。

四、污染物对人体的致癌、致畸、致突变作用

污染物对人体危害可分为急性危害、慢性危害和远期危害。急性危害是指在短期内人群

暴发疾病和死亡的危害；慢性危害是指污染物在人体内转化、积累，并经过相当长的时间（半年至十几年），才出现危害症状；如职业病、水俣病、骨痛病等；远期危害指受损症状要经过几十年甚至隔代才能显示出的危害。

1. 致癌作用

能引起或引发癌症的叫致癌作用。据资料表明，癌症由病毒等生物因素引起的不超过5%；由放射线等物理因素引起的也低于5%；但是由化学物质引起的约占90%。

2. 致突变作用

能引起生物体细胞的遗传信息和遗传物质发生突然改变的一种作用，称为致突变作用，这种致突变作用引起变化的遗传信息或遗传物质在细胞分裂繁殖过程中，能够传递给子细胞，使其具有新的遗传特性。

3. 致畸作用

污染物通过人或动物母体影响胚胎发育和器官分化，使子代出现先天性畸形的作用，叫做致畸作用。致畸因素有物理、生物学和化学因素。物理因素，如放射性物质，可引起眼白内障、小头症等畸形；生物学因素，如对母体怀孕早期感染风疹等病毒，能引起胎儿畸形等；化学因素，如孕妇在妊娠反应时服用镇静剂“反应停”后，能引起胎儿“海豹症”畸形等。此外，甲基汞、多氯联苯（PCB）等，也被证实具有致畸作用。

思考题

1. 世界关注的全球环境问题有哪些？简述它们对环境及人类的危害。
2. 水体污染源及污染物有哪些？
3. 简述大气层的结构，与人类关系最密切的是哪一层？为什么？
4. 大气的污染源及污染物有哪些？
5. 大气主要污染物的危害是什么？
6. 什么是固体废物？
7. 固体废物的来源有哪些？
8. 简述固体废物对环境造成的危害主要表现在哪些方面？
9. 噪声有哪些特征和危害？
10. 放射性污染的危害有哪些？
11. 公众如何防护一般放射、辐射性污染？
12. 电磁辐射污染有哪些？
13. 热污染包括哪些方面？
14. 光污染包括哪些方面？
15. 环境污染物进入人体的途径有哪些？
16. 环境污染物对人体的危害有哪些？

第三章 污染控制技术

学习指南

通过本章学习，了解环境污染控制方式，熟悉水污染控制技术、水处理系统、气体污染控制、气体净化系统、固体废物的处理和利用、噪声控制技术及电磁污染、放射性污染和光污染的防治。

第一节 环境污染控制方式简介

中国目前提出的环保目标是“一控双达标”。具体内容为：“到2000年底，各省、自治区、直辖市要使本辖区主要污染物排放总量控制在国家规定的排放总量指标内；全国所有工业污染源排放污染物要达到国家或地方规定的标准；直辖市、省会城市、经济特区城市、沿海开放城市和重点旅游城市的环境空气、地面水环境质量，按功能区分别达到国家规定的有关标准”。

下面介绍环境污染控制常用的几种方法。

一、浓度和效率控制方式

浓度控制方式是控制污染源排放口排出污染物的浓度来控制环境质量的方法。其依据是由国家制订全国统一执行的污染物浓度排放标准。这种方式易于检查控制对象是否遵守排放标准，世界上多数国家都是由浓度控制开始控制污染的。效率控制方式是对净化装置的效率进行控制的方式。

此类控制方式是考虑经济发展优先于环境污染，属于局部控制。主要缺陷是污染治理标准与环境质量目标脱节。环境质量主要由排污总量决定，同时还受到区域因素的影响，如气象、地形、水文等。此类控制不能控制排污总量，也不能考虑具体的区域因素。

二、总量控制方式

“总量”是指当地允许排放的污染物的总量，是环境标准能容许的污染物总量，也称为“环境承载力”。这应由自然净化能力（即环境容量）确定。

总量控制就是通过控制给定区域内污染源的允许排放总量来确定控制区实现环境质量目标的一种方法。如大气污染物排放总量控制，就是针对某一控制区域，计算出该地区所有污染源的允许排放总量，并将其合理分配到各污染源，然后通过控制这个总量，也就是每一个污染源所分配到的允许排放量，来达到该地区预期的大气环境质量目标。水污染排放总量控制也是如此。

由此可见，总量控制的技术基础是环境容量的规划。由于环境容量具有区域性，总量控制也具有区域性。大到全球性，也可以是国家层次、流域层次或城市层次等。不同层次的总量控制有不同的要求、条件和做法。

“总量控制”的最大特点是把目标排放总量作为改善环境的直接环节而对污染源进行控制。总量控制对于污染源集中，污染达到相当程度的地区，是谋求改善环境的有效限制方式。

三、动态控制方式

这种方式是总量控制的“动态化”，是总量控制的进一步发展。动态控制是根据各种条件建立一个动态模型，把气象资料和污染源数据输入联机化的模拟系统中去，和同样联机化的环境监测网联系在一起，计算出随时间而变化的允许排放总量，并向各污染源发出允许的排放量的指令，这样便可随时控制和保证其环境质量达标。

第二节　水污染控制技术

污染物进入水体，其含量超过水的自净能力时，会使水质变坏造成水体污染。地球上可供人类直接利用的淡水资源是十分有限的，而水体污染又进一步减小了可利用水资源，加剧了水源不足的矛盾。因此，控制水体污染、保护水资源，是当前环境保护的重要任务之一。

制定符合国情的水环境质量标准，编制科学的水环境保护规范，加强水质管理，控制水体污染、节约用水等，是防治水体污染的重要措施。进行水污染防治，根本的原则是将“防”、“治”、“管”三者结合起来。

①“防”是指对污染源的控制，通过有效控制使污染源排放的污染物减到最少量。

对工业污染源，最有效的控制方法是推行清洁生产。对生活污染源，可以通过有效措施减少其排放量。如推广使用节水用具，提高民众节水意识，可以降低用水量，从而减少生活污水排放量。提倡农田的科学施肥和农药的合理使用，可以大大减少农田中残留的化肥和农药，进而减少农田径流中所含的氮、磷和农药量。

②“治”是水污染防治中不可缺少的一环。

通过各种预防措施，污染源可以得到一定程度的控制，但要实现“零排放”是很困难的，或者几乎是不可能的，如生活污水的排放就不可避免。因此，必须对污（废）水进行妥善的处理，确保在排入水体前达到国家或地方规定的排放标准。

③“管”是指对污染源、水体及处理设施的管理。“管”在水污染防治中也占据着十分重要的地位。科学的管理包括对污染源的经常监测和管理，以及对水体卫生特征的监测和管理。

污水处理的目的就是将污水中的污染物以某种方法分离出来，或将其分解转化为无害的稳定物质，从而使污水得到净化。

一、水体的自净作用和水环境容量

1. 水体的自净作用

各类天然水都有一定的自净能力。污染物质进入天然水体后，通过一系列物理、化学和生物因素的共同作用，使排入的污染物质的浓度和毒性自然降低，这种现象称为水体的自净。但是在一定的时间和空间范围内，如果污染物质大量排入天然水体并超过了水体的自净能力，就会造成水体污染。

水体的自净能力是有限度的。影响水体自净能力的因素很多，主要有：水体的地形和水文条件；水中微生物的种类和数量；水温和水中溶解氧恢复（复氧）状况；污染物的性质和浓度。

水体的自净作用按其净化机制可分为以下三类。

（1）物理净化　是指污染物由于天然水体的稀释、扩散、沉淀和挥发等作用而使污染物在水中的浓度降低的过程。其中稀释作用是一项重要的物理净化过程。

（2）化学净化　该自净过程是指污染物由于天然水体通过氧化、还原、酸碱反应、分解、凝聚、中和等作用，使水体中污染物质的存在形态发生变化，并且浓度降低的过程。

（3）生物净化　天然水体中的生物活动过程使污染物质的浓度降低，特别重要的是水中微生物对有机物的氧化分解作用。生物自净过程需要消耗氧。所消耗的氧若得不到及时补充，生物自净过程就要停止，水体的水质就要恶化。因此，生物净化过程实际上包括了氧的消耗和氧的补充（复氧）两方面的作用。氧的消耗过程主要取决于排入水体的有机污染物的数量、氧的数量和废水中无机性还原物的数量。复氧过程为大气中氧向水体扩散，使水体溶解氧增加；水生植物在阳光照射下进行光合作用放出氧气。

天然水体的自净作用包含十分广泛的内容，它们同时存在、同时发生并相互影响。

2. 水环境容量

水体所具有的自净能力就是水环境接纳一定量污染物的能力。一定水体所能容纳污染物的最大负荷被称为水环境容量，即某水域所能承担外加的某种污染物的最大允许负荷量。它与水体所处的自净条件（如流量、流速等）、水体中的生物类群组成、污染物本身的性质等有关。一般，污染物的物理化学性质越稳定，其环境容量越小；耗氧性有机物的水环境容量比难降解有机物的水环境容量大得多；而重金属污染物的水环境容量则甚微。

水环境容量与水体的用途和功能有十分密切的关系。水体功能越强，对其要求的水质目标越高，其水环境容量必将减少；反之，当水体的水质目标不甚严格时，水环境容量可能会大些。正确认识和利用水环境容量对水污染的控制有着重要的意义。

3. 水质指标

水质，即水的品质。自然界中的水并不是纯粹的氢氧化合物，因此水质就是指水与其中所含杂质共同表现出来的物理学、化学和生物学的综合特性。在环境工程中，常用“水质指标”来衡量水质的好坏，也就是表征水体受到污染的程度。

现就一些主要的水质指标介绍如下。

（1）生化需氧量 BOD（bio-chemical oxygen demand）　在水体中有氧的条件下，好氧微生物氧化分解单位体积水中有机物所消耗的溶解氧的数量称为生化需氧量（BOD），常用单位 mg/L 表示。BOD 越高，表示水中耗氧有机污染物越多。BOD 是间接表示水被有机污染物污染程度的指标，仅可作相对的比较。

20℃的水在 BOD 的测定条件（氧充足、不搅动）下，以五日作为测定的标准时间，所测定的结果称为五日生化需氧量，以 BOD_5 表示。据试验研究，生活废水的 BOD_5 与 BOD 的比值约为 0.7；而各种工业废水的水质差异很大，两者之间的比值各不相同。但就某一特定废水而言，两者常有一个稳定的比值。

(2) 化学需氧量COD（chemical oxygen demand） 在一定严格的条件下，用化学氧化剂（如重铬酸钾$K_2Cr_2O_7$、高锰酸钾$KMnO_4$等）氧化水中有机污染物时所需的溶解氧量称为化学需氧量（COD）。同样，COD越高，表示水中有机污染物越多。

(3) 总需氧量TOD（total oxygen demand） 总需氧量表示在高温下燃烧化合物所耗去的氧量，用TOD表示，单位为氧的mg/L。总需氧量可用仪器测定，在几分钟内就能完成，且可自动化、连续化。TOD能反映出几乎全部有机物燃烧后生成CO_2、H_2O、NO、SO_2……时所需的O_2量，它比BOD和COD更接近于理论需氧量。

(4) 溶解氧DO（dissolved oxygen） 溶解氧是指溶解于水中的分子氧，以mg/L为单位。水体中DO含量的多少也可反映出水体受污染的程度。DO越少，表明水体受污染的程度越严重。清洁河水中的DO一般在5mg/L左右。

(5) pH值 它反映水的酸碱性。天然水体的pH值一般为6～9。测定和控制废水的pH值，对维护废水处理设施的正常运行，防止废水处理和输送设备的腐蚀，保护水生生物的生长和水体自净功能都有重要的意义。

(6) 大肠菌群数 大肠菌群数是指单位体积水中所含的大肠菌群的数目，单位为个/L。它是常用的细菌学指标。

二、污水处理技术

虽然水体本身对污水具有一定的自净能力，但是工业生产中产生的大量的污水，仅靠水体的自净能力进行自然净化是不够的，因此，除了对生产和生活的污水进行综合防治外，还要对排放到水体中的污水进行技术上的治理，以达到排放的要求。

现代污水处理方法主要分为物理处理法、化学处理法、物理化学处理法和生物处理法四类。

1. 物理处理法

物理处理法是通过物理作用，以分离、回收污水中不溶解的、呈悬浮状的污染物质（包括油膜和油珠），在处理过程中不改变其化学性质。既可以使废水得到一定程度的澄清，又可回收分离下来的物质加以利用。该法最大的优点是简单、易行、效果良好，并且十分经济。常用的有过滤法、沉淀法、浮选法等。

(1) 过滤法 利用过滤介质截流污水中的悬浮物。过滤介质有筛网、纱布、微孔管、颗粒物，常用的过滤设备有格栅、筛网、微滤机等。

① 格栅与筛网。在排水工程中，废水通过下水道流入水处理厂，首先应经过斜置在渠道内的一组金属制的呈纵向平行的框条（格栅）、穿孔板或过滤网（筛网），使漂浮物或悬浮物不能通过而被阻留在格栅、细筛或滤料上，其示意图如图3-1。

这一步属废水的预处理，其目的在于回收有用物质；初步澄清废水以利于以后的处理，减轻沉淀池或其他处理设备的负荷；保护抽水机械，以免受到颗粒物堵塞发生故障。保护水泵和其他处理设备。格栅截留的效果主要取决于污水水质和格栅空隙的大小。清渣方法有人工与机械两种。栅渣应及时清理和处理。

筛网主要用于截留粒度在数毫米到数十毫米的细碎悬浮态杂物如纤维、纸浆、藻类等，通常用金属丝、化纤编织而成，或用穿孔钢板，孔径一般小于5mm，最小可为0.2mm。筛网过滤装置有转鼓式、旋转式、转盘式、固定式振动斜筛等。不论何种结构，既要能截留污

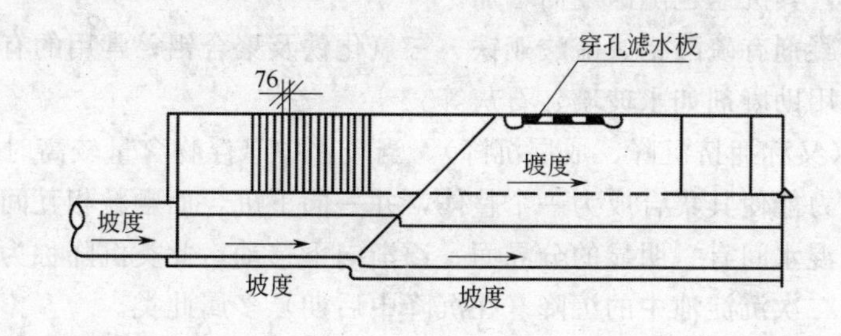

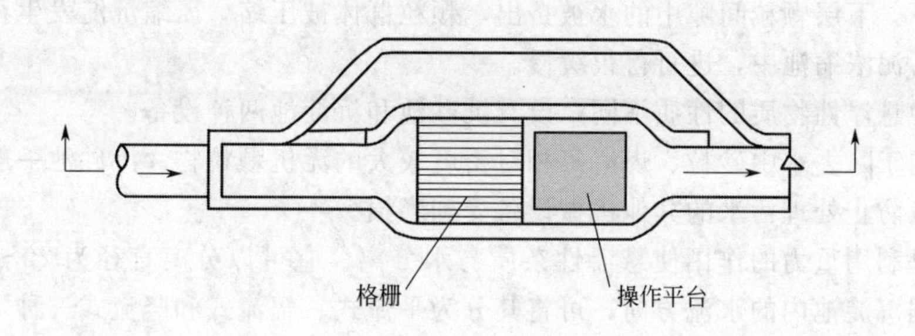

图 3-1 人工清除栅渣的固定式格栅及布设位置

物，又要便于卸料及清理筛面。

② 粒状介质过滤（又称砂滤、滤料过滤）。废水通过粒状滤料（如石英砂）床层时，其中细小的悬浮物和胶体就被截留在滤料的表面和内部空隙中。常用的过滤介质有石英砂、无烟煤和石榴石等。在过滤过程中滤料同时对悬浮物进行物理截留、沉降和吸附等作用。过滤的效果取决于滤料孔径的大小、滤料层的厚度、过滤速度及污水的性质等因素。

当废水自上而下流过粒状滤料层时，粒径较大的悬浮颗粒首先被截留在表层滤料的空隙中，从而使此层滤料空隙越来越小，逐渐形成一层主要由被截留的固体颗粒构成的滤膜，并由它起主要的过滤作用。这种作用属于阻力截留或筛滤作用。

废水通过滤料层时，众多的滤料表面提供了巨大的可供悬浮物沉降的有效面积，形成无数的小“沉淀池”，悬浮物极易在此沉降下来。这种作用属于重力沉降。

由于滤料具有巨大的表面积，它与悬浮物之间有明显的物理吸附作用。此外，砂粒在水中常常带有表面负电荷，能吸附带正电荷的铁、铝等胶体，从而在滤料表面形成带正电荷的薄膜，并进而吸附带负电荷的黏土和多种有机物等胶体，在砂粒上发生接触絮凝。

（2）沉淀法　沉淀法是利用污水中的悬浮物和水的相对密度不同的原理，借助重力沉降作用使悬浮物从水中分离出来。根据水中悬浮颗粒的浓度及絮凝特性（即彼此黏结团聚的能力）可分为四种。

① 分离沉降（或自由沉降）。在沉淀过程中，颗粒之间互不聚合，单独进行沉降。颗粒只受到本身在水中的重力和水流阻力的作用，其形状、尺寸、质量均不改变，下降速度也不改变。

② 混凝沉淀（或称作絮凝沉降）。混凝沉降是指在混凝剂的作用下，使废水中的胶体和细微悬浮物凝聚为具有可分离性的絮凝体，然后采用重力沉降予以分离去除。混凝沉淀的特点是在沉淀过程中，颗粒接触碰撞而互相聚集形成较大絮体，因此颗粒的尺寸和质量均会随

深度的增加而增大，其沉速也随深度而增加。

常用的无机混凝剂有硫酸铝、硫酸亚铁、三氯化铁及聚合铝；常用的有机絮凝剂有聚丙烯酰胺等，还可采用助凝剂如水玻璃、石灰等。

③ 区域沉降（又称拥挤沉降、成层沉降）。当废水中悬浮物含量较高时，颗粒间的距离较小，其间的聚合力能使其集合成为一个整体，并一同下沉，而颗粒相互间的位置不发生变动，因此澄清水和混水间有一明显的分界面，逐渐向下移动，此类沉降称为区域沉降。如高浊度水的沉淀池和二次沉淀池中的沉降（在沉降中后期）多属此类。

④ 压缩沉淀。当悬浮液中的悬浮固体浓度很高时，颗粒互相接触，挤压，在上层颗粒的重力作用下，下层颗粒间隙中的水被挤出，颗粒群体被压缩。压缩沉淀发生在沉淀池底部的污泥斗或污泥浓缩池中，进行得很缓慢。

依据水中悬浮性物质的性质不同，设有沉砂池和沉淀池两种设备。

沉砂池用于除去水中砂粒、煤渣等相对密度较大的无机颗粒物。沉砂池一般设在污水处理装置前，以防止处理污水的其他机械设备受到磨损。

沉淀池是利用重力的作用使悬浮性杂质与水分离。它可以分离直径为 20～100μm 以上的颗粒。根据沉淀池内的水流方向，可将其分为平流式、辐流式和竖流式三种。

平流式沉淀池：废水从池一端流入，按水平方向在池内流动，水中悬浮物逐渐沉向池底，澄清水从另一端溢出。如图 3-2 所示。

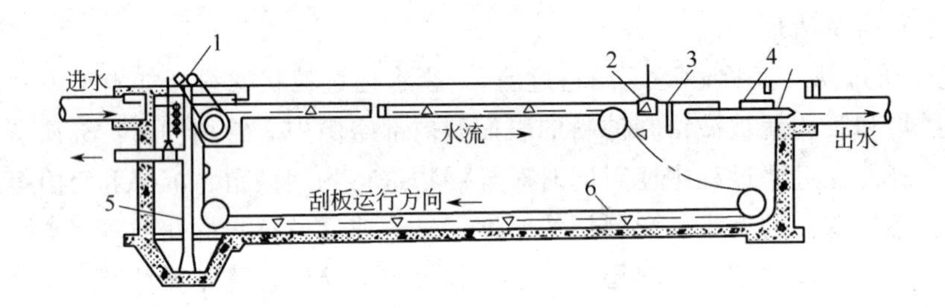

图 3-2　设有链带式刮泥机的平流式沉淀池

1—集渣器驱动；2—浮渣器；3—挡板；4—可调出水堰；5—排泥管；6—刮板

辐流式沉淀池：池子多为圆形，直径较大，一般在 20～30m 以上，适用于大型水处理厂。原水经进水管进入中心筒后，通过筒壁上的孔口和外围的环形穿孔挡板，沿径向呈辐射状流向沉淀池周边。由于过水断面不断增大，流速逐渐变小，颗粒沉降下来，澄清水从池周围溢出汇入集水槽排出。如图 3-3 所示。

竖流式沉淀池：截面多为圆形，也有方形和多角形的。水由中心管的下口流入池中，通过反射板的阻拦向四周分布于整个水平断面上，缓缓向上流动。沉速超过上升流速的颗粒则沉到污泥斗，澄清后的水由四周的堰口溢出池外。如图 3-4 所示。

在污水处理与利用的方法中，沉淀（或上浮）法常常作为其他处理方法前的预处理。如用生物处理法处理污水时，一般需事先经过预沉池去除大部分悬浮物质以减少生化处理时的负荷，而经生物处理后的出水仍要经过二次沉淀池的处理，进行泥水分离以保证出水水质。

（3）气浮（浮选）法　将空气通入污水中，并以微小气泡形式从水中析出成为载体，污水中相对密度接近于水的微小颗粒状的污染物质（如乳化油等）黏附在气泡上，并随气泡上升到水面，然后用机械的方法撇除，从而使污水中的污染物质得以从污水中分离出来。疏水

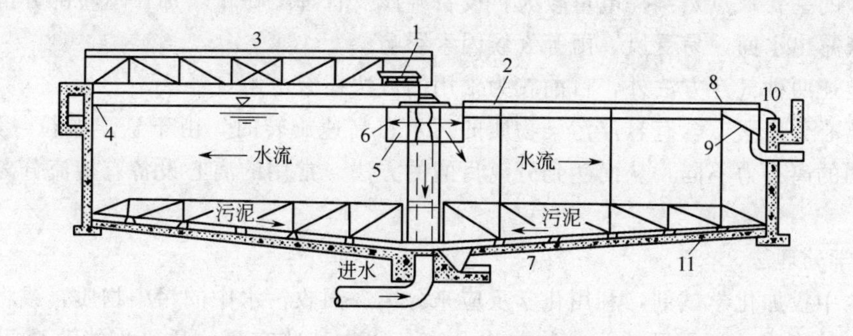

图 3-3 辐流式沉淀池

1—驱动；2—刮渣板；3—桥；4—浮渣挡板；5—转动挡板；6—转筒；7—排泥管；8—浮渣刮板；9—浮渣箱；10—出水堰；11—刮泥板

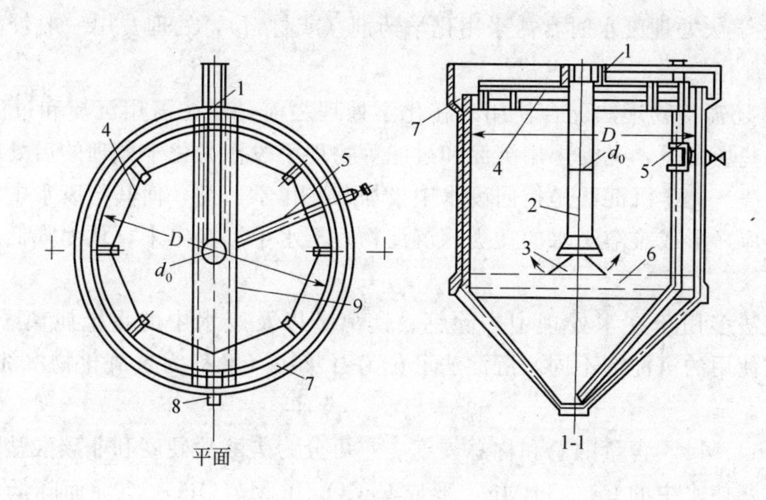

图 3-4 圆形竖流式沉淀池

1—出水槽；2—中心管；3—反射板；4—挡板；5—排泥管；6—缓冲层；7—集水槽；8—出水管；9—过桥

性的物质易气浮，而亲水性的物质不易气浮。因此有时为了提高气浮效率，需向污水中加入浮选剂改变污染物的表面特性，使某些亲水性物质转变为疏水性物质，然后气浮除去，这种方法称为“浮选”。

气浮时要求气泡的分散度高，量多，有利于提高气浮的效果。泡沫层的稳定性要适当，既便于浮渣稳定在水面上，又不影响浮渣的运送和脱水。产生气泡的方法有两种。

① 机械法。使空气通过微孔管、微孔板、带孔转盘等生成微小气泡。

② 压力溶气法。将空气在一定的压力下溶于水中，并达到饱和状态，然后突然减压，过饱和的空气便以微小气泡的形式从水中逸出。目前废水处理中的气浮工艺多采用压力溶气法。

气浮法的主要优点有：设备运行能力优于沉淀池，一般只需 15～20min 即可完成固液分离，因此它占地省，效率较高；气浮法所产生的污泥较干燥，不易腐化，且系表面刮取，操作较便利；整个工作是向水中通入空气，增加了水中的溶解氧量，对除去水中有机物、藻类表面活性剂及臭味等有明显效果，其出水水质为后续处理及利用提供了有利条件。

气浮法的主要缺点是：耗电量较大；设备维修及管理工作量增加，运转部分常有堵塞的可能；浮渣露出水面，易受风、雨等气候因素影响。

除了上述两种气浮方法外，目前较为常用的方法还有电解气浮法。

(4) 离心分离法　含有悬浮污染物质的污水在高速旋转时，由于悬浮颗粒（如乳化油）和污水受到的离心力不同，从而达到分离目的的方法。常用的离心设备有旋流分离器和离心分离器等。

2. 化学处理法

向污水中投加化学试剂，利用化学反应来分离、回收污水中的污染物质，或将污染物质转化为无害的物质。它既可使污染物与水分离，回收某些有用物质，也能改变污染物的性质，如降低废水的酸碱度、去除金属离子、氧化某些有毒有害的物质等，因此可达到比物理法更高的净化程度。常用的化学方法有混凝法、中和法、沉淀法和氧化还原法。

化学法处理的局限性如下。

① 由于化学法处理废水时常需采用化学药剂（或材料），处理费用一般较高，操作与管理的要求也较严格。

② 化学法还需与物理法配合使用。在化学处理之前，往往需用沉淀和过滤等手段作为前处理；在某些场合下，又需采用沉淀和过滤等物理手段作为化学处理的后处理。

(1) 沉淀法　化学沉淀法是指向废水中投加某些化学药剂，使其与废水中的溶解性污染物发生互换反应，形成难溶于水的盐类（沉淀物）从水中沉淀出来，从而降低或除去水中的污染物。

化学沉淀法多用于在水处理中去除钙、镁离子以及废水中的重金属离子，如汞、镉、铅、锌等。按使用的沉淀剂不同，沉淀法可分为石灰法（又称为氢氧化物沉淀法）、硫化物法和钡盐法等。

水中 Ca^{2+}、Mg^{2+} 含量的总和称总硬度，它可分为碳酸盐硬度和非碳酸盐硬度。碳酸盐硬度可投加石灰使水中的 Ca^{2+} 和 Mg^{2+} 形成 $CaCO_3$ 和 $Mg(OH)_2$ 沉淀而降低，如需同时去除非碳酸盐硬度，可采用石灰-苏打软化法，使 Ca^{2+} 和 Mg^{2+} 形成 $CaCO_3$ 和 $Mg(OH)_2$ 沉淀除去。因此，当原水硬度或碱度较高时，可先用化学沉淀法作为离子交换软化的前处理，以节省离子交换的运行费用。

去除废水中的重金属离子时，一般用投加碳酸盐的方法，生成的金属离子，碳酸盐的溶度积很小，便于回收。如利用碳酸钠处理含锌废水：

$$ZnSO_4 + Na_2CO_3 \longrightarrow ZnCO_3 \downarrow + Na_2SO_4$$

此法优点是经济简便，药剂来源广，因此在处理重金属废水时应用最广。存在的问题是劳动卫生条件差，管道易结垢堵塞与腐蚀；沉淀体积大，脱水困难。

(2) 中和法　中和法处理是利用酸碱相互作用生成盐和水的化学原理将废水从酸性或碱性调整到中性附近的处理方法。对于酸或碱的浓度大于 3% 的废水，首先应进行酸碱的回收。对于低浓度的酸碱废水，可采取中和法进行处理。

酸性污水的处理，通常采用投加石灰、苛性钠、碳酸钠或以石灰石、大理石作滤料来中和酸性污水。碱性污水的处理，通常采用投加硝酸、盐酸或利用二氧化碳气体中和碱性污水。另外，对于酸、碱性污水也可以用二者相互中和的办法来处理。

(3) 氧化还原法　氧化还原法是通过化学药剂与水中污染物之间的氧化还原反应，将污水中的有毒有害污染物转化为无毒或微毒物质的方法。这种方法主要处理无机污染物，如重金属和氰化物的污染。利用高锰酸钾、液氯、臭氧等强氧化剂或电极的阳极反应，将废水中的有害物质氧化分解为无害物质；利用铁粉等还原剂或电极的阴极反应，将废水中的有害物质还原为无害物质；臭氧氧化法对污水进行脱色、杀菌和除臭处理；空气氧化法处理含硫废水；还原法处理含铬电镀废水等都是氧化还原法处理废水的实例。

水处理常用的氧化剂有氧、臭氧、氯、次氯酸等。常用的还原剂有硫酸亚铁、亚硫酸盐、铁屑、锌粉等。

3. 物理化学处理法

物理化学法（简称物化法），是利用萃取、吸附、离子交换、膜分离技术、气提等物理化学的原理，处理或回收工业废水的方法。它主要用分离废水中无机的或有机的（难以生物降解的）溶解态或胶态的污染物质，回收有用组分，并使废水得到深度净化。因此，适合于处理杂质浓度很高的废水（用作回收利用的方法），或是浓度很低的废水（用作废水深度处理）。利用物理化学法处理工业废水前，一般要经过预处理，以减少废水中的悬浮物、油类、有害气体等杂质，或调整废水的 pH 值，以提高回收效率、减少损耗。同时，浓缩的残渣要经过后处理以避免二次污染。

常用的方法有萃取法、吸附法、离子交换法、膜析法（包括渗析法、电渗析法、反渗透法、超滤法等）。

（1）液-液萃取法　萃取法是向污水中加入一种与水不相溶而密度小于水的有机溶剂，充分混合接触后使污染物重新分配，由水相转移到溶剂相中，利用溶剂与水的密度差别，将溶剂分离出来，从而使污水得到净化的方法。再利用溶质与溶剂的沸点差将溶质蒸馏回收，再生后的溶剂可循环使用。使用的溶剂叫萃取剂，提出的物质叫萃取物。萃取是一种液-液相间的传质过程，是利用污染物（溶质）在水与有机溶剂两相中的溶解度不同进行分离的。

在选择萃取剂时，应注意萃取剂对被萃取物（污染物）的选择性，即溶解能力的大小，通常溶解能力越大，萃取的效果越好；萃取剂与水的密度相差越大，萃取后与水分离就越容易。常用的萃取剂有含氧萃取剂、含磷萃取剂、含氮萃取剂等。常用的萃取设备有脉冲筛板塔、离心萃取机等。

（2）吸附法　吸附法处理废水是利用一种多孔性固体材料（吸附剂）的表面来吸附水中的一种或多种溶解污染物、有机污染物等（称为溶质或吸附质），以回收或去除它们，使废水得以净化。例如，利用活性炭可吸附废水中的酚、汞、铬、氰等剧毒物质，且具有脱色、除臭等作用。吸附法目前多用于污水的深度处理，可分为静态吸附和动态吸附两种方法。即在污水分别处于静态和流动态时进行吸附处理。常用的吸附设备有固定床、移动床和流动床等。

在废水处理中常用的吸附剂有活性炭、磺化煤、木炭、焦炭、硅藻土、木屑和吸附树脂等。以活性炭和吸附树脂应用最为普遍。一般吸附剂均呈松散多孔结构，具有巨大的比表面积。其吸附力可分为分子引力（范德华力）、化学键力和静电引力三种。水处理中大多数吸附是上述三种吸附力共同作用的结果。

吸附剂吸附饱和后必须经过再生，把吸附质从吸附剂的细孔中除去，恢复其吸附能力。再生的方法有加热再生法、蒸汽吹脱法、化学氧化再生法（湿式氧化、电解氧化和臭氧氧化等）、溶剂再生法和生物再生法等。

由于吸附剂价格较贵，而且吸附法对进水的预处理要求高，因此多用于给水处理中。

(3) 离子交换法　离子交换法是利用离子交换剂的离子交换作用置换污水中的离子态污染物质的方法。随着离子交换树脂的生产和离子交换技术的发展，近年来在回收和处理工业污水中的有毒物质方面，由于效果良好，操作方便而得到一定的应用。如用阳离子交换剂去除（回收）污水中的铜、镍、镉、锌、汞、金、银、铂等贵重金属。

采用离子交换法处理污水时必须考虑树脂的选择性。树脂对各种离子的交换能力是不同的。交换能力的大小主要取决于各种离子对该种树脂亲和力（又称选择性）的大小、有机物和放射性物质等。在污水处理中使用的离子交换剂有无机离子交换剂和有机离子交换剂两大类。无机离子交换剂有天然沸石和合成沸石（铝代硅酸盐）等。有机离子交换树脂的种类很多，可分为强酸阳离子交换树脂（只能进行阳离子交换）、弱酸阳离子交换树脂、强碱阴离子交换树脂（只能进行阴离子交换）、弱碱阴离子交换树脂、螯合树脂（专用于吸附水中微量金属的树脂）和有机物吸附树脂等。

离子交换法多用于工业给水处理中的软化和除盐，主要去除废水中的金属离子。离子交换软化法采用 Na 离子交换树脂。

(4) 膜分离技术（电渗析法）　电渗析法是在直流电场的作用下，利用阴、阳离子交换膜对溶液中阴阳离子的选择透过性（即阳膜只允许阳离子通过，阴膜只允许阴离子通过），使一部分溶液中的离子迁移到另一部分溶液中去，使得溶液中的电解质与水分离，从而达到浓缩、纯化、分离的一种水处理方法。电渗析法是在离子交换技术基础上发展起来的新方法，除用于污水处理外，还可用于海水除盐、制备去离子水（纯水）等。

电渗析法在水处理中有广泛的应用，如下所述。

① 代替离子交换法，或采用电渗析-离子交换联合工艺制备去离子水，以减少或消除需要再生交换树脂所造成的酸、碱、盐等对环境的污染。

② 用于某些工业废水经处理后除盐供回用需要。

③ 处理电镀等工业废水，达到闭路循环的要求。

④ 分离或浓缩回收造纸等工业废水中的某些有用成分等。

(5) 反渗透法　如果在浓溶液一侧施加大于渗透压的压力，则溶液中的水就会透过半透膜流向纯水一侧，溶质被截留在溶液一侧，这种过程称为“反渗透”。所以，在废水处理中利用半透膜，在废水一侧施加大于渗透压的压力（一般压力为 5～20.5MPa），可使废水中的水分子反向透过半透膜并进入稀溶液一侧，污染物被浓缩排出，达到处理污水的目的。这种处理方法称为反渗透法。

反渗透法已用于含重金属废水的处理、污水的深度处理及海水淡化等。在给水处理中，反渗透法主要是用于苦咸水和海水的淡化，采用的压力约为 10MPa。在世界淡水供应危机严重的今天，反渗透法结合蒸馏法的海水淡化技术前景广阔。它的另一重要用途是与离子交换系统联用，作为离子交换的预处理方法以制备去离子的超纯水。在废水处理中，反渗透法主要用于去除与回收重金属离子，去除盐、有机物、色度以及放射性元素等。

目前在水处理领域内广泛应用的半透膜有醋酸纤维素膜和聚酰胺膜磺化聚苯醚等高聚物。常用的反渗透装置有管式、螺旋式、中空纤维式及板框式等。渗透水可重复利用。

4. 生物处理法

生物处理法是利用自然环境中微生物的生物化学作用，氧化分解溶解于污水中或胶体状态的有机污染物和某些无机毒物（如氰化物、硫化物），并将其转化为稳定无害的无机物，从而使废水得以净化的方法。此法具有投资少、效果好、运行费用低等优点，在城市废水和工业废水的处理中得到最广泛的应用。

现代的生物处理法根据微生物在生化反应中是否需要氧气，分为好氧生物处理和厌氧生物处理两类。

(1) 好氧生物处理法　在有氧的条件下，依赖好氧菌和兼氧菌的生化作用完成废水处理的工艺称为好氧生物处理法。该法需要有氧的供应。根据好氧微生物在处理系统中所呈的状态，可分为活性污泥法和生物膜法。

① 活性污泥法。是目前使用最广泛的一种生物处理法。其基本流程见图 3-5。

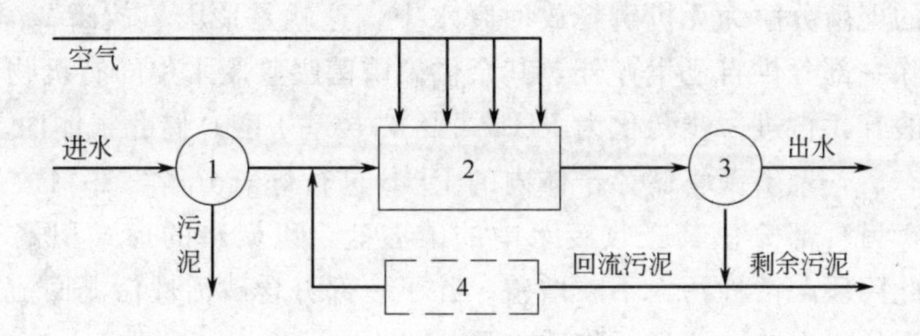

图 3-5　活性污泥法基本流程

1—初次沉淀池；2—曝气池；3—二次沉淀池；4—再生池

该方法是向曝气池中富含有机污染物并有细菌的废水中不断地通入空气（曝气），一定的时间后就会出现悬浮态絮花状的泥粒，这实际上是由好氧菌（及兼氧菌）所吸附的有机物和好氧菌代谢活动的产物所组成的聚集体，具有很强的分解有机物的能力，称之为“活性污泥”。从曝气池流出的污水和活性污泥混合液经沉淀池沉淀分离后，澄清的水被排放，污泥作为种泥回流到曝气池，继续运作。这种以活性污泥为主体的生物处理法称为“活性污泥法”。废水在曝气池中停留 4～6h，可去除废水中的有机物（BOD_5）约 90%。活性污泥法有多种池型及运行方式，通常有普通活性污泥法、完全混合式表面曝气法、吸附再生法等。

② 生物膜法。是使污水连续流经固体填料（碎石、煤渣或塑料填料），微生物在填料上大量繁殖，形成污泥状的黏膜称为生物膜，利用生物膜处理污水的方法称为生物膜法。生物膜主要由大量的菌胶团、真菌、藻类和原生动物组成。生物膜上的微生物起到和活性污泥同样的净化作用，吸附并降解水中的有机污染物，从填料上脱落的衰老的生物膜随处理后的污水流入沉淀池，经过沉淀池沉淀分离后，使污水得以净化。

常用的生物膜法有生物滤池、生物接触氧化池、生物转盘等。

(2) 厌氧生物处理法　在无氧的条件下，利用厌氧微生物的作用分解污水中的有机物，使污水净化的方法称为厌氧生物处理法。近年来，世界性的能源紧张，使污水处理向节能和实现能源化的方向发展，从而促进了厌氧微生物处理方法的发展。一大批高效新型厌氧生物反应器相继出现，包括厌氧生物滤池、升流式厌氧污泥床、厌氧硫化床等。它们的共同特点是反应器中生物固体浓度很高，污泥龄很长，因此处理能力大大提高，从而使厌氧生物处理法所具有的能耗小、可以回收能源、剩余的污泥量少、生成的污泥稳定而易处理、对高浓度有机废水处理效率高等优点得到充分体现。厌氧生物处理法经过多年的发展，已经成为污水处理的主要方法之一。

5. 除磷、脱氮

(1) 除磷　城市废水中磷的主要来源是粪便、洗涤剂和某些工业废水，以正磷酸盐、聚磷酸盐和有机磷的形式溶解于水中。常用的除磷方法有化学法和生物法。

① 化学法除磷。利用磷酸盐与铁盐（如 $FeCl_3$）、石灰、铝盐［如 $Al_2(SO_4)_3 \cdot 16H_2O$］等反应生成磷酸铁、磷酸钙、磷酸铝等沉淀，将磷从废水中排除。

化学法的特点是磷的去除效率较高，处理结果稳定，污泥在处理和处置过程中不会重新释放磷而造成二次污染，但污泥的产量比较大。

② 生物法除磷。生物法除磷是利用微生物在好氧条件下，对废水中溶解性磷酸盐的过量吸收，然后沉淀分离而除磷。整个处理过程分为厌氧放磷和好氧吸磷两个阶段。

含有过量磷的废水和含磷活性污泥进入厌氧状态后，活性污泥中的聚磷菌在厌氧状态下，将体内积聚的聚磷分解为无机磷释放回废水中。这就是“厌氧放磷”。聚磷菌在分解聚磷时产生的能量除一部分供自己生存外，其余供聚磷菌吸收废水中的有机物，并在厌氧菌的作用下转化成乙酸苷，再进一步转化为 PHB（聚 β-羟基丁酸）储存于体内。

进入好氧状态后，聚磷菌将储存于体内的 PHB 进行好氧分解，并释放出大量能量，一部分供自己增殖，另一部分供其吸收废水中的磷酸盐，以聚磷的形式积聚于体内。这就是“好氧吸磷”。在此阶段，活性污泥不断增殖。除了一部分含磷活性污泥回流到厌氧池外，其余的作为剩余污泥排出系统，达到了除磷的目的。

由此可见，在厌氧状态下放磷越多，合成 PHB 越多，则在好氧状态下合成的聚磷量越多，除磷效果也越好。

(2) 脱氮　生活废水中各种形式的氮占的比例比较恒定：有机氮 50%～60%，氨氮 40%～50%，亚硝酸盐与硝酸盐中的氮占 0～5%。它们均来源于人们食物中的蛋白质。脱氮的方法有化学法和生物法两大类。

① 化学法脱氮。有氨吸收法和加氯法。

氨吸收法。先把废水的 pH 值调整到 10 以上，然后在解吸塔内解吸氨（当 pH>10 时，氮是以 NH_3 的形式存在）。

加氯法。在含氨氮的废水中加氯。通过适当控制加氯量，可以完全除去水中的氨氮。为了减少氯的投加量，此法常与生物硝化联用，先硝化再除去微量的残余氨氮。

② 生物法脱氮。生物脱氮是在微生物作用下，将有机氮和氨态氮转化为 N_2 气的过程，其中包括硝化和反硝化两个反应过程。

硝化反应是在好氧条件下，废水中的氨态氮被硝化细菌（亚硝酸菌和硝酸菌）转化为亚硝酸盐和硝酸盐。反硝化反应是在无氧条件下，反硝化菌将硝酸盐氮（NO_3^-）和亚硝酸盐氮（NH_2^-）还原为氮气。因此整个脱氮过程需经历好氧和缺氧两个阶段。

三、污泥的处理和利用

在城市污水和工业废水处理过程中产生了很多沉淀物与漂浮物，有的是从污水中直接分离出来的，如沉砂池中的沉渣、初沉池中的沉淀物等；有的是在处理过程中产生的，如化学沉淀污泥与生物化学法产生的活性污泥或生物膜。污泥是污水处理的副产品，也是必然产物。一座二级污水处理厂产生的污泥量约占处理污水量的 0.3%～5%（含水率以 97%计）。如进行深度处理，污泥量还可增加 0.3～1 倍。污泥的成分非常复杂，不仅含有很多有毒物质如病原微生物、寄生虫卵和重金属离子等，也可能含有可利用的物质，如植物营养素、氮、磷、钾、有机物等。这些污泥若不加以妥善处理，就会造成二次污染。所以污泥在排入环境之前必须进行处理，以使有毒物质得到及时处理，有用物质得到充分利用。所以对污泥的处理必须予以充分的重视。污泥处置的一般流程如图 3-6 所示。

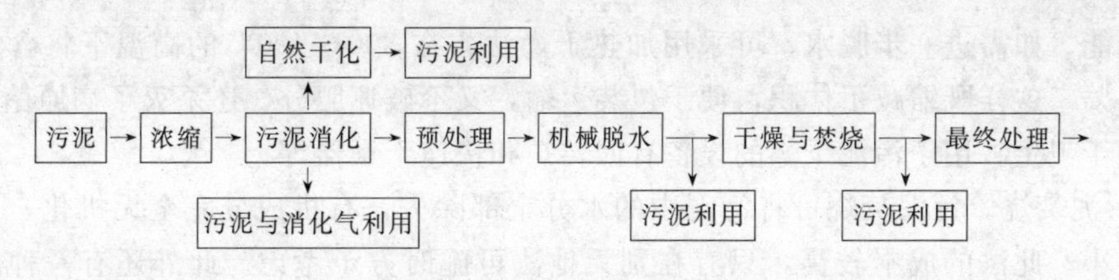

图 3-6 污泥处置的一般流程

1. 污泥的处理

(1) 污泥的浓缩 污泥浓缩的目的是使污泥初步脱水，降低其含水率，缩小体积，以利于后续处理。

在污泥固体颗粒的外表常包有一层厚的水合膜，在颗粒之间则存在间隙水和自由水。这些水分可以通过简单的重力沉降或机械方法分离出去。

最主要的浓缩法是重力沉降法。它是让污泥在浓缩池中停留 6～8h，通过重力沉降作用达到与水分离。沉淀于池底的颗粒物由刮泥板刮集，而后经排泥口由泵输送至消化池或干化场。重力沉降法可使含固体物质 0.3%～2.5%的稀污泥浓缩至含固体物质 3%～6%，体积缩小为 2%～50%。此法简便，费用低，但占地面积大，效率较低。

机械分离法可采用离心机、振动筛对污泥进行浓缩。后者借助震动力破坏污泥固体外围的水合膜，释出结合水。这两种方法均可减少浓缩时间，提高浓缩效率。

(2) 污泥的脱水与干化 从二次沉淀池排出的剩余污泥含水率高达 99%～99.5%，污泥体积大，堆放和运输都不方便，所以污泥的脱水、干化是污泥处理方法中较为重要的环节。

二次沉淀池排出的剩余污泥一般先在浓缩池中静止沉降，使泥水分离，污泥在浓缩池内静止停留 12～24h，可使含水率降至 97%，体积缩小为原污泥体积的三分之一。

污泥进行自然干化（或称晒泥）是借助于渗透、蒸发与人工撇除等过程而脱水的。一般污泥含水率可降至 75%左右，使污泥体积缩小很多倍。污泥机械脱水是以过滤介质（多孔性材料）两面的压力差作为推动力，污泥中的水分被强制通过过滤介质（滤液），固体颗粒被截流在介质上（滤渣），从而达到脱水的目的。常采用的脱水机械有真空过滤脱水、压缩脱水、离心脱水机等，可使污泥的含水率降至 70%～80%。

(3) 污泥的消化

① 污泥的厌氧消化。将污泥置于密闭的消化池中，利用厌氧微生物的作用，使有机物分解，这种有机物厌氧分解的过程称为发酵。由于发酵的最终产物是沼气，污泥消化池又称沼气池。当沼气池温度为 30～35℃时，正常情况下 $1m^3$ 污泥可产生沼气 $10～15m^3$，其中甲烷含量大约为 50%。沼气可用做燃料和提取甲烷等。

② 污泥好氧消化。是在污泥处理系统中曝气供氧，利用好氧和兼性菌，分解生物可降解有机物（污泥）及细胞原生质，并从中获取能量。

近年来，人们通过实践发现污泥厌氧消化处理工艺的运行管理要求较高，处理构筑物要求密封、容积大、数量多而且复杂，所以认为污泥厌氧消化法适用于大型污水处理厂，污泥量比较大、回收沼气量多的情况。污泥好氧消化法设备简单、运行管理比较方便，但运行能耗及费用较大，适用于小型污水处理厂，即污泥量不大、沼气回收量小的情况。另外当污泥受到工业废水影响，进行厌氧处理有困难时，也可采用好氧消化法。

(4) 污泥的干燥与焚烧

① 污泥的干燥。污泥经脱水干化后，其含水率在 65%～85%，体积还较大，仍有继续

腐化的可能。如需进一步脱水，可采用加热干燥法，在300～400℃的高温下将含水率降至10%～15%。这样既缩减了体积，便于包装运输，又不破坏肥分，还杀灭了病原菌和寄生虫卵，有利于卫生。用于污泥干燥的设备有回转炉和快速干燥器等。

② 污泥焚烧。污泥焚烧可将污泥中的水分全部除去，有机成分完全无机化，最后残留物减至最小。此法的成本较高，只有在别无他法可施时方予考虑。此外还有一种湿法燃烧法，是在高温高压下，用空气将湿污泥中的有机物氧化，无须进行脱水干化。

在固体废物处理中也常采用焚烧的方法。

(5) 污泥的最终处理　含有机物多的污泥经脱水及消化处理后，可用做农田肥料；当污泥中含有有毒物质，不宜作肥料时，应采用焚烧法进行彻底无害化处理、填埋或筑路。

2. 污泥的利用

污泥中含有许多有用物质，如能加以充分利用则能化害为利，这是从积极方面解决污泥的出路问题。污泥的利用主要有以下几个方面。

(1) 用作农肥　污泥经过浓缩消化后可直接用作农肥，有显著肥效，但其中重金属离子等有害物质的含量应在允许范围内。

(2) 制取沼气　污泥经过厌氧发酵产生沼气，可做能源使用，也可提取四氯化碳或用作其他化工原料。

(3) 制造建筑材料　某些工业废水中的污泥和沉渣中的一些成分可用作建筑材料，如污泥焚烧后掺加黏土和硅砂制砖，或在活性污泥中加进木屑、玻璃纤维后压制成板材；以无机物为主要成分的沉渣可用于铺路和填坑等。

(4) 其他用途　污泥的蛋白质部分可制饲料，或从中提取纤维素B_{12}、胡萝卜素、硫胺、烟酸等化学药物，甚至可用河底淤泥制作工艺品。

第三节　气体污染控制技术

一、颗粒污染物（烟尘）的净化方法

中国大气污染属于烟尘型。烟尘的主要来源是各种工业炉窑排出的烟气。由燃料及其他物质燃烧或以电能为热源加热等过程产生的烟尘，以及对固体物料破碎、筛分和输送等过程所产生的粉尘，它们都是以固态或液态的粒子存在于气体中。从废气中除去或收集这些固态或液态粒子的设备，称为除尘（集尘）装置，有时也叫除尘（集尘）器。减少固体颗粒物的排放方法可以分为两类：一是改变燃料的构成，以减少颗粒物的生成，比如用天然气代替煤、用核能发电代替燃煤发电等；二是在固体颗粒物排放到大气之前，采用控制设备将颗粒污染物除掉，以减少大气污染程度。这里着重介绍第二类方法。

颗粒污染物净化装置的种类很多，对一个特定的固定污染源来说，最合理的净化装置取决于下列因素：体积流量以及颗粒的直径、浓度、腐蚀性和毒性等颗粒本身的特性；所要求的收集效率、排放标准和经济成本等。

除尘器种类繁多，根据不同的原则，对除尘器分类如下。

① 按除尘器除尘的主要机制可将其分为机械式除尘器、过滤式除尘器、湿式除尘器、静电除尘器四类。

② 按在除尘过程中是否使用水或其他液体可分为湿式除尘器、干式除尘器。

③ 按除尘过程中的粒子分离原理，除尘装置又可分为重力除尘装置、惯性力除尘装置、离心力除尘装置、洗涤式除尘装置、过滤式除尘装置、电除尘装置、声波除尘装置。

不同类别的除尘器的性能有所不同，各有优缺点，要根据实际需要适当地加以选择或配合使用。

1. 机械式除尘器

机械式除尘器是通过质量力的作用达到除尘目的的除尘装置。主要除尘形式为重力沉降室除尘器、惯性除尘器和旋风除尘器等。

（1）重力沉降室除尘器　重力除尘装置是使含尘气体中的尘粒借助重力作用使之沉降，并将其分离捕集的装置。重力除尘装置有单层沉降室或多层沉降室，是各种除尘器中最简单的一种。图 3-7 为简单沉降室的除尘示意图。

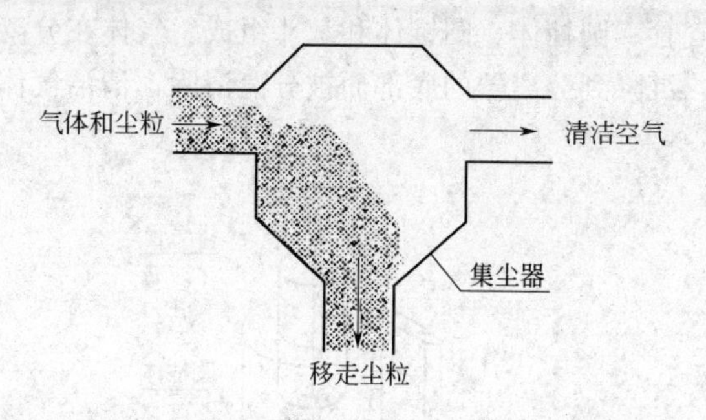

图 3-7　简单沉降室的除尘示意图

这种沉降室往往安装在其他收集设备之前。作为去除较大尘粒的预处理装置，只对50μm 以上的尘粒有较好的捕集作用。气体的水平流速通常取 1～2m/s，除尘效率约为40%～60%。

重力沉降室装置构造简单、施工方便、投资少、收效快，但体积庞大、占地多、效率低，因而不适合除去细小尘粒。

（2）惯性除尘器　惯性除尘器是利用气流的方向急剧改变时，尘粒因惯性力作用而从气流中分离出来的一种除尘方法。图 3-8 表示的是惯性除尘器除尘原理示意图。

当含尘气流冲击到挡板 B_1 上时，气流方向发生改变，绕过挡板 B_1。气流中粒径较大的

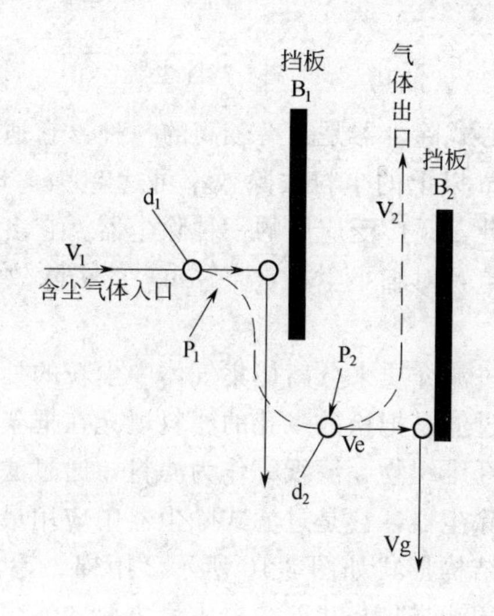

图 3-8　惯性除尘器原理示意图

尘粒 d_1，由于惯性较大，不能随气流转弯，在自身重力作用落下，首先被分离出来。

当气流继续流动时又受到挡板 B_2 的阻挡，方向再次改变，向上流动，而被气流携带的较小尘粒 d_2 由于离心力的作用撞击在挡板上而落下。显然，惯性除尘器利用了惯性力作用外，还利用了离心力和重力的作用。

所以，惯性除尘器中的气流速度越高，气流方向转变角度愈大，气流转换方向次数愈多，对粉尘的净化效率愈高，但压力损失也会愈大。惯性除尘器适于非黏性、非纤维性粉尘的去除。其设备结构简单，阻力较小，但其分离效率较低，约为 50%～70%，只能捕集10～20μm 以上的粗尘粒，常用于多级除尘中的第一级除尘。

（3）离心式除尘器（又称旋风除尘器） 离心除尘是利用旋转的含尘气流所产生的离心力将尘粒从气流中分离出来的气体净化方法。图 3-9 为离心式除尘器的结构示意图。普通离心式除尘器是由进气管、排气管、圆柱体、圆锥体和灰斗组成。气体在分离器中旋转，颗粒在离心力的作用下被甩到外壁，沉降到分离器的底部而被分离清除，清洁气体则上升，由顶部逸出。

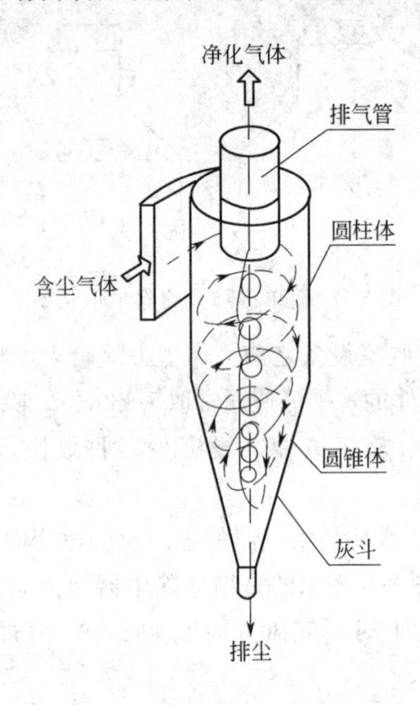

图 3-9　离心式除尘器

在机械式除尘器中，离心式除尘器是效率较高的一种。它适用于非黏性及非纤维性粉尘的去除，这种分离方式使5μm 以上的尘粒去除效率可达 50%～80%，属于中效除尘器，且可用于高温烟气的净化，因此，是广泛应用的一种除尘器。它多应用于锅炉烟气除尘、多级除尘及预除尘。它的主要缺点是对细小尘粒（＜5μm）的去除效率较低。

2. 过滤式除尘器

过滤式除尘器是用多孔过滤介质来分离捕集气体中尘粒的处理方法。按照滤尘方式分为内部过滤与外部过滤。内部过滤是把松散多孔的滤料填充在框架内作为过滤层，尘粒在滤层内部被捕集。外部过滤是用纤维织物、滤纸等作为滤料，通过滤料的表面捕集尘粒。这种除尘方式最典型的装置是袋式除尘器，它是过滤式除尘器中应用最广泛的一种。

机械清灰袋式除尘器的结构形式如图 3-10 所示。用棉、毛、有机纤维、无机纤维的纱线织成滤布，用此滤布做成的滤袋是袋式除尘器中最主要的滤尘部件，滤袋形状有圆形和扁形两种，应用最多的为圆形滤袋。

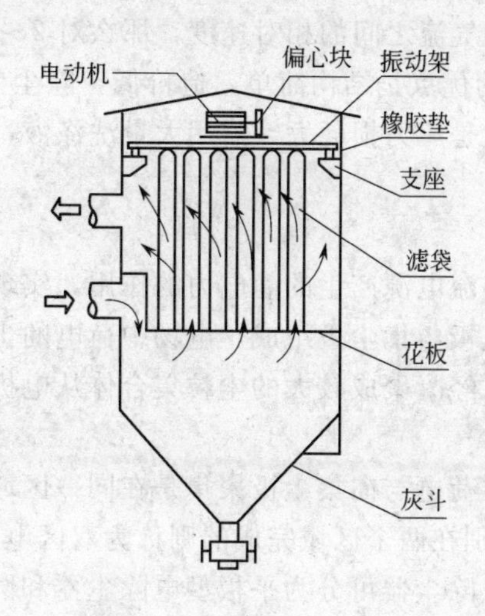

图 3-10 机械清灰袋式除尘器

袋式除尘器广泛用于各种工业废气除尘中，它属于高效除尘器，除尘效率大于 99%，对细粉尘有很强的捕集作用，对颗粒性质及气量适应性强，同时便于回收干料。但不适于处理含油、含水及黏结性粉尘，同时也不适于处理高温含尘气体，一般情况下被处理气体温度应低于 100℃。在处理高温烟气时需预先对烟气进行冷却降温。

3. 湿式洗涤除尘器

湿式除尘也称为洗涤除尘。是一种采用喷水法将尘粒从气体中洗出去的除尘器。由于洗涤液对多种气态污染物具有吸收作用，因此，它既能净化气体中的固体颗粒物，又能同时脱除气体中的气态有害物质，这是其他类型除尘器所无法做到的。某些洗涤器也可以单独充当吸收器使用。这种除尘器种类很多，有喷雾式、填料塔式、离心洗涤器、喷射式洗涤器、文丘里式洗涤器等多种。其中最简单的一种是使含尘气体从塔的底部进去，而水从安装在塔顶上的许多喷头中淋洒下来，如图 3-11 所示。

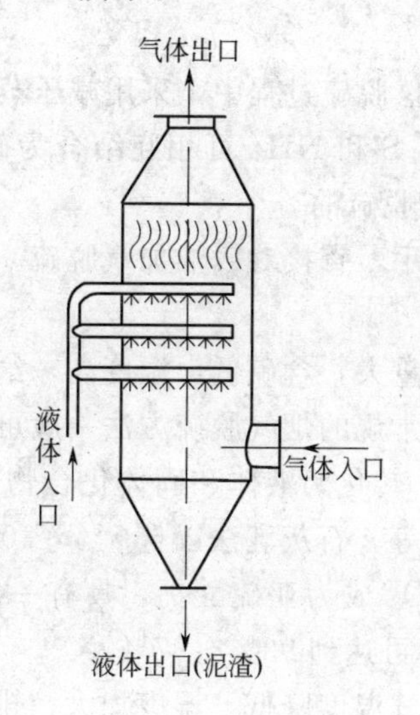

图 3-11 喷淋式湿式洗涤除尘器

这种除尘器的效果有一定的局限性，通常只能除去直径大于10μm的颗粒。如果采用离心式洗涤分离器，增加水滴和气流之间的相对速度，那么对2～3μm之间的尘粒，其去除效率可达90%左右。这种方法的优点是结构简单，造价低，除尘效率高，在处理高温、易燃、易爆气体时安全性好；其缺点是压力损耗大，需用大量洗涤液，还存在二次污染，因此洗涤液需要净化处理。

4. 静电除尘器

静电除尘器是利用高压直流电源产生的静电力的作用，实现固体或液体粒子与气流分离的方法。静电除尘器是由放电极与集尘极组成，电场中荷电的尘粒集向集尘极，当形成一定厚度集尘层时，振打电极使已经凝聚成较大的尘粒集合体从电极上沉落于集尘器中，从而达到除尘的目的。

在电除尘器中，如果尘粒荷电与向集尘极聚集是在同一区域中完成的电除尘器称为单区（或单极）电除尘器，若是分别在两个区域完成的则称为双区电除尘器。

根据电极形状的不同，电除尘器可分为平板型电除尘器和圆筒型电除尘器。

根据在除尘过程中是否采用液体或蒸汽介质，电除尘器可分为湿式电除尘器和干式电除尘器。

二、气态污染物的治理方法

气态污染物的种类繁多，其控制方法可分为两类：分离法和转化法。分离法是利用污染物与废气中其他组分的物理性质的差异使污染物从废气中分离出来，如物理吸收、吸附、冷凝及膜分离等；转化法是使废气中污染物发生某些化学反应，把污染物转化成无害物质或易于分离的物质，如催化转化法、燃烧法、生物处理法、电子束法等。

1. 二氧化硫的脱除方法

目前消除和减少烟气中二氧化硫含量的方法有两种：即燃料脱硫和烟气脱硫。

（1）燃料的脱硫　目前消除燃煤中的硫尚无很好的办法，只是重油脱硫有一定进展。重油中的硫大部分为有机硫，要想使重油中的硫分降低，可采用加氢脱硫催化法，破坏硫化物中的C—S键，使硫变成简单的固体或气体的化合物，从重油中分离出来。根据工艺的不同又分为间接脱硫和直接脱硫。

间接脱硫是将常压残油在加氢脱硫过程中，采用减压蒸馏，催化剂用氧化铝为载体，其上附有金属成分，这样生成的H_2S和NH_3可相互结合为硫氢化铵。用这种方法可将含硫4%的残油变为含硫2.5%左右的脱硫油。

直接脱硫是从改进催化剂入手，直接对残油加氧脱硫。此种方法效果好，可使残油含硫量下降到1%。

（2）烟气的脱硫　由于烟气量大，含硫低，温度高，给脱硫技术带来不少困难，许多新开发的技术正处于研究试验中。常规的烟气脱硫方法一般可分为湿法和干法两类。

湿法是把烟气中SO_2和SO_3转化为液体和固体化合物，从而把它们从排出的烟气中分离出来，其中有石灰乳法、氨法等。石灰乳法以含5%～10%的石灰石粉末或消石灰的乳浊液作为吸收剂，吸收烟气中的SO_2成为亚硫酸钙，具有一定的脱硫效率；氨法是利用氨水溶液作为SO_2的吸收剂，吸收率可达到93%～97%。

干法是为克服湿法脱硫后烟气温度降低，湿度加大，排出后影响烟气的上升高度，容易笼罩在烟囱周围地区难以扩散的缺点。它采用固体粉末或非水的液体作为吸收剂或催化剂进行烟气脱硫。这种脱硫法又可分为吸附法和化学吸收法等。吸附法一般采用活性炭作为吸附剂，使烟气中的SO_2、SO_3在活性炭表面上和氧及水蒸气发生反应生成硫酸而被吸附，这种方法的脱硫率可达90%以上；化学吸收法是利用金属氧化物对SO_2、SO_3的吸附能力来脱硫。

2. 氮氧化物的脱除方法

这里指的主要是工业企业排放的废气中氮氧化物的去除方法。在烟气中的氮氧化物主要是氮氧化合物。目前的净化方法有：非选择性催化还原法、选择性催化还原法、吸收法、吸附法等。

非选择性催化还原法是利用铂（或钴、镍、铜、铬、锰）等的金属氧化物为催化剂，以氢或甲烷等还原性气体作为还原剂，将烟气中的氮氧化合物还原成N_2。所谓“非选择性”是指反应时的温度条件不仅仅控制在只是烟气中的氮氧化合物还原成N_2，而且在反应过程中，还能有一定量的还原剂与烟气中过剩的氧起作用。此法选取的温度范围大约为400～500℃。这种净化系统，因在反应过程中产生热量，故应设置余热回收装置。

选择性催化还原法是以铂、钴、镍、铜、矾、铬等金属氧化物（铝矾土为载体）为催化剂，以氨、硫化氢、氯-氨及一氧化碳为还原剂，选择最适当的温度范围进行脱氮。此种方法尚可以除去SO。所选用的催化剂不同，反应过程所需要的温度不同，一般所需温度在200～500℃之间。

吸收法是利用某些溶液作为吸收剂，吸收烟气中的氮氧化合物。根据吸收剂的不同分为碱吸收法、熔融盐吸收法、硫酸吸收法及氧化镁吸收法等。

3. 综合防治汽车尾气

随着经济持续地高速发展，中国汽车的拥有量急剧增加，特别是在大城市，表现得更为明显。1994年中国汽车拥有量已达1000万辆，预计2010年可达4400万～5000万辆。而目前中国机动车的排放水平基本处于国外未控制时的水平。因而汽车排气的污染危害日益明显，如1995年5月成都就出现了光化学烟雾，6月在上海也相继出现了光化学烟雾。要实现城市汽车尾气排放达标率不低于70%的指标，对汽车尾气污染必须要采取综合防治的措施。

(1) 加强立法和管理　首先应建立、健全机动车污染防治的法规体系并严格执行。自1984年以来中国总计发布了17个机动车排放标准，并于1993年首次发布了生产汽车、发动机、摩托车的排气污染物标准，但由于多方面原因，这些标准目前并未完全实施。由于中国经济、技术发展水平的限制，对机动车排气中有害物的允许排放浓度的限制是比较宽松的，且多年没有改变，因此，需要随经济、技术水平的不断提高和环境质量的要求予以完善。

其次应完善相应的配套管理措施，如健全车辆淘汰报废制度，杜绝超期服役车和病残车的污染。目前北京等城市均规定了汽车服役年限，使用到期的机动车一律报废淘汰，并由有关部门严格监督执行。

(2) 技术措施　汽车尾气净化技术可分为机内净化和机外净化两种。所谓机内净化是指减少发动机内有害气体生成的技术。机内净化与机外净化应相互补充综合利用。净化措施的采用要根据尾气成分降低的标准、经济成本、性能和使用因素综合考虑。

① 汽车废气机内净化方法。近年来，采用“分层燃烧系统”来净化汽车的废气获得很大的成功。这种方法是让混合气的浓度有组织地分成各种层次，当点火瞬间，在火花塞间隙

的周围局部，具有良好着火条件的较浓混合气，而在燃烧室的大部分区域则是较稀的混合气。为了有利于火焰传播，必须具有从浓到稀的各种空（气）燃（料）比混合气过渡，使燃料得到充分燃烧，从而减少废气中的有害物质。

采用汽油喷射的供油方法来降低汽车有害物的排放量是一种较好的方法。汽油喷射是将汽油喷入进气管或直接喷入气缸的供油方法，它利用电子计算机技术，根据使用的各种要求自动控制汽油机的工作。由于它能按最佳状态编制程序并实现汽油工作的自动化，所以不但能使耗油量下降，并能大幅度减少CO、HC和氮氧化合物的排放量。

② 汽车废气机外净化方法。比较有效的机外净化方法是采用氧化催化反应器。这种反应器是利用催化剂作为触媒元件，使废气通过，让未燃烧的烃和一氧化碳在反应器内和排气中残留的氧（或另外供给的空气中的氧）化合，生成无害的 CO_2 和 H_2O。现在采用铂、钯等贵金属作为催化反应剂已得到广泛的应用。新型“三元催化”反应器可以同时使CO、C_nH_m、氮氧化合物转化成 CO_2 和 H_2O，其净化效率均在90%以上。

③ 燃料的改进与替代，大力发展环保汽车。环保汽车概念是针对污染严重的传统汽车而言，从燃料、发动机结构、净化措施乃至车身用材及设计等都应与传统汽车不同，是能适应空气质量要求越来越严格、做到节能降耗、少污染甚至是零污染的清洁车辆。其中车用燃料是很关键的一条，因为车用燃料的燃烧是产生污染物的最主要根源。

三、气体净化系统

在进行烟尘治理时，往往采用多种除尘设备组成一个净化系统。图3-12是一般的烟尘净化系统的几种基本形式示意图。图3-12(a) 为最简单的形式，适于烟气温度和烟尘浓度都不太高，或者对排放要求不高的场合。当烟气温度高，需要冷却时，采用图3-12(b)。当烟气温度和浓度均较高时采用图3-12(c)。如烟气温度和浓度高，且含有较多可燃性组分时，可增加燃烧装置，采用图3-12(d)。

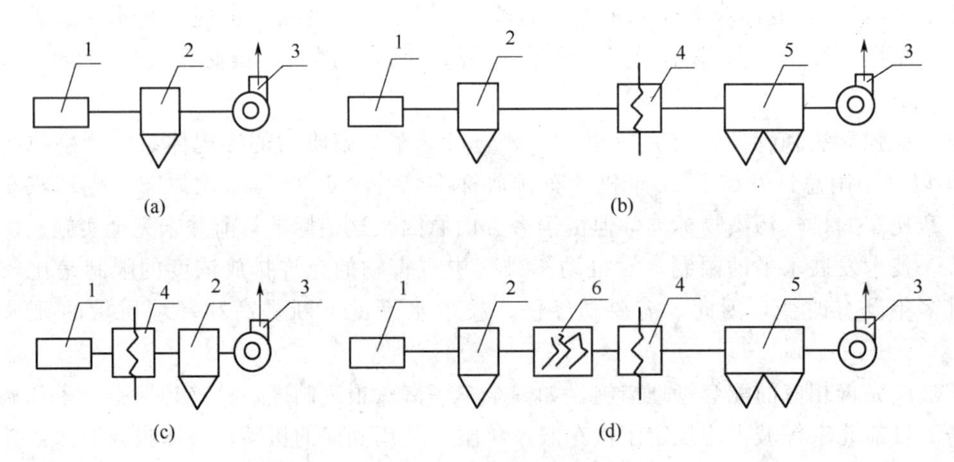

图3-12 烟尘净化系统几种基本形式

1—炉窑；2—一级除尘器；3—风机；4—冷却器；5—二级除尘器；6—燃烧室

锅炉排放烟尘的控制技术已基本完善，只要选用合适的除尘器就能达到烟尘排放的环境标准要求。现以锅炉烟尘净化系统为例予以说明。

锅炉烟气的污染物主要是烟尘和 SO_2 气体。烟尘主要包括未能完全燃烧的炭粒，以及由灰粒和固体可燃物微粒组成的飞灰。对不同型式的锅炉应设置不同的除尘系统。对中小型锅炉，主要采用旋风除尘器。对于电站的大型锅炉，由于烟气量大、粉尘浓度高、颗粒细，宜采用二级净化系统：第一级选用旋风除尘器，第二级一般采用静电除尘器和布袋除尘器、文丘里管洗涤器等。静电除尘器和布袋除尘器的初期投资较高，湿式除尘器存在腐蚀和形成水污染问题。

随着环境标准对烟尘排放浓度的限制越来越严，除尘器的选用也逐步向高效除尘器发展。在许多发达国家已广泛地使用电除尘器和袋式除尘器，旋风除尘器已很少采用。

第四节 固体废物的处理技术

一、固体废物处理的方式

固体废弃物对环境的污染与废水、废气和噪声的污染不同，它不仅具有呆滞性大、扩散性小的特点，而且通常以水体、空气和土壤作为其引起环境影响的主要载体和途径，并往往是许多污染成分的终极状态。如在废气的治理过程中，目前多采用吸收分离技术使废气中有害物质富集，最终转化为弃之则仍具有对环境潜在危害的固体废物（残渣）。在城市和工业废水的处理过程中，废水中的悬浮态物质、有机物经隔离、化学或生物的转化而最终以污泥或沉渣的形式从废水中得以分离；可燃固体中的重金属经焚烧处理后，将富集于灰烬中。这些固体废物中的有害物质经长期的微生物、淋溶及地表径流等自然因素的作用，又会进入水体、大气及土壤，并再次成为水体、大气和土壤的污染源。此外，固体废物中的部分是“弃之则为害，用之则为宝”的有用成分，合理地处置和回收利用，不仅可以减少它们的产生量，而且可以获得良好的经济效益。对于无回收利用价值的废物则应加以严格管理，合理处理和处置。

固体废物处理处置是利用不同的方法，使固体废物的形式转换、资源化利用以及最终处置的一种过程。

按其采用的方式不同可分为物理处理法、化学处理法和生物处理法等。物理处理法包括压实、破碎、分选、沉淀和过滤等；化学处理法包括焚烧、焙烧热解及溶出等；生物处理法包括好氧分解和厌氧分解等处理方式。

按其处理目的又可分为预处理、资源化处理和最终处置等。

二、固体废物的处理原则

中国固体废物管理和控制的工作起步较晚，但自中国环境保护法颁布以来，陆续制定了一些控制标准，中国在 1995 年 10 月 30 日通过并公布了《中华人民共和国固体废物污染环境防治法》。此法提出，国家对固体废物污染环境的防治，实行减少固体废物的产生、充分合理利用固体废物和无害化处置固体废物的原则；鼓励、支持开展清洁生产，减少固体废物的产生量；鼓励、支持综合利用资源，对固体废物实行充分利用和合理利用，推行垃圾无害化和危险废物集中处理为原则，同时采取有利于固体废物综合利用活动的经济、技术政策和措施。具体战略是：“实施废物（尤其是有害废物）最小量化；对于已产生的固体废物首先要实施资源化管理和推行资源化技术，发展无害化处理处置技术。”此外，国务院、国家环保局和建设部还颁布了一系列有关的条例、标准和规程。

资源的综合利用、固体废弃物污染的控制、处理处置的标准及防止有毒有害固体废物的地区或越境转移，是固体废物法规的主要内容。固体废物法规是环境保护法的子法，其目的之一是防治和控制环境污染。鉴于固体废物的污染有别于水和大气的污染，因而其污染防治和控制的途径有其特殊性，它必须进行从产生至最终处置的全过程控制。

根据中国国情，中国制定出近期以“无害化”、“减量化”、“资源化”作为控制固体废物污染的技术政策，并确定今后较长一段时间内应以“无害化”为主，以“无害化”向“资源化”过渡，“无害化”和“减量化”应以“资源化”为条件。

为了达到这“三化”，首先要转变观念。要保护环境、控制污染，就先要选择减少固体废料产生的“减量化”（首端预防），而不是选择废物产生以后的“无害化”（末端处理）；其次要在法规、标准、政策和管理体制上采取一系列重大步骤和措施加以保证“减量化”的实施。

三、固体废物的处理技术

1. 预处理技术

固体废物预处理是指采用物理、化学或生物方法，将固体废物转变成便于运输、贮存、回收利用和处置的形态。预处理常涉及固体废物中某些成分的分离和浓集，因此也是一种回收利用的过程。

（1）压实技术　压实是利用外界压力作用于固体废物，达到增大容重、减小体积，以便于降低运输成本、延长填埋场寿命的预处理技术。这种处理方法不仅可以大大减少废物的容积，还可以改善废物运输和填埋操作过程中的卫生条件，并可以有效地防止填埋场的地面沉降。缺点是对于含水率较高的废物，在进行压实处理时会产生污染物浓度较高的废液。

压实技术适用于处理压缩性能大而恢复性小的固体废物，如金属加工产生的各种松散废料（车屑等），后来逐步发展到处理城市垃圾，如纸箱、纸袋等。

（2）破碎技术　固体废物破碎技术是利用外力使大块固体废物分裂为小块的过程。通常用做运输、贮存、资源化和最终处置的预处理。其目的是使固体废物便于运输；为固体废物分选提供所要求的入选粒度，以便回收废物的其他成分；使固体废物的比表面积增加，提高焚烧、热分解、熔融等作业的稳定性和热效率；防止粗大、锋利的固体废物对处理设备的损坏等。经破碎后固体废物直接进行填埋处置时，压实密度高而均匀，可以加快填埋处置场的早期稳定化。

破碎的方法主要有挤压破碎、剪切破碎、冲击破碎以及由这几种方式组合起来的破碎方法。这些破碎方法各有优缺点，对处理对象的性质也有一定程度的限制。这些破碎方式都存在噪声高、振动大、产生粉尘等缺点，对环境有不利的一面。近年来，为了减少和避免上述缺点，提出了低温破碎的方法——将废物用液氮等制冷剂降温脆化，然后再进行破碎。但目前在处理成本方面还存在较多的问题，有待进一步解决。

（3）分选技术　固体废物分选是实现固体废物资源化、减量化的重要手段，通过分选可以提高回收物质的纯度和价值，有利于后续加工处理。根据物质的粒度、密度、磁性、电性、光电性、摩擦性、弹性以及表面润湿性等特性差异，固体废物分选常用的方法有以下几种：筛分、重力分选、磁力分选、涡电流分选、光学分选等。

（4）脱水和干燥技术　固体废物的脱水主要用于废水处理厂排出的污泥及某些工业企业

所排出的泥浆状废物的处理。脱水可达到减容及便于运输的目的，有利于进一步处理。常用的脱水方法有机械脱水和自然干化脱水两种，前者应用较多，处理设备有转鼓真空过滤机、离心式脱水机等。

当固体废物经破碎、分选之后对所得的轻物料需进行能源回收或焚烧处理时，必须进行干燥处理。常用的干燥器有转筒式干燥器等。

2. 热化学处理技术

有机物含量较高的固体废弃物具有较高的热值，因而具有良好的能源回收利用价值。热化学处理是利用高温破坏和改变固体废物的组成和结构，使废物中的有机有害物质得到分解或转化的处理，是实现有机固体废物处理无害化、减量化、资源化的一种有效方法。尤其是可以回收热化学处理过程中产生的余热或有价值的分解产物，而使废物中的潜在资源得以再生利用。目前，常用的热化学处理技术主要有焚烧、热解、湿式氧化等。

（1）焚烧　焚烧法是对固体废物高温分解和深度氧化的综合处理过程，它比以加热为目的的燃烧过程要复杂得多。焚烧法的优点是可以回收利用固体废物燃烧产生的热能，大幅度地减少可燃性废物的体积（一般可减少80%～90%），彻底消除有害细菌和病毒，破坏有毒废物，使其最终成为化学性质稳定的无害化灰渣。焚烧法的缺点是只能处理含可燃物成分高的固体废物，否则必须添加助燃剂，使运行费提高；另外容易造成二次污染，为了减少二次污染，要求焚烧设施必须配置控制二次污染的设备，这又进一步提高了设备的投资和处理成本。

适合焚烧的废物主要是那些不适于安全填埋或不可再循环利用的有害废物，如医院和医学实验室产生的需特别处理的带菌废弃物、难以生物降解的、易挥发和扩散的、含有重金属及其他有害成分的有机废物等。

（2）热解　热解技术利用了多数有机物的热不稳定性的特征，在无氧或缺氧条件下受热（500～1000℃）时会发生裂解，通过大分子键的断裂、异构化和小分子的聚合反应等，最后使大分子转变为各种较小的组分。工业中木材和煤的干馏、重油的裂解就是应用了热解技术。

用热解法处理固体有机废物是较新的方法。热解的结果将会产生三种相态的物质，即气态、液态和固态。

该方法的主要优点是能够将废物中的有机物转化为便于贮存和运输的有用燃料，而且尾气排放量和残渣量较少，是一种低污染的处理与资源化技术。城市垃圾、污泥、工矿废料（如塑料、树脂、橡胶）以及农林废料、人畜粪便等含有机物较多的固体废物都可以采用热解方法处理。

（3）湿式氧化法　湿式氧化法又称湿式燃烧法，它实际上是一个气液相反应过程，适用于有水存在的有机物料。流动态的有机物料用泵送入湿式氧化系统，在适当的温度和压力条件下进行快速氧化，排放的尾气中主要含二氧化碳、氮、过剩的氧气和其他气体，残余液体中包括残留的金属盐类和未完全反应的有机物。由于有机物的氧化过程是放热过程，在反应过程中，借助于反应所释放的热量维持反应所需要的温度，可以使反应自发进行，而不需要投加辅助燃料。湿式氧化的主要产物为H_2O、蒸汽、CO_2和N_2等。

湿式氧化法的优点是可以不经过污泥脱水过程就能有效地处理有机污泥或高浓度有机废水；不产生粉尘；灭毒除毒比较彻底；有利于生物化学处理；氧化液的脱水性能好，氨、氮含量较高；氧化气不含有害成分；耗热量小，反应时间短。不足之处是设备费用和运转费用较高。

3. 生物处理技术

生物处理技术是利用固体废物（如生活垃圾、有机污泥、人畜粪便和农林废物等）本身所含有的或自然界的各种微生物，对固体废物中的有机成分进行氧化降解和转化等作用，使其达到无害化并产生可以利用的产物。它不仅可以使有机固体废物转化为能源、食品、饲料和肥料，还可以从废品和废渣中提取金属，是固体废物处理资源化的有效而又经济的技术方法。目前，应用广泛的生物处理技术主要有堆肥化和沼气化两大类。此外，尚有纤维素糖化、饲料化和生物浸出等。这些方法具有广阔的发展前景，但技术要求较高，经济竞争力尚不明显，仍有许多课题有待解决。以下介绍堆肥化和沼气化两种方法。

(1) 堆肥化处理　堆肥化是依靠自然界广泛分布的细菌、放线菌、真菌等微生物，人为地促进可生物降解的有机物向稳定的腐殖质转化的生化过程。堆肥化的产物称作堆肥，是一种土壤改良肥料。它具有改良土壤结构、增大土壤溶水性、减少无机氮流失、促进难溶磷转化为易溶磷、增加土壤缓冲能力、提高化学肥料的肥效等多种功效。

根据堆肥化过程中微生物对氧的需求可分为厌氧堆肥与好氧堆肥两种方式。

厌氧堆肥原理类似于废水处理中的厌氧消化过程，是将垃圾在与空气相隔绝的条件下堆积发酵，其最终生成物主要为残留的有机酸、CH_4、NH_3、CO_2、H_2 和 H_2S 等。此法可保留较多氮元素，工艺亦简单，但堆制周期过长（10 个月以上），环境条件较差，仅适用于小规模农家堆肥。

好氧法堆肥是以好氧菌为主，通过一系列的放热分解反应，对废物中有机成分进行氧化降解，并最终转化为简单而稳定的无机腐化物（堆肥）的过程。此法完成整个过程所需的时间较短（5～6 周）、基质分解比较彻底、异味小、环境条件较好，适用于大规模生产，是目前主要的堆肥方法，已在中国得到广泛的应用。

要注意的是，堆肥中的 N、P、K 等植物营养物的含量并不高，一般低于 3%。因此，堆肥并不是传统意义上的农家肥，其主要功效在于起到“土壤改良剂”或“土壤调节剂”的作用。此外，在堆肥的生产和施用过程中，必须注意对有害元素进行分离，以防止在土壤中富集。

(2) 沼气化处理　厌氧消化制沼气是城乡垃圾资源化的又一重要途径。其基本原理与废水的厌氧生物处理相似，是在完全隔绝氧气的条件下，利用多种厌氧菌的生物转化作用使废物中可生物降解的有机物分解为稳定的无毒物质，同时获得以甲烷为主的沼气。沼气是一种比较清洁的能源，而沼气液、沼气渣又是理想的有机肥料。

该技术在城市下水污泥、农业固体废物及粪便处理中得到广泛应用。据估计中国农村每年产农作物秸秆 5×10^8t 以上，若用其中的一半制取沼气，每年可生产沼气 $(500\sim600)\times10^8m^3$，除满足 8 亿农民生活用燃料之外，还可余 $(60\sim100)\times10^8m^3$。

4. 最终处置

固体废弃物经过减量化和资源化利用，仍不可避免地要向环境排放不具利用价值或难以进一步利用的残渣。这些残渣往往富集了较多的有毒有害物质，尤其是那些具有放射性危害的物质将长期地保留在环境中，因而必须进行最终的处置，使之最大限度地与生物圈隔离，防止它们对环境的危害。固体废物处置对于防治固体废物的二次污染起着关键的作用。

固体废物处置可分为海洋处置和陆地处置两大类。

(1) 海洋处置 海洋处置主要分为海洋倾倒与远洋焚烧两种方法。

① 海洋倾倒。是利用海洋的巨大环境容量，选择距离和深度适宜的处置场，将废物直接投入海洋的处置方法。这是一种早期采用的有毒有害物处置方法，目前仍有国家使用。但随着对海洋环境容量有限性和海洋污染问题严重性的认识，此种方法的应用已越来越受到限制。中国于1985年颁布了《中华人民共和国海洋倾废管理条例》，对海洋处置的申请程序、处置区的选择、倾倒废物的种类及倾倒区的封闭等均作了明确的规定。

② 远洋焚烧。是利用专门设计的焚烧船将固体废物运至远洋处置区进行船上焚烧的处置方法。远洋焚烧船上的焚烧炉结构因焚烧对象而异，需专门设计。废物焚烧后产生的废气通过净化装置与冷凝器，冷凝液排入海中，气体排入大气，残渣倾入海洋。这种技术适于处置易燃性废物，如含氯有机废物等。

(2) 陆地处置 陆地处置主要包括土地耕作、深井灌注以及土地填埋几种。

① 土地耕作处置。是利用表层土壤的离子交换、吸附、微生物降解以及渗滤水浸出、降解产物的挥发等综合作用机制，处置工业固体废物的一种方法。

该技术具有工艺简单、费用适宜、设备易于维护、对环境影响小、能够改善土壤结构、增长肥效等优点，主要用于处置含盐量低、不含毒物、可生物降解的有机固体废物。

② 深井灌注处置。是先将固体废物液化，形成溶液或乳浊液，采用强制性措施将其注入与地下水层和矿脉层隔绝的可渗透性岩层中而加以安全处置的方法。

一般废物和有害废物都可采用深井灌注方法处置。但主要还是用来处置那些实践证明难以破坏、难以转化、不能采用其他方法处理处置或者采用其他方法费用昂贵的废物。

此法对处置地层的要求极为严格。如岩层必须具有大的空隙率、足够的液体吸收容量，岩层结构及其所含液体需能和注入液体相容等。此外，用于深井灌注的废物须进行适当的预处理，去除易造成堵塞的固体，以防止灌后堵塞岩层空隙；灌注过程中应严格监测，以防泄漏。

③ 土地填埋处置。是从传统的堆放和填地处置发展起来的一项最终处置技术。其工艺简单、成本较低、适于处置多种类型的废物，目前已成为处置固体废物的主要方法。

土地填埋的类型较多。根据填埋场的地形可分为谷地填埋、平地填埋和废矿坑填埋等；根据填埋场内部含氧量的多少可分为厌氧性填埋、好氧性填埋等；根据所处置的废物类型及所需的处置要求可分为卫生填埋和安全填埋，目前多按后者加以分类。该法的主要缺点是：填埋场必须远离居民区；回复的填埋场将因沉降而需不断地维修；埋在地下的固体废物通过分解可能会产生易燃、易爆或毒性气体，需加以控制和处理。

卫生土地填埋，是处置垃圾而不会对公众健康及环境造成危害的一种方法。通常是把运到土地填埋场的废物在限定的区域内铺散成40～75mm薄层，然后压实减少废物的体积，并在每天操作之后用一层厚15～30mm的土壤覆盖、压实，废物层和土壤覆盖层共同构成一个单元，即填筑单元。具有同样高度的一系列相互衔接的填筑单元构成一个升层。完成的卫生土地填埋场地是由一个或多个升层组成的。当土地填埋场达到最终的设计高度之后，在该填埋层之上覆盖一层90～120mm厚的土壤，压实后就达到一个完整的卫生土地填埋场。

安全土地填埋，是考虑到有毒有害物对环境的长期潜在危害性，在进行填埋处置时必须考虑如泄露、渗出等问题，因而对填埋地的构造和安全措施有极为严格的要求。首先，必须在填埋场设置人工或天然衬里，并要求土壤的渗透率，最下层填埋物须高于最高地下水位，

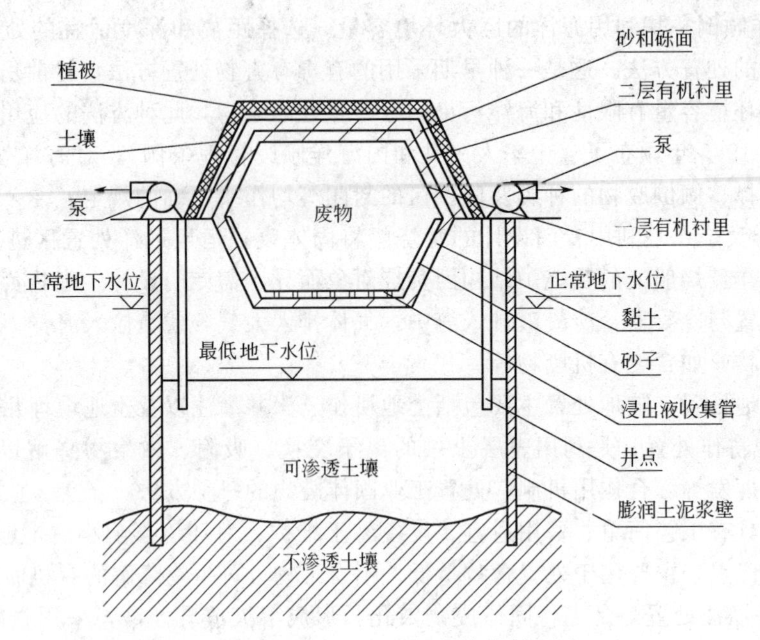

图 3-13　典型的安全土地填埋场结构剖面图

并设置可能的浸出液和气体收集及监测系统；其次，对所填埋的废物规格须有严格的要求，将不同来源、不同性质、不同数量的废物分开处置并及时记录以确保其安全性。图 3-13 所示为典型的安全土地填埋场结构剖面图。

四、危险固体废物的处理技术

1．危险废物的无害化处理、处置

危险废物是一类特殊的固体废物，其性质多种多样，种类繁杂，且鉴别困难。它不但污染空气、水源和土壤，而且由于各国对有害固体废物的管理方法不同，从而使有害固体废物通过各种渠道危害环境与人体健康。危险废物影响环境的途径很多，其生产、运输、贮存、处理到处置的各个过程，都可能对环境造成重大危害。

危险废物是多种污染物质的最终形态，它将长期保留在环境中。为了控制其对环境的污染，必须对它进行最终处置，寻求一条合理的途径，使它最大限度地与生物圈隔离。因此，无害化处理是解决其最终归宿问题，也是对危险废物管理的最后一个环节。

《中华人民共和国固体废物污染环境防治法》明确规定："产生危险废物的单位，必须按照国家有关规定申报登记"。"产生危险废物的单位，必须按照国家有关规定处置"；"逾期不处置或处置不符合国家有关规定的，由所在地县级以上地方人民政府环境保护行政主管部门指定单位按照国家有关规定代为处置，处置费用由产生危险废物的单位承担"。并且明确规定：以填埋方式处置危险废物不符合国务院环境保护行政主管部门的规定的，应缴纳危险废物排污费。根据这项规定处置危险废物时应采用符合国家规定的安全填埋法。

2．危险废物的主要处置技术

处理危险固体废物的方法种类繁多，主要与废物的来源、性质、成分、数量等有关，一般需要在处理前取适量样品进行试验，以寻求最合适的处理方法。常采用的方法有：磁选、液固分离、干燥、蒸馏、蒸发、洗提、吸收、溶剂萃取、吸附、膜工艺和冷冻等物理处理法；中和、沉淀、氧化还原、水解、辐照等化学处理法；生物降解、生物吸附等生物处理法以及固化和包胶法等。

经上述处理后的危险固体废物还要进行最后的处置，这是危险固体废物管理中最重要的一环。常用的处置技术主要有焚烧和安全填埋。

(1) 焚烧法　是利用处理装置使废物在高温条件下分解，转化为可向环境排放的产物和热能的过程。通过焚烧可以使可燃性固体废物氧化分解，达到减少容积、去除毒性、回收能量及副产品的目的。

设计原则应考虑使用方便、运行费用低、建设投资省、余热可利用，能适应废物成分变化以及有配套的处置尾气和灰渣的装置，适用于处置有机废物。

(2) 填埋法　是应用最早、最广泛的处置固体废物的方法之一。填埋法的关键技术即利用填埋场的防渗漏系统，将废物永久、安全地与周围环境隔离。一般处置有害固体废物采用安全填埋法，处置一般固体废物采用卫生填埋法。前者在技术上要求更严格，必须首先进行地质和水文调查，选好干旱或半干旱地作填埋场地，将经过预处理的危险固体废物掩埋，保证不发生渗漏而污染地下水和空气，填埋后应复土、植树，以改善环境。

(3) 固化法　固化法是将水泥、塑料、水玻璃、沥青等凝结剂同危险废物加以混合进行固化，使废物中所含的有害物质封闭在固化体内不被浸出，从而达到稳定化、无害化、减量化的目的。固化法能降低废物的渗透性，并且能将其制成具有高应变能力的最终产品，从而使有害废物变成无害废物。中国主要用此法处理放射性废物。根据用于固化的凝结剂的不同，此法又分为以下几种。

① 水泥固化法。是以水泥为固化剂将危险废物进行固化的一种处理方法。水泥中加入适当比例的水混合会发生水化反应，产生凝结后失去流动性则逐渐硬化。水泥固化法是用污泥（危险固体废物和水的混合物）代替水加入水泥中，使其凝结固化的方法。

由于水泥比较便宜，并且操作设备简单，固化体强度高、长期稳定性好，对受热和风化有一定的抵抗力，因而其利用价值较高。对于含有有害物质的污泥的固化方法来说，水泥固化法是最经济的。

② 塑料固化法。是将塑料作为凝结剂，使含有重金属的废物固化而将重金属封闭起来，同时又可将固化体作为农业或建筑材料加以利用。

塑料固化技术按所用塑料（树脂）不同可分为热塑性塑料固化和热固性塑料固化两类。

热塑性塑料有聚乙烯、聚氯乙烯树脂等，在常温下呈固态，高温时可变为熔融胶黏液体，将有害废物掺和包容其中，冷却后形成塑料固化体。

热固性塑料有脲醛树脂和不饱和聚酯等。脲醛树脂具有使用方便、固化速度快、常温或加热固化均佳的特点，与有害废物所形成的固化体具有较好的耐水性、耐热性及耐腐蚀性。

不饱和聚酯树脂在常温下有适宜的黏度，可在常温、常压下固化成型，容易保证质量，适用于对有害废物和放射性废物的固化处理。

③ 水玻璃固化法。是以水玻璃为固化剂，无机酸类（如硫酸、硝酸、盐酸等）作为辅助剂，与有害废物按一定的配料比进行中和与缩合脱水反应，形成凝胶体，将有害污泥包容，经凝结硬化逐步形成水玻璃固化体。

水玻璃固化法具有工艺操作简便、原料价廉易得、处理费用低、固化体耐酸性强、抗透水性好、重金属浸出率低等特点，但目前此法尚处于试验阶段。

④ 沥青固化法。是以沥青为固化剂与危险废物在一定的温度、配料比、碱度和搅拌作用下产生皂化反应，使危险废物均匀地包容在沥青中，形成固化体。

经沥青固化处理所生成的固化体空隙小、致密度高，难于被水渗透，同水泥固化体相比较，有害物质的沥滤率更低；并且采用沥青固化，无论废物的种类和性质如何，均可得到性能稳定的固化体。此外，沥青固化处理后随即就能硬化，固化时间短。

(4) 化学法　化学法是利用危险废物的化学性质，通过酸碱中和、氧化还原以及沉淀等方式，将有害物质转化为无害的最终产物。

(5) 生物法　许多危险废物是可以通过生物降解来解除毒性的，解除毒性后的废物可以被土壤和水体所接受。目前，生物法有活性污泥法、气化池法、氧化塘法等。

五、城市垃圾的处理

城市垃圾是指城市居民在日常生活中抛弃的固态和液态废弃物、企事业单位和机关团体的办公垃圾、商业网点经营活动的垃圾、医疗垃圾和市政维护管理的垃圾等。城市垃圾是否处理好，关系到每个城市居民的生活质量。

1. 城市垃圾的处理方法

城市垃圾的处理、处置和利用方法主要有三种方式——填埋、焚烧和堆肥，从垃圾成分来看，有机物含量高的垃圾宜采用焚烧法；无机物含量高的垃圾宜采用填埋法；垃圾中可降解有机物多者宜采用堆肥法。

(1) 压缩处理　对于一些密度小、体积大的城市垃圾，经过加压压缩处理后可以减小体积，便于运输和填埋。有些垃圾经过压缩处理后，可成为高密度的惰性材料和建筑材料。

(2) 填埋　垃圾填埋既可以处理城市的混合垃圾，也可以消纳其他废物处理工艺的剩料和不能再回收利用的废物，例如堆肥剩料、焚烧残渣、净化污泥和无法纳入废物资源化循环的各类物质。目前，城市垃圾多采用卫生填埋方法。

(3) 焚烧和热能回收　焚烧是目前世界各国广泛采用的城市垃圾处理技术。焚烧可使垃圾体积减少90%，重量减少80%，还可以将垃圾对地下河流的影响降至最低；垃圾焚烧后产生的热能，可用来生产蒸汽或电能，也可用于供暖或生产的需要。根据计算，每5t的垃圾，可节省1t标准燃料。在目前能源日渐紧缺情况下，利用焚烧垃圾产生的热能作为热源，有着现实意义。

垃圾焚烧主要问题是"二次污染"。垃圾焚烧后虽然可以把炉渣和灰分中的有害物质降低到最低程度，但却向大气排放了有害物质并在城市散布灰尘。因此，垃圾焚烧工厂必须配备消烟除尘装置以降低向大气排放的污染物质，一次性投资较大。

(4) 堆肥　城市垃圾堆肥通常采用机械化堆肥，即利用容器使堆肥在罐内进行氧化，并且有分离装置将燃料、玻璃、金属等惰性粗粒成分分离出去，有通风搅拌装置加快有机物的分解速度。采用现代化的堆肥处理方法，可在2天内制成堆肥。

垃圾堆肥处理的基本目的是，通过它自行升温到60～70℃，消灭病原体而使其无害化，同时使其转化为有机肥料（生堆肥），生堆肥经处理变为熟堆肥。

2. 城市垃圾的资源化与回收利用

随着人口增长，生活水平提高，城市垃圾产量也在明显增多。据估算，目前世界的垃圾年增长率不低于3%，有些国家达到10%。面对如此巨大的垃圾"包袱"，仅靠简单的填埋和焚烧处理显然已不合适了，应该对城市垃圾进行综合处理，以保护自然环境，恢复再生原料资源。

城市垃圾是丰富的再生资源的源泉，其所含成分分别为：废纸、黑色和有色金属、废弃食物、塑料、织物、玻璃以及其他物质。大约80%的垃圾为潜在的原料资源，可以重新在经济循环中发挥作用。因此，为了解决城市垃圾问题，必须创造和采用机械化的高效率处理方法，回收有用成分并作为再生原料加以利用。

近年来，世界上许多工业发达国家都大力开展了从垃圾中回收有用成分的研究工作，大量的垃圾综合处理技术方案取得了专利权。例如，意大利的索雷恩切希尼公司在罗马兴建的两座垃圾处理工厂，可处理城市垃圾量的70%以上。其处理工艺对垃圾的黑色金属、废纸和有机部分（主要是废弃食物）等基本有用成分进行全面回收，并且还回收塑料和玻璃供重复利用。中国已建立了不少焚烧垃圾的实验工厂。1999 年在上海江桥兴建的垃圾焚烧厂采用西欧先进技术，环保标准较高，可日处理垃圾 1500t，日发电 46×10^4kW·h。

利用垃圾有用成分作为再生原料有着一系列优点，其收集、分选和富集费用要比初始原料开采和富集的费用低好几倍，可以节省自然资源，避免环境污染。

3.“白色污染”

“白色污染”主要是指塑料制品和包装品使用后被遗弃于环境中对环境所造成的污染。

造成污染的品种主要有塑料包装袋、泡沫塑料餐盒、一次性饮料杯、农用塑料薄膜及其他塑料包装用品等，其中尤以塑料餐盒和包装袋危害最大。

这些塑料制品用量的逐年激增，使“白色污染”问题日益加重，甚至已成为继水污染、大气污染之后的第三大公害。

“白色污染”最直接的危害是严重损害了环境景观。在铁路、公路沿线，由于沿途抛扔了大量餐盒和塑料袋，与铁路并行形成两条“白色长廊”；在内河航道的水面到处飘浮着白色餐盒；在旅游景点、城市街道，到处散布着塑料袋与餐盒，塑料袋随风飘舞，挂在树枝上或堆积在杂草丛中，使环境景观变得十分恶劣。

更为严重的是，塑料制品在自然界中很难降解，抛弃的塑料品会造成土壤恶化，影响作物生长；被牲畜误食，会造成生病以致死亡。抛入河流、湖泊等处的塑料制品还会影响航运，使水质变坏，并可影响水电站的正常运行，如漂浮在长江中的塑料包装物等曾使葛洲坝水利枢纽的发电机组多次停机。

“白色污染”已引起社会各界的广泛关注，国家环保总局曾在 1997 年将治理“白色污染”列为一项重点工作，并提出了“以宣传教育为先导，强化管理为核心，回收利用为手段，产品替代为补充”的防治对策。

对铁路上的“白色污染”，国家环保总局、铁道部等部门联合发布了《关于维护旅客列车、车站及铁路沿线环境卫生的规定》，于 1997 年 10 月 1 日生效，要求对列车垃圾进行封装、定点投放并严禁沿途抛扔。对长江航道，国家环保总局、建设部、交通部等则制定了《防止船舶垃圾和沿岸固体废物污染长江水域的管理规定》，禁止向长江中抛扔垃圾并要求进行转运处理，此规定于 1998 年 3 月 1 日起施行。以上这些都是强化管理、加强回收的具体体现。

作为回收手段的重要辅助的手段，是发展实用替代产品。目前具有实用意义的纸餐具、可降解塑料餐具等相继推出，有的已投入市场使用，这些都将推进根治“白色污染”

的进程。

加大宣传力度，提高群众环保意识，人人从我做起减少“白色污染”，也是根治“白色污染”的必不可少的措施。

第五节　噪声控制技术

一、噪声控制的一般原理

噪声污染的发生必须有三个要素：噪声源、噪声传播途径和接受者。只要这三个要素同时存在就构成噪声对环境的污染和对人的危害。控制噪声污染必须从这三方面着手，既要对其分别进行研究，又要将它们作为一个系统综合考虑。

1. 声源的控制

声源是噪声系统中最关键的组成部分，控制噪声污染的最有效方法是从控制声源的发声着手。通过研制和选用低噪声设备、改进生产工艺、提高设备的加工精度和安装技术、加强行政管理，以及对声源采取吸声、隔声、消声、隔振等技术，可达到减少发声体的数目或降低发声体的辐射声功率，这是控制噪声的根本途径。

2. 传播途径的控制

由于技术和经济的原因，当从声源上难以实施噪声控制时，就需要从噪声传播途径上加以控制。传播途径控制噪声的主要措施有三种，一是利用噪声随传播的距离而衰减的性质，使接受者远离噪声源，达到降低噪声的目的；二是利用声音（尤其是高频噪声）的指向性，来控制噪声的传播方向；三是在声源与接受者之间建立隔声屏障，如山丘、围墙、森林、草地等对噪声都有一定的阻挡和吸收作用。除上述三种措施以外，城市的城建规划也很重要。

3. 接受者的防护

当在声源和传播途径上控制噪声难以达到标准时，往往需要采取个人防护措施。在很多场合下，采取个人防护还是最有效、最经济的方法。在某些特殊条件下，对于噪声的接受者，可以采取的保护措施有佩戴护耳器（如耳塞、耳罩等），或采取轮班作业，缩短在高噪声环境中的工作时间。一般的护耳器可使耳内噪声降低10～40dB。

二、吸声技术

声源发出的声波遇到顶棚、地面、墙面及其他物体表面时，会发生声波的反射，声波在室内多次反射形成叠加声波，称为混响声。特别在无装饰的大厅和大车间内，混响声的存在使室内任何声源的噪声级比室外旷野的噪声级明显提高。如果在墙面或顶棚上饰以吸声材料、吸声结构，或在空间悬挂吸声板、吸声体，混响声就会被吸收掉，室内的噪声级也就相应降低。这种控制噪声的方法称做吸声降噪。吸声技术主要用于室内空间，如用于车间、会议室、办公室、剧场等。吸声材料或结构可分为以下四种。

1. 多孔吸声材料

多孔材料泛指物理结构显得疏松、散软的材料。这些材料的共同结构特征是从表面到内部有许多微小间隙和连续的，可以贯通的气孔，并与外界大气相连，具有通气性能。空隙占吸声材料体积的主要部分，一般的多孔吸声材料空隙率为70%左右，有的则高达90%以上。

当声波进入多孔材料的孔隙后，能引起空隙中的空气和材料的细小纤维发生振动。由于空气与孔壁的摩擦阻力、空气的黏滞阻力和热传导等作用，相当一部分声能就会转变成热能而耗散掉，从而起到吸收声能的作用。多孔吸声材料是利用材料内部松软多孔的特性来吸收一部分声能。

多孔材料的吸声性能主要与多孔材料的空隙率、结构因子、容重、敷设厚度等因素有关。目前常用的多孔吸声材料主要有无机纤维材料（超细玻璃棉、玻璃丝、矿渣棉、岩棉及其制品等）、泡沫塑料（聚氨酯、聚醚乙烯、聚氯乙烯、酚醛等）、有机纤维材料（棉、麻、甘蔗、木丝、稻草等）和建筑吸声材料及其制品（加气混凝土、微孔吸声砖、膨胀珍珠岩等）。

2. 薄板共振吸声结构

把薄金属板、胶合板、塑料板甚至纸质板材的周边固定在框架上，背后设置一定深度的空气层，就构成薄板共振吸声结构。当声波入射到板面时，迫使板产生振动，引起薄板和空气层系统的振动，使声能转化为机械能，并由于摩擦，将一部分振动能转变为热能。增加薄板的面密度或空气层的厚度，可使薄板振动结构的固有频率降低，反之则提高。

3. 穿孔板共振吸声结构

穿孔板共振吸声结构是在钢板、铝板或胶合板、塑料板、草纸板等薄板上，穿以一定孔径和穿孔率的小孔，在板后设置一定厚度的空腔构成。如图 3-14 所示。

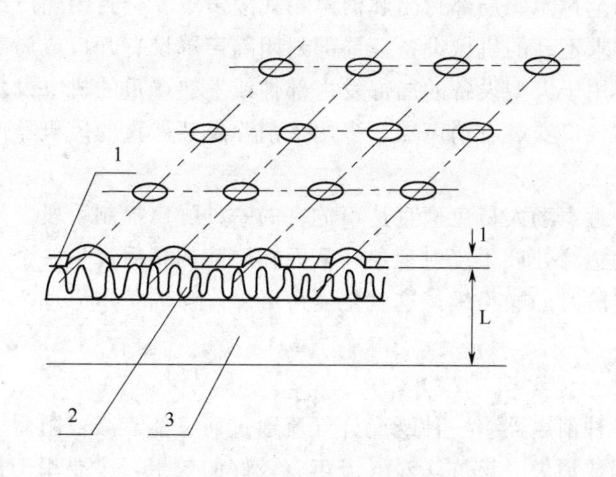

图 3-14 穿孔板共振吸声

1—穿孔板；2—吸声材料；3—空气层

由于穿孔板上的每个孔都有对应的空腔，可视为许多“亥姆霍兹”共振器。当入射声波的频率和系统的共振频率一致时，就激起共振。此时，穿孔板孔颈处空气柱往复振动的速度、幅值达到最大值，摩擦和阻尼也最大，使声能转变为热能最多，即吸声系数最高。穿孔率越高，每个共振腔所占的体积越小，共振频率就越高。可改变穿孔率来控制共振。穿孔率应小于 20%，否则会大大降低其吸声性能。穿孔板吸声结构具有较强的频率选择性，共振频率附近才有最佳吸声性能，偏离共振频率，吸声效果明显下降。为增加吸声频带，可在穿孔板背后贴一层纱布或玻璃布，也可在空腔内填装多孔性吸声材料。

4. 微穿孔板吸声结构

微穿孔板吸声结构由具有一定穿孔率、孔径小于 1mm 的金属薄板与板后的空气层组成。金属板厚一般取 0.2～1mm，孔径取 0.2～1mm，穿孔率取 1%～2%时吸声效果最佳。微穿孔板由于板薄、孔径小、声阻抗大、质量小，因而吸声系数和吸声频带宽度比穿孔板吸声结构要好，并且结构简单、加工方便，特别适合于高温、高速、潮湿以及要求清洁卫生的环境下使用。在实际应用中，为使吸声频带向低频方向扩展，可采用双层或多层微穿孔板吸声结构。

三、隔声技术

隔声是噪声控制工程中常用的一种技术措施，它利用墙体、各种板材及构件作为屏蔽物或利用围护结构把噪声控制在一定范围之内，使噪声在空气中的传播受阻而不能顺利通过，以减少噪声对环境的影响，从而达到降低噪声的目的。采用适当的隔声设施，可降低噪声 20～50dB。

1. 隔声罩

对体积较小的噪声源（小设备或设备的某些噪声部件），直接用隔声结构罩起来，可以获得显著的降噪效果，这就是隔声罩，也是目前控制机械噪声的重要方法之一。隔声罩的罩壁由罩板、阻尼涂料和吸声层构成。为便于拆装、搬运、操作、检修以及经济方面的因素，罩板常采用薄金属、木板、纤维板等轻质材料。当采用薄金属板做罩板时，必须涂覆相当于罩板 2～4 倍厚度的阻尼层，以改善共振区和吻合效应处的隔声性能。

隔声罩一般分为全封闭、局部封闭和消声箱式隔声罩。全封闭隔声罩不设开口，多用来隔绝体积小、散热要求不高的机械设备。局部封闭隔声罩设有开口或局部无罩板，罩内仍存在混响声场，一般应用于大型设备的局部发声部件或发热严重的机电设备。消声箱式隔声罩是在隔声罩的进、排气口安装有消声器，多用来消除发热严重的风机噪声。

2. 隔声屏障

隔声屏障是保护近声场人员免遭直达声危害的一种噪声控制手段。当声波在传播中遇到屏障时，会在屏障的边缘处产生绕射现象，从而在屏障的背后产生一个声影区，声影区内的噪声级低于未设置屏障时的噪声级，这就是隔声屏障降噪的基本原理。

四、消声技术

消声就是利用各种消声器（一种既允许气流通过而又能衰减或阻碍声音传播的装置）使声源发出的声音变弱或消失。该方法对气流声有较好的效果，主要用于控制通风、排气和风机等噪声。常用的消声器有阻性消声器、抗性消声器、阻抗复合式消声器、微穿孔板消声器、耗散型消声器、小孔扩散消声器等。一般用消声器可降低噪声 20～40dB。

1. 阻性消声器

它是利用安装在管道内壁或中部的阻性材料（主要是多孔材料）吸收声能而达到降低噪声的目的，如图 3-15 所示。当声波通过敷设有吸声材料的孔道时，声波激发多孔材料中众多小孔内空气分子的振动，由于摩擦阻力和黏滞力的作用，使一部分声能转换为热能耗散掉，从而起到消声作用。因为多孔材料的吸声机理类似于电路中的电阻消耗电能，故称依靠多孔吸声材料消声的消声器为阻性消声器。

阻性消声器主要用于中、高频噪声的吸收。消声器的长度越大，内饰面吸声面积越大，吸声系数越高，消声效率越好，能在较宽的中高频范围内消声。它具有结构简单和良好的吸收中高频噪声的优点，在实际工程中得到广泛的应用。但不适合在高温、潮湿的环境中使

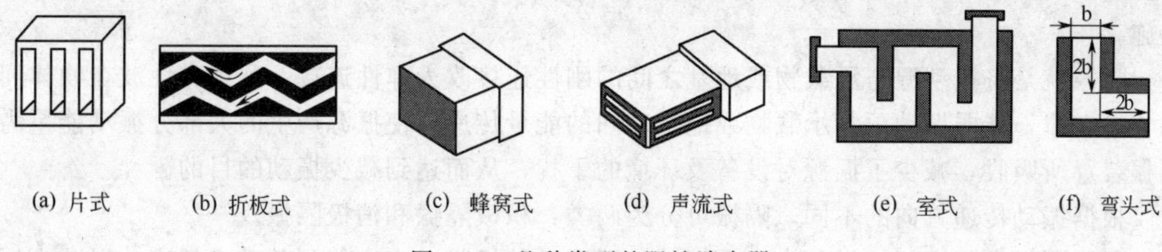

(a) 片式　(b) 折板式　(c) 蜂窝式　(d) 声流式　(e) 室式　(f) 弯头式

图 3-15　几种类型的阻性消声器

用，多用于风机的进排气消声。

2. 抗性消声器

抗性消声器不直接吸收声能。它的基本结构是由扩张室和连接管串联而成。它是利用管道截面的变化（扩张或收缩）使声波反射、干涉，再沿孔道继续传播而达到消声的目的。其消声作用就像交流电路中的滤波器，故称为抗性消声器。和阻性消声器不同的是，它不使用吸声材料。抗性消声器的性能和孔道结构形状有关，一般选择性较强，适用于窄带噪声和低、中频噪声的控制。抗性消声器构造简单、耐高温、耐气体腐蚀和冲击，其缺点是消声频带窄，对高频噪声消声效果较差。

3. 损耗型消声器

它是在气流通道内壁安装穿孔板或微穿孔板，利用它们的非线性声阻来消耗声能，从而达到消声的目的。微穿孔板消声器是典型的损耗型消声器。在厚度小于 1mm 的板材上开孔径小于 1mm 的微孔，穿孔率一般为 1%～3%，在穿孔板后面留有一定的空腔，即称为微穿孔板吸声结构。它与阻性消声器类似，不同之处在于用微穿孔板吸声结构代替了多孔吸声材料。从某种意义讲，微穿孔板消声器是一种阻抗复合式消声器。

4. 扩散消声器

工业生产中有许多小喷孔高压排气或放空现象，如各种空气动力设备的排气、高压锅炉排气放空等，伴随这些现象的是强烈的排气喷流噪声。这种噪声的特点是声级高、频带宽、传播远，危害极大。扩散性消声器是利用扩散降速、变频或改变喷注气流参数等机理达到消声的目的。常见的有小孔喷注消声器、节流降压消声器和多孔扩散消声器；

小孔喷注消声器直接利用发声机理，将一个大的排气孔用许多小孔来代替，当孔径小到一定值时，噪声频率由低频移到人耳不敏感的频率范围，从而达到降低可听声的目的。

节流降压消声器是利用节流降压原理制成的。通过多次节流方法将高压降分散为多个小压降以达到降低高压排气放空噪声的目的。

多孔扩散消声器所有的材料都带有大量的细小孔隙，可以使排放气流被滤成无数个小的气流，气体的压力被降低，流速被扩散减小，因而辐射的噪声强度也就大大减弱。

5. 复合消声器

将以上四种消声原理组合应用即可构成多种复合式消声器。

一个合适的消声器可直接使气流声源噪声降低 20～40dB，相应响度降低 75%～93%。通常要求消声器对气流的阻力要小，不能影响气动设备的正常工作，其构成的材料要坚固耐用并便于加工和维修。此外要外形美观、经济。

五、振动防治技术

1. 隔振原理

隔振不仅是控制噪声的产生与传播的重要措施，也是减少振动对环境和人体影响的重要措施。

隔振就是将振动源与承载物或地基之间的刚性连接改为弹性连接，利用弹性波在物体间的传播规律，减弱振动源与承载物或地基之间的能量传递，使振源产生的大部分振动能量为隔振装置所吸收，减少了振源对设备及环境的干扰，从而达到减少振动的目的。

根据振动传递方向的不同，隔振可分为两类：积极隔振和消极隔振。

积极隔振是隔离机械设备本身的振动，即通过其机脚、支座传到基础或基座，以减少振源对周围环境或建筑结构的影响，也就是隔离振源。一般的动力机器、回转机械、锻冲压设备均需要积极隔振。所以积极隔振也称为动力隔振。

消极隔振是防止周围环境的振动，即通过地基（或支承）传到需要保护的仪表、器械。电子仪表、精密仪器、贵重设备、消声室、车载运输物品等均需进行隔振。所以也把消极隔振称为运动隔振或防护隔振。

一般来讲，积极隔振的频率范围在3～1000Hz，消极隔振的频率范围在3～30Hz。两类隔振的目的虽然不同，但具体措施基本是一样的，都是通过在振源和支承物之间安装具有弹性的隔振器，使振源产生的大部分振动能量由隔振器吸收，以减少振动对设备和环境的影响。

2. 隔振装置

隔振装置可分为两大类：隔振器和隔振垫。隔振器是专门设计制造的、具有确定的形状和稳定的性能的弹性元件，使用时可作为机械零件进行装配。常用的有金属弹簧隔振器、橡胶隔振器、钢丝绳隔振器和空气弹簧隔振器等；隔振垫是利用弹性材料本身的自然特性，一般没有确定的形状尺寸，可根据实际需要来拼排或裁剪。常见的有软木、毛毡、泡沫塑料、玻璃纤维隔振垫和橡胶隔振垫等。

（1）弹簧隔振器　金属弹簧隔振器是一种用途广泛的低频隔振装置，从轻巧的精密仪器到重型的工业设备都可应用。其优点是具有很高的弹性，可承受较大的负荷，可从数牛顿到十多万牛顿，静态变形位移大，可从10～100mm；耐油、水、溶剂等的侵蚀，抗高温；固有频率低，为2～4Hz；低频隔振性能好；设计计算方法较成熟。缺点是本身阻尼小，共振时传递率可能很大，高频隔振性能差。

常用的金属弹簧隔振器有圆柱形螺旋弹簧隔振器和板条式隔振器，还有圆锥形螺旋弹簧隔振器、碟形弹簧隔振器等。如图3-16所示。

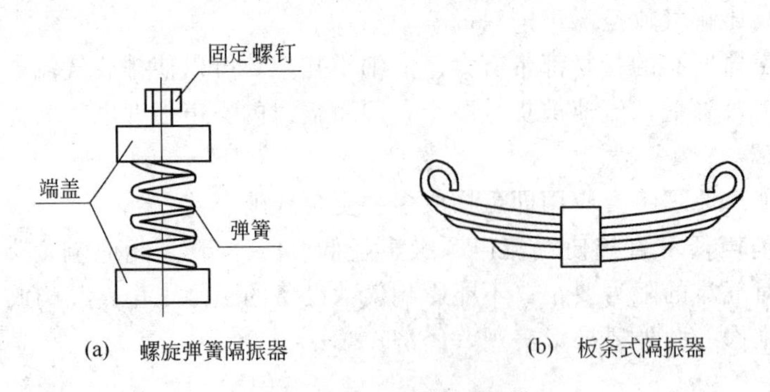

图3-16　金属弹簧隔振器

（2）橡胶隔振器　橡胶隔振器是一种适合于中小型设备和仪器隔振的装置。它具有良好的隔振缓冲和隔声性能；可承受压缩、剪切或剪切压缩力，但不能承受拉力；可以根据刚度、强度及环境条件等不同要求设计成不同的形状；其特点是阻尼大，有良好的抑制共振峰作用，不会产生共振激增现象；能大量吸收高频振动能量，高频隔振性能好；因此，在降低噪声方面比金属隔振器有利。缺点是易老化，不耐油污，不适宜在高温或低温条件下使用。几种橡胶隔振器的型式如图 3-17 所示。

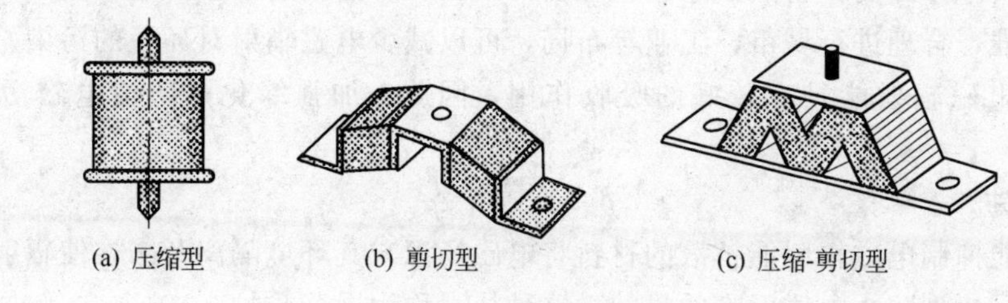

图 3-17 橡胶隔振器

3. 阻尼减振

现代汽车、轮船和飞机等交通工具的外壳以及机器的外罩和风管等金属结构，大都要求轻而薄，这就特别容易发生弯曲振动，从表面辐射出噪声。为了有效地抑制薄板的振动，需要贴上或喷上一层内摩擦阻力较大的材料，如沥青、软橡胶或其他高分子涂料配置而成的阻尼浆。这种措施称为振动的阻尼。图 3-18 为几种阻尼层结构示意图。

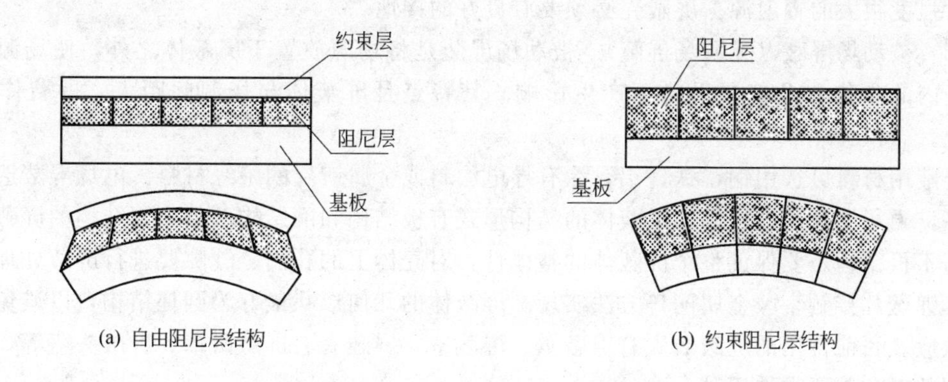

图 3-18 阻尼层结构示意图

阻尼材料之所以减弱振动是基于材料的内摩擦原理。当涂有阻尼材料的金属薄板做弯曲振动时，振动能量迅速传递给阻尼材料，由于阻尼材料忽而被拉伸，忽而被压缩，因而使阻尼材料内部分子产生相对位移，产生相对摩擦，使振动的能量转换为热能而被消耗掉。

第六节 其他污染的防治技术

一、电磁辐射污染的防护

控制电磁污染也同控制其他类型的污染一样，须采取综合防治的办法，才能取得更好的效果。为了从根本上防治电磁辐射污染，首先要从国家标准出发，对产生电磁波的各种工业及家用电器设备和产品，提出较严格的设计指标，尽量减少电磁能量的泄漏，这是解决污染源的问题。其次是通过合理的工业布局，使电磁污染源远离居民稠密区，尽量减少污染危害的可能。对于已经进入到环境中的电磁辐射，采取一定的技术防护手段（包括个人防护），以减少对生物体及环境的危害。具体的防护方法如下。

1. 区域控制与绿化

区域控制大体分四类：自然干净区、轻度污染区、广播辐射区和工业干扰区。依据这样的区域划分标准，合理进行城市、工业等布局，可以减少电磁辐射对环境的污染。同时，由于绿色植物对电磁辐射能具有较好的吸收作用，因此，加强绿化是防治电磁污染的有效措施。

2. 屏蔽防护

采用某种能抑制电磁辐射能扩散的材料将电磁场源与其环境隔离开来，使辐射能被限制在某一范围内，达到防止电磁污染的目的。这种技术称为屏蔽防护。

当电磁辐射作用于屏蔽体时，因电磁感应，屏蔽体产生与电场源电流方向相反的感应电流而产生反向磁力线，可以与场源磁力线相抵消，达到屏蔽效果。若使屏蔽体接地，还可达到对电场的屏蔽。

根据场源与屏蔽体的相对位置，屏蔽方式分为两类。

(1) 主动场屏蔽（有源场屏蔽） 主动场屏蔽是将场源置于屏蔽体内部，将电磁场限定在某一范围内，使其不对此范围以外的生物体或仪器设备产生影响。主动场屏蔽可以屏蔽电磁辐射强度很大的辐射源。屏蔽壳必须要有良好的接地。

(2) 被动场屏蔽（无源场屏蔽） 被动场屏蔽是将场源放置于屏蔽体之外，使场源对限定范围内的生物体及仪器设备不产生影响。其特点是屏蔽体与场源间距大，屏蔽体可以不接地。

屏蔽用材料可选用铜、铁、铝，涂有导电涂料或金属镀层的绝缘材料。电场屏蔽选用钢材为好，磁场屏蔽用铁较好。屏蔽体的结构形式有板结构和网结构两种，网结构的屏蔽效率一般高于板结构。要保证整个屏蔽体的整体性，对壳体上的孔洞、缝隙要进行屏蔽处理，用焊接、弹簧片接触、蒙金属网等方法实现。屏蔽体的几何形状最好为圆柱结构，以避免产生尖端效应。目前常用的屏蔽装置有屏蔽罩、屏蔽室、屏蔽衣、屏蔽眼罩、屏蔽头盔等，可根据不同的对象与要求选用。

屏蔽罩：适用于小型仪器或设备的屏蔽。

屏蔽室：适用于大型机组或控制室。

屏蔽衣、屏蔽头盔、屏蔽眼罩：适用于个人的屏蔽防护。

3. 接地防护

接地防护是将辐射源的屏蔽部分或屏蔽体产生的感应高频电流导入大地，以免屏蔽体本身再成为二次辐射源。接地防护的效果与接地极的电阻值有关，电阻越低，其导电效果越好。

4. 吸收防护

吸收防护是采用对某种辐射能量具有强烈吸收作用的材料，敷设于场源外围，使辐射场强度大幅度衰减下来，达到防护目的。吸收防护主要用于微波防护。

常用的吸收材料有谐振型吸收材料和匹配型吸收材料。前者利用某些材料的谐振特性制成，特点是材料厚度小，只对频率范围很窄的微波辐射具有良好的吸收率。后者利用某些材料和自由空间的阻抗匹配特性来吸收微波辐射能（又称吸波材料），其特点是适用于吸收频率范围很宽的微波辐射。实际应用的吸波材料可用塑料、胶木、橡胶、陶瓷等材料中加入铁粉、石墨、木材和水等做成，如泡沫吸收材料、涂层吸收材料和塑料板吸收材料等。

5. 个人防护

个人防护的对象是个体的微波作业人员。当工作需要，操作人员必须进入微波辐射源的近场区作业时，或因某些原因不能对辐射源采取有效的屏蔽或吸收等措施时，必须采用个人防护措施以保护作业人员的安全。

个人防护措施主要有穿防护服，戴防护头盔和防护眼镜等。这些个人防护装备同样也应用了屏蔽、吸收等原理，用相应的材料做成的，一般用铁丝网制成。

二、放射性污染的防护和污染物的处理

放射性废物不像一般工业废物和垃圾等极容易被发现和预防其危害。它是无色无味的有害物质，只能靠放射性测试仪才能探测到。因此，对放射性废物的处理与其他工业污染物处理有根本的区别。放射性物质的管理、处理和最终处置必须严格地科学地按国际标准和国家标准进行，以期把对人类的危害降低到最低水平。

1. 放射性辐射防护标准

目前中国一般采用“最大容许剂量当量”，用不允许接受的剂量范围的下限来限制从事放射性工作人员的照射剂量。中国1988年发布的《辐射防护规定》(GB 8703—88) 中规定了剂量当量。该规定还对辐射照射的控制措施（管理和技术两方面）、放射性废物管理（包括分类、管理原则、低放气体或气溶胶及废液的排放、固体放射性废物管理）、放射性物质安全运输、伴有辐射照射设施的选择要求、辐射监测、辐射事故管理、辐射防护评价以及辐射工作人员的健康管理等均有详细的规定。

2. 放射性辐射防护方法

辐射防护的目的主要是为了减少射线对人体的照射，具体防护方法如下。

(1) 时间防护　人体受照射的时间越长，则接受的照射量也越多。因此，要求工作人员操作准确敏捷以减少受照时间；也可以增配人员轮流操作以减少每个人的受照时间。

(2) 距离防护　人距辐射源越近，则受照量越大。因此，须远距离操作以减少受照量。

(3) 屏蔽防护　为了尽量减少射线对人体的照射，应使人体远离辐射源，并减少受照时间。在采用这些方法受到限制时，常用屏蔽的办法，即在放射源与人之间放置一种合适的屏蔽材料，利用屏蔽材料对射线的吸收降低照射剂量。

α射线的防护——α射线射程短，穿透力弱，在空气中易被吸收，用几张纸或薄的铝膜即可将其屏蔽。但其电离能力强，进入人体后会因内照射造成较大的伤害。

β射线的防护——β射线是带负电的电子流，穿透物质的能力较强，因此，对屏蔽β射线的材料可采用有机玻璃、烯基塑料、普通玻璃和铝板等。

γ射线的防护——γ射线是波长很短的电磁波，穿透能力很强，危害也最大，常用具有足够厚度的铅、铁、钢、混凝土等屏蔽材料屏蔽γ射线。

另外，为防止人们受到不必要的照射，在有放射性物质和射线的地方应设置明显的危险标记。

3. 放射性废物的处理、处置

对放射性废物中的放射性物质，现在还没有有效的办法将其处理，以使其放射性消失。目前只是利用放射性自然衰减的特性，采用在较长的时间内将其封闭，使放射强度逐渐减弱的方法，达到消除放射污染的目的。处理时的操作需要在严密的防护和屏蔽条件下进行，所用设备的材质应为耐腐蚀、耐辐射的合金材质；对大多数放射性废物应作深度处理，尽量复用，减少排放；在处理过程中所产生的二次废物应纳入后续处理系统进一步处理或处置。

（1）放射性废气的处理　根据放射性在废气中的存在形态的不同采取不同的处理方法。

对挥发性放射性废气用吸附法和扩散稀释法处理。

对以放射性气溶胶形式存在的废气可通过除尘技术达到净化。先经过机械除尘器、湿式洗涤除尘器进行预处理，除去气溶胶中粒径较大的固态或液态颗粒；然后进入中效过滤，除去大部分中等粒径的颗粒，第三步是高效过滤，几乎可以全部滤去粒径大于 0.3μm 的微粒，使气溶胶废气得到完全净化。

但中效和高效过滤器使用过的滤料应作为放射性固体废物加以处理。

（2）放射性废液的处理、处置　对不同浓度的放射性废水可采用不同的方法处理。基本方法是稀释排放、浓缩贮存和回收利用。

① 稀释排放。对符合中国《放射防护规定》中规定浓度的废水，可以采用稀释排放的方法直接排放，否则应经专门净化处理。

② 浓缩贮存。对半衰期较短的放射性废液可直接在专门容器中封装贮存，经一段时间，待其放射强度降低后，可稀释排放。对衰减期长或放射强度高的废液，可使用浓缩后贮存的方法。常用的浓缩手段有沉淀法、离子交换法和蒸发法。沉淀法所得的上清液、蒸发法的二次蒸汽冷凝水以及离子交换出水，可根据它们的放射性强度或回用、或排放、或进一步处理。对这些浓缩废液，可用专门容器贮存或经固化处理后埋藏。对中、低放射性废液可用水泥、沥青固化；对高放射性的废液可采用水玻璃固化。固化处理后的固化体最终还需送入统一管理的安全贮存库处置，使其自然衰变。

③ 回收利用。在放射性废液中常含有许多有用物质，因此，应尽可能回收利用。这样做既不浪费资源，又可减少污染物的排放。可以通过循环使用废水，回收废液中某些放射性物质，并在工业、医疗、科研等领域进行回收利用。

（3）放射性固体废物的处理、处置　放射性固体废物是指铀矿石提取铀后的废矿渣，被放射性物质玷污而不能用的各种器物和废液处理过程中浓缩废液经固化处理后所形成的固体废弃物。

对铀矿渣一般采用土地堆放或回填矿井的方法，这种方法不能根本解决污染问题，但目前尚无其他更有效的办法。

对可燃性放射性固体废物最好用焚烧法，焚烧产生的废气和气溶胶物质需严加控制，需良好的废气净化系统，因而费用高昂。同时使放射性物质聚集在灰烬中，灰烬可在密封的金属容器中封存，也可进行固化处理。

不可燃性放射性固体废物主要以受污染的设备、部件为主，因此，应先进行拆卸和破碎处理，然后再煅烧熔融处理，减少其体积，以利于最终包封贮存；或采用去污法，如溶剂洗涤、机械刮削、喷镀、熔化等手段，达到降低污染程度到规定标准，清洗后的器物可以重新使用。

(4) 最终处置 放射性废物的最终处置是为确保废物中的有害物质对人类环境不产生危害。基本方法是埋入能与生物圈有效隔离的最终贮存库中。

三、热污染和光污染的防治

1. 热污染的防治

热污染对气候和生态平衡的影响，已渐渐受到重视，许多国家的科学工作者为控制热污染正在进行有益的探索。

(1) 改进热能利用技术，提高热能效率 通过提高热能效率，既节约了能源，又可以减少废热的排放。目前所用的热力装置的效率一般都比较低，工业发达的美国1966年平均热效率为33%，近年才达到44%。将热直接转换为电能可以大大减少热污染。如果把有效率的热电厂和聚变反应堆联合运行的话，热效率可能高达96%。这种效率为96%的发电方法，和今天的发电厂浪费60%～65%的热能相比，只浪费4%的热能，有效地控制了热污染。

(2) 开发和利用无热污染或少热污染的新能源 从长远来看，现在应用的矿物能源将会被已开发和利用的、或将要开发和利用的无污染或少污染的能源所代替。这些无污染或少污染的能源有太阳能、风力能、海洋能及地热能等。

(3) 废热的利用 利用废热可以减轻热污染，同时还有助于节约燃料资源。对于工业装置排放的高温废气，可通过如下途径加以利用。①利用排放的高温废气预热冷原料气；②利用废热锅炉将冷水或冷空气加热成热水和热气，用于取暖、淋浴、空调加热等。

对于温热的冷却水，可通过如下途径加以利用。①利用电站温热水进行水产养殖，如用电站温排水养殖非洲鲫鱼；②冬季用温热水灌溉农田，可延长适于作物的种植时间；③利用温热水调节港口水域的水温，防止港口冻结等。

(4) 城市及区域绿化 绿化是降低城市及区域热岛效应及热污染的有效措施，但需注意树种的选择和搭配，同时加强空气流通和水面的结合，从而使效果更加显著。

通过上述方法，对热污染起到一定的防治作用。但由于对热污染研究得还不充分，防治方法还存在许多问题，因此有待进一步探索提高。

2. 光污染的防治

在工业生产中，对光污染的防护措施如下。在有红外线及紫外线产生的工作场所，应采用可移动屏障将操作区围住，防止非操作者受到有害光源的直接照射。对操作人员的个人防护，最有效的措施是戴护目镜和防护面罩以保护眼部和裸露皮肤不受光辐射的影响。

在城市中，除需限制或禁止在建筑物表面使用玻璃幕墙外，还应完善立法，加强灯火管制，避免光污染的产生。

要大力提倡和开发绿色照明，即对眼睛没有伤害的光照。它首先要求是全色光，光谱成分均匀无明显色差；其次，光色温贴近自然光（在自然光下视觉灵敏度比人工光高20%以上）；再次，必须是无频闪光。

光对环境的污染是实际存在的，但由于缺少相应的污染标准立法，因而不能形成较完整的环境质量要求与防范措施，今后需要在这些方面进一步探索。

思考题

1. 环境污染控制方式有哪几种？其内容是什么？
2. 天然水体的自净作用及分类是什么？
3. 污水处理的技术有哪几类？每类各有哪些处理方法？
4. 治理大气污染的途径有哪些？
5. 粉尘的控制与防治方法有哪些？
6. 气态污染物治理技术有哪些？
7. 试阐述城市中如何减轻机动车尾气污染问题。
8. 常采用的固体废物处理的方法有哪些？
9. 常用的城市垃圾的处理和利用的方法有哪些？
10. 噪声的控制技术有哪些？
11. 放射性污染的防治措施有哪些？
12. 电磁辐射污染的防护措施有哪些？
13. 热污染应怎样防治？
14. 光污染防护包括哪些方面？

第四章 典型工业污染及其防治措施简介

学习指南

通过本章学习，了解化工生产对环境的污染，掌握典型工业废水、工业废气及主要工业废渣的处理流程及回收利用。了解工业污染防治的发展趋势。

第一节 化学工业污染及其防治措施

一、化学工业污染物种类及来源

化学工业是环境污染较为严重的行业，其产品和废弃物种类繁多，而且数量也相当大，有的还是剧毒物质，进入环境就会造成污染。有些化工产品在使用过程中也会引起一些污染，甚至比生产过程所造成的污染更为严重、更为广泛。弄清这些污染物的来源和特点，对于进行防治具有十分重要的意义。

化工污染物的种类，按污染物的性质可分为无机化学工业污染和有机化学工业污染；按污染物的形态可分为废气、废水及废渣。总的来说，化工污染物都是在生产过程中产生的，但其产生的原因和进入环境的途径则是多种多样的。

1. 化工废水的主要来源和种类

(1) 化工废水的主要来源

① 化工生产的原料和产品在生产、包装运输、堆放的过程中因一部分物料流失又经雨水或用水冲刷而形成的废水。

② 化学反应不完全而产生的废料。由于反应条件和原料纯度的影响，一般的反应转化率只能达到70%～80%，未反应的原料经分离或提纯后的残留物以废水形式排放出来。

③ 化学反应中副反应过程生成的废水。化工生产中，在进行主反应的同时，经常伴随着一些副反应，产生了副产物。这些副产物如果数量不大，成分比较复杂，分离比较困难，分离效率也不高，回收不合算等，常不进行回收利用而作为废水排放。

④ 冷却水。化工生产常在高温下进行，因此，需要对成品或半成品进行冷却。采用水冷时，就要排放冷却水。若采用冷却水与反应物料直接接触的直接冷却方式，则不可避免地排出含有物料的废水。

⑤ 一些特定生产过程排放的废水。如焦炭生产的水力割焦排水，蒸汽喷射泵的排出废水，酸洗或碱洗过程排放的废水，溶剂处理中排出的废溶剂等。

⑥ 地面和设备冲洗水和雨水，因常夹带某些污染物，最终也形成废水。

(2) 化工废水分类　化学工业废水按成分可分为三大类，第一类为含有机物的废水，主要来自基本有机原料、合成材料（含合成塑料、合成橡胶、合成纤维）、农药、染料等行业排出的废水；第二类为含无机物的废水，如无机盐、氮肥、磷肥、硫酸、硝酸及纯碱等行业排出的废水；第三类为既含有有机物又含有无机物的废水，如氯碱、感光材料、涂料等行业。如果按废水中所含主要污染物分，则有含氰废水、含酚废水、含氟废水、含铬废水、含有机磷化合物废水、含有机物废水等。

2. 化工废气的主要来源和种类

(1) 化工废气的主要来源

① 化学反应中产生的副反应和反应进行不完全造成的；

② 产品的加工和使用过程中产生的；

③ 工艺不完善，生产过程不稳定，产生不合格的产品；

④ 生产设备陈旧落后或工艺设计不合理，造成物料的“跑、冒、滴、漏”；

⑤ 因操作失误、指挥不当、管理不善等造成废气的排放；

⑥ 化工生产中排放的某些气体，在光或雨的作用下发生化学反应，也能产生有害气体。

(2) 化工废气分类　化工废气按所含的污染物性质不同可分为三大类：第一类为含无机污染物的化工废气，这类废气主要来自氮肥、磷肥（含硫酸）、无机盐等行业；第二类为含有机污染物的废气，主要来自有机原料及合成材料、农药、染料、涂料等行业；第三类为既含无机污染物又含有机污染物的废气，主要来自氯碱、炼焦等行业。

3. 化工废渣的主要来源和种类

(1) 化工废渣的主要来源　根据化工部门的统计，用于化学工业生产的各种原料最终约有三分之二变成了废物。而这些废物中固体废物约占二分之一以上，可见化工废渣产生量十分巨大。化工废渣除由生产过程中产生之外，还有非生产性的固体废物，如原料及产品的包装垃圾、工厂的生活垃圾等，这些垃圾中也会有很多有害的物质。另外在治理废水或废气的过程中有时还会有新的废渣产生。

(2) 化工废渣的种类　化工废渣一般按废弃物产生的行业和生产工艺过程进行分类。例如，硫酸生产中产生的硫铁矿烧渣；铬盐生产中的铬渣；聚氯乙烯等生产中产生的电石渣；烧碱生产中产生的盐泥，以及化工废水处理中产生的污泥等。

二、化工废物处理技术

1. 硫酸废水的处理

国内的硫酸生产，大都以硫铁矿为主要原料，其次是利用冶炼气制酸。近几年来，由于磷肥工业的发展，利用磷石膏联产水泥的制酸技术也逐步发展和应用，本节讨论以硫铁矿制酸的废水处理技术。鉴于国内硫铁矿品位低、杂质多，废水中除了含有硫酸、亚硫酸、矿尘之外，尚含有砷、氟、铅、锌、汞、铜、镉等。考虑到含砷废水危害较严重，国内一般限制硫铁矿中含砷的量在0.1%以下，最好在0.05%以下，很少有使用高砷、氟的硫铁矿做原料的。

在硫酸工业废水处理中，主要处理废水的酸度以及砷、氟等主要的有害物质。若个别情况，除上述几种有害物质外，还含某种或某几种重金属离子浓度高的，则应注意要将这些重金属离子降至标准以下。

硫酸工业废水的处理，通常均采用中和法；中和法系统一般分成三个组成部分：中和药剂的制备和投配；中和反应及沉降；污泥处置等。

中和硫酸废水的药剂有生石灰、石灰石、电石渣等，最常用的仍是生石灰，优点是经济，缺点是在使用时，环境卫生较差。在中和反应之前，将生石灰配制成一定浓度的石灰乳溶液。

中和反应的工艺流程，将依据废水水质来确定，最常用的是石灰法和石灰-铁盐法。污泥处置一直是硫酸废水处理中较难解决的课题。随着新的污泥脱水设备的出现，已有了较大的进展。有的厂将沉降槽排出来的湿污泥，替代工业冷却水，直接送入焙烧工段中的排渣增湿器中，省去了污泥脱水这一系统，这个方案仍需进一步改进。硫酸废水的处理流程见图 4-1。

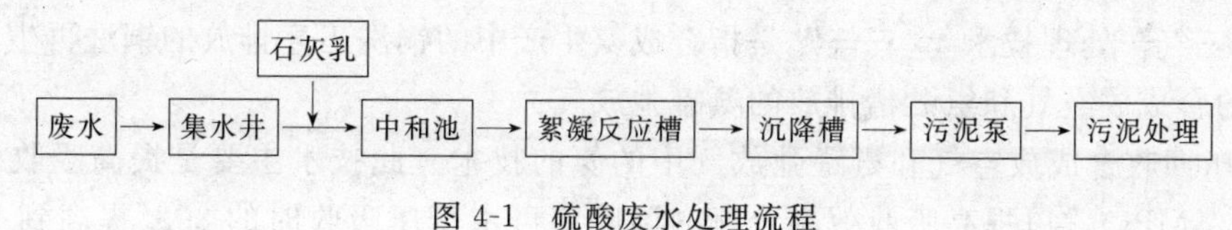

图 4-1 硫酸废水处理流程

2. 焦化厂含酚废水处理

焦化厂排出的含酚废水，大部分含酚浓度在 2～12g/L，对高浓度含酚废水的处理，一般采用二级处理的方式，第一级（预处理），将高浓度的酚降到 200～300mg/L 以下，再进行第二级生化处理，使其达到排放标准，如有特殊要求或需回用，再进行三级处理。三级处理可以采用活性炭吸附法或其他方法。

高浓度含酚废水的预处理，一般采用萃取法和蒸馏法。蒸馏法存在着设备较庞大，蒸汽耗量大等缺点。溶剂萃取法因设备投资少、成本低、脱酚效率高的特点，目前得到广泛应用。该法不仅可以大幅度降低水中酚含量，而且可以回收酚钠盐，产生较好的经济效益，从而达到综合利用的目的。含酚废水的处理流程见图 4-2。

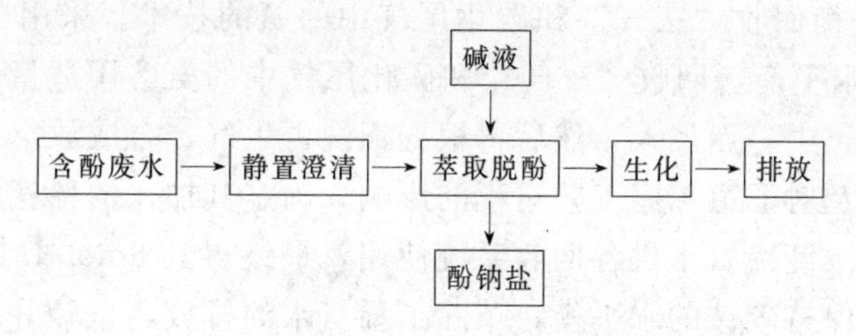

图 4-2 含酚废水的处理流程

3. 氮肥工业废气的治理

（1）锅炉烟气除尘技术　普遍采用的技术为麻石水膜除尘技术。其主要设备为水膜除尘器，塔体由麻石砌成，塔内为负压操作，水从塔体上部的溢流槽均匀地沿塔体内壁流下，形成一层水膜。烟道气体中的灰粒因离心力而碰到塔壁上，被水膜冲至塔底，经水封槽流入沉淀池，达到除尘的目的。

麻石具有耐磨和抗腐蚀的性能，塔体的使用寿命可长达 30 年，可节省大量钢材。

（2）尿素粉尘处理技术

① 引进日本 Mitsui Toatsu 公司的湿式喷淋回收尿素粉尘技术。回收装置是以多孔泡沫树脂为过滤材料。其回收工艺过程为：含尿素粉尘 500mg/m^3 的造粒尾气进入集尘室后，用 10%～20%的稀尿素粉尘液进行喷淋吸收，大部分尿素粉尘被洗涤吸收成尿素液返回系统，未被洗涤下来的尿素粉尘则溶解于水雾中，再经过滤器过滤后，以雾滴的形式排入大气，尿素粉尘及氨排放的设计值均为 30mg/m^3，回收率为 94%。

② 改革尿素造粒喷头降低尿素粉尘排放技术。大型尿素厂引进的新型尿素造粒喷头可明显降低尿素粉尘的排放量。中型尿素厂大多采用旋转式直孔喷头，其喷淋分布严重不均，造成喷淋尿素溶液与空气的传质、传热差，尿素出塔温度高，尿素粉尘排放量大。改用斜孔喷头可避免此缺点，使尿素粉尘的排放量下降50%左右。

③ 晶种造粒降低尿素粉尘技术。晶种造粒是在造粒塔中加入微小的尿素粉尘作为晶体，可避免尿素熔融物颗粒固化产生过冷现象，使颗粒内部结构夹层交错紧密，耐冲击强度增加，从而达到降低机械破碎所产生的尿素粉尘。实际生产表明，造粒尿素粉尘可降低40%，包装车间的尿素粉尘浓度可降低58%。

(3)“三气”处理技术 “三气”是指合成氨生产中的铜洗工序排放的铜洗再生气、合成工序排放的合成放空气和氨贮槽排放的氨罐弛放气。

① 等压回收合成放空气和氨罐弛放气中的氨的技术。此技术主要是提高吸收装置的操作压力（1.5MPa），以提高吸收效率。氨的回收率可由低压吸收时的30%提高到94%，出塔气体中氨的含量可接近0.1%；回收氨水浓度为6.5～9mol/L，可直接回收至碳化系统。

② 铜洗再生气中氨的回收技术。铜洗再生气除含 NH_3 外，还含有 CO_2。因此，在回收铜洗再生气中 NH_3 的过程中，容易产生铵盐结晶，引起管道堵塞。解决结晶堵塞问题是铜洗再生气回收氨的技术关键。回收气中氨浓度的高低起着决定的作用，设法降低再生气中氨含量，CO_2 再高也不会形成结晶。回收再生气中含氨量与氨的平衡有关，气相氨的平衡分压取决于液相温度和氨浓度，实际操作中又是远离平衡浓度。因此，按照平衡原理进行分段吸收，增大氨水浓度梯度，形成了“软水洗涤，稀氨水部分循环，两次吸收”再生气回收氨技术。该技术的氨回收率为95%左右，回收氨水浓度为3mol/L，再生气回收气含氨0.02%～5%。

③ 结合碳铵水平衡回收“三气”和碳化尾气中的氨的技术。采用“一点加入，逐级提浓”工艺，结合碳铵水平衡，回收“三气”和碳化尾气中的氨。用适量的软水（约1.3m^3/t氨）从碳化回清系统集中一点加入，然后再根据铜洗再生气、合成放空气和氨罐弛放气工艺要求，气相浓度高低及对下道工序工艺过程的影响，确定其加入的稀氨水浓度梯度，从碳化回清系统中抽取不同浓度稀氨水供各回收系统使用，最终得到6mol/L以上的浓氨水，全部返回氨加工系统，既保持碳铵的水平衡，革除了稀氨水的排放，也较好地回收了“三气”和碳化尾气中的氨。

④ 变压吸附回收合成放空气中的氢的技术。变压吸附法是利用吸附对气体的吸附容量随压力的不同而有差异的特性。加压吸附去除有关的组分，然后再减压解吸。吸附剂有分子筛和活性炭。

采用变压吸附从合成放空气中回收氢的纯度一般为98.5%～99.99%，回收率在60%～80%。这项技术在合成氨厂得到广泛应用。

⑤ 普里森分离装置回收合成放空气中氢的技术。该装置中空纤维膜管束，利用渗透原理对气体的组分进行分离。气体渗透过薄膜的渗透率是气体在膜里的溶解度和经膜的扩散率的函数。在分压差相同时，各种气体分子通过膜的速度是不同的，如 N_2、CH_4、CO、Ar、O_2、CO_2、H_2S、He、H_2、H_2O 通过膜的速度逐渐加快。不难看出，合成放空气中的 H_2、CH_4 和 Ar 很容易分开。

当要处理的气体及所用膜的种类及厚度确定后，渗透过膜的气量就由膜的表面积及渗透气体的分压差决定。因此，通过调节膜的比表面积和渗透气量，就可达到所需的氢的纯度和回收率。目前，大型厂均引进了该技术。

⑥ 深冷法回收合成放空气中氢的技术。合成放空气的放空压力一般为 28～29MPa，本法是利用其余压进行绝热膨胀和节流制冷，以回收氢气。

合成放空气经管道和压力调节阀进入等压吸收净化氨，然后进入低温分离器，经一级分离和二级分离得到90%～96%纯度的氢，回收率大于90%。

(4) 硝酸废气处理技术

① 改良碱吸收法处理硝酸废气技术。改良碱吸收法是采用“富 NO_2”气体进行“副线配气”。进硝酸吸收系统的气体氮氧化合物浓度高达8%，氧化度在80%左右，可作为“富 NO_2”气源。通过调节“富 NO_2”气量（配气）使进气 NO 与 NO_2 摩尔比在最佳范围内，从而提高吸收效率，降低尾气中氮氧化合物的排放浓度。

② 氨选择性催化还原法处理硝酸废气技术。本法又称为氨催化还原法，是以 Cu、V、Cr、Mo、Fe、Co 等金属或其盐为催化剂，以 Al_2O_3、TiO_2 等为载体，以氨为还原剂，将硝酸废气中的氮氧化合物还原成 N_2 和 H_2O。

4. 塑料废渣的处理和利用

塑料废渣属于废弃的有机物质，主要来源于树脂的生产过程、塑料的制造加工过程以及包装材料。处理和利用塑料废渣的途径大致有以下几个方面，即再生处理法、热分解法、焚烧法及湿式氧化法和化学氧化法等。但很多塑料含有氯（如聚氯乙烯等），当用焚烧法处理废塑料时，由于产生氯化物排入大气将产生二次污染，而且对焚烧设备腐蚀尤其严重，要消除这些危害需增加多种废气净化措施，从而造成经济和管理上的负担。从资源的有效利用考虑，废塑料也不宜采用焚烧法处理，因而焚烧法处理是万不得已的处理方法。

(1) 预分选　一般废品中的废塑料均为混合体。废塑料在以往的使用过程中或是混杂于其他废物中时，或多或少附有泥、砂、草、木等，有时还会与金属等别种物质共同构成物件，如电线、包覆线等。因此其预处理工艺是很复杂的。

首先需要对废塑料进行粉碎。塑料具有韧性，经低温处理增加其脆性则有利于粉碎作业。粉碎前可加以必要的水洗，或者在粉碎后水洗或水选，也可用不同密度的液体进行浮选，还可在水洗干燥后再风选。这类过程都是利用密度不同而完成分离工作。有时，为了排除铁质金属也可采用磁选。为了减少分选的困难，往往在回收废塑料时就要注意分类收集。

(2) 熔融固化法　从再生制品的质量考虑，根据投加材料不同分为两类。一类是在回收的废塑料中按一定比例加入新的塑料原料，加热熔融混合从而提高再生制品的性能。或是从混合废塑料中，按不同密度回收各种塑料，再按其不同密度以一定配比制成再生制品。另一类是在废塑料中加入廉价的填料，如用废塑料制造可替代木料的塑料柱，或制成马路摆设用的大花盆等粗制品时，可加入一定量的污泥。如果制成在海洋中使用的鱼礁时，也可在回收的废塑料中加入一定比例的河沙，这样还可以增加密度，容易沉入海底。

总之，回收的废塑料由于种类繁多，并夹杂了其他废物，一般只能做某些较粗糙的制品用于建筑材料，如铺路用的骨料、枕木、管道、坑木、鱼礁等，这是由于废塑料与塑料原料在性质上有一定的差异（主要是抗拉强度、伸缩性较差等）。

(3) 再生处理法　再生处理法须根据各种废渣的不同性质，分别对待。不同类型的塑料废渣，预先可以借助外观及其他特征加以鉴别区分。混合塑料废渣鉴别时通常采用分选技术。对于单一种类热塑性塑料废渣的再生称为单纯性再生即熔融再生。整个再生过程由挑选、粉碎、洗涤、干燥、造粒或成型等几个工序组成。塑料废渣熔融再生工艺流程如图 4-3 所示。

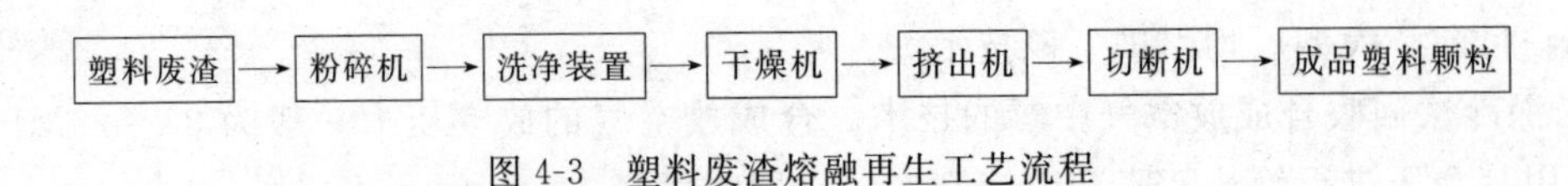

图 4-3 塑料废渣熔融再生工艺流程

① 分选。分选的目的是要得到单一种类的热塑性塑料废渣，而将其他夹杂物分选出去。分选之前经常需要先将塑料废渣进行粉碎，粉碎到一定程度之后进行分选。

② 粉碎。除对塑料废渣在分选之前需要进行粉碎之外，在送经挤出机之前，往往还需要对塑料废渣作进一步粉碎，所以粉碎是很重要的工序。

对不同的塑料废渣，应选用不同的粉碎设备。对小块的塑料废渣一般可采用剪切式粉碎机，对大块的废渣则以采用冲击式的粉碎机效果更好。

③ 洗涤和干燥。塑料废渣常常带有油、泥沙及污垢等不清洁物质，故需进行洗涤处理，一般用碱水洗或酸洗，然后再用清水冲洗，洗干净之后还需进行干燥以免有水分残留而影响再生制品的质量。

干燥方法很多，可以由阳光和风吹进行自然干燥，也可以利用气流干燥器设备进行干燥。

④ 挤出造粒或成型。把经过洗净、干燥的塑料废渣，如果不再需要粉碎的话，就可以直接送入挤出机或者直接送入成型机，经加热使其熔融后便可以造粒或成型。

在造粒或成型过程中，通常还需要添加一定数量的增塑剂、稳定剂、润滑剂、颜料等辅助材料。辅助材料的选择和配方，应根据废渣的材料品种和成型产品要求来决定。

(4) 热分解法　热分解法是通过加热等方法将塑料高分子化合物的链断裂，使之变成低分子化合物单体、燃烧气或油类等，再加以有效的利用。热分解的技术是希望尽可能在常压低温下进行，以节省能源。

热分解方法需要将塑料废渣加热到熔融状态，一般要 380～400℃的高温才能开始热分解。热分解产物有气态烃、轻质油、重质油。塑料热分解技术可以分为熔融液槽法、流化床法、螺旋加热挤压法、管式加热法等。目前可供实际应用的是前两种。

(5) 湿式氧化法和化学处理法　湿式氧化法是在一定的温度和压力条件下，使塑料渣在水溶液中进行氧化，转化成不会造成污染危害的物质，而且也可以回收能源。塑料废渣采用湿式氧化法进行处理，其与焚烧法相比较，具有操作温度低、无火焰生成、不会造成二次污染等优点。根据资料，一般塑料废渣在 3.92MPa 的压力和 120～370℃温度下，均可在水溶液中进行氧化反应。

化学处理法是一种利用塑料废渣的化学性质，将其转化为无害的最终产物的方法。最普遍采用的是酸碱中和、氧化还原和混凝等方法。这是一种很有发展前途的方法，可以直接变有害物质为有用物质，例如将某些塑料废渣通过加氢反应，而制得燃料等。

5. 硫铁矿渣的处理和利用

硫铁矿渣是用硫铁矿为原料生产硫酸时产生的废渣，所以又叫硫酸渣，或称烧渣，其主要成分为 FeS_2。每生产 1t 硫酸约排出 0.5t 矿渣，从炉气净化收集的粉尘约 0.3～0.4t，硫铁矿渣的处理和利用已有 100 多年的历史，目前有些国家硫铁矿渣已全部得到利用。中国每年约排放 300×10^4t，已被利用的只有约 90×10^4t，其中 70%作为水泥助熔剂，其余作为炼铁原料，并能从中提取有色金属和稀有贵金属，或制造还原铁粉、三氯化铁、红铁等化工产品。因此硫铁矿渣又是一种很有价值的原料。

硫铁矿渣综合利用的最理想途径是将其含有的有色金属、稀有贵金属回收并将残渣进一步冶炼成铁。但因硫铁矿渣中有色金属含量较低，回收工艺和设备较复杂，尚有一些问题需要解决，目前主要回收利用的是其所含的铁。

(1) 利用硫铁矿渣炼铁　硫铁矿渣炼铁的主要问题是含硫量较高，按原化工部颁布的标准规定沸腾炉焙烧工序得到的硫铁矿渣残硫量不得高于0.5%，现在一般为1%～2%，这给炼铁脱硫工作带来很大负担，影响生铁质量。其次是含铁量较低，一般只有45%，且波动范围大，直接用于炼铁，经济效果并不理想，所以在用于炼铁之前，还需采取预处理措施，以提高含铁品位。降低硫含量可用水洗法，去除可溶性硫酸盐。也可用烧结选块方法来脱硫。一般烧结选块脱硫率为50%～80%。提高硫铁矿渣铁品位的方法有浮选硫铁矿、重力选矿、磁力选矿等。经过脱硫和选矿后的精硫铁矿渣配以适量的焦炭和石灰进入高炉可以得到合格的铁水。

(2) 利用硫铁矿渣生产生铁和水泥　高炉炼铁以及其他转炉冶炼都不能利用高硫渣，而应用回转炉生铁-水泥法可以利用高硫烧渣制得含硫合格的生铁，同时得到的炉渣又是良好的水泥熟料。用烧渣代替铁矿粉作为水泥烧成时的助熔剂时，既可满足需要的含铁量，又可以降低水泥的成本。

由生产实践证明，如果烧渣中含铁量不高，而且含有色金属量甚微，不值得回收时，以烧渣代替铁矿粉应用于水泥工业是很经济的，同时将产生较好的环境效益。

(3) 回收有色金属　硫铁矿渣除含铁外，一般都含有一定量的铜、铅、锌、金、银等有价值的有色贵重金属。早在几十年前就提出用氯气挥发（高温氯化）和氯化焙烧（中温氯化）的方法回收有色金属，同时提高矿渣铁含量，直接作高炉炼铁的原料。

氯化挥发和氯化焙烧的目的都是回收有色金属提高矿渣的品位，它们的区别在于温度不同，预处理及后处理工艺也有差别。

氯化焙烧法是矿渣在最高温度600℃左右进行氯化反应，主要在固相中反应，有色金属转化成可溶于水和酸的氯化物及硫酸盐，留在烧成的物料中，然后经浸渍、过滤使可溶性物与渣分离。溶液回收有色金属，渣经烧结后作为高炉炼铁原料。

氯化挥发法是将矿渣造球，然后在最高温度1250℃下与氯化剂反应，生成的有色金属氯化物挥发随炉气排出，收集气体中的氯化物，回收有色金属。氯化反应器排出的渣可直接用于高炉炼铁。

(4) 制造建筑材料　含铁品位低的硫铁矿渣回收价值不高，可以直接与石灰按85∶15的比例混合细磨，达到全部通过100目筛，加12%的水进行消化，压成砖坯，再经24h蒸汽养护可制成75号砖。

6. 碱渣及电石渣的处理利用

(1) 碱渣　碱渣是指用氨碱法制碱的过程中所排出的废渣。

对碱渣的处理多是用来生产碱渣水泥。由于碱渣的含水量较多，一般可达50%左右，故需先经过脱水、烘干之后才能使用。在碱渣中配入一定数量的酸性氧化物或者配入一定数量的煤粉灰，在适当的条件下进行脱氯，经过脱氯后的碱渣，可以去生产碱渣水泥，或者生产碱渣粉煤灰水泥。

碱渣粉煤灰水泥的特点是煅烧温度低、抗压及抗拉强度均比较高、养护条件要求低，无论在潮湿的空气或在水中养护均可以。目前存在的问题是，碱液中的氯化物在经高温煅烧时转入气相，以氯化氢气体形式排出，尾气需用碱液进行吸收处理，以免造成二次污染。

(2) 电石渣　电石渣是生产乙炔气体和聚氯乙烯等生产过程中所排出的废渣。1t电石和水反应后，产生的湿电石浆为6t，其中含水约为60%～80%，折合成干的电石渣约1.2t左右。湿电石浆排出后，一般先汇集于贮池，除去块状杂质物质，然后用泥浆泵送到沉淀池进行沉淀，排去上面的清水，下层的浓浆送入加工区。

电石渣的主要成分是氧化钙，是高碱性物质，pH值可高达14以上。它可以代替石灰石生产水泥，或者从其中回收化工原料。

① 生产电石渣水泥。电石渣水泥一般在立窑中进行煅烧而成。其备料情况有干法和湿法两种备料方法。当电石渣的含水量在60%～80%时，可采用干法备料。干法备料是需要采用机械脱水使电石渣含水量降至30%～40%，所用的其他原料也需要进行干燥。生产电石渣水泥的工艺流程如图4-4所示。

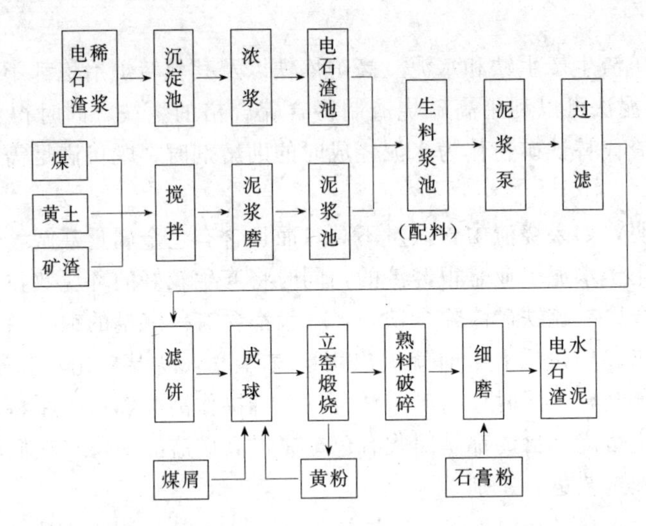

图4-4 立窑煅烧法生产电石渣水泥的工艺流程示意图（干法备料）

此法的缺点是物料需要干燥，所需的物料堆放场地也很大，因此生产能力受到一定限制，电石渣水泥的抗压强度可以达到39.2MPa。

此外，电石渣水泥的生产也可以采用湿法备料。此法是在电石渣中加入一定量的煤、黄土、矿渣等，经过湿法备料、过滤、成球、立窑煅烧和熟料细磨等加工后，即可制成电石渣水泥。该法的工艺流程如图4-5所示。采用此法生产的电石渣水泥，其抗压强度亦可达到39.2MPa。

② 回收化工原料。电石渣可用来制造出一种供生产氯仿用的漂白液，其生产工艺流程如图4-6所示。

将电石渣置于制备槽中，加水制成含氢氧化钙为12%～15%的电石渣浆，然后用泵将电石渣浆打入第一级管道反应器内，并通入氯气。经反应后再用泵打入第二级管道反应器，在冷却情况下继续通入氯气进行进一步氯化，最后是漂白液的有效氯浓度达到8%左右，流入漂白液贮池，以备生产氯仿用。

利用电石渣制造漂白液，不仅利用了废物，而且还可节省石灰，同时在制造氯仿过程中，不仅劳动强度降低，还可以提高生产效率。

③ 其他用途。除以上所述的用途之外，电石渣还可以用在其他方面。如用电石渣代替石灰作建筑材料。用电石渣生产的砖，成本较低，还可以节省燃料和人力。

另外，电石渣本身为碱性渣，可以用来处理酸性废水或酸性废气，以达到以废治废的目的。

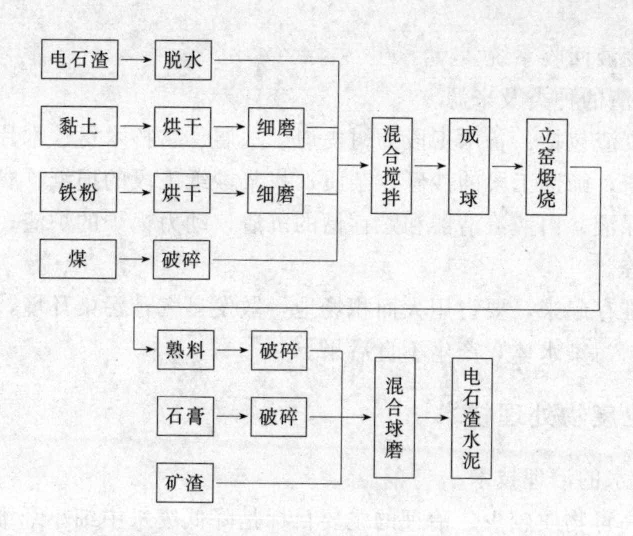

图 4-5 立窑煅烧法生产电石渣水泥的工艺流程示意图（湿法备料）

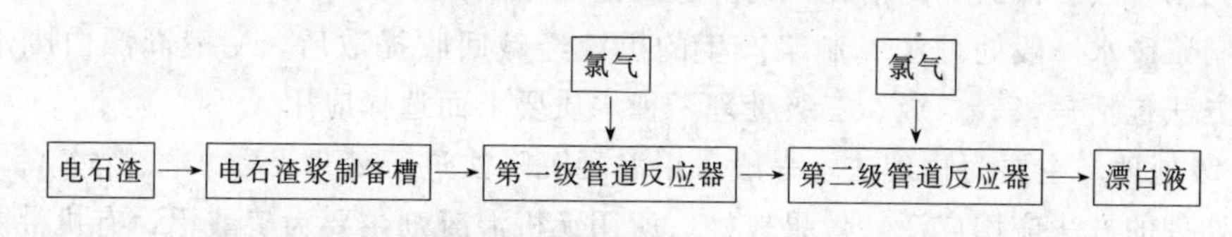

图 4-6 用电石渣生产漂白液的工艺流程示意图

第二节 造纸工业污染及其防治措施

一、造纸工业污染物种类及来源

1. 造纸工业废水的种类及来源

造纸工业污染的特点是废水排放量大，而且带色，废水中含有大量造纸原料和化学药品，耗氧严重，有含硫气体排出，并有甲硫醇类恶臭气味，是重大的水污染源，可引起水生生态的破坏。造纸工业的排污量，以生化需氧量计，居工业首位。

造纸废水主要来源如下。

（1）剥皮废水 含大量悬浮物及树脂和纤维素等。

（2）制浆废水 主要含纤维素、木素和半纤维素，还有果胶、丹宁、树脂、蜡质、灰分等。

（3）打浆废水 废水量大，悬浮物和 BOD 高。

（4）造纸机废水 废水中含纤维、填料（高岭土、滑石粉）、胶料（松香）等，BOD 值不太高，一般称为“白水”。

2. 造纸工业废气的种类及来源

造纸工业污染大气的物质主要是总还原硫（甲硫醇、二甲基二硫、二甲基硫、硫化氢）、二氧化硫等含硫臭气，各种粉尘、芒硝烟雾以及少量含氯气体，以硫化物和粉尘较严重。硫化物中硫化氢和二氧化硫较多。甲硫醇臭味最重。粉尘有硫酸钠粉尘和烟雾、碳酸钠粉尘、锅炉炭渣飞灰、石灰粉尘以及硫铁矿焙烧后的氧化铁粉尘等。大量的水蒸气也是污染源。废气主要来自制浆和废液回收系统。

3. 造纸工业废渣的种类及来源

制浆造纸厂的废渣包括：备木工段的树皮屑、木屑、腐朽木材、木片筛渣等；制浆工段的森节、未蒸解浆渣；筛选工段的沙砾、杂质；找浆抄纸工段的损纸、腐浆等；化学药品回收工段的石灰渣；绿液、白液澄清器和贮存槽的沉渣；动力锅炉的炉渣；废水处理站的含纤维污泥和活性污泥等。

各种固体废物堆存起来，要占用大面积场地，散发臭气，污染环境，如排入水体，则日积月累，堵塞水流，污染水体，产生不良后果。

二、造纸工业废物处理技术

1. 造纸工业废水的治理技术

造纸废水中含高毒物质较少，治理的主要目标是降低废水中细小纤维等悬浮物，降低色度及减少BOD和COD的值，使之达到排放标准。造纸废水处理首先考虑碱回收、浆料回收及综合利用，然后根据不同情况，选择适当治理方法。

(1) 制浆废水一般处理法　制浆产生的黑液经碱回收提取后，一般同漂白废水一并处理。处理方法包括一级、二级、三级处理，视水质要求而选择应用。

① 一级处理。主要为物理法，一般采用混凝沉降法进行处理，COD去除率高。添加混凝剂进行处理的方法应用广泛，效果较好。所用无机混凝剂主要为硫酸铝，有机混凝剂主要为高分子聚丙烯酰胺等。

经混凝沉淀后的废水，由沉淀池分离。沉淀池多用圆形，也有在排水和污泥分离部分插入斜板，可增加分离能力，减小池的体积。也可通入加压空气，利用混凝剂混凝后的凝絮比重较轻，附着空气泡后变得更轻，以加快分离速度。

② 二级处理。当一级处理出水不能达到排放标准时，需进行二级处理。二级处理主要采用生化法，其特点是BOD去除效率高。经二级处理后，废水一般可达到排放标准。如单用混凝沉降法时，COD去除55%、BOD去除40%；混凝加活性污泥法，可使COD、BOD去除率分别达到80%和90%。

③ 三级处理。三级处理用于排水质量要求高或废水回用的场合。主要方法是在二级处理后附加活性炭吸附装置。一般工艺流程是：

原废水→混凝沉淀→过滤→活性炭吸附

或

原废水→去除悬浮物→活性污泥处理→过滤→活性炭吸附

原水经混凝沉淀后，直接用活性炭吸附处理，其COD可处理到40mg/L左右；如果采用活性污泥处理后再用活性炭处理，则随活性炭用量的增加，处理效率不断提高，直至COD处理到接近零。

(2) 造纸废水处理新技术　对于用一般处理方法难处理的废水，如漂白硫酸盐碱性废水、化学磨木浆、半化学浆等，可采用新的处理技术。

① 渗透法。是一种三级处理技术。其主要工艺流程为：

原废水→活性污泥处理→钙离子混凝沉淀→砂过滤→反渗透处理

该法操作时需进行去除悬浮物的预处理，以防止膜堵塞。处理后的浓缩液必须尽可能浓，以利于利用。该法处理成本较高。

② 电凝聚法。主要去除 COD。其工艺流程为原废水计量引入混合槽，加入助剂→入电凝聚槽→出水加凝聚剂在沉淀槽中进行凝聚处理→处理水排出→污泥另作处理。

本法能处理含 COD 较高的废水，COD 在 500～2000mg/L 范围内处理效率不变。处理时勿需对悬浮物作预处理；处理水透明度较好。对于一般凝聚剂难以处理的含木质磺酸钠较高的中性亚硫酸盐半化学浆废水，有很好的去除效率。

在电凝法前加生化处理后，废水中 COD 的去除率可提高。

(3) 碱回收技术　造纸废水中的碱回收不仅是施行其他治理的技术基础，而且碱本身也是严重污染物质，必须进行处理，回收则是减少碱污染最重要的方法。

① 电渗析法回收烧碱。电渗析法用于造纸废水的碱回收，其回收率可达 70%。由于造纸废水中含有木质素，电渗析时可能因 pH 值变化而析出、堵塞，因而所用隔膜较厚。

② 浓缩燃烧法回收烧碱。在国内应用较多。

(4) 综合利用处理法　综合利用的方式很多，主要有提取有用物质、转化为有用产品等途径。从造纸废液中可提取油类、香兰素等有用物质，也可转化为农肥、胶黏剂等。例如，广州造纸厂利用如下流程，从亚硫酸盐化学木浆生产中提取亚硫酸油，亚硫酸油为有机溶剂和制造涤纶的主要原料。

蒸煮木浆回收酸液→油酸分离器→粗亚硫酸油→水洗→蒸汽蒸馏→冷却→油水分离→亚硫酸

2. 造纸工业废气的处理

化学制浆方法所用的药剂大多是硫化物，所以制浆各工段和化学药品加入回收系统排出的废气，几乎都含有硫化物、挥发性有机物质，特别是含硫有机物质，对大气都有污染。制浆造纸工业防治大气污染的办法，主要是把能收集到的废气，包括冷凝水汽提出来的臭气，送碱回收炉或石灰窑燃烧，在碱回收系统中进行黑液氧化，使硫化钠氧化为稳定的硫代硫酸钠，减少硫化氢气体的产生；改进碱回收系统，减少总还原硫的排放量，以及将回收炉、石灰窑和各种锅炉的烟道气进行处理，以减少大气污染。

3. 造纸工业固体废物的处理

一般情况是对无机废物，例如石灰渣、炉灰和绿液、白液沉渣等，以填充洼地为主；有机固体废物，则以燃烧为主，发酵处理为辅，对含水量多、脱水困难的污泥，先采取浓缩脱水处理，最后进行燃烧。

第三节　纺织印染工业污染及其防治措施

一、纺织印染工业污染物种类及来源

纺织印染工业污染主要有废水、废气和噪声等，其中以废水危害最为严重。印染业废水是主要有害工业废水之一。

1. 纺织印染废水的来源及种类

在纺织印染工业中，虽然纺纱和织造基本上为干式的机械性加工，但印染加工却是排放工业废水的重要部门之一，几乎每道印染加工工序都是废水源，用水量和排水量都很大。印染工业废水排放主要来源如下。

① 退浆废水。含浆料、浆料分解物、纤维屑、酸、碱和酶类，表现为 BOD 和 COD 及

悬浮物含量高，可达每升数千毫克乃至数万毫克。

② 精炼废水。含纤维素、果胶、蜡质、油脂、含氮物质、碱、肥皂、表面活性剂等，其水量大，COD与BOD值高。

③ 漂白废水。含少量醋酸、草酸和硫代硫酸钠。废水排放量大，污染物含量较低。

④ 丝光处理废水。含碱较多，BOD、COD和悬浮物含量较高。

⑤ 染色废水。主要含染料、染色助剂等，色度很深。

⑥ 印花废水。含浆料、染料和助剂等，COD和BOD含量高。

⑦ 整理废水。含纤维屑、各种树脂、油剂、浆料等，出水量较小。

2. 纺织印染工业废气的来源及种类

在纺织印染工业中，其产生的主要大气污染物有纤维尘和灰尘等。例如在棉纺厂清棉和梳棉车间的空气中，通常含有大量的灰尘和短绒。短绒和大颗粒杂质一般容易过滤除去，但由棉花的叶、茎等碎屑形成的灰尘，由于直径在5μm以下，甚至有小于1μm的，故不易除去。为防止纤维和纱线在加工中起毛和断头等，一般纺纱或织造时在纤维和纱线上施用油剂和浆料等，这对以后的印染加工来说，却是一个潜在的污染源，它不仅在染整加工时增加废水的污染，而且在高温处理时（如坯布烧毛或定型），会放出烟雾和臭气，造成大气污染。

合成纤维纱线和织物的烧毛，是产生有毒气体的污染源，尤其是聚丙烯腈类纤维。聚丙烯腈纤维在加热分解和燃烧时，会放出极毒的氢氰酸和一氧化碳等气体，严重污染周围环境的空气。

在印染厂中，主要的臭气是树脂整理剂散发出来的游离甲醛气味，某些含氮树脂还有鱼腥臭气。此外，涤纶的载体染色、硫化染料染色、保险粉剥色、亚氯酸钠漂白、织物粘贴、织物涂层等工序也都会散发出有臭味的气体。

另外，羊毛纺织品的碳化工序也是大气污染源之一，因为它是用硫酸溶液处理羊毛，使混在其中的植物性杂质碳化，这时会产生很细小的碳粒子，形成烟雾。其中还有二氧化硫以及有机物的分解产物等，对金属和纺织品等都有严重的腐蚀性。

从上述情况来看，纺织印染工业，既有一般工业所共有的大气污染物，又有本工业独特的污染物，包括毒性气体在内。

二、纺织印染工业废物处理技术

1. 印染废水的治理技术

印染工业废水因工艺和工序的不同，成分差异大，处理时须根据废水中污染物类型，选择处理方法。通常是几种方法组合进行；组合方式根据具体条件确定。现将有关主要的印染废水处理方法介绍如下。

（1）活性炭吸附法　工艺流程是：

原废水→中和→曝气→活性炭吸附

该法对碱性、酸性染料废水的处理效果良好；对分散、硫化、还原、活性染料废水的处理效果差；不生成污泥，设备面积小，因有活性炭粉末生成，故废水中悬浮物含量大。

（2）活性硅藻土吸附法　工艺流程是：

原废水→混合槽中调整pH值，并加活性硅藻土→凝聚槽中加消石灰→沉淀分离→排放

该法对偶氮染料、活性染料废水的处理效果差，对其他染料废水处理效果良好；但当表

面活性剂、匀染剂含量大时，处理效果显著降低；再生使用时不生成污泥，容易凝聚分离；但当处理水离子量增加，有絮凝物流出。

(3) 化学混凝沉降法　工艺流程是：

原废水调整 pH 值→混凝沉降→排放

混凝沉降剂主要是碱式氯化铝和硫酸铝，近年来，采用高分子混凝剂取代无机混凝剂处理印染废水。化学混凝法处理印染废水具有工艺流程简单、操作管理方便、设备投资省、占地少、对疏水性染料脱色度高等优点，但运行费用较高、泥渣量多、脱水较困难、对亲水性染料处理效果差。

(4) 化学混凝浮升法　工艺流程是：

原废水调整 pH 值→混凝→加压浮升原废水调整 pH 值→混凝沉淀→排放

该法絮凝物分离速度快、设备面积小、污泥量少且含水量也小，但运转管理要求技术高。

(5) 活性污泥法　该法是印染废水处理的主要方法。废水经调整 pH 值后进入曝气池在活性污泥作用下反应，然后经沉降槽除去污泥后排放。活性污泥法的设备投资与面积均比生物滤池法小，运转费用高，不散发臭气；但对废水变化的适应性差。

(6) 生物滤池法　该法设备面积大，设备投资费用较高，运转费低，对废水中 BOD 变化的适应范围宽，可代替活性污泥法作印染废水处理。

2. 纺织印染工业废气及恶臭的防治

印染整理工艺往往产生蓝白色烟雾，带有窒息性和刺激性的恶臭，严重影响工人身体健康，并污染周围环境，须采取措施进行防治。

废气处理方法有：直接燃烧法、催化燃烧法、吸收法、活性炭吸附法、静电沉淀法、恶臭气味的隐蔽法和抵消法等。

第四节　冶金工业污染及其防治措施

一、冶金工业污染物种类及来源

金属在采矿、选矿、冶炼、提炼、电解等过程中有各种各样的废气、废水、废渣排放，其中废渣排放量较大。

1. 冶金废水的来源及种类

冶金废水主要来源于炼钢厂的铸钢、冷热轧、酸洗、冷却冲洗工序，污染物种类有悬浮物、油脂、COD 和酸液。

2. 冶金工业废气的来源及种类

冶金工业废气大体可分为三类：第一类是生产工艺过程化学反应中排放的废气，如冶炼、烧焦、化工产品和钢材酸洗过程中产生的烟尘和有害气体；第二类是燃料在炉、窑中燃烧产生的烟气和有害气体；第三类是原料、燃料运输、装卸和加工等过程产生的粉尘。

3. 冶金工业废渣的来源及种类

冶金工业废渣主要是炼钢、铁产生的废渣，钢渣包括平炉、转炉和电炉渣。在炼钢过程中，造渣材料和冶炼反应物以及熔融的炉料材料生成钢渣；钢渣由钙、铁、硅、镁、铝、锰、磷等氧化物组成。其中钙、铁、硅氧化物占绝大部分。炼铁废渣依生铁品种不同，其化学成分是钙、硅、铝、镁、锰、硫的氧化物，有些地区的炉渣中还含有钛、钒等成分。

冶金工业废渣还有有色金属渣，中国数量最多的有色金属渣是氧化铝厂残渣——赤泥，其次是铜渣，另外还有铅、锌、锡渣等。

二、冶金工业废物处理技术

1. 炼钢废渣的处理利用

(1) 平炉钢渣水淬　将平炉钢渣进行水淬处理后，钢渣中的钢和渣形成自然分离的小颗粒，用磁力选矿机很容易把钢回收作炼钢原料，或用于其他工业方面。

(2) 提取五氧化二钒　一般钢渣中含钒量（V_2O_5）在5%～10%，但含钙量（CaO）在30%以上，加工处理较困难。一些钢厂从初期水渣中提取五氧化二钒，转化率达75%左右，成品中五氧化二钒含量达80%以上的工业品，再经精制后，五氧化二钒的纯度达99%以上。其工艺流程为：

$$\text{钢渣破碎}\xrightarrow{\text{纯碱或芒硝}}\text{球磨}\rightarrow\text{空气造粒}\rightarrow\text{水浸过滤}\rightarrow\text{偏钒酸钠溶液}\xrightarrow{\text{硫酸}}\text{沉淀}\rightarrow\text{产品}（V_2O_5）$$

(3) 钢渣水泥　平炉钢渣除初期渣外，中期渣和后期渣均可作为生产水泥的原料。在平炉钢渣中配入37%～43%的水泥熟料和7%～8%的石膏经细磨后可以生产200～300号硅酸盐水泥。平炉钢渣加10%～12%的石膏、20%～30%的粉煤灰和少量的石灰，可生产出钢渣粉煤灰水泥。

转炉钢渣的碱度较高，利用缓慢冷却的转炉渣加入7%左右的无水石膏经过细磨可以生产300号水泥；转炉硬渣经破碎至20～30mm后，配入5%的水淬高炉矿渣和10%左右的无水石膏，可生产400号水泥；转炉钢渣经过水淬后粒度小于30mm，掺入20%～45%的水淬高炉矿渣和4%～10%的石膏，细磨可生产400号左右的水泥。

电炉钢渣的后期渣碱度较高，一般都能自动粉化，此种粉化钢渣活性较好，只要配入4%的水泥熟料和10%的石膏也可以生产出400～500号钢渣水泥；也可以直接利用电炉水淬钢渣加入一定量的石膏生产低标号水泥。

利用钢渣生产水泥，是目前钢渣利用的主要方面，也是比较简易的利用方法。

(4) 转炉除尘污泥制碳化球团　氧化转炉除尘污泥及其他三废可制成碳化球团，作为炼钢炉冷却剂。

(5) 钢渣生产化学肥料　钢渣含有五氧化二磷和其他有利于作物生长的微量元素，特别是平炉初期和转炉钢渣含五氧化二磷更高，有时能达5%～7%，可以作为生产磷肥的原料；钢渣中含氧化钙，可用来改良酸性土壤。

2. 炼铁废渣的处理利用

炼铁高炉渣是性能最好、利用技术最成熟的工业废渣，中国目前高炉渣的利用率达70%左右。高炉渣经过缓慢冷却后可生成钙黄长石、硅酸二钙、镁方柱石、钙镁橄榄石等为主的固熔体和玻璃体的矿物。用大量水激冷（水淬）的高炉渣可生成颗粒状玻璃体，用适量水处理的高炉渣可成为浮石，加气可吹制成矿渣棉，成为有多种用途的材料。

3. 有色金属渣的处理利用

(1) 赤泥的处理利用　赤泥是氧化铝厂残渣，是钙、硅、铝、铁为主的氧化物，其矿物组成主要是硅酸二钙，约占50%～60%，其他有氧化铁、钠硅渣、含水铝酸三钙固溶体、方解石、钙钛矿和部分附着碱等。赤泥主要用来生产水泥，用赤泥可生产三个品种水泥，第一种是用赤泥作水泥生料的配料，生产普通硅酸盐水泥；第二种是用赤泥作生料配料，生产油井水泥；第三种是将赤泥与水泥熟料、石膏等共同磨制成赤泥硫酸盐水泥。

（2）铜、铅、锌、镍渣的处理利用　铜渣可作铁路道砟，制水泥以及生产渣棉等；铅渣可代替铁粒用作烧水泥的原料；锌渣采用烟化炉回收锌后，可以水淬作建筑材料；水淬镍渣可以制砖、水泥混合料等建筑材料。

思考题

1. 化工废物的主要种类与来源是什么?
2. 硫酸废水处理的主要目的是什么?
3. 简述含酚废水的处理流程。
4. 塑料废渣的处理和利用途径有哪些?
5. 硫铁矿渣是怎么样产生的? 它的综合利用途径有哪些?
6. 电石渣的主要成分是什么? 如何回收利用其有效成分?
7. 造纸工业污染的特点是什么?
8. 简述造纸废水处理的一般方法。
9. 纺织印染废水的来源及种类是什么?
10. 炼钢废渣的处理利用途径有哪些?

第五章 清洁生产

清洁生产技术是从源头全过程考虑解决环境问题，通过本章的学习，要求学生了解清洁生产的基本思想和内容，ISO 14000 环境质量管理体系的有关知识，了解国内外清洁生产的进展和中国主要工业企业清洁生产的实施方案。熟悉清洁生产的基本知识和清洁生产审计的程序。

第一节　清洁生产简介

一、清洁生产

1. 清洁生产的定义

世界上最先明确提出清洁生产概念的是美国。美国国会 1990 年 10 月就通过了“污染预防法”，把污染预防作为美国的国家政策，取代了长期采用的末端处理的污染控制政策，要求工业企业进行源削减。

按照《中国 21 世纪议程》对清洁生产的定义是：清洁生产是指既可满足人们的需要，又可合理使用自然资源和能源并保护环境的实用生产方法和措施，其实质是一种物料和能耗最少的人类生产活动的规划和管理，将废物减量化、资源化和无害化，或消灭于生产过程之中。

为了促进清洁生产，提高资源利用效率，减少和避免污染物的产生，保护和改善环境，保障人体健康，促进经济与社会的持续发展，2002 年 6 月 29 日，第九届全国人民代表大会常务委员会第二十八次会议通过了《中华人民共和国清洁生产促进法》并于 2003 年 1 月 1 日起正式实行。

清洁生产是一种全新的发展战略，它借助于各种相关理论和技术，在产品的整个生命周期的各个环节采取“预防”措施，通过将生产技术、生产过程、经营管理及产品等方面与物流、能量、信息等要素有机结合起来，并优化运行方式，从而实现最小的环境影响、最少的资源、能源使用，最佳的管理模式以及最优化的经济增长水平，良好的环境，来更好地支撑经济的发展，并为社会经济活动提供所必需的资源和能源，从而实现经济的可持续发展。

清洁生产除了强调“预防”外，还体现了以下两层含义。

① 可持续性。清洁生产是一个相对的、不断的持续进行的过程。

② 防止污染物转移。将气、水、土地等环境介质作为一个整体，避免末端治理中污染物在不同介质之间进行转移。

清洁生产最大的生命力在于可以取得环境效益和经济效益的“双赢”，它是实现经济与环境协调发展的唯一途径。

2. 清洁生产的意义与目标

工业是经济的主导力量，从一定意义上说，国家的现代化进程就是工业化进程。实践证明，沿用以大量消耗资源和粗放经营为特征的传统模式，经济发展正愈来愈深地陷入资源短缺和环境污染的两大困境。一是传统的发展模式不仅造成了环境的极大破坏，而且浪费了大量的资源，加速了自然资源的耗竭，使发展难以持久；二是以末端治理为主的工业污染控制，忽视了全过程污染控制，不能从根本上消除污染。而清洁生产恰恰能较好地解决这两方面的问题，因此开展清洁生产具有重要的意义。

(1) 清洁生产的意义

① 开展清洁生产是控制环境污染的有效手段。清洁生产彻底改变了过去被动的、滞后的污染控制手段，强调在污染产生之前就进行削减，即在产品及其生产过程并在服务中减少污染物的产生和对环境的不利影响。这一主动行动，经近几年国内外的许多实践证明，具有效率高、经济效益明显、容易为企业接受等特点，因而实行清洁生产将是控制环境污染的一项有效手段。

② 开展清洁生产可大大减轻末端治理的负担。末端治理作为目前国内外控制污染最重要的手段，为保护环境起到了极为重要的作用。然而，随着工业化发展速度的加快，末端治理这一污染控制模式的种种弊端逐渐显露出来。第一，末端治理设施投资大、运行费用高；第二，末端治理存在污染物转移等问题，不能彻底解决环境污染；第三，末端治理未涉及资源的有效利用，不能制止自然资源的浪费。

清洁生产从根本上抛弃了末端治理的弊端，它通过对整个生产过程的控制，减少甚至消除污染物的产生和排放。这样，不仅可以减少末端治理设施的建设投资，也减少了其日常运转费用，大大减轻了工业企业的负担。

③ 开展清洁生产是提高企业市场竞争力的最佳途径。实现经济、社会和环境效益的统一，提高企业的市场竞争力，是企业的根本要求和最终归宿。清洁生产是一个系统工程，它提倡通过工艺改造、设备更新、废弃物回收利用等途径，实现“节能、降耗、减污、增效”，从而降低生产成本，提高企业的综合效益。

(2) 清洁生产的目标　清洁生产的目标主要表现在以下几个方面。

① 用无污染、少污染的产品替代毒性大、污染严重的产品。

② 用无污染、少污染的能源和原材料替代毒性大、污染严重的能源和原材料。

③ 用消耗少、效率高、无污染、少污染的工艺、设备替代消耗高、效率低、产污量大、污染严重的工艺、设备。

④ 最大限度地利用能源和原材料，实现物料最大限度的厂内循环。

⑤ 强化企业管理，减少跑、冒、滴、漏和物料流失。

⑥ 对必须排放的污染物，采用低费用、高效能的净化处理设备和“三废”综合利用的措施进行最终的处理和处置。

3. 清洁生产的推进原则

清洁生产是一种新的环保战略，也是一种新的思维方式。推行清洁生产是社会经济发展的必然趋势，结合中国国情，参考国外实践，中国现阶段清洁生产的推动方式，要以行业中环境绩效、经济效益和技术水平真正好的企业为龙头，由它们对其他企业产生直接影响，带动其他企业开展清洁生产。推进清洁生产应遵从以下基本原则。

① 调控性。政府的宏观调控和扶持是清洁生产成功推行的关键。政府在市场竞争中起着引导、培育、管理和调控的作用，规范清洁生产市场行为，营造公平竞争的市场环境，从而使清洁生产在全国范围内有序推进。

② 自愿性。清洁生产应本着企业自愿实施的原则，通过建立和完善市场机制下的清洁生产运作模式，依靠企业自身利益来驱动。

③ 综合性。清洁生产是一种预防污染的环境战略，具有很强的包容力，需要不同的举措去贯彻和体现。在清洁生产的推进过程中，需要以清洁生产思想为指导，将清洁生产审计、环境管理体系、环境标准等环境管理工具有机地结合起来，互相支持、取长补短，达到完整的统一。

④ 现实性。制定清洁生产推进措施应充分考虑中国当前的生态形势、资源状况、环保要求及经济发展需求等。

⑤ 广泛性。中国当前农业污染严重，以服务行业为主的城市污染问题也日益突出。推进农业清洁生产和区域清洁生产已势在必行。

⑥ 前瞻性。作为先进的预防性环境保护战略，清洁生产服务体系的设计应体现前瞻性。

⑦ 动态性。清洁生产是持续改进的过程，是动态发展的。

4．清洁生产的方法

（1）源削减　源削减是指在废物产生之前最大限度地减少或降低废物的产生量和毒性。“源削减”可细分为“加强管理”和“改进生产过程”。

“加强管理”主要是指按照规范例行检测，分析物料流向、产品状况和废物损耗等，科学调整生产计划，合理安排生产进度，不断改进操作程序等。

“改进生产过程”主要是指重新定位设计产品，改造、替代落后生产工艺，调整原料、能源使用，优化生产程序等。

（2）抓好现场循环回收利用，建立生产闭路循环回收系统　现场循环回收和重复利用是指在原生产工艺流程中增设物料、能流闭路循环回收利用系统，使生产过程中先期损失的物料和能量得以在后续环节中返回生产流程，并被重复利用。工业生产中物料的转化不可能达100%。对废物的有效处理和回收利用，既可创造财富，又可减少污染。实现清洁生产要求流失的物料必须加以回收，返回流程中或经适当处理后作为原料或副产品回用。建立从原料投入到废物循环回收利用的生产闭合圈，使工业生产不对环境构成任何危害或尽量减轻危害。

（3）发展环保技术，搞好末端治理　为了实现清洁生产，在全过程控制中还必须包括必要的末端治理，使之成为一种在采取其他措施之后的防治污染最终手段。

为实现有效的末端处理，必须努力开发一些技术先进、处理效果好、占地面积小、投资少、见效快、可回收有用物质、有利于组织物料再循环的实用环保技术。

20世纪80年代中期以来，中国已开发很多成功的环保实用技术，如粉煤灰处理和综合利用技术、钢渣处理及综合利用技术、苯系列有机气体催化净化技术、小合成氨放空气、再生气回收氨新工艺、碱吸收法处理硝酸尾气、氨吸收法处理硫酸尾气、电石炉、炭黑炉炉气除尘、氯碱法处理含氰废水等。然而，中国还有不少环保上的难题至今尚未彻底解决，例如，处理含二氧化硫废气的脱硫技术、造纸黑液的治理与回收碱技术等。因此，还需要继续努力，不断开发新的环境保护实用技术，使“末端处理”更加有效，把好污染控制的最后一关。

二、国内外清洁生产简介

1. 国外清洁生产进展

清洁生产的起源来自于1960年的美国化学行业的污染预防审计。而“清洁生产”概念的出现，最早可追溯到1976年。当年欧共体在巴黎举行了“无废工艺和无废生产国际研讨会”，会上提出“消除造成污染的根源”的思想；1979年4月欧共体理事会宣布推行清洁生产政策；1984年、1985年、1987年欧共体环境事务委员会三次拨款支持建立清洁生产示范工程。

1989年5月联合国环境规划署工业与环境规划活动中心（UNEP IE/PAC）根据UNEP理事会会议的决议，制定了《清洁生产计划》，在全球范围内推进清洁生产。1992年6月在巴西里约热内卢召开的“联合国环境与发展大会”上，通过了《21世纪议程》，号召工业提高能效，开展清洁技术，更新替代对环境有害的产品和原料，推动实现工业可持续发展。

自1990年以来，联合国环境规划署已先后在坎特伯雷、巴黎、华沙、牛津、汉城、蒙特利尔等地举办了六次国际清洁生产高级研讨会。在1998年10月韩国汉城第五次国际清洁生产高级研讨会上，出台了《国际清洁生产宣言》。《国际清洁生产宣言》的主要目的是提高公共部门和私有部门中关键决策者对清洁生产战略的理解及该战略在他们中间的形象，它也将激励对清洁生产咨询服务的更广泛的需求。《国际清洁生产宣言》是对作为一种环境管理战略的清洁生产公开的承诺。

20世纪90年代初，经济协作与开发组织（OECD）在许多国家采取不同措施鼓励采用清洁生产技术。例如在德国，将70％投资用于清洁工艺的工厂可以申请减税。在英国，税收优惠政策是导致风力发电增长的原因。自1995年以来，经合组织国家的政府开始把它们的环境战略针对产品而不是工艺，以此为出发点，引进生命周期分析，以确定在产品寿命周期（包括制造、运输、使用和处置）中的哪一个阶段有可能削减或替代原材料投入和最有效并以最低费用消除污染物和废物。这一战略刺激和引导生产商和制造商以及政府政策制定者去寻找更富有想象力的途径来实现清洁生产和产品。

美国、澳大利亚、荷兰、丹麦等发达国家在清洁生产立法、组织机构建设、科学研究、信息交换、示范项目和推广等领域已取得明显成就。特别是近年发达国家清洁生产政策有两个重要的倾向：其一是着眼点从清洁生产技术逐渐转向清洁产品的整个生命周期；其二是从多年前大型企业在获得财政支持和其他的支持方面拥有优先权，转变为更重视扶持中小企业进行清洁生产，包括提供财政补贴、项目支持、技术服务和信息等措施。

（1）美国　美国国会曾于1984年通过《资源保护与恢复法——固体有害废物修正案》，提出“废物最少化”政策。美国环保局1990年度报告指出：“在源头防止污染是减轻危害更为便宜更为有效的途径”。1990年10月美国国会通过了《 污染预防法 》，正式宣布污染预防是美国的国策，在国家层次上通过立法手段确认了污染的“源削减”政策。这是工业污染控制战略的一个根本性变革，在世界上引起了强烈的反响。1991年2月美国国家环保局发布了“污染预防战略”，至1991年4月美国半数以上的州已有了自己的污染预防法律条文。美国国家环境保护局根据污染预防战略采取的行动包括：成立了污染预防办公室，建立了美国污染预防研究所；建立了污染预防信息交换中心 ，编辑出版了企业污染预防指南和制药、机械维修、洗印等业务的污染预防手册；广泛启动清洁生产示范项目，鼓励中小企业以创新的方式开展污染预防，并及时交流、推广污染预防工作中取得的经验。

(2) 欧洲国家的清洁生产　欧洲最初开展清洁生产工作的国家是瑞典。1987 年瑞典引入了美国废物最小化评估方法。随后，荷兰、丹麦和奥地利等国也相继开展了清洁生产。欧盟的重点是清洁技术，强调技术上的创新。同时欧盟几乎所有的国家，都把财政资助与补贴作为一项基本政策，其政策的基本点都着眼于如何减轻末端治理的压力，而将污染防治上溯到源头，拓展到全过程。

在荷兰，清洁生产的概念已相当深入广泛，荷兰将污染防治计划纳入到排污许可证制度中，要求企业选择清洁生产技术，使用污染预防计划，开展清洁生产审计、污染物排放登记。荷兰政府制订补助金计划，以奖励发展和环境技术的实施。荷兰政府对节约能源项目也有补助金计划。在税收方面，荷兰政府规定材料的使用，比如地下水、石油和矿物油，固体废弃物和污水的处理均要向国家和地方交税。由于荷兰在清洁生产领域的成功，荷兰编制的若干清洁生产审核手册已被联合国环境规划署和世界银行译成英文向世界各国推广。

在丹麦，特别注重清洁生产的实施，通过原料和物质在社会大生产中的循环利用，将社会生产对环境的总压力降到最低程度。对待污染严重的企业，如果需要上新建和扩建项目时，必须向环保主管部门申请排污许可证，这一制度是具体的有法律效力的强制性制度。它明确规定企业申请排污许可证必须按照清洁生产战略的要求，向当地环保主管部门提供实施清洁生产的报告书和技术文本以及有关保护环境的最佳适用技术和设备等方面的资料。

(3) 澳大利亚的清洁生产　澳大利亚采取的鼓励性措施包括财政资助、补贴、奖励等手段，如对实施清洁生产的企业减免排污费、提供无息贷款，以刺激清洁生产的推行应用，并设立了“清洁生产奖”。目前，澳大利亚已有近十所大学开办了与清洁生产相关的课程进行清洁生产理论研究和人才培训，清洁生产已进入高等教育，从而使清洁生产概念和技能的持续发展有了可靠保障。

(4) 加拿大的清洁生产　加拿大联邦环境部长政务会于 1991 年建立全国污染防治办公室，与工业企业共同推进最大限度从源头削减污染物的产生与排放的自愿创新行动。此外，该办公室还负责一个旨在推进自愿减少或消除列名的有毒化学品的项目。到 1996 年已有 100 余家公司同意参加到该项目中来。加拿大自 1996 年起制定了为期三年的“绿色洗衣项目”目的是设法减少并尽可能消除氯代溶剂尤其是全氯乙烯的使用，这也是安大略省洗衣业主的一项志愿污染预防举措。

(5) 发展中国家的清洁生产　泰国、印度等国在联合国有关组织的资助和指导下近年来在清洁生产方面也取得了积极的进展。印度环境部发起和资助了“废品率最小化示范项目”，并通过“咨询加培训”的方式实施，采取系统的废物审计方法，包括人员队伍的形成、详细的废物监测、推荐的废物最小化措施的计划与实施。1993 年印度在草浆造纸、纺织印染、农药加工等行业实施了企业废物削减示范工程。

1992 年，泰国政府通过了新的环境立法并对以前的法律进行了修正。新的立法强调国家管理的整体性，由官方进行管理，包括维护和支持《国家环境质量法》、《工厂改革法》、《危险品管理法》、《促进能源储备法》，颁布新的《公共健康法》，修改《国家清洁和秩序法》。

2. 国内实施清洁生产的情况

1993 年原国家环保局和国家经贸委联合召开的第二次全国工业污染防治工作会议，明确提出了工业污染防治必须从单纯的末端治理向对生产全过程控制转变，实行清洁生产的要求；

1996年4月，国家环境保护总局制定并发布“关于推行清洁生产的若干意见”，指导各地将推行清洁生产与现行环境管理制度有机结合起来，巩固和深化清洁生产工作；1996年国务院《关于环境保护若干问题的决定》再次明确新建、改建、扩建项目，技术起点要高，尽量采用能耗物耗小、污染物排放量少的清洁生产工艺。1998年9月29日，中国代表在韩国汉城签订了《国际清洁生产宣言》，向世界承诺中国推行清洁生产的行动战略。2002年6月29日，第九届全国人民代表大会第二十八次会议通过了《中华人民共和国清洁生产促进法》。

全国推行清洁生产工作在企业试点示范、宣传教育培训、机构建设、国际合作，以及政策研究制定等方面取得了较大进展。

1993年以来，在环保部门、经济综合部门和行业主管部门的协调配合和推动下，全国已经开展和准备开展清洁生产试点示范的省、自治区和直辖市已达24个。从北京、上海、江苏和陕西等18个省市上报的推行清洁生产进展情况来看，已开展清洁生产审核的企业数达219个，这些企业实施审核所提出的清洁生产方案后获得的经济效益约达5亿元；环境效益也十分显著。

自1994年底成立国家清洁生产中心以来，全国已经成立一批行业清洁生产中心和地方清洁生产中心，还有一些省市和行业正在筹建清洁生产中心。

近年来，国家环境保护总局先后和世界银行、联合国环境署、联合国工业发展组织等多边组织开展了合作项目。其中和联合国环境署和联合国工业发展组织共同合作建立的国家清洁生产中心，对有关省市、行业部门和企业提供了清洁生产的技术培训和咨询，已具备编写清洁生产教材、培训从业人员和指导企业进行清洁生产审核的能力。

三、清洁生产的审计

1. 清洁生产审计的概念

组织清洁生产审计是一种对污染来源、废物产生的原因及其整体解决方案的系统化的分析和实施过程，其目的在于通过实行预防污染分析和评估，寻找尽可能高效率利用资源，减少或消除废物的产生和排放的方法，是组织实行清洁生产的重要前提，也是组织实施清洁生产的关键和核心。持续的清洁生产审计活动会不断产生各种清洁生产方案，有利于组织在生产和服务过程中逐步地实施，从而使其环境绩效实现持续改进。

2. 清洁生产审计的目的

组织实施清洁生产审计，其目的有两个：一是判定出组织中不符合清洁生产的方面和做法；二是提出方案并解决这些问题，从而实现清洁生产。其最终目的是减少污染、保护环境、节约资源、降低费用、增强组织和全社会的福利。

3. 清洁生产审计的任务

清洁生产审计首先是对组织现在的和计划进行的产品生产和服务实行预防污染的分析和评估。在实行预防污染分析和评估的过程中，制定并实施减少能源、资源和原材料使用，消除或减少产品和生产过程中有毒物质的使用，减少各种废弃物排放的数量及其毒性的方案。

清洁生产审计的一个重要内容就是通过提高能源、资源的利用效率，减少废物产生量，达到环境与经济“双赢”的目的。

4. 清洁生产的审计程序

组织实施清洁生产审计是推行清洁生产的重要组成和有效途径。基于中国清洁生产审计示范项目的经验并根据国外有关废物最小化评价和废物排放审计方法与实施的经验，中国国家清洁生产中心开发了中国的清洁生产审计程序，包括7个阶段、35个步骤。如图5-1所示。

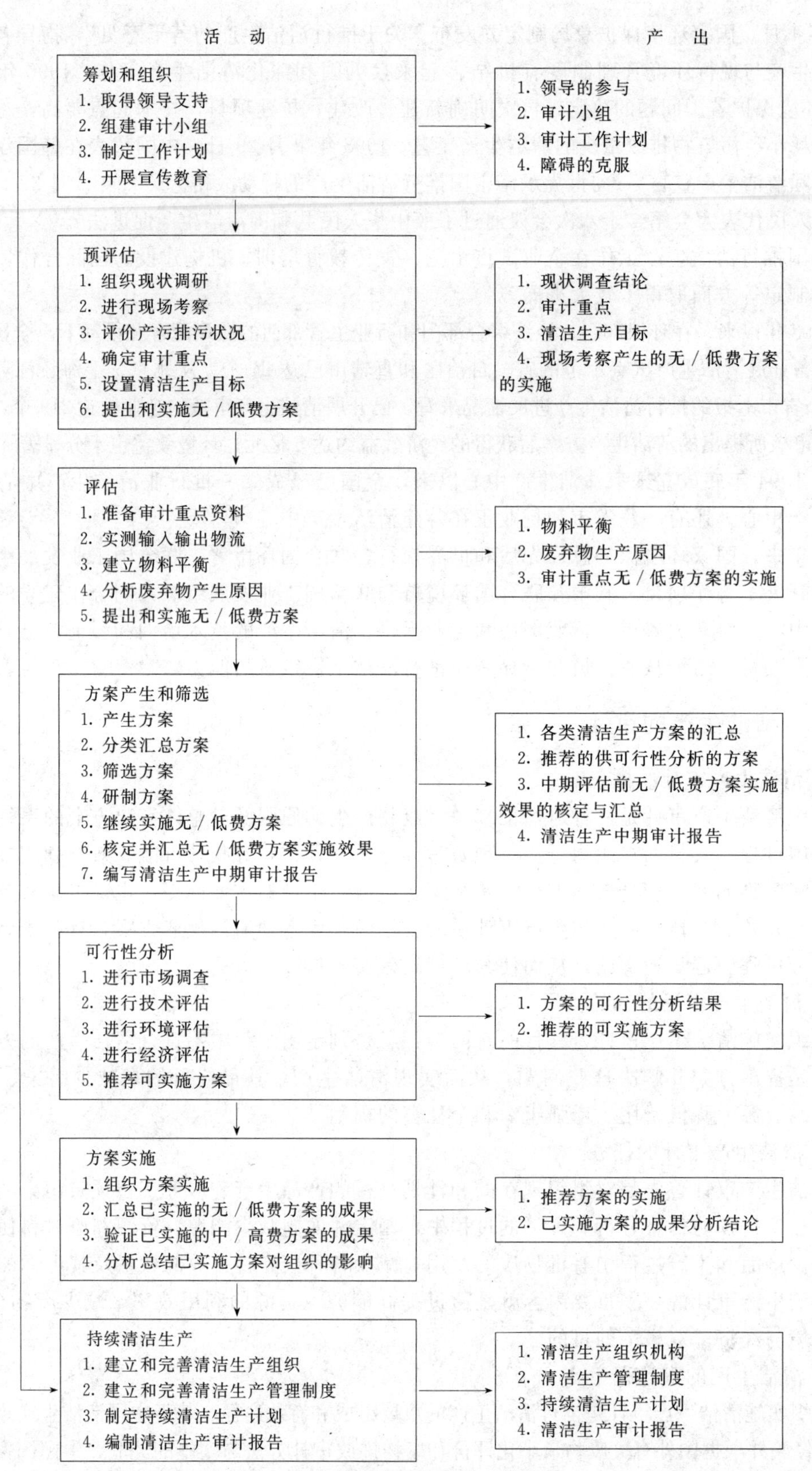

图 5-1 组织清洁生产审计工作程序

四、ISO 14000 环境管理系列标准

1. 国际标准化组织和环境管理体系

ISO 是国际标准化组织的英文缩写。国际标准化组织，成立于 1947 年，总部位于瑞士日内瓦，是一个由世界各成员国组成的，旨在通过国际规定的标准化而使商品和服务的贸易易于进行的非政府组织，也是当今全世界规模最大的国际科技组织之一。ISO 下设若干个管理技术委员会，国际标准化组织环境管理标准化技术委员会（简称：ISO/TC207）就是 ISO 为制定环境管理国际标准而成立的一个综合性管理委员会，ISO 中央秘书处为环境管理技术委员会预留了 100 个标准号，即 ISO 14001～ISO 14100，统称 ISO 14000 系列标准。ISO/TC207 环境管理技术委员会于 1996 年发布了 ISO 14000 环境管理国际标准。ISO 14000 是一个系列的环境管理标准，由若干子系统构成，这些系统可按照标准的性质和功能来区分。

ISO 14001～ISO 14009　环境管理体系标准

ISO 14010～ISO 14019　环境审核标准

ISO 14020～ISO 14029　环境标志标准

ISO 14030～ISO 14039　环境行为评价标准

ISO 14040～ISO 14049　生命周期评估标准

ISO 14050～ISO 14059　环境管理的术语和定义

ISO 14060　产品标准中的环境指标

ISO 14061～ISO 14100　备用

ISO 14000 环境管理系列标准是由国际标准化组织（ISO）继 ISO 9000 系列标准之后推出的又一个管理性标准。ISO 14000 系列环境管理标准所追求的目标，是试图通过实施这套标准，规范全球企业和社会团体等所有组织的环境行为，减少人类各项活动所造成的环境污染，最大限度地节省资源、实现清洁生产、改善环境质量，保持环境与经济发展相协调，促进经济的持续发展，保障全球环境安全。这样实施统一的环境管理标准，可以减少全球范围内标准的重复性和多重性，还可以减少纠纷，有助于防止非关税性贸易壁垒。

ISO 14000 系列标准颁布至今，已有 120 多个国家引进并开始实施该系列标准。如日本 1997 年底获得 ISO 14000 认证的企业就有 500 多家。

中国是 ISO/TC207 的正式成员国之一，已于 1996 年 12 月将 ISO 14000 系列标准等同转化为国家标准。在企业自愿的基础上，国家环保总局在全国范围内组织了 55 家企业开展环境管理体系认证试点工作。如青岛海尔集团，由于实施 ISO 14000 标准，进一步节能降耗，废品率从 7%降到 5.4%，产品成功地大规模进入了国际市场。因此，在中国推行 ISO 14000 系列标准对企业和环境保护具有极其重要的意义，这既是国际市场竞争的需要，也是中国实施可持续发展战略的措施，它将有利于提高企业的环境管理水平，增强企业及产品在市场中的竞争力，促进国际贸易。截至 1999 年底，获得 ISO 14000 认证的企业已达 200 家。13 个 ISO 14000 试点城市（区）中的 9 个通过了国家环保总局的验收。苏州新区成为全国第一个 ISO 14000 国家示范区。

2. ISO 14000 认证的意义

ISO 14000 认证的意义表现如下。

① 满足贸易国家及地区的环境管理要求，冲破国际贸易的“绿色壁垒”。

② 在国内外贸易中，避免重复对企业环境管理的审查、认证，以及消除相互之间对环境管理方面的分歧，减轻企业负担。

③ 提高企业及产品形象，有利于维持和拓展市场。

④ 满足国家及地方政府对环境管理的要求，改善组织与政府部门之间的关系。

⑤ 满足社会公众对环境保护要求，建立良好的公共和社会关系。

⑥ 满足客户的环境管理认证要求。

⑦ 降低材料和能源消耗，杜绝或有效减少责任事故的发生。

⑧ 消除（或减少）产品及其生产过程的污染，改善组织内外环境，确保文明、安全生产。

3. ISO 14000 认证程序

ISO 14000 环境管理体系认证程序大致上分为以下四个阶段。

(1) 受理申请方的申请　申请认证的组织首先要综合考虑各认证机构的权威性、信誉和费用等方面的因素，然后选择合适的认证机构，并与其取得联系，提出环境管理体系认证申请。认证机构接到申请方的正式申请书之后，将对申请方的申请文件进行初步的审查，如果符合申请要求，与申请方签订管理体系审核/注册合同，确定受理其申请。

(2) 环境管理体系审核　在整个认证过程中，对申请方的环境管理体系的审核是最关键的环节。认证机构正式受理申请方的申请之后，迅速组成一个审核小组，并任命一个审核组长，审核组中至少有一名具有该审核范围专业项目种类的专业审核人员或技术专家，协助审核组进行审核工作。

(3) 报批并颁发证书　根据注册材料上报清单的要求，审核组长对上报材料进行整理并填写注册推荐表，该表最后上交认证机构进行复审，如果合格，认证机构将编制并发放证书，将该申请方列入获证目录，申请方可以通过各种媒介来宣传，并可以在产品上加贴注册标识。

(4) 监督检查及复审、换证　在证书有效期限内，认证机构对获证企业进行监督检查，以保证该环境管理体系符合 ISO 14000 标准要求，并能够切实、有效地运行。证书有效期满后，或者企业的认证范围、模式、机构名称等发生重大变化后，该认证机构受理企业的换证申请，以保证企业不断改进和完善其环境管理体系。

第二节　中国典型行业清洁生产的实施方案简介

本节分别介绍传统的化工、电镀、冶金、造纸、印染等行业清洁生产的实施方案，资料来源于国家环境保护总局科技司和国家清洁生产中心。

一、化工行业清洁生产

1. 化学工业污染状况分析

化学工业是中国国民经济中的支柱产业，但又是一个容易产生污染的行业，造成化学工业污染状况严重的原因很多，从清洁生产的角度来分析，其原因主要有以下几个方面。

(1) 产品的原料政策和原料路线不合理　由于受到资源、经济发展水平等种种原因局限，中国化工生产的原料大多采用粗料政策，未经加工和筛选，造成生产过程中产生大量废物。如硫铁矿制硫酸、磷矿制磷酸、原盐制烧碱。化工产品的原料路线是造成环境严重污染原因之一，如中国中小型聚氯乙烯生产采用电石乙炔法，产生大量的电石粉尘、电石渣和废水；中小型合成氨采用煤焦造气，产生大量的煤渣和含氰废水。

(2) 落后的生产工艺 中国化工企业以中小型和老企业为主，大多数仍沿用20世纪50～60年代落后的生产工艺，长期以来没有进行很好的技术改造，工艺落后，设备陈旧，原材料、能源利用率低，排污量大，致使许多原材料变成“三废”流入环境，造成严重污染。

(3) 中小型企业污染防治困难 中国中小型化工企业数量占80%甚至90%以上，由于历史的原因，一直承担着大吨位、高消耗、高污染、低效益的基本化工原料产品的生产。如氮肥、磷肥、硫酸、纯碱等，绝大部分还没有向技术含量高、经济效益好、污染程度轻的方向进行产品结构调整。中小化工企业还由于布局分散，大多数只能单独分散进行污染治理，即使在资金和技术都能解决，但在经济效益上也很难过关。所以大量的中小企业不仅在污染的预防，而且在污染的末端治理都是很困难的。

2. 实施清洁生产的指导思想和清洁生产方案

(1) 实施清洁生产的指导思想 认真贯彻执行可持续发展战略思想，把污染防治由末端治理转向生产全过程控制，着眼于在生产过程中将污染物的产生量尽可能地减少，最大限度地降低需要进行末端处理的污染物数量和毒性，从而在减少污染的同时，提高企业的生产效率，实现环境效益与经济效益相统一，促进化学工业走上良性循环的轨道。

企业是实施清洁生产的主体。企业实施清洁生产要与强化企业管理相结合、与企业技术进步相结合、与建立环境管理体系相结合、与污染物总量控制和污染物达标排放相结合、与资源综合利用相结合，将污染预防贯穿于生产全过程；与企业所在地方的清洁生产工作密切配合，使企业生产发展同地方经济建设、环境保护协调一致。

(2) 化工行业清洁生产方案 化工行业是国家基础产业部门之一，对国家技术建设和人民生活起到极其重要的作用，但是，污染严重是行业的主要特点。化工行业存在大量实施清洁生产的机会，清洁生产方案如表5-1。

表5-1 化工行业清洁生产方案

废物源	废物类型	清洁生产方案
材料的购入储存和搬运	搁置过期陈旧或受污染的材料 反应过的/聚合过的或不合规格的化学品 粉尘排出物 空容器 加(运)油剩余物	实行“先进先出”的用料原则控制存货 首先对材料进行试验，以决定其是否可用于当前生产 将陈旧材料退还给供货商 隔离废物流 与供应厂家合作或安装提纯设备以提高供料质量 慎重考虑对新材料的需要(如修改工艺或改进控制，以减少或取消对新材料的需要) 使用阻化剂以防止不良副反应或聚合物的生成 当冲洗固体搬运设备时，重用惰性组分 改用可重复使用的容器、装运箱或成批运输 回收罐车中的物品 使用泵或管道转运液体材料
反应器	不合规格材料 副产品	通过安装隔板，采用高速搅拌马达，不同搅拌叶片设计、多层轮翼、泵激反复循环或一台串联固定式搅拌器，来改进反应器中的物理拌合 改善反应剂投入反应器的方法(在投入反应器前，先将反应剂充分浓缩) 改进催化剂，并不断加以提高，为回用物流，另外设置反应器 改进反应器的加热和冷却技术 改进控制，使反应器处于最佳状态(如经常稳定运行状态，采用先进的计算机控制等) 保证橡胶垫片无破裂、磨损

续表

废物源	废物类型	清洁生产方案
热交换器	不合规格产品（如对温度敏感的产品）	降低管壁温度 —用低压蒸汽流 —降低过热蒸汽流 —安装热压缩器 采用分级加热（先用余热，次用低压蒸汽流，再用降低高热后的高压蒸汽流） 采用列式清洗技术（循环海绵球和逆反刷） 监控交换器污垢 使用耐腐蚀管道
泵		在可能条件下修复密封或购买新泵，以继续作业 使用无密封泵（磁力驱动）
炉子		更换盘管，研究其他设计类型 用中间交换器代替炉子或使用高温导热液 利用现有的过热蒸汽
蒸馏塔	不纯产品 聚合废料 管孔或漏斗排出的产品	如塔的容量充足可增大流量化 重新做塔盘或重新做密封包层 更换进料塔盘，达到更好的分馏、绝热、改进进料分布，对密封包层塔更应如此 预热进料（如与另一束流交叉交换热量） 从塔顶部附近的塔盘中，将塔顶馏出的产品及时去掉 修改再蒸馏锅设计 降低再蒸馏锅的温度（如使用低压蒸汽、低过热蒸汽、安装热压缩机、用中间传导液体等） 确保管道无阻塞 降低塔内压力 改进塔顶流出物冷凝器（更换导管、更换冷凝器、增设管口辅助冷凝器）
管道	泄漏或挥发物 副产品 排出物 低等级产品	更换泄漏的阀、泵和密封件 监控主要管孔（贮存罐、罐车）及漏斗系统，回收管孔排出产品（安装冷凝器或管孔压缩机） 避免将热物料送去贮存 改变冶炼法或使用里衬 分离废物并将其回收
产品加工	不合规格产品 受污染产品 溢出物 排出的粉尘 蒸发损失 质量控制试验样品	按要求或需要的数量生产产品 使用毒性较小或无毒的原料 改进联机控制（如采用计算机控制系统） 优化逐级操作 给车间生产编制程序，以处理意外的翻转及跳闸等事故 调整设备位置，改变管道走向布置，以避免其他污染源 为废品寻找市场 安装可重复使用的隔热装置 分离并回用生产过程中产生的粉尘排出物 将批量生产改为连续生产 更新催化剂 审查抽样频率和程序，以减少次数和样品数量
设备清洁和转换	废品 用过的清洁剂 洗涤液	提高设备利用率 改进使用同一条生产线生产不同化工产品的日程安排 回收更多的产品（通过刮扫罐体或吹扫管道） 冲洗转运固体物料的设备，回收惰性沉淀物质 考虑采用其他清洗方法（如塑料介质喷丸等机械清洗法等） 考虑使用危害较小的清洗剂（如用具有更好生物降解性能的清洗剂的超声波清洗法） 使所用的清洗产品标准化 减少清洗剂的使用（如改用高压喷雾、压缩空气流和热清洗浴等） 在可行条件下，回收并回用清洗剂 回用清洗水 在可能条件下，用生产过程中的液体清洗加工设备

二、电镀行业清洁生产

1. 电镀行业污染状况分析

电镀是一个电化学过程，是在导电的物质表面沉积一层薄而均匀的金属膜，是一个产生污染的行业。物体被电镀前，需经过一系列清洗和预处理过程，以除去物体表面的污物，使物体表活性化，具体流程取决于需电镀的材料类型。

电镀作为工业生产过程中的一个重要工艺，在生产中要使用酸、碱和其他有害化学物质，对环境会造成一定的污染。做好电镀行业的清洁生产工作，从源头消减污染，提高资源的利用效率，尽可能减少对环境生产的不良影响，对于坚持电镀行业可持续发展具有重要的意义。

电镀前处理工艺包括脱脂（除油）、除锈、磷化、电镀等。目前，中国电镀企业数量多，规模小，缺少专业化工厂，全国10000多个主要的机械制造厂和大部分轻工机械厂都有电镀作业，从总体看，电镀水平比较低，相当于国外20世纪70年代末80年代初的水平，大部分依靠手工作业，生产设备落后，生产过程中污染重，能耗大。电镀厂（点）布局又极为分散，由于过去大多数电镀厂（点）是计划经济模式，基本都是为企业配套的电镀车间（工段、班组等），现在则由于城市快速发展及一些基本不适应城市发展的小电镀厂（点）转移到市区（县）和乡镇。给环境管理也带来了极大的难度。

2. 电镀行业清洁生产方案

在电镀行业推广推行清洁生产技术，在中国是一个亟待解决的问题。电镀行业清洁生产方案见表5-2。

表5-2 电镀行业清洁生产方案

废物源	废物类型	清洁生产方案
前处理	含酸/碱废水 残渣	事先检查电镀件基件状况，选择合适的清洗方法及电镀工艺，防止电镀过程中各种缺陷的发生 采用机械法去除氧化膜、氧化膜（如喷砂、磨抛光） 采用化学溶液（如热碱水）脱脂（除油）代替溶剂脱脂（除油） 若必须用溶剂清洗，则需选择低毒或无毒溶剂（如石油溶剂、萜烯、乙酸酯、胺类、酸类等） 酸洗液复用于化学脱脂清洗水的处理 采用油分离器或过滤装置，循环利用清洗液 定期清除溶液中杂物 使用逆流清洁模式（如先用旧的清洗液洗，最后用干净的新清洗液洗）
电镀	含酸/碱废水 含氰化物废水 含重金属离子废水 电镀废液 反应废液	原辅材料替代与工艺变革 —尽可能使用低毒材料（如碱性镀锌替代镀镉；锌镍合金、锡锌合金替代镀镉） —采用宽温度、低浓度稀土添加剂镀铬 —采用去离子水配制镀液 —采用低铬或无铬钝化工艺 —采用不用电镀的涂覆层（如氮化钛代替装饰件仿金镀；塑料喷涂替代防护/装饰电镀） —用电泳替代人造首饰性电镀 工艺设备的革新，改进系统设计 —高效清洗槽的设计（喷雾、喷淋清洗；空气搅拌清洗） —合理工艺槽设计布局 —采用额定电压与槽电压相匹配的可控硅整流器 —镀槽上方加喷淋回收装置 —多级逆流清洗系统 —自动清洗节水装置（安装脚踏开关或光敏电触点开关控制水流）

续表

废物源	废物类型	清洁生产方案
电镀	含酸/碱废水 含氰化物废水 含重金属离子废水 电镀废液 反应废液	减少带出液 —镀液加润湿剂，降低表面能力 —适当提高溶液温度，降低溶液黏度 —用聚酯浮球盖住镀铬溶液表面，减少铬雾 —采用低浓度镀液，减少带出液中金属含量 —正确的工件装挂位置，以减少兜溶液，如尽可能使加强带出液回收（如采用挡液板、滴液槽、镀后加浸渍回收槽） —经常检查电镀挂具是否有绝缘层起皮或裂纹，否则它可造成带出液增加 —镀件缓慢出槽，让排液时间稍长些，固定排液时间，并提醒操作工牢记 —在镀槽上安装挂具杆，在滴液期间放置挂具 及时维护溶液，延长溶液使用寿命 —指定专人负责配制并维护溶液各成分，使其符合工艺要求范围 —操作人员经培训上岗 —镀液采用连续过滤 —用无油压缩空气搅拌 —监测 pH、电导，当其下降时及时调整 —及时清除掉入镀槽中的工件 —正确设计挂具和滚桶，定期清洗检查完好性 清洗水和废液综合利用 —弱酸浸洗后的水可用于碱洗后清洗用 —废水分流处理，将可回收金属的废水与其他废水分流 —清洗水闭路循环（如逆流漂洗、活性炭吸附过滤电渗析、蒸发） —废水中有用金属的回收和水的回用（如电解回收/电解冶金；离子交换电解；反渗透；电渗析；膜过滤；蒸发、结晶等） —从工艺废液中回收可循环利用的化学品（如从印制板蚀刻废液回收硫酸铜）

三、冶金行业清洁生产

1. 冶金工业污染状况分析

中国钢铁工业经过了近 50 年的发展，特别是近十余年的快速发展，已成为世界第一产钢大国。进入 20 世纪 90 年代以后，钢铁工业坚持以老企业改造为重点，加快行业结构调整和总体装备水平的提高。进一步优化中国钢铁工业结构，增加短缺品种的自给能力，淘汰了一大批落后的工艺装备，建成了一批具有国际和国内先进水平的生产线和大型设备，宝钢一、二期工程和天津无缝钢管工程均已达到国际先进水平。

到 1998 年底，钢铁工业主要产品年生产能力为钢 1.34×10^8 t，生铁 1.2×10^8 t，成品材 1.38×10^8 t。当年实际产钢 1.145×10^8 t，生铁 1.185×10^8 t，钢材 1.074×10^8 t，连铸坯 7883×10^4 t。但是，中国炼铁约有 4000×10^4 t 的生产能力，属于污染严重、浪费资源的小高炉；应尽快淘汰的小高炉占总炼铁能力的 30%左右；炼钢工艺中属于落后工艺装备应尽快淘汰的生产能力约 2700×10^4 t，约占总能力的 20%。1998 年中国钢铁企业吨钢综合能耗比世界先进水平要高出 20%～40%，且环境污染非常严重。

中国钢铁工业环境保护与国外先进水平存在较大差距，国内企业之间也很不平衡。钢铁工业结构不合理，工艺技术水平和经济效益不高，不适应于市场竞争的需要。结构性矛盾突出，市场竞争日益激烈，集中体现在品种质量、产品成本和劳动生产率和环境污染问题所构成的综合竞争力的压力，面对新世纪的到来，冶金行业的可持续发展，正面临着市场与环境的双重严峻挑战。同时也说明实施清洁生产的迫切性和重要性。

2. 冶金行业清洁生产方案

(1) 行业清洁生产的指导思想　以实施可持续发展战略为宗旨，通过行业清洁生产示范试点，促进和提高对清洁生产的认识，转变观念，促进行业经济增长和污染防治方式的转变；紧密结合行业结构调整，将实施清洁生产贯彻始终。行业清洁生产示范试点将以围绕发展新技术为中心，节能为重点，减污与增效并重为原则。加快淘汰落后的工艺设备，积极推广节能降耗和环境保护新技术。提高整体工艺装备水平和工艺技术水平，改进并加强管理，以求得较大幅度的降低能耗、物耗和改善环境面貌。

(2) 冶金行业清洁生产方案　冶金工业作为中国国民经济支柱产业之一，是一个产业规模大、生产工艺过程长、工艺技术比较复杂、企业类型众多的行业。在冶金行业开展清洁生产，是一项极其复杂的系统工程。根据冶金行业清洁生产实施方案的工作计划要求，制定企业清洁生产实施方案，如图表 5-3。其中要特别注意实施清洁生产与企业自身结构调整相结合，与行业优先实施和国家重点优先支持的技术进步项目相结合，提出明确的清洁生产工作目标、完善的组织机构和行之有效的措施。

表 5-3　冶金行业清洁生产方案

废物源	废物类型	清洁生产方案
炼钢厂铸钢工序(方坯和模铸)	废气排放:烟尘、SO_2 等 废水排放:石油类、SS、COD 等	淘汰模铸,实现全连铸,连铸机高效化改造。连铸比将由 80%提高到 100%,提高拉坯速度、作业率、生产能力和连铸坯质量
电力厂燃煤锅炉	废气排放:烟粉尘、SO_2 等 废水排放:SS	改燃煤锅炉为全燃高炉煤气(清洁燃料)锅炉
材料验收	废钢铁	利用含铅、镉成分较低的废钢铁作原料
铸造	炉渣	使用低毒材料替代碳化钙,以消灭脱硫炉渣的产生
熔炉 熔化 退火	结构性缺陷 炉灰 空气污染控制设备废物	在电炉后使用感应保温炉,以便将金属熔液向连续铸造机供料 将焦油倾滤器的泥渣(及其他焦油焦炭车间的废料)作为燃料转用于平炉及鼓风炉 将氧化皮及炉渣等回收并再入炉熔化 采用火法或湿法冶金工艺从电炉灰中回收锌
冷热轧、酸洗	油脂 用过的酸 洗液 硫酸	回收并回用 用结晶法回收硫酸铁和三氯化铁 使用焙烧炉、流动床或滑动床从氧化铁中分离 HCl,并回收酸 使用双性膜或双向电渗析法从用过的 HNO_3-HF 酸洗液中将酸和金属副产品分离 用酸和金属结晶物低温分离法回收硫酸
冷却冲洗	废水	用闭合系统代替单路废水系统

四、造纸行业清洁生产

造纸行业是一个与国民经济发展和社会文明建设息息相关的重要产业。现代造纸工业的特点不同于一般日用消费品工业，而是技术、资金、资源、能源密集型，规模效益显著，连续、高效生产的基础原料工业。造纸产业关联度大，涉及林业、农业、机械制造、化工、热电、交通运输、环保等产业，对上下游产业的经济有一定拉动作用。

据资料统计，1999 年，中国纸及纸板总消费量近 3520×10^4 t，全国纸及纸板产量 2900×10^4 t，已成为世界第二纸张消费大国，纸张生产的第三大国。现有产品品种 600 多种，年进口量 650 余$\times10^4$ t，出口量 30×10^4 t 左右，产品自给率 82%；年人均消费量 27.8 kg，基本上能够满足国内新闻、出版、印刷、商品包装等现有较低消费水平的需求。

造纸产业的环境污染比较严重，企业治理污染的负担很重。根据1999年环境统计公报，全国县及县以上造纸及纸制品工业废水排放30×10^8 t，占全国工业总排放量15.6%；其中达标排放量11.2×10^8 t，仅占总排放量的37.3%。排放废水中化学耗氧量（COD）295.9×10^4 t，约占全国工业总排放量43.5%。可见中国造纸工业现有污染问题尤为突出。

认真贯彻执行《环境保护法》，造纸行业要坚持“综合防治，厂内为主”的方针。制浆造纸工业污染防治总的原则应是从预防、管理和治理三个方面加以控制。一要突出抓好三个重点，即抓全国重点污染源造纸企业环境防治规划的落实；重点解决麦草制浆环境污染治理的难题；重点做好“三河、三湖”和长江、黄河等重点流域造纸企业的污染防治工作。二要认真实施污染治理的技术经济政策。对现有企业进行整顿治理，“关小治大”减少分散的污染源点；对新、改、扩建工程实施清洁生产工艺技术，全过程控制和防治污染，并实行“三同时”建设。三要建立清洁生产示范企业，特别是对麦草制浆及污染治理的经验及时总结和推广。加大治污力度，加强环境保护，促进造纸工业可持续发展。造纸行业清洁生产方案见表5-4。

表5-4　造纸行业清洁生产方案

废物源	废物类型	清洁生产方案
原料	废渣废水	1. 强化麦草收购质量管理 2. 调整原料收购价格 3. 加强麦草贮存管理 4. 选择高质量的石灰　采用招标方式，选择质量高，价格合理的石灰，降低石灰用量，提高碱回收苛化率 5. 辅助材料进货验质 6. 麦草糠综合利用 7. 加强原辅材料和备品备件贮存管理 8. 健全料场管理监督机制 9. 定期对料场人员进行岗位培训
备料	粉尘、废水、废渣	1. 采用干湿法备料 2. 采用湿法备料 3. 改进除尘设备 4. 实施二级除尘　提高备料除尘率 5. 提高原料干度　经挤压、脱水，进一步提高原料干度，便于碱液的浸入，缩短蒸煮时间，提高粗浆质量 6. 提高对切草刀的操作技能 7. 加强切草操作 8. 提高磨刀质量 9. 保证风道除尘畅通管理 10. 水膜除尘由清水改用废水 11. 装锅前预浸
蒸煮	废水、废渣	1. 增加装锅器 2. 改进蒸球装锅器 3. 严格控制装球量 4. 采用蒸煮同步除硅工艺　利用除硅剂直接加入蒸球中进行蒸煮 5. 改变蒸球出料方式 6. 安装蒸球小放汽装置 7. 将碱液预热器加长或改为双程 8. 加强蒸煮工艺操作管理　根据原料质量、天气变化及时调整工艺，以稳定质量，降低消耗 9. 改进蒸煮供汽条件　专炉供汽，稳定汽压，保证蒸煮温度，缩短时间，提高效率，减少废物排放量 10. 改进优化蒸煮工艺条件　调整装锅、配水、运转、保温工艺条件，稳定蒸煮质量，降低消耗，减少废物排放量 11. 其他

续表

废物源	废物类型	清洁生产方案
蒸煮/黑液	废水	1. 将黑液冷却器进行合理使用,加耐腐垫子,可延长使用时间,减少修理次数 2. 充分利用稀黑液来稀释浆料,可减少清水用量,提高溶液利用率 3. 利用黑液稀释喷放锅粗浆,减污,提高碱回收率 4. 浓黑液利用 掺入煤中燃烧和炉渣压灰使用,提高溶液利用率,减轻污染 5. 黑液循环利用 老系统黑液用于新系统蒸煮 6. 碱回收 减轻污染排放量,彻底根治黑液,回收化学品,进行二次利用 7. 碱回收冷却水回收洗浆,节约水资源,减少排污量 8. 完善碱回收蒸发工艺,使碱回收蒸发工序Ⅱ、Ⅲ效黑液达到工艺要求
洗浆	废水、废渣	1. 提高粗选离心筛孔,提高浆得率,减少浆流失 2. 改静压洗为水平带洗浆机或真空洗浆机洗,变间歇生产为连续生产,节约用水降低环保设施处理负荷 3. 水平带式真空洗浆机后两段喷淋水冷水改为热水 4. CX筛中心稀释水管路上安装管道回压泵 在CX筛中心稀释水进水管道上安装清水管道加压泵,以提高和稳定稀释水压力,减少排渣量,提高筛选质量
漂白	废水、废渣	1. 使用管道漂白机 提高效率,提高白度,改善浆质量 2. 管道漂力,减少清水和废水排放量,浓度由2.3%提高到2.6%前新增高浓浆泵,在圆网浓缩机出口和细浆池分别安装高浓浆泵,提高浆浓度和漂白能力 3. 改变漂白工艺,漂白由动漂变为动漂与静漂相结合 4. 改用CEH三段漂浆工艺 5. 制漂废渣和浑浊液利用 改一段提取为两段提取,减少排污,提高有效氯的提取率 6. 改变虹吸管用水 漂白机脱水用虹吸管用水由清水改为回水 7. 废漂液回用 设置沉淀池,把清洗漂液池时排出的废液进行沉淀澄清以回用,降低氯耗
造纸	废水、废渣	1. 末段除渣器安装节浆器 在纸机末段除渣器上安装节浆器,以减少纤维流失,提高净化效率,减少纤维流失量121 g/d(绝干) 2. 烘缸端盖保温 纸机烘缸端盖全部保温 3. 改造纸机喷水嘴 节约用水,增加水冲面积 4. 纸机上毛布改为聚酯成形网 浆料脱水好,降低物耗,节约用水
锅炉	废气、废渣	1. 建干煤棚 减少煤流失 2. 煤棚安装磅秤 利于考核,节约资源 3. 改变锅炉给水泵不合理设置 节电省水 4. 完善煤验收制度 由锅炉车间试,不合要求的煤不予接收,以提高煤质,确保供汽量 5. 锅炉排风管道改进用好省煤器 节煤、炉膛变负压,延长使用寿命 6. 稳定煤质,加强锅炉设备管理 优化锅炉的运行参数,消除正压。稳定煤质,提高锅炉的运行效率 7. 改造锅炉炉膛 提高产热量,降低煤耗
管理不善	废水、废气、废渣	1. 对职工进行岗位技术培训 提高职工业务素质和解决问题的能力,规范操作 2. 加强现场管理完善操作规程 完善考核机制,加强工艺纪律检查,提高责任心 3. 加强设备的维护保养 在设定的维修期间,即使设备未发生故障,也要维修保养、提高设备利用率 4. 严格生产调度和操作管理 避免设备空运转、节能和能量高峰使用 5. 增设生产自动控制仪器,加强计量管理 有利于提高产品得率,节能降耗,减少废物排放,将生产管理建立在科学真实基础上 6. 调整管线布局 调整浆、水、汽、电等管线布局,以节约资源 7. 落实岗位责任制 修改完善各种消耗指标的考核,加大奖罚力度 8. 建立生产车间承包新机制 抵押承包、工效挂钩、单独核算、全奖全赔 9. 严格青工岗前培训 提高警惕青工思想水平和操作技能,考核不合格不准上岗 10. 严格执行工艺规章 安排值班人员对车间执行工艺情况进行巡回检查,对流失点不定期抽查化验,制定奖惩措施 11. 开展合理化建议活动 定期在全厂职工中发"清洁生产合理化建议表",征集大家的好建议

五、纺织服装行业清洁生产

1. 纺织服装行业发展现状分析

纺织服装工业在世界上是一个具有悠久历史传统的劳动密集型产业。近几年来，世界纺织品服装贸易的年平均增长速度基本维持在6%～7%，目前全球纺织品服装贸易总额约为3500亿美元。中国是纺织品服装的第一生产大国，又是第一出口大国。2001年中国纺织品服装的出口额为541.8亿美元，约占世界纺织品服装贸易出口额的14%，具有举足轻重的地位。中国加入世贸组织，为中国纺织品服装的出口铺平了道路。

但是，中国纺织工业技术装备普遍落后，不仅与发达国家相距甚远，而且与发展中国家，如印尼、巴基斯坦、泰国等的差距也越来越大。中国装备的技术水平与世界先进水平有10～15年的差距，致使中国纺织质量较差、档次低、污染大，大大降低了中国纺织品在国际市场上的竞争能力。

随着环保事业的全球化发展，绿色产品及其消费开始成为主导国际贸易的新潮流，对环境质量的需求已成为消费者生活质量的具体目标之一，这在西方国家的消费者身上体现得尤其明显。欧洲可以说是倡导环保消费品的先锋，继德国及荷兰先后禁止服装采用偶氮染料后，欧洲现正考虑要求纺织品符合Ko-Tex Standard 100标准。（Ko-Tex Standard 100是由国际生态学研究测试协会发布的纺织品和服装生态标准。）

2. 纺织印染行业清洁生产方案

中国是纺织品生产大国，但中国纺织品存在不容忽视的环保质量问题。中国若不及早做准备Ko-Tex Standard 100标准极有可能为西方限制中国服装纺织品出口的又一“绿色贸易技术壁垒”。为此，中国纺织品行业应立足根本，一方面必须加强中国纺织品企业对生态纺织品生产、处置上的宣传与投入，制定必要的法规并严格执行；另一方面在纺织品原料的生产、采购，产品的设计及产品质量标准制定时就应充分考虑环保要求，在纺织企业实施清洁生产和ISO 14000环境管理制体系认证，加强企业的环境意识，减少环境污染，从而达到纺织品质量的持续改善。印染行业清洁生产方案见表5-5。

表5-5　印染行业清洁生产方案

废物源	废物类型	清洁生产方案
原料投入		建立严格的原料、染料、助剂的质量控制标准 实施不同物料存放量、使用量的登记与称量制度，做到合理用料 选购优质原料、染料和助剂，选用织造良好的坯布，减少坯布上的杂质含量 长期不用、失效、过期的染料、助剂及时处理 减少包装桶或袋中的染料、助剂的残存量，减少运输、使用过程中的溅落量 选用合理的包装方式、合理的装量大小 严格按单位产品耗用量指标使用染料与助剂 严格控制生产过程用水量或其他辅助用水量
精炼	精炼废水（水、烧碱等）	选用高效快速精炼剂，如选用以合成洗涤剂与缓冲剂配成的专用真丝精炼剂，减少精炼剂用量 丝绸精炼液沉淀后上清液再用
碱减量	碱减量废水（对苯二甲酸、乙二醇、水）	用液碱代替固体碱，提高碱液品质 采用连续式碱减量机代替间断式碱减量机 选用高级促进剂，减少涤纶织物的碱减量工艺中烧碱的用量

续表

废物源	废物类型	清洁生产方案
印花	印花废水(水、色浆)	涤纶仿真丝织物采用不用水的转移印花工艺。采用涂料印花新工艺,用于交织绸及化纤绸的印花。它通过胶黏剂将不同颜色的染料粘接和固着在织物上,使整个印花过程不用水 采用微机控制圆网印花机代替普通圆网印花机 采用微机或自动控制台板印花代替手工台板印花
染色	染色废水(水、染料、助剂)	选用上染率高的染料及高性能助剂,提高染料有效成分利用量 选用无毒染料代替有毒性易致癌染料 选用耗氧量低的助剂代替耗氧量高的助剂 将漂染二步二浴法改为一步一浴法 重复使用染浴中的染液　控制和减少染料及助剂在储存处的流失,减少其在桶袋内残留及地面上的溅落 固定槽、罐的前处理或染色功能,减少冲洗量
设备操作与维护	清洗水	在工艺流程单元操作中安装计量设备,控制冲洗时间及用水量 加强设备维修,加强岗位责任制,对设备上有关阀门和管路加强维护惯例,防止跑冒滴漏现象的发生 生产中推行逆流漂洗,一水多用 减少地面冲洗清洁用水量
后整理		采用高效整理剂,减少其在织物上的残留量 定型、烘干装置处设有排风系统
研究开发		发展化纤仿真丝产品 研究高效短流程工艺

六、其他行业清洁生产

1. 金属零件清洗业清洁生产方案

金属零件清洗业清洁生产方案见表5-6。

表5-6　金属零件清洗业清洁生产方案

废物源	废物类型	清洁生产方案
所有清洗工序	溶剂 废液	避免增加清洗负荷(如装运前加包装纸) 选择毒性最小介质用于清洗 提高清洗效率(如焊接前去掉油污染) 清洗废液分流 最大限度循环利用和复用清洗剂
溶剂清洗	废溶剂	使用碱水洗代替溶剂 用液体清洗剂代替溶剂 使用乳化液清洗剂 尽可能采用机械法或热处理法清洗 使用低毒溶剂(如石油溶剂、萜烯、胺类、酸类) 规范溶剂的类型(使用溶剂的不同种类应最少) 调整清洗操作间,使之在一个清洗中心区操作 维护溶剂质量: —避免玷污(如水汽) —溶剂分别存放,防止交叉污染

续表

废物源	废物类型	清洁生产方案
溶剂清洗	废溶剂	—及时维护设备(如维修挂具和滚桶,不让脏物带入溶剂中) —监测溶剂(如测试和添加需要的特殊化学物质) —正确添加溶剂(如不要造成交叉污染) —采用连续过滤除去杂质 维持溶剂温度 去油中延长清洗的有效时间 喷淋只能在蒸汽区下方 使蒸汽挥发损失最小: —检查零件是否会带进水污染 —废溶剂分流回收 —检查水套的水流是否合适,使温度不会超过去油要求 —安装滚动活动盖板 —在活动冷却板上装放液阀 —使去油槽远离通风管道、窗户、风扇或加隔板(槽上方气流速度不超过 40 m/min) 不操作时及时盖好盖子
液体清洗	液体清洗液废水	用磨抛光清洗 采用不含螯合剂的清洗液 采用低有害性的酸或碱液 维护溶液质量: —清洗前检查零件 —预清洗零件(如先用后一道清洗水清洗,最后用去掉矿物质的水洗) —避免不必要的玷污 —采用连续加热 —正确配制溶液 —及时去除残渣和固体颗粒 —加强溶液的检测监控 —维护设备(如挂具不能破损、生锈) —减少工艺溶液带入 采用以下办法减少用水,提高清洗去油效率: —采用去矿物质水配溶液 —采用逆流清洗 —采用喷淋清洗 —安装喷雾嘴 建立封闭圈体系 —采用合成纤维滤芯过滤器,过滤回收酸 —采用间接加热和搅拌装置 —建立各级逆流清洗装置 —采用冷却或蒸发结晶法,从废硫酸液中回收硫酸铁 零件应充分干燥(如自动烘干炉)
磨光打光	磨料	采用油脂少或水基性胶黏结磨料或抛光膏 采用皂角与液体打光 在大的清洗设备中操作,控制液面高度

2. 印制线路板行业清洁生产方案

印制线路板行业清洁生产方案见表 5-7。

表 5-7 印制线路板行业清洁生产方案

废物源	废物类型	清洁生产方案
材料采购和保管	不合格材料 失效化学品 感光材料 空桶	材料入库前须检验 按正确的贮存方法保管材料 库房清洁通道畅通 计算机化材料账卡管理 发料采用“先进先出”制度，进货早的先领用，防止过期失效 对材料供应商的质量保证体系认证 根据需要定购材料的数量 循环利用空桶 循环利用废弃感光膜和照相纸 过期材料经检验复用于要求不严的其他工序
照相感光	含感光化学品废水 含银废水	采用计算机辅助设计“电子预压系统”和光绘仪制版 非银基型感光材料替代银盐片(如采用重氮感光聚酯膜和静电干膜) 延长显影液使用寿命 —加入硫代硫酸钠延长使用周期 —不使用时加入酸调节 pH 值 —加醋酸稳定溶液的 pH 值 减少带出液损失，手工操作时挤干带出的显影液 采用逆流清洗 废液分流 从废液中电解回收银并循环利用
印制线路板制造工艺设计		采用表面装配技术印制板 采用内联地层与表面加成法制作多层印制线路板
板面清洗	酸/碱废水 含有机物清洗废水	使用浮石粉清洗 采用不含络合物的清洗剂 如果生产中必须使用络合物清洗剂，则选用络合性弱的清洗剂 采用空气搅拌、喷淋等，改进提高清洗效率 采用逆流清洗 循环使用清洗剂和清洗水
准备	废板 废油墨	改进定位精度系统 采用自动拼版、自动扫描断路检测装置 油墨用量自动设定系统 计算机编程定位系统 油墨组分比例传感器
阻焊图形和标志印刷	有机挥发物 苯聚合物 废干膜 去膜废液 废酸 清洗废水	降低有毒物质的毒性： —采用碱液可溶性油墨 —根据感光性筛选丝印油墨 —采用可退除的干光敏阻焊膜 循环或再利用光敏干膜显影液 安装网张力检测器 正确地贮存油墨防止失效 固定油墨使用型号和程序 送制造商复用废油墨 使用相容的清洗溶剂 收集并复用清洗后的溶剂

续表

废物源	废物类型	清洁生产方案
电镀和化学镀	含金属废液 清洗废水 含金属污泥	采用电脑机械化布线 材料替代 —使用无氰电镀液 —使用无氰应力解脱剂 延长溶液使用寿命，减少杂质带进工艺溶液 —正确设计和维护挂具保持其完善性，挂钩不带镀层 —用去离子水配溶液和清洗 —正确贮存溶液 减少带出液损失 —尽可能采用工艺范围内最低浓度要求配制溶液 —如可能，尽量提高溶液温度 —加入润湿剂，减少溶液表面张力 —板子在挂具上正确装挂，减少带出液 —慢慢提取挂具和板子并尽量滴干 —采用计算机自动控制 —加回收水槽、回收带出液 —槽之间加斜向滴液挡板，使之流回前工艺溶液中 维护镀液质量、延长溶液使用寿命 —监测溶液组分浓度，及时补加，保持溶液活性 —控制溶液温度 —采用机械法移动挂具或无油压缩空气搅拌 —采用连续过滤 —定期用活性炭处理、过滤、小电流以电解处理系统 —及时取出掉入的板子 改进、提高清洗效率 —采用闭路循环清洗系统 —喷淋清洗和喷雾淋洗 —采用多级逆流漂洗系统 —正确地设计清洗槽，采用压缩空气或工件移动进行搅拌清洗和良好的操作 —采用去离子水清洗 废物回收与循环利用 —废水、废液分流 —离子交换和电解法回收废水、废液中的重金属 加强管理，节约用水 —安装节流阀或脚踏开关控制用水 —安装光敏电解点装置自动清洗 —无工件时停止清洗用水 —采用限流装置，如根据 pH 值和压力控制清洗水阀门

续表

废物源	废物类型	清洁生产方案
蚀刻	废蚀刻液 废板 含金属清洗废水	杜绝铅锡镀层厚度不够工艺要求的板子进入蚀刻工序 使用不含螯合物的蚀刻液 采用不含铬的蚀刻液 采用薄铜箔的覆铜板制作印制板 用图形电镀法替代全板电镀 用加成法替代减去法制作印制板 循环和再生复用蚀刻液，如:采用电解再生设备，生产线上再生回收循环利用，或采用重结晶法回收硫酸铜 加强管理 —自动控制 pH 和密度，及时补加溶液 —连续监控、调整腐蚀速度和溶液活性，减少废品 —改进提高清洗效率，采用逆流清洗和喷淋清洗 —节约用水，无工件时停止用水 —采用限流装置

3. 酒店行业清洁生产方案

酒店行业清洁生产方案见表 5-8。

表 5-8　酒店行业清洁生产方案

污染产生部位和过程		污染产生原因分析	清洁生产方案
客房	客人的洗浴过程	1. 水温调节不合适，过多放水 2. 普通淋浴蓬头耗水过高	1. 使用灵敏度较高的冷热水调节板 2. 控制热水温度不要过高，尤其是夏季 3. 在不降低淋浴舒适度的前提下，改换新式节水蓬头
	客人洗衣服过程	耗水，且洗涤剂有污染一次性洗衣袋的废弃	增加说明，提示客人送衣服到洗衣房 一次性塑料洗衣袋换成可重复使用的布袋
	空调	无效调温，过度耗电	1. 增加窗户的密封性 2. 拉开窗帘，导入阳光，减少空调制热 3. 关上窗帘，挡住阳光，减少空调制冷 4. 采用钥匙取电，使客人不在房时空调自动关闭
	灯具的使用	无效照明	1. 采用钥匙取电，使客人不在房时电灯自动关闭 2. 合理调配室内照度，减少总电耗 3. 使用节能灯
	坐便器的使用	冲水量过大	1. 采用小冲水量的坐便器 2. 采用可调节冲水量(如选择放半箱或满箱水的坐便器)
	浴室清洁剂和消毒剂的使用	含有有毒有害物质	选择对环境影响小的清洁剂和消毒剂
	浴间清洗	洗脸池长流水	加强对服务员节水意识教育，严格操作规程
	布巾更换	须洗涤、烘干和消毒	给顾客提供选择更换时间的机会
	毛巾、浴巾、手巾更换	须洗涤、烘干和消毒	给顾客提供选择更换时间的机会，例如可在卫生间里贴上提示:“若想继续使用毛巾，请挂回到原来的地方;若想请我们更换，请放在浴缸里，谢谢您对环保的贡献。”
	小包装的一次性低值易耗品的使用，例如洗发液、牙刷等	1. 一次性使用 2. 过度包装	1. 换用大瓶固定挤压式的洗发液、浴液 2. 简化包装，并回收包装 3. 客人未使用的或未用光的，交由厂家回收利用 4. 不放牙膏、牙刷，若需要时请客人向服务员要

续表

污染产生部位和过程		污染产生原因分析	清洁生产方案
厨房和餐厅	食品人工分捡	含有残渣	尽量采购净菜
	食品洗涤	1. 含有杂质 2. 用水过量	1. 尽量采购净菜 2. 用容器洗涤，避免长流水 3. 控制洗涤时间，洗净即可
	食品制作	1. 洗锅废水 2. 油烟排放 3. 燃烧废气排放	1. 避免长流水 2. 使用清洁燃料
	就餐	1. 一次性塑料桌布废弃 2. 桌面台布的洗涤 3. 剩饭剩菜的废弃	1. 不使用一次性塑料桌布 2. 通过美化桌面和周围环境来提高餐厅档次，吸引顾客，尽量减少台布的使用 3. 顾客用餐，服务员提醒按需要点菜，适量点菜，切勿浪费，以减少餐饮业的废弃物排放和资源浪费
	餐具洗涤	1. 脏、净未分，增加了洗涤剂和水用量 2. 洗涤剂污染 3. 消毒剂污染 4. 过度蒸汽消毒，耗能	1. 服务员在收拾桌子的时候就将脏的和干净的(例如茶碟)餐具分类摆放，然后分类洗涤 2. 使用有利于环境的洗涤剂(例如无磷洗涤剂) 3. 使用有利于环境的消毒剂(例如臭氧或紫外线消毒) 4. 严格控制蒸汽消毒时间，避免过度无效消毒
洗衣房	水洗机	1. 未将待洗物品按污垢的程度分类洗涤，用水过量 2. 未将待洗物品按材料分类，如：棉质、化纤等，用水过量 3. 使用各类有害环境的化学品 4. 未能满负荷操作，能源利用率低 5. 洗涤水加温过高，高耗能	1. 加强分类管理 2. 采购有利于环保的各类洗涤用化学品，不用或少用含磷洗涤剂、荧光增白剂等类物质 3. 合理安排洗涤批量，达到设计容量的70%～80%再开机 4. 根据不同材料，不同的污垢程度，确定合理的洗涤水温，以减少能源浪费
	烫平机	空转，无效耗能	合理安排烫平批次和停机时间，提高能源利用效率
	干洗机	四氯乙烯泄漏	加强日常维护保养，保持设备密封性能
桑拿	大池	1. 定时换水 2. 加热水保温并置换冷水 3. 地热水(约60℃)刚打入时因温度过高须强制通风降温	1. 配置循环利用装置 2. 出水用于绿化、洗车等 3. 加入部分自来水调至合适温度
游泳池	泳池水外排	1. 水温过低 2. 水质变差 3. 定期部分或全部换水	1. 增加加热设备 2. 准确控制水温，避免热水流失 3. 定期监测水质浊度合理控制循环处理装置的反冲洗周期 4. 依靠水质控制，避免无序放水
	循环处理装置	反冲洗外排水	以泳池水质为控制依据，避免定期反冲洗造成的冲洗次数过多
	地热水处理装置反冲洗	反冲洗外排水	合理控制反冲洗周期
	客人用毛巾和浴巾	浴巾用量过大，浴巾主要用于保暖，而非擦干水分	提供小块毛巾用于游泳间歇的身体擦干，从而减少大浴巾的使用量

思考题

1. 什么是清洁生产？清洁生产的意义有哪些？
2. 什么是源削减？加强管理和改进生产过程有哪些具体措施？
3. 请简述清洁生产的审计程序？
4. 化工行业的清洁生产方案对农药生产或药品生产企业的清洁生产有什么启示？
5. 通过上网搜索，查找自己所学专业或相关专业清洁生产方案。

第六章 环境保护管理机制

通过本章的学习，了解环境管理的内容，熟悉相关的环境保护制度、法规、标准、规划、监测、评价及环境教育等基本知识；了解国际环保公约、非政府组织的性质及在保护环境中的作用。了解世界各国环保标志。

第一节 环境管理

环境管理是在环境保护的实践中产生，并在实践中不断发展起来的。环境管理已逐渐形成了自己的学科——环境管理学。因此，环境管理往往包括两层含义，一是把环境管理当成一门学科看待，它是研究环境问题，预防环境污染，解决环境危害，协调人类与环境冲突的学科；二是把环境管理当成一个工作领域看待，它是环境保护工作的一个最重要的组成部分。这里仅从工作领域的角度对环境管理作简单介绍。

一、环境管理的含义和内容

1. 环境管理的含义

狭义的环境管理主要是指控制环境污染的各种措施。例如，通过制定法律、法规和标准，实施各种有利于环境保护的方针、政策，控制各种污染物的排放。广义的环境管理是指按照经济规律和生态规律，运用行政、经济、法律、技术、教育和新闻媒介等手段，通过全面系统地规划，对人们的社会活动进行调整与控制，达到既要发展经济满足人类的基本需要，又不超过环境的容许极限。狭义和广义的环境管理，在处理环境问题的角度和应用范围等方面有所不同，但它们的核心是协调社会经济与环境的关系，最终实现可持续发展。

2. 环境管理的内容

环境管理的内容可以从两个方面来划分。

(1) 从环境管理的范围划分

① 资源环境管理。主要是自然资源的保护，包括不可更新资源的合理利用和可更新资源的恢复和再生产。

② 区域环境管理。主要是协调区域社会经济发展目标与环境目标，进行环境影响预测，制定区域环境规划等。包括整个国土的环境管理，经济协作区和省、市、自治区的环境管理，城市环境管理以及水域环境管理等。

③ 部门环境管理。部门环境管理包括能源环境管理、工业环境管理、农业环境管理、

交通运输环境管理、商业和医疗等部门的环境管理以及各行业、企业的环境管理等。

（2）从环境管理的性质划分

① 环境计划管理。首先要制定好各部门、各行业、各区域的环境保护规划，使之成为社会经济发展规划的有机组成部分，然后用环境保护规划指导环境保护工作，并根据实际情况检查和调整环境规划。

② 环境质量管理。是为了保护人类生存与发展所必需的环境质量而进行的各项管理工作。主要是组织制定各种环境质量标准、各类污染物排放标准、评价标准及其监测方法、评价方法，组织调查、监测、评价环境质量状况以及预测环境质量变化的趋势，并制定防治环境质量恶化的对策措施。

③ 环境技术管理。主要是制定防治环境污染和环境破坏的技术方针、政策和技术路线，制定与环境相关的适宜的技术标准和规范，确定环境科学技术的发展方向，组织环境保护的技术咨询和情报服务，组织国内和国际的环境科学技术协调和交流等，并对技术发展方向、技术路线、生产工艺和污染防治技术进行环境经济评价，以协调经济发展与环境保护的关系，使科学技术的发展既能促进经济不断发展，又能保证环境质量不断得到改善。

二、环境管理的基本指导思想

加强环境管理，必须对环境问题的特点、环境与发展的关系等重大问题进行分析研究，从实际出发，制定出符合中国国情的环境管理方针政策，环境问题才能得到控制和解决。针对中国具体情况，环境管理工作应树立以下几点基本指导思想。

1. 环境管理要为促进经济持续发展服务

在中国政府制定的《中国21世纪议程》中明确指出，中国是发展中国家，可持续发展是必须选择。为满足全体人民的基本需求和日益增长的物质文化需要，必须保持较快的经济增长速度，并逐步改善发展的质量，这是满足当前和将来中国人民需要和增强综合国力的一个主要途径。在经济快速发展的同时，必须做到自然资源的合理开发利用与环境保护相协调，逐步走上可持续发展的轨道。

2. 从宏观、整体、规划上研究解决环境问题

① 环境保护工作不仅仅是环保部门的事，同时也是地方政府乃至国家的事，是整个社会的事。只有国家及地方政府重视这个问题，环境保护工作才能得以顺利进行。

② 控制和解决环境问题必须把环境作为一个整体来考虑，局部地区、个别环境问题的治理是解决不了整个环境问题的。只有各地方、各部门共同努力，才能做好环境保护工作。

③ 环境问题比较复杂，必须综合利用多学科研究成果，以行政、经济、技术、法律、教育等手段，加强环境管理，才能有效地控制和解决环境问题。

3. 建立以合理开发利用资源、能源为核心的环境管理战略

从长远考虑，解决环境问题的根本出路是在实现传统发展战略转变的基础上，实现经济发展、社会发展和环境发展同步进行，实现经济效益、社会效益和环境效益的统一，保持经济发展与环境和自然资源、能源承受力的平衡，这实际上就是可持续发展的战略。为了做到这一点，就必须建立以合理开发利用自然资源、能源为核心的环境管理指导思想。环境保护从某种意义上讲就是对人类的总资源、能源进行最佳利用的管理工作。为此，在能源利用上应向生产和使用高效率以及更多地依靠可再生能源的方向转变。在资源使用上应向依靠于自然的“收入”而不耗竭其“资本”的方向转变。

三、环境管理的手段

进行环境管理必须采取强有力的手段，才能收到良好的效果。主要手段如下。

1. 行政手段

行政手段主要指国家和地方各级行政管理机关，根据国家行政法规所赋予的组织和指挥权力，制定方针、政策，建立法规、颁布标准，进行监督协调，对环境资源保护工作实施行政决策和管理。

2. 法律手段

法律手段是环境管理的一种强制性手段，依法管理环境是控制并消除污染，保障自然资源合理利用，并维护生态平衡的重要措施。把国家对环境保护的要求、做法，全部以法律形式固定下来，强制执行。

3. 经济手段

经济手段是指利用价值规律，运用价格、税收、信贷等经济杠杆，控制生产者在资源开发中的行为，以便限制损害环境的社会经济活动，奖励积极治理污染的单位，促进节约和合理利用资源，充分发挥价值规律在环境管理的杠杆作用。

4. 技术手段

技术手段是指借助那些既能提高生产率，又能把对环境污染和生态破坏控制到最小限度的先进技术以及先进的污染治理技术等，来达到保护环境目的。运用技术手段，实现环境管理的科学化。没有先进的科学技术，就不能及时发现环境问题，而且即使发现了，也难以控制。例如，兴建大型工程、围湖造田、施用化肥和农药，常常会产生负的环境效应，就说明人类没有掌握足够的知识、没有科学地预见到人类活动对环境的反作用。

5. 宣传教育手段

宣传教育是环境管理不可缺少的手段。环境宣传既是普及环境科学知识，又是一种思想动员。通过各种文化形式的广泛宣传，使公众了解环境保护的重要意义和内容，提高全民族的环境意识，从而制止浪费资源、破坏环境的行为，把环境教育纳入国民教育体系，从幼儿园、中小学抓起，加强基础教育，搞好成人教育以及对各高校非环境专业学生普及环境保护基础知识等，来实现科学管理环境以及提倡社会监督的环境管理措施。

四、环境管理制度

从1973年第一次全国环境保护会议以来，中国在环境保护的实践中，经过不断探索和总结，逐步形成了一系列符合中国国情的环境管理制度。这些制度主要包括：老三项制度（即环境影响评价制度，“三同时”制度和排污收费制度）；新五项制度（即排污许可证制度、环境保护目标责任制、城市环境综合整治定量考核制度、污染集中处理制度和污染限期治理制度）。

1. 环境影响评价制度

环境影响评价是对拟建设项目、区域开发计划等实施后可能对环境造成的影响进行预测和评估。环境影响评价制度是中国规定的调整环境影响评价中所发生的社会关系的一系列法律规范的总和，它是环境影响评价的原则、程序、内容、权利义务以及管理措施的法定化。

2. “三同时”制度

“三同时”制度为中国独创，它来自20世纪70年代初防治污染工作的实践。这项制度的诞生标志着中国在控制新污染的道路上迈上了新的台阶。所谓“三同时”是指新建、扩建、改建项目和技术改造项目、自然开发项目，以及可能对环境造成损害的工程建设项目，其防治污染及其他公害的设施，必须与主体工程同时设计、同时施工、同时投产。

3. 排污收费制度

排污收费制度是对向环境排放污染物或者超过国家排放标准排放污染物的排污者，根据规定征收一定的费用。这项制度是运用经济手段，既有效地促进污染治理和新技术的发展，又能使污染者承担一定的污染防治费用的法律制度。

4. 环境保护目标责任制

环境保护目标责任制是一种具体落实地方各级政府和有污染的单位对环境质量负责的行政管理制度。这项制度确定了一个区域、一个部门乃至一个单位环境保护的主要责任者和责任范围，运用目标化、定量化、制度化管理的方法，把贯彻执行环境保护这一基本国策作为各级领导的行动规范，推动环境保护工作全面、深入地发展。

5. 城市环境综合整治定量考核制度

所谓城市环境综合整治，就是把城市环境作为一个系统、一个整体，运用系统工程的理论和方法，采取多功能、多目标、多层次的综合战略手段和措施，对城市环境进行综合规划、综合管理、综合控制，以最小的投入，换取城市环境质量的优化，做到“经济建设、城乡建设、环境建设同步规划、同步实施、同步发展”。城市环境综合整治定量考核，不仅使城市环境综合整治工作定量化、规范化，而且还增强了透明度，引进了社会监督机制。

6. 排污许可证制度

排污许可证制度是以改善环境质量为目标，以污染物总量控制为基础，对排污的种类、数量、性质、去向、方式等的具体规定，是一项具有法律含义的行政管理制度。中国目前主要推行水污染物排放许可证制度，关于大气污染物的排放许可证目前还处于研究和初试阶段。

7. 污染集中控制制度

污染集中控制是指污染控制走集中与分散相结合，以集中控制为主的发展方向，以便充分发挥规模效应的作用。

8. 污染限期治理制度

污染限期治理就是在污染源调查、评价的基础上，以环境保护规划为依据，突出重点，分期分批地对污染危害严重、群众反映强烈的污染物、污染源、污染区域，采取限定治理时间、治理内容及治理效果的强制性措施，是人民政府保护人民的利益，对排污单位和个人采取的法律手段。

五、环境管理部门的基本职能

环境管理部门的基本职能，概括起来包括宏观指导、统筹规划、组织协调、监督检查、提供服务。宏观指导主要是政策指导、目标指导和计划指导。统筹规划主要包括环境保护战略的制订、环境预测、环境保护综合规划和专项规划。组织协调包括环境保护法规方面的组织协调、环境保护政策方面的协调、环境保护规划方面的协调和环境科研方面的协调。监督检查的内容包括环境保护法律法规执行情况的监督检查、环境保护规划落实情况的检查、环境标准执行情况的监督检查、环境管理制度执行情况的监督检查。提供服务的内容有技术服务、信息咨询服务和市场服务。

第二节 环境保护法规

一、环境保护法的基本概念及特点

1. 环境保护法的含义

环境保护法是国家为了协调人类与环境的关系，保护和改善环境，保护人民健康和保障经济社会的持续、稳定发展而制定的，它是调整人们在开发利用资源、保护改善环境的活动中所产生的各种社会关系的法律规范的总和。

2. 环境保护法的目的和任务

《中华人民共和国环境保护法》第一条规定："为保护和改善生活环境与生态环境，防治污染和其他公害，保障人体健康，促进社会主义现代化建设的发展，制定本法。"这一条就明确规定了环保法的目的和任务，它包括两个内容：一是直接目的，或称直接目标，是协调人类与环境之间的关系，保护和改善生活环境和生态环境，防止污染和其他公害；二是最终目的，即保护人民健康和保障经济社会持续发展，该点是立法的出发点和归宿。

3. 环境保护法的特点

中国的环境保护法是代表广大人民群众根本利益的，是建设社会主义的重要工具。鉴于环境保护法的任务和内容与其他法律有所不同，环境保护法有其自己的特点。

（1）科学性　环境保护法将自然界的客观规律，特别是生态学的一些基本规律及环境要素的演变规律作为自己的立法基础，因而环境保护法中包含大量的反映这些客观规律的科学技术性规范。

（2）综合性　由于环境包括围绕在人类周围的一切自然要素和社会要素，所以保护环境涉及整个自然环境和社会环境，涉及全社会的各个领域以及社会生活的各个方面。而环境保护法所要保护的是由各种要素组成的统一的整体，因而，必须有一个将环境作为一个整体来加以保护的综合性法律。又由于环境质量的改善有待于各个环境要素质量的改善，因而，环境保护法又必须有一系列为保护某一个环境要素而制定的法律。此外，环境保护法具有复杂的立法基础，由于保护和改善环境的需要而不得不采用多种管理手段和法律措施。因此，环境保护法必然是一个十分庞杂而又综合的体系。

（3）共同性　环境问题是世界各国人民所面临的一个共同的问题。它产生的原因，不论任何国家都大同小异。因而，解决环境问题的理论根据、途径和办法也有许多相似之处。因此，世界各国环境保护法有共同的立法基础，共同的目的，从而也就决定了有许多共同的规定。这一切使得一些国家在解决环境问题时所采用的对策、措施、手段等可为另一些国家所吸收、参考、借鉴和采用。这些共同性的存在也使得世界各国在解决本国和全球环境问题时有许多共识。

二、中国环境保护法体系的基本内容

环境保护法体系是指为调整因保护和改善环境、防治污染和其他公害而产生的各种法律规范，以及由此形成的有机联系的统一整体。从法律的效力层级来看，中国的环境保护法体系主要包括下列几个组成部分：宪法关于保护环境资源的规定；环境保护基本法；环境资源单行法；环境标准；其他部门法中关于保护环境资源的法律规范。此外，中国缔结或参加的

有关保护环境资源的国际条约、国际公约也是中国环境保护法体系的有机组成部分。

1. 宪法关于保护环境资源的规定

宪法关于保护环境资源的规定在整个环境保护法体系中具有最高法律地位和法律权威，是环境立法的基础和根本依据。宪法第 26 条规定："国家保护和改善生活环境与生态环境，防治污染与其他公害"；第 9 条规定："矿藏、水流、森林、山岭、草原、荒地、滩涂等自然资源，都属于国家所有，即全民所有；由法律规定属于集体所有的森林和山岭、草原、荒地、滩涂除外。国家保障自然资源的合理利用，保护珍贵的动物和植物。禁止任何组织或个人用任何手段侵占或者破坏自然资源。"

2. 环境保护基本法

环境保护基本法是对环境保护方面的重大问题作出规定和调整的综合性立法，在环境保护法体系中，具有仅次于宪法性规定的法律地位和效力。

中国的环境保护基本法是 1989 年 12 月 26 日颁布实施的《中华人民共和国环境保护法》。其主要内容如下。

① 规定环境保护法的目的和任务是保护和改善生活环境和生态环境，防治污染与其他公害，保障人体健康，促进社会主义现代化建设的发展。

② 规定环境保护的对象是大气、水、海洋、土地、矿藏、森林、草原、野生生物、自然遗迹、人文遗迹、自然保护区、风景名胜区、城市和乡村等直接或间接影响人类生存与发展的环境要素。

③ 规定一切单位和个人均有保护环境的义务，对污染或破坏环境的单位或个人有监督、检举和控告的权利。

④ 规定环境保护应当遵循预防为主、防治结合、综合治理原则、经济发展与环境保护相协调原则、污染者治理、开发者养护原则、公众参与原则等基本原则；应当实行环境影响评价制度、"三同时"制度、征收排污费制度、排污申报登记制度、限期治理制度、现场检查制度、强制性应急措施制度等法律制度。

⑤ 规定防治环境污染、保护自然环境的基本要求及相应的法律义务。

⑥ 规定中央和地方环境管理机关的环境监督管理权限及任务。

3. 环境资源单行法

环境资源单行法是针对某一特定的环境要素或特定的环境社会关系进行调整的专门性法律法规，具有量多面广的特点，是环境保护法的主体部分，主要由以下几个方面的立法构成：土地利用规划法、环境污染和其他公害防治法、自然资源保护法、自然保护法等。

4. 环境标准

环境标准在环境保护法体系中占有重要地位，它是环境保护法实施的工具和依据，没有环境标准，环境保护法就难以实施。详见本章第三节。

5. 处理环境纠纷程序的法规

环境纠纷处理法规是为及时、公正地解决因环境问题引起的纠纷而制定的，它包括关于环境破坏、环境污染赔偿法律及环境犯罪惩治法律等。如"环境保护行政处罚办法"、"报告环境污染事故的暂行办法"等。

6. 其他部门法中有关保护环境资源的法律规范

在行政法、民法、刑法、经济法、劳动法等部门法中也有一些有关保护环境资源的法律规范，其内容较为庞杂。

7. 地方环境保护法规

地方环境保护法规是指有立法权的地方权力机构——人民代表大会及其常委会和地方政府制定的环境保护规范性文件，是对国家环境保护法律、法规的补充和完善，是以解决本地区某一特定的环境问题为目标的，具有较强的针对性和可操作性。

8. 中国缔结或参加的有关保护环境资源的国际条约、国际公约

为了协调世界各国的环境保护活动，保护自然资源和应付日趋严重的全球性环境问题，产生了国际环境保护法。它是调整国家之间在开发、利用、保护和改善环境资源的活动中所产生的各种关系的有拘束力的原则、规则、规章、制度的总称。《中华人民共和国环境保护法》第46条明确规定，中国缔结或参加的与环境保护有关的国际条约，同中国法律有不同规定的，除中国声明保留的条款外，适用国际条约的规定。由此可见，国际环境保护法是中国环境保护法体系的特殊组成部分，行为人也必须遵守有关规定。中国迄今所缔结或参加的有关保护环境资源的国际公约共计20多项。

三、中国环境保护法的基本原则

环境保护法的基本原则是环境保护方针、政策在法律上的体现，是调整环境保护方面社会关系的指导规范，也是环境保护立法、司法、执法、守法必须遵循的准则。它反映了环境保护法的本质，并贯穿环境保护法制建设的全过程。研究和掌握这些原则，对正确理解并认真贯彻环境保护法，具有十分重要的意义。

1. 经济建设和环境保护协调发展的原则

是指发展经济和保护环境二者之间的相互关系，是自然生态规律和社会经济发展规律在法律上的反映。经济建设和环境保护必须同步规划、同步实施、同步协调发展，从而实现经济效益、社会效益和环境效益的统一。协调发展是从环境保护与经济建设之间的相互关系角度对发展方式提出的一种要求，这种发展方式既要符合经济规律，也要符合生态规律。环境保护和经济发展应该是相互联系、依存，又互相促进、转化、协调统一的关系。

2. 预防为主、防治结合、综合治理原则

(1) 预防为主　因为环境一旦遭到污染和破坏，要想恢复到原来状况往往需要很长的时间和许多资金，有些环境问题短期内还无法恢复。预防为主是与末端治理相对应的原则，预防污染不仅可以最大限度地提高原材料、能源的利用率、节能、降耗，而且可以大大地减少污染物的产生量和排放量，避免二次污染，减少末端治理负荷，节省环保投资和运行费用。预防为主是环境保护第一位的工作。

(2) 防治结合　是指在预防为主的同时，对已形成的环境污染和破坏进行积极治理，采取一切可能的措施，尽力减少污染物的排放量，尽力减轻对环境的破坏程度。防是解决环境问题的积极办法，治是解决环境问题的消极办法，两者必须紧密结合。

(3) 综合治理　是指为了提高治理效果，用较小的投入取得较大的效益而采取多种方式和多种途径相结合的办法。因为造成环境问题的原因是多方面的，仅仅采取单一的治理措施往往解决不了问题，必须同时采取经济、行政、法律、教育等手段，进行综合治理才能奏效。

3. 开发者保护、污染者治理原则

(1) 开发者保护、利用者补偿、破坏者恢复　自然资源的开发和保护是相互联系、相互制约、相互促进的。开发资源的目的是为了利用，而保护好自然资源，为资源的永续利用创

造了条件。自然资源的保护涉及面广，不可能由环境保护部门全包下来，必须采取谁开发谁保护的原则。

联合国环发大会以后，世界进入可持续发展时代，为了确保有限的自然资源能够满足经济可持续高速发展的要求，必须执行“保护资源、节约和合理利用资源”、“开发利用与保护增殖并重”的方针。在1994年国务院批准发布的《中国21世纪议程》和1996年8月公布的《国务院关于环境保护若干问题的决定》中，都明确提出了“开发者保护、利用者补偿、破坏者恢复”的原则，这是实施可持续发展战略的一项重要原则。

(2) 污染者治理、污染者付费的原则 环境污染主要是由于工矿企业及有关单位排放污染物造成的，所以排污单位必须承担治理污染的责任，实行污染者治理原则。贯彻执行这一原则，一是可以促使企业加强环境管理意识，防止跑、冒、滴、漏，把防治污染纳入企业管理计划；二是可以促使企业积极进行治理，企业通过技术改造，实行综合利用，提高资源、能源利用率，防止和减轻对环境的污染。

为了使排污收费在市场经济条件下更有效地发挥促进污染治理的作用，必须进行改革。中国1995年修订后重新颁布的《水污染防治法》和1996年8月公布的《国务院关于环境保护若干问题的决定》都明确提出了“污染者付费”的原则。即污染者并不一定直接承担治理责任，但排污者（包括企业、事业、居民等）只要是排出污染物就要按排污量交费，无一例外。

实行污染付费原则，有利于由各种渠道（包括民营企业）筹集资金建设专业治污设施，使之成为有利可图的“治污业”，专门负责环保设施的运营。

4. 公众参与原则

早在1973年，第一次全国环保会议确定的环保32字方针中就明确提出“依靠群众、大家动手”，在随后颁布的《环境保护法》中都体现了这一原则。

实践证明，保护环境、实施可持续发展战略必须依靠公众和社会团体的参与。1994年公布的《中国21世纪议程》设立了“团体及公众参与可持续发展”的专章。国家环保总局在《全国环保工作（1998～2002）纲要》中提出：建立和健全公众参与制度，完善公众举报、听证、环境影响评价公民参与制度，疏通人民群众关注和保护环境的渠道，推动公众和非政府组织参与环境保护和有关环境与发展综合决策的过程。公众和非政府组织的参与方式与参与程度，将决定可持续发展目标实现的进程。

5. 政府对环境质量负责的原则

一个地区环境质量如何，除了自然因素外，还与该地区的社会经济发展密切相关，涉及各个方面。如社会经济发展计划、城市规划、生产力布局、能源结构、产业结构和政策、人口政策等，这些工作涉及政府的许多部门。所以保护好环境是一个事关全局的问题，是一个综合性很强的问题，只有政府才有这样的职能解决它。《环境保护法》第十六条规定：“地方各级人民政府，应当对本辖区的环境质量负责，采取措施改善环境质量”。

四、中国环境保护的法律制度

1. 环境污染防治法律制度

① 中国的大气污染防治立法主要有《大气污染防治法》及其实施细则、《城市烟尘控制区管理办法》、《关于发展民用型煤的暂行办法》、《汽车排气污染监督管理法》等。

② 中国的水污染防治立法主要有《水污染防治法》及其实施细则、《淮河流域水污染防

治暂行条例》、《水污染物排放许可证管理暂行办法》、《污水处理设施环境保护监督管理办法》、《饮用水源保护区污染防治管理规定》等。

③ 中国的噪声污染防治立法主要有《环境噪声污染防治法》。

④ 中国的固体废物污染防治立法主要是《固体废物污染环境防治法》。

⑤ 有毒有害物质污染控制立法中的有毒有害物质主要指化学品、农药和放射性物质。中国目前尚无综合性的化学品污染控制法，也没有单行的农药控制法和放射性污染控制法，但有一些相关的行政法规和行政规章。例如，《化学危险物品安全管理条例》、《监控化学品管理条例》、《农药登记规定》、《民用核设施安全监督管理条例》、《放射性同位素与射线装置放射防护条例》、《核电厂核事故应急管理条例》、《城市放射性废物管理办法》、《放射环境管理办法》等。这在一定程度上为控制有毒有害物质的污染提供了法律依据。

⑥ 中国的海洋污染防治立法主要有《海洋环境保护法》、《防止船舶污染海域管理条例》、《海洋石油勘探开发环境保护管理条例》、《海洋倾废管理条例》、《防治陆源污染物污染损害海洋环境管理条例》、《防治海岸工程建设项目污染损害海洋环境管理条例》等。

2. 自然资源保护法律制度

① 中国的土地资源保护立法主要有《土地管理法》及其实施条例、《土地复垦规定》、《基本农田保护条例》、《外商投资开发经营成片土地管理办法》、《水土保持法》及其实施条例等。

② 中国的矿产资源保护立法主要有《矿产资源法》及其实施细则、《石油及天然气勘察、开采登记管理暂行办法》、《矿产资源补偿费征收管理规定》以及《煤炭法》、《煤炭生产许可证管理办法》、《乡镇煤矿管理条例》等。

③ 中国的水资源保护立法主要有《水法》、《取水许可制度实施办法》、《城市供水条例》、《河道管理规定》等。

④ 中国的森林资源保护立法主要有《森林法》及其实施细则、《第五届全国人民代表大会第四次会议关于开展全民义务植树活动的决议》、《国务院关于开展全民义务植树活动的实施办法》、《森林和野生动物类型自然保护区管理办法》、《森林防火条例》、《城市绿化条例》、《森林病虫害防治条例》、《森林采伐更新管理办法》等。

⑤ 中国的草原资源保护立法主要有《草原法》、《草原防火条例》等。

⑥ 中国的渔业资源保护立法主要有《渔业法》及其实施细则、《水产资源繁殖保护条例》、《水生野生动物保护实施条例》等。

3. 自然保护法律制度

① 中国的生物多样性保护立法主要有《野生动物保护法》、《陆生野生动物保护实施条例》、《水生野生动物保护实施条例》、《水产资源繁殖保护条例》、《野生植物保护条例》、《野生药材资源保护管理条例》、《进出境动植物检疫法》、《植物检疫条例》等。

② 中国的水土保持和荒漠化防治立法主要有《水土保持法》及其实施条例。此外，《环境保护法》、《土地管理法》、《水法》、《农业法》、《森林法》以及《草原法》等；也对水土保持和荒漠化防治作了相应规定。

③ 中国的自然保护区立法主要有《自然保护区条例》，《森林和野生动物类型自然保护区管理办法》、《自然保护区土地管理办法》等。

④ 中国的风景名胜区和文化遗迹地保护立法主要有《文物保护法》及其实施细则、《风

景名胜区管理暂行条例》及其实施办法、《地质遗迹保护管理规定》等。另外《环境保护法》、《城市规划法》、《矿产资源法》等；也对风景名胜区和文化遗迹地的保护作了相应规定。

4. 新修订、发布的有关环保法规

近年来，我国环境保护法规制度建设取得了较快进展，环境法律体系更趋完善。近年来，修订、发布了各类法律、法规、规章及地方立法。

(1) 环境法律 全国人大常委会制定或修订了《大气污染防治法》(2000年修订)、《环境影响评价法》(2002年)、《清洁生产促进法》(2002年)、《放射性污染防治法》(2003年)、《固体废物污染环境防治法》(2004年修订) 等环境法律。此外，还制定或修订了《渔业法》(2000年、2004年修订)、《水法》(2002年修订)、《草原法》(2002年修订)、《防沙治沙法》(2001年)、《海域使用管理法》(2001年)、《土地管理法》(2004年修订)、《野生动物保护法》(2004年修订)、《种子法》(2004年修订)、《可再生能源法》(2005年)、《文物保护法》(2002年修订) 等与环境保护密切相关的重要法律。

(2) 环境行政法规 国务院制定了《农业转基因生物安全管理条例》(2001年)、《报废汽车回收管理办法》(2001年)、《危险化学品安全管理条例》(2002年)、《排污费征收使用管理条例》(2002年)、《退耕还林条例》(2002年)、《医疗废物管理条例》(2003年)、《危险废物经营许可证管理办法》(2004年)、《国务院关于落实科学发展观加强环境保护的决定》(2005年) 等行政法规和法规性文件。

(3) 环保部门规章 国家环保总局发布了建设项目环境影响评价行为准则与廉政规定 (总局令第30号，2005年)、国家环境保护总局建设项目环境影响评价文件审批程序规定 (总局令第29号，2005年)、污染源自动监控管理办法 (总局令第28号，2005年)、废弃危险化学品污染环境防治办法 (总局令第27号，2005年)、建设项目环境影响评价资质理办法 (总局令第26号，2005年)、环境保护法规制定程序办法 (总局令第25号，2005年)、地方环境质量标准和污染物排放标准备案管理办法 (总局令第24号，2004年)、环境污染治理设施运营资质许可管理办法 (总局令第23号，2004年)、环境保护行政许可听证暂行办法 (总局令第22号，2004年)、医疗废物管理行政处罚办法 (总局令第21号，2004年)、专项规划环境影响报告书审查办法 (总局令第18号，2003年)、新化学物质环境管理办法 (总局令第17号，2003年)、环境影响评价审查专家库管理办法 (总局令第16号，2003年)、建设项目环境影响评价文件分级审批规定 (总局令第15号，2002年)、建设项目环境保护分类管理名录 (总局令第14号，2002年)、建设项目竣工环境保护验收管理办法 (总局令第13号，2001年)、淮河和太湖流域排放重点水污染物许可证管理办法 (试行) (总局令第11号，2001年)、畜禽养殖污染防治管理办法 (总局令第9号，2001年) 等一批重要环境保护部门规章和规范性文件，并与有关部门联合发布了清洁生产审核办法、电子信息产品污染控制管理办法等规章。

(4) 地方性环境立法 地方性环境立法不仅数量多，而且质量不断提高。在立法质量方面，各地更加突出地方特色，更加注重针对性和可操作性。如北京市重点针对大气污染防治、江苏省针对长江流域水污染、黑龙江省突出居民生活环境的保护、重庆市强化三峡库区污染防治、云南省加强高原湖泊的污染治理、陕西省针对石油天然气开发的环境保护、西藏自治区突出自然生态保护，广东省针对危险废物，武汉市针对社会生活噪声，苏州市针对建筑施工噪声，先后制定了一大批具有鲜明地方特色的地方环境法规和规章。福建、广东等地还针对环境执法工作的要求，创设了查封、暂扣违法物品等行政强制手段，具有较强的可操作性。山东省以省政府令形式发布了《环境保护违法行为行政处分办法》，江苏、浙江、上海等地制定了环境保护举报奖励办法，均取得了很好效果。

地方环境立法不仅补充了国家环境立法的不足，适应地方环保工作的实际需要，而且还有力地支持了国家的有关环境立法工作，同时为其他地方的环境立法提供了有益借鉴。

第三节 环境保护标准

一、环境标准的分类

环境标准是由行政机关根据立法机关的授权而制定和颁发的，旨在控制环境污染、维护生态平衡和环境质量、保护人体健康和财产安全的各种法律性技术指标和规范的总称。环境标准一经批准发布，各有关单位必须严格贯彻执行，不得擅自变更或降低。作为环境保护法的一个有机组成部分，环境标准在环境监督管理中起着极为重要的作用，无论是确定环境目标、制定环境规划、监测和评价环境质量，还是制订和实施环境保护法，都必须以环境标准这一“标尺”作为其基础和依据。

根据《环境保护法》和《环境保护标准管理办法》的规定，中国的环境标准由三类两级组成，即在类别上包括环境质量标准、污染物排放标准、环境保护基础标准及方法标准三类，在级别上包括国家级和地方级（省级）两级。其中，国家环境质量标准、国家污染物排放标准由国务院环境保护行政主管部门制定、审批、颁布和废止；省、自治区、直辖市人民政府对国家环境质量标准中未作规定的项目，可以制定地方环境质量标准，并报国务院环境保护行政主管部门备案；对国家污染物排放标准中已作了规定的项目，可以制订严于国家污染物排放标准的地方污染物排放标准。而且凡向已有地方污染物排放标准的区域排放污染物的，应当执行地方污染物排放标准。

环境质量标准是指国家为保护公民身体健康、财产安全及生存环境而制定的空气和水等环境要素中所含污染物或其他有害因素的最高允许值。如果环境中某种污染物或有害因素的含量高于该允许限额，人体健康、财产、生态环境就会受到损害。因此，环境质量标准是环境保护的目标值，也是制定污染物排放标准的重要依据。从法律角度看，它是判断环境是否已经受到污染、排污者是否应当承担排污侵害、赔偿损失等民事责任的根据。

污染物排放标准是指为了实现环境质量标准和环境目标，结合环境特点或经济技术条件而制定的污染源所排放污染物的最高允许限额。它作为达到环境质量标准和环境目标的最重要手段，是环境标准中最为复杂的一类标准。

环境保护基础标准是为了在确定环境质量标准、污染物排放标准和进行其他环境保护工作中增强资料的可比性和规范化而制定的符号、准则、计算公式等。而环境保护方法标准则是关于污染物取样、分析、测试等的标准。就其法律意义而言，环境保护基础标准和方法标准是确认环境纠纷中争议各方所出示的证据是否合法的依据。只有当争议各方所出示的证据是按照环境保护方法标准所规定的采样、分析、试验办法得出，并以环境保护基础标准所规定的符号、原则、公式计算出来的数据时，才具有可靠性和与环境质量标准、污染物排放标准的可比性，属于合法证据；反之，即为没有法律效力的证据。

二、环境标准的作用与制定原则

1. 环境标准的作用

环境标准是一种法规性的技术指标和准则，是环境保护法制系统的一个组成部分。因此，环境标准是国家进行科学的环境管理所遵循的技术基础和准则，是环境保护工作的核心和目标。合理的环境标准可以指导经济和环境协调发展，严格执行环境标准可以保护和恢复环境资源价值，维持生态平衡，提高人类的生活质量和健康水平。

2. 制定环境标准的基本原则

尽管各类环境标准的内容不同，但制定标准的出发点和目的是相同的。为了使每个标准制定得既有科学依据，又符合中国经济发展的技术水平，因而要遵循下述基本原则。

① 有利于保障安全和人体健康，有利于保护环境并维护消费者的利益。环境标准制定得是否准确、有效，就看它能否真正起到防止环境受污染、防止社会出现公害、防止人和生物受到毒害的作用，这是制定标准的出发点和归宿。

② 有利于合理利用国家资源和可持续发展，推广科学技术成果，提高经济效益，做到技术上先进、经济上合理，并有利于产品的通用互换。

③ 从实际出发，做到切实可行，制定新标准必须与有关标准协调配套。

④ 有利于促进中国经济的发展，促进对外经济合作和对外贸易。

⑤ 积极采用国外的先进标准和国际标准，以利于国际间接轨。

三、水环境质量标准

水体是国家的宝贵资源，必须严格保护，使其免受污染。当污水需要排入水体时，应处理到允许排入水体的标准，以降低或消除其对水体水质的不利影响。

水环境质量标准主要分为排水水质标准和水域水质标准两种，排水水质标准是指在污染源出口处有害物质的最高允许浓度，水域水质标准是规定有害物质在某一环境中的允许浓度。

1. 排水水质标准

为实现水域水质标准，必须制定污水的各种排放标准。排水水质标准可分为一般排放标准与行业排放标准。目前有污水综合排放标准（GB 8978—1996）、污水排入城市下水道水质标准（GJ 18—86）、城市污水处理厂污水污泥排放标准（GJ 3025—93）等。

2. 水域水质标准

水域水质标准是依据自然水体的用途制定的。中国已颁布了地面水环境质量标准(GHZB1—1999)、渔业水质标准（GB 11607—89）、景观娱乐用水水质标准（GB 12941—91）、农田灌溉水质标准（GB 5084—2005）、生活杂用水水质标准（GJ 251—89）、生活饮用水卫生标准（GB 5749—2006）等。

其中地面水环境质量标准 GHZB1—1999 按照地表水的五类使用功能，规定了水质项目及标准值、水质评价、水质项目的分析方法以及标准的实施与监督。该标准适用于中华人民共和国领域内江河、湖泊、水库等具有使用功能的地表水域。依据地表水水域使用的目的和保护目标将其划分为五类。

Ⅰ类主要适用于源头水，国家自然保护区。

Ⅱ类主要适用于集中式生活饮用水水源地一级保护区，珍贵鱼类保护区、鱼虾产卵场等。

Ⅲ类主要适用于集中式生活饮用水水源地二级保护区，一般鱼类保护区及游泳区。

Ⅳ类主要适用于一般工业用水区及人体非直接接触的娱乐用水区。

Ⅴ类主要适用于农业用水区及一般景观要求水域。

同一水域兼有多类功能的，依最高功能划分类别；有季节性功能的，可分季划分类别。其他水域水质标准不再作详细介绍，可参见有关手册。

四、大气环境质量标准

1. 大气环境标准的种类和作用

大气环境标准按其用途可分为大气环境质量标准、大气污染物排放标准、大气污染控制技术标准及大气污染警报标准等。按其适用范围可分为国家标准、地方标准和行业标准。

(1) 大气环境质量标准　大气环境质量标准是以保障人体健康和一定的生态环境为目标，对各种污染物在大气环境中的容许含量所作的限制规定。它是进行大气环境质量管理及制订大气污染防治规划和大气污染物排放标准的依据，是环境管理部门的执法依据。

(2) 大气污染物排放标准　大气污染物排放标准是以实现大气环境质量标准为目标，对从污染源排入大气的污染物容许含量所作的限制规定。它是控制大气污染物的排放量和进行净化装置设计的依据，是环境管理部门的执法依据。大气污染物排放标准可分为国家标准、地方标准和行业标准。

(3) 大气污染控制技术标准　大气污染控制技术标准是由污染物排放标准引申出来的，如燃料、原料使用标准，净化装置选用标准，排气筒高度标准及卫生防护带标准等。它们都是为保证达到污染物排放标准而从某一方面作出的具体技术规定，目的是使生产、设计和管理人员容易掌握和执行。

(4) 大气污染警报标准　大气污染警报标准是为保护大气环境不致恶化或根据大气污染发展趋势，预防发生污染事故而规定的污染物含量的极限值。超过这一极限值时就发出警报，以便采取必要的措施。警报标准的制订，主要建立在对人体健康的影响和生物承受限度的综合研究基础之上。

2. 制定大气质量控制标准的依据

目前各国评价大气质量时，一般多依据世界卫生组织（WHO）1963 年提出的大气质量四级水平，并依此制定相应的大气质量控制标准。

第一级：在处于或低于所规定的浓度和接触时间内，观察不到直接或间接的反应（包括反射性或保护性反应）。

第二级：在达到或高于所规定的浓度和接触时间内，对人的感觉器官有刺激，对植物有损害或对环境产生其他有害作用。

第三级：在达到或高于所规定的浓度和接触时间内，可以使人的生理功能发生障碍或衰退，引起慢性病和寿命缩短。

第四级：在达到或高于所规定的浓度和接触时间内，对敏感的人发生急性中毒或死亡。

中国大气质量标准属于此标准的一、二级之间。

3. 我国大气环境空气标准

(1) 标准目的　中国大气环境空气标准（GB 3095—1996），它的制定目的是为了控制和改善大气质量，为人民生活和生产创造清洁适宜的环境，防止生态破坏，保护人民健康，促进经济发展。

(2) 标准分类

① 一类区。为自然保护区、风景名胜区和其他特别需要保护的地区。

② 二类区。指城镇规划中确定的居住区、商业交通居民混合区、文化区、一般工业区和农村地区，以及一、三类不包括的地区。

③ 三类区。指特定工业区。

(3) 标准分级

① 一级标准。为保护自然生态和人群健康，在长期接触情况下，不发生任何危害影响的空气质量要求。

② 二级标准。为保护人群健康和城市、乡村的动、植物，在长期和短期的情况下，不发生伤害的空气质量要求。

③ 三级标准。为保护人群不发生急、慢性中毒和城市一般动、植物（敏感者除外）能正常生长的空气质量要求。

(4) 标准执行　一类地区执行一级标准；二类地区执行二级标准；三类地区执行三类标准。

一、二、三级标准分级中规定的空气污染物浓度限值见表 6-1 所列。

表 6-1　空气污染物三级标准浓度限值　单位：mm/m³

污染物名称	浓度限值			
	取值时间	一级标准	二级标准	三级标准
总悬浮微粒	日平均①	0.15	0.30	0.50
	任何一次②	0.30	1.00	1.50
飘尘	日平均	0.05	0.15	0.25
	任何一次	0.15	0.50	0.70
	年日平均③	0.02	0.06	0.10
二氧化硫	日平均	0.05	0.15	0.25
	任何一次	0.15	0.50	0.70
氮氧化物	日平均	0.05	0.10	0.15
	任何一次	0.10	0.15	0.30
一氧化碳	日平均	4.00	4.00	6.00
	任何一次	10.00	10.00	20.00
光化学氧化剂(O_3)	1h 平均	0.12	0.16	0.20

①“日平均”为任何一日的平均浓度不许超过的限值。

②“任何一次”为任何一次采样测定不许超过的浓度限值。不同污染物“任何一次”采样时间见有关规定。

③“年日平均”为任何一年的日平均浓度均值不许超过的限值。

另外表中：总悬浮微粒（T. S. P），系指100μm以下微粒；飘尘，系指空气动力学粒径10μm以下的微粒，该项为参考标准；光化学氧化剂（O_3），系指1h均值每月不得超过一次。

五、固体废物控制标准

为防止农用污泥、建材、农用粉煤灰、农药、农用城镇垃圾及有色金属、建材工业固体废物等对土壤、农作物、地面水、地下水的污染，保障农牧渔业生产和人体健康，中国制订了有关固体废物污染物控制标准。如农用污泥中污染物控制标准（GB 4284—84）、农用粉煤灰中污染物控制标准（GB 8173—87）、农药安全使用标准（GB 4285—89）、城镇垃圾农用控制标准（GB 8172—87）及有色金属工业固体废物控制标准（GB 5085—2007）、建材工业废渣放射性限制标准（GB 6763—2000）等。

六、噪声控制标准

制订噪声控制标准是一个相当复杂的问题，它与声学、心理学、生物学、卫生学等多种学科有关，并且与技术水平和经济条件相关。它可以制定出用于不同目的、不同环境的噪声标准。

中国制订有关噪声控制标准有城市区域环境噪声标准（GB 3096—2008）、工业企业厂界噪声标准（GB 12348—2008）、建筑施工场界噪声限值（GB 12523—1997）、工业企业噪声卫生标准等。

城市区域环境噪声标准（GB 3096—2008）为贯彻《中华人民共和国环境保护法》及《中华人民共和国环境噪声污染防治法》，保障城市居民的生活声环境质量而制订的，其标准见表6-2。

表6-2 城市区域环境噪声标准（摘自GB 3096—2008）**等效声级 L_{eq} dB**（A）

类别	昼间	夜间	类别	昼间	夜间
0	50	40	3	65	55
1	55	45	4	70	55
2	60	50			

各类标准适用区域如下。

0类标准适用于疗养区、高级别墅区、高级宾馆区等特别需要安静的区域。位于城郊和乡村的一类区域分别按严于0类标准5dB执行。

1类标准适用于以居住、文教机关为主的区域。乡村居住环境可参照执行该类标准。

2类标准适用于居住区，商业、工业混杂区。

3类标准适用于工业区。

4类标准适用于城市中的道路交通干线道路两侧区域，穿越城区的内河航道两侧区域。穿越城区的铁路主、次干线两侧区域的背景噪声（指不通过列车时的噪声水平）限值也执行该类标准。

昼间、夜间的时间由当地人民政府按当地习惯和季节变化划定。

第四节 环境监测与环境质量评价

一、环境监测

1. 环境监测的含义和作用

(1) 环境监测的含义　环境科学的发展首先要判断环境质量，环境质量的判断依据环境监测。环境监测是指测定代表环境质量的各种标志数据的过程。它是在环境分析的基础上发展起来的。

从监测手段上来看，判断环境质量的方法有对环境样品组分、污染物分析测试的化学监测方法；有对环境中热、声、光、电磁、振动、放射性等物理量和状态测定的物理监测方法，还有利用监测生态系统中生物的群落及种群变化、畸形变种、受害症状等生物对环境污染所发生的各种信息，来判断环境污染状况的环境生物监测方法。

从环境监测的过程来说，它应包括现场调查——布点——样品采集——样品运送、保存及处理——分析测试——数据处理——质量保证与综合评价等一系列过程。只有把各环节都做好了，才能获得代表环境质量的各种标志的数据，才能反映真实的环境质量。

(2) 环境监测的作用　环境是一个非常复杂的综合体系。人们只有获得大量的环境信息，了解污染物的产生过程和原因，掌握污染物的数量和变化规律，才能制定切实可行的污染防治规划和环境保护目标，完善以污染物控制为主要内容的各类控制标准、规章制度，使环境管理逐步实现从定性管理向定量管理、单向治理向综合整治、浓度控制向总量控制转变，而这些定量化的环境信息，只有通过环境监测才能得到。离开环境监测，环境保护将是盲目的，更谈不上加强环境管理。

2. 环境监测的目的和原则

(1) 环境监测的目的

① 检验和判断环境质量是否符合国家规定的环境质量标准。

② 判断污染源造成的污染影响，即污染物在空间的分布模型、污染最严重的区域。确定防治的对策，并评价防治措施的效果。

③ 确定污染物的浓度分布的现状、发展趋势和发展速度。掌握污染物作用于物理系统和生物系统的规律、污染物的污染途径和管理对策。

④ 研究扩散模式。一方面用于新污染源的环境影响评价，给决策部门提供依据；另一方面为环境污染的预测预报提供数据资料。

⑤ 积累环境本底的长期监测数据，结合流行病调查资料，为保护人类健康、合理使用自然资源，以及制订并不断修改环境质量标准提供科学依据。

总之，环境监测是为控制污染、保护环境服务的。

(2) 环境监测的原则

① 树立“环境监测要符合国情”的指导原则。加强环境监测方法及仪器设备的研究，使监测方法和仪器设备更加现代化，使监测结果更加及时、准确、可靠，促进环境科学的发展。但由于中国经济总体上还较落后，且各地区经济发展不平衡，所以，各地应结合自己的实际情况，建立合理的环境监测指标体系，在满足环境监测要求的前提下，确定监测技术路线和技术装备，建立准确可靠、经济实用的环境监测方案。

② 全面规划、合理布局的原则。环境问题的复杂性决定了环境监测的多样性。监测结果的准确可靠程度取决于环境监测中最为薄弱的环节。所以应全面规划、合理布局，采用不同的技术路线，综合把握各环节，实现最优环境监测。

③ 优先监测原则。环境监测的项目很多，不可能同时进行，必须坚持优先监测的原则。首先要考虑的是污染物的重要性和迫切性。对影响范围大的污染物要优先监测，其次考虑局部污染严重的污染物。优先监测的污染物包括：对环境影响大的污染物；已有可靠的监测方法并能获得准确数据的污染物；已有环境标准或其他依据的污染物；在环境中的含量已接近或超过规定的标准浓度，污染趋势还在上升的污染物；环境样品有代表性的污染物。

3. 环境监测的程序与方法

（1）环境监测程序

① 现场调查与资料收集。主要调查收集区域内各种污染源及其排放规律和自然与社会环境特征。自然和社会环境特征包括：地理位置、地形地貌、气象气候、土壤利用情况以及社会经济发展状况。

② 确定监测项目。监测项目主要根据国家规定的环境质量标准、本地主要污染源及其主要排放物的特点来选择，同时，还要测定一些气象及水文项目。

③ 监测点布设及采样时间和方法。大气污染监测优化布点的基本原则为：采样点的位置应包括整个监测地区的高浓度、中浓度和低浓度三种不同的地方；污染源集中、主导风向比较明显时，污染源的下风向为主要监测范围，应布设较多的采样点，上风向布设较少采样点作对照；工业比较集中的城区和工矿区，采样点数目多些，郊区和农村则可少些；人口密度大的地方采样点的数目多些，人口密度小的地方可少些；超标地区采样点的数目多些，未超标地区可少些。目前大气污染监测的布点方法有网格布点法、扇形布点法、同心圆布点法和按功能区划分的布点法。

在采样时间方面，尽可能在污染物出现高、中、低浓度的时间内采集。对于日平均浓度的测定，每隔 2～4h 采取 1 次，测定结果能较好地反映大气污染的实际情况。特殊情况下，每天至少也应测定 3 次，时间分配在大气稳定的夜间、不稳定的中午和中等稳定的早晨或黄昏。对于年平均浓度的测定，最好是每月 1 次，每次测 3～5 天，每天的采样时间和次数与测定日平均浓度相同。

在采样方法方面，当大气中污染物浓度较高和测定方法的灵敏度高时，采用直接采样法；当大气中被测物质的浓度较低或分析方法的灵敏度不够高时，采用浓缩采样法。浓缩采样法有溶液吸收法、固体阻留法和低温冷凝法。

地表水水质监测布点的基本原则为：在大量废水排入河流的主要居民区、工业区的下游和上游；湖泊、水库、河口的主要出口和入口；河流主流道、河口、湖泊和水库的代表性位置；主要用水地区，如公用给水的取水口、商业性捕鱼水域等；主要支流汇入主流、河口或沿海水域的汇合口。目前水质污染监测的布点方法是采用设置断面的布点方法，所设置的断面有对照断面、控制断面和消减断面三种。

在采样时间方面，为了掌握水质的变化，最好能 1 个月采 1 次水样。一般常在丰、枯、平水期，每期采样 2 次。另外，北方的冰封期和南方的洪水期各增加采样 2 次，如受某些条件限制，至少也要在丰水期和枯水期各采样 1 次。

在采样方法方面，根据监测项目确定是混合采样还是单独采样。采样方法通常有：采集表层水样可用桶、瓶等容器直接采取；当水深大于 5m 时，或采集有溶解性气体、还原性物质等水样时，需选择适宜的采样器采样；水文气象参数及部分水质监测项目，需在现场进行测试。

④ 环境样品的保存。环境样品在存放过程中，由于吸附、沉淀、氧化还原、微生物作用等影响，样品的成分可能发生变化而引起较大的误差。因此，从采样到分析测定的时间间隔应尽可能缩短，如不能及时分析测定的样品，应采取适当的方法存放样品。目前较为普遍的保存方法有冷藏冷冻法和加入化学试剂法。

⑤ 环境样品的分析测试。根据样品特征及所测组分的特点，选择适宜的分析测试方法。目前用于环境监测的分析方法有化学分析和仪器分析两大类。化学分析法包括容量法和重量法，其主要特点为：准确度高，相对误差一般小于0.2%；仪器设备简单，价格便宜；灵敏度低，适用于常量组分测定，不适于微量组分测定。仪器分析法的特点为：灵敏度高，适用于微量、痕量甚至超痕量组分的分析；选择性强，对试样预处理要求简单；响应速度快，容易实现连续自动测定；有些仪器可以联合使用，使每种仪器的优点都得到充分的利用；仪器的价格高，设备复杂，相比于化学分析法，相对误差较大。

⑥ 数据处理。由于监测误差存在于环境监测的全过程，只有在可靠的采样和分析测试的基础上，运用数理统计的方法处理数据，才可得到符合客观要求的数据。

(2) 环境监测方法　环境监测方法从技术角度来看，多种多样，大体可分为化学方法、物理方法和生物方法。

① 化学监测方法。目前使用较多的是化学方法，尤其是分析化学的方法在环境监测中得到广泛应用。例如，容量分析、质量分析、光化学分析、电化学分析和色谱分析等。

② 物理监测方法。物理方法在环境监测中的应用也很广泛，例如遥感技术在大气污染监测、水体污染监测以及植物生态调查等方面显示出其优越性，是地面逐点定期测定所无法相比的。

③ 生物监测方法。目前生物监测方法主要包括大气污染物的生物监测和水体污染的生物监测两大类。

大气污染物的生物监测方法有：利用指示植物的伤害症状对大气污染做出定性、定量的判断；测定植物体内污染物的含量，做出判断；观察植物的生理生化反应，如酶系统的变化、发芽率的变化等，对大气污染的长期效应做出判断；测定树木的生长量和年轮，估测大气污染的现状；利用某些敏感植物，如地衣、苔藓等作为大气污染的植物监测器。

水体污染的生物监测方法有：利用指示生物监测水体污染状况；利用水生物群落结构变化进行监测，同时可引用生物指数和生物物种的多样性指数等数学手段；水污染的生物测试，即利用水生生物受到污染物的毒害作用所产生的生理机能变化，测定水质的污染状况。

二、环境质量评价

1. 环境质量与环境质量评价

(1) 环境质量　环境质量目前较为流行的几种说法是：环境素质的优劣；环境的优劣程度；对人群的生存和繁衍以及社会发展的适宜程度等。这几种解释大同小异，实质上都是人类对环境本质的认识处于初级阶段的表现，其准确的定义为：环境质量是环境系统客观存在的一种本质属性，并能用定性和定量的方法加以描述的环境系统所处的状态。

(2) 环境质量评价　环境质量评价是认识和研究环境的一种科学方法，是对环境质量优劣的定量描述。环境质量评价工作是在对污染状况和污染源取得大量监测数据和调查分析的基础上，确定主要污染源和主要污染物及其排放特征，其次是通过环境现状监测，来了解主要污染物对环境各要素的污染程度及范围。通过环境质量评价可以准确反映出环境质量，为环境规划和管理，进行区域环境污染的综合治理提供可靠的科学依据。

2. 环境质量评价的分类

（1）按时间因素　可分为环境质量回顾评价、环境质量现状评价和环境质量影响评价三种类型。

① 环境质量回顾评价。指对区域过去较长时期的环境质量的有关资料进行回顾性评价。通过回顾评价可以了解区域环境污染的发展变化过程。

② 环境质量现状评价。一般是根据近几年的环境监测资料对某地区的环境质量进行评价。通过现状评价，可以阐明环境的污染现状，为区域环境污染的综合防治、区域规划提供科学依据。中国开展的环境质量评价工作多为这种类型。

③ 环境质量影响评价。是指对区域今后的开发活动将会给环境质量带来的影响进行评价。这不仅要研究开发项目在开发、建设和生产中对自然环境的影响，也要研究对社会和经济的影响。要求提出环境影响报告书，并制定出防止环境破坏的对策，为项目的设计和管理部门提出科学依据。

（2）按研究问题的空间范围　可分为单项工程环境质量评价、城市环境质量评价、区域环境质量评价和全球环境质量评价。

（3）按环境要素　可分为大气环境质量评价、水环境质量评价、土壤环境质量评价和噪声环境质量评价等。

（4）按评价内容　可分为健康影响评价、经济影响评价、生态影响评价、风险评价和美学景观评价。

第五节　环境规划与环境教育

一、环境规划的分类和作用

1. 环境规划的含义

环境规划是国民经济和社会发展的有机组成部分，是环境决策在时间、空间上的具体安排，是规划管理者对一定时期内环境保护目标和措施所作出的具体规定，是一种带有指令性的环境保护方案，其目的是在发展经济的同时保护环境，使经济与社会协调发展。

在环境管理中，环境预测、决策和规划这三个概念，既相联系又相区别。环境预测是环境决策的依据；环境规划是环境决策的具体安排，它产生于环境决策之后；预测是规划的前期准备工作，是使规划建立在科学分析基础上的前提。可见环境规划是环境预测与环境决策的产物，是环境管理的重要内容和主要手段。

2. 环境规划的类型

环境规划的类型有不同的分类方法。

按照环境组成要素划分，可分为大气污染防治规划、水质污染防治规划、土地利用规划和噪声污染防治规划等。

按照区域特征划分，可分为城市环境规划、区域环境规划和流域环境规划。

按照范围和层次划分，可分为国家环境保护规划、区域环境规划和部门环境规划。

按照规划期限划分，可分为长期规划（大于 20 年）、中期规划（15 年）和短期规划(5 年)。

按照环境规划的对象和目标的不同，可分为综合性环境规划和单要素的环境规划。

按照性质划分，可分为生态规划、污染综合防治规划和自然保护规划。

3. 环境规划的作用

在环境管理实践中，人们越来越清楚地认识到环境规划在社会经济发展和环境保护中的重要作用，其作用概括起来如下。

(1) 环境规划是实施环境保护战略的重要手段　环境保护战略只是提出了方向性、指导性的原则、方针、政策、目标、任务等方面的内容，而要把环境保护战略落到实处，则需要通过环境规划来实现，通过环境规划来具体贯彻环境保护的战略方针和政策，完成环境保护的任务。

(2) 环境规划是协调经济社会发展与环境保护的重要手段　联合国环境规划会议在总结世界各国经验教训的基础上，提出可持续发展战略。该战略思想的基本点是：环境问题必须与经济社会问题一起考虑，并在经济社会发展中求得解决，求得经济社会与环境保护协调发展。

(3) 环境规划是实施有效管理的基本依据　环境规划是对于一个区域在一定时期内环境保护的总体设计和实施方案，它给各级环境保护部门提出了明确的方向和工作任务，因而它在环境管理活动中占有较为重要的地位和作用。

(4) 环境规划是改善环境质量、防止生态破坏的重要措施　环境规划是要在一个区域范围内进行全面规划、合理布局以及采取有效措施，预防产生新的生态破坏，同时又有计划、有步骤、有重点地解决一些历史遗留的环境问题，改善区域环境质量和恢复自然生态的良性循环，体现了“预防为主”方针的落实。

二、环境规划的程序

一般来说，编制环境规划主要是为了解决一定区域范围内的环境问题和保护该区域内的环境质量。无论哪一类环境规划，都是按照一定的规划编制程序进行的。环境规划编制的基本程序主要包括如下内容。

1. 编制环境规划的工作计划

由环境规划部门的有关人员，在开展规划工作之前，提出规划编写提纲，并对整个规划工作进行组织和安排，编制各项工作计划。

2. 环境现状调查和评价

这是编制环境规划的基础，通过对区域的环境状况、环境污染与自然生态破坏的调研，找出存在的主要问题，探讨协调经济社会发展与环境保护之间的关系，以便在规划中采取相应的对策。

(1) 环境调查　基本内容包括环境特征调查、生态调查、污染源调查、环境质量调查、环保治理措施效果的调查以及环境管理现状的调查等。

① 环境特征调查。主要有自然环境特征调查（如地质地貌，气象条件和水文资料，土壤类型、特征及土地利用情况，生物资源种类形状特征、生态习性，环境背景值等)、社会环境特征调查（如人口数量、密度分布、产业结构和布局、产品种类和产量、经济密度、建筑密度、交通公共设施、产值、农田面积、作物品种和种植面积、灌溉设施、渔牧业等)、经济社会发展规划调查（如规划区内的短、中、长期发展目标，包括国民生产总值、国民收

入、工农业生产布局以及人口发展规划，居民住宅建设规划，工农业产品产量，原材料品种及使用量，能源结构、水资源利用等）。

② 生态调查。主要有环境自净能力、土地开发利用情况、气象条件、绿地覆盖率、人口密度、经济密度、建设密度、能耗密度等。

③ 污染源调查。主要包括工业污染源、农业污染源、生活污染源、交通运输污染源、噪声污染源、放射性和电磁辐射污染源等。

④ 环境质量调查。主要调查对象是环境保护部门及工厂企业历年的监测资料。

⑤ 环保治理措施效果的调查。主要是对工程措施的削污量效果以及其综合效益进行分析评价。

⑥ 环境管理现状调查。主要包括环境管理机构、环境保护工作人员业务素质、环境政策法规和标准的实施情况、环境监督的实施情况等。

（2）环境质量评价　环境质量评价的基本内容如下。

① 污染源评价。通过调查、监测和分析研究，找出主要污染源和主要污染物以及污染物的排放方式、途径、特点、排放规律和治理措施等。

② 环境污染现状评价。根据污染源结果和环境监测数据的分析，评价环境污染的程度。

③ 环境自净能力的确定。

④ 对人体健康和生态系统的影响评价。

⑤ 费用效益分析。调查因污染造成的环境质量下降带来的直接、间接的经济损失，分析治理污染的费用和所得经济效益的关系。

3. 环境预测分析

环境预测是根据过去和现在所掌握环境方面的信息资料推断未来，预估环境质量变化和发展趋势。它是环境决策的重要依据，没有科学的环境预测就不会有科学的环境决策，当然也就不会有科学的环境规划。

环境预测的主要内容如下。

（1）污染源预测　污染源预测包括大气污染源预测、废水排放总量及各种污染物总量预测、污染源废渣产生量预测、噪声预测、农业污染源预测等。

（2）环境污染预测　在预测主要污染物增长的基础上，分别预测环境质量的变化情况。包括大气环境、水环境、土壤环境等环境质量的时空变化。

（3）生态环境预测　生态环境预测包括城市生态环境预测、农业生态环境预测、森林环境预测、草原和沙漠生态环境预测、珍稀濒危物种和自然保护区现状及发展趋势的预测、古迹和风景区的现状及变化趋势预测。

（4）环境资源破坏和环境污染造成的经济损失预测

4. 确定环境规划目标

所谓环境目标是在一定的条件下，决策者对环境质量所想要达到的状况或标准。环境目标一般分为总目标、单项目标、环境指标三个层次。总目标是指区域环境质量所要达到的要求或状况；单项目标是依据规划区环境要素和环境特征以及不同环境功能所确定的环境目标；环境指标是体现环境目标的指标体系。

确定恰当的环境目标，即明确所要解决的问题及所达到的程度，是制定环境规划的关键。目标太高，环境保护投资多，超过经济负担能力，则环境目标无法实现；目标太低，不能满足人们对环境质量的要求或造成严重的环境问题。因此，在制定环境规划时，确定恰当的环境保护目标是十分重要的。

5. 进行环境规划方案的设计

环境规划设计是根据国家或地区有关政策和规定、环境问题和环境目标、污染状况和污染物削减量、投资能力和效益等，提出环境区划和功能分区以及污染综合防治方案。主要内容如下。

(1) 拟定环境规划草案　根据环境目标及环境预测结果的分析，结合区域或部门的财力、物力和管理能力的实际情况，为实现规划目标拟定出切实可行的规划方案。可以从各种角度出发拟定若干种满足环境规划目标的规划草案，以备择优选用。

(2) 优选环境规划草案　环境规划工作人员，在对各种草案进行系统分析和专家论证的基础上，筛选出最佳环境规划草案。环境规划方案的选择是对各种方案权衡利弊，选择环境、经济和社会综合效益高的方案。

(3) 形成环境规划方案　根据实现环境规划目标和完成规划任务的要求，对选出的环境规划草案进行修正、补充和调整，形成最后的环境规划方案。

6. 环境规划方案的申报与审批

环境规划的申报与审批，是整个环境规划编制过程中的重要环节，是把规划方案变成实施方案的基本途径，也是环境管理中一项重要工作制度。环境规划方案必须按照一定的程序上报各级决策机关，等待审核批准。

7. 环境规划方案的实施

环境规划的实施要比编制环境规划复杂、重要和困难得多。环境规划按照法定程序审批下达后，在环境保护部门的监督管理下，各级政策和有关部门，应根据规划中对本单位提出的任务要求，组织各方面的力量，促使规划付诸实施。

三、环境教育

环境教育既不同于部门教育，又不同于行业教育，而是对人的一种素质教育。因此，环境教育不仅是环境保护事业的重要组成部分，而且是教育事业的一个重要组成部分。环境教育可以分为四个部分：环境保护专业教育（即高中等院校培养环境类专业人才）、社会教育（即对广大群众的普及教育）、环境保护基础教育（即中小学幼儿园环境教育和高中等院校非环境类专业的环境教育）及在职教育（即在职环保人员的教育）。开展环境教育，提高全民族环境意识，已受到越来越多的重视。

1. 环境保护事业人才的培养

环境保护事业人才的培养，包括环境保护专业教育和在职教育。经过30余年的努力，在全国范围内已经形成初具规模、学科配套的环境科研系统，各级各类科研机构已拥有数万名高、中级环境保护科技人才，环保科研工作由工业“三废”治理技术，扩展到自然和农业生态工程技术。在基础研究方面，开展了环境背景值、环境容量、环境影响评价等方面的研究，建立了一些新方法、新概念。在管理研究方面，重点开展了预测、规划、标准和管理制度等方面的研究。

环境保护事业是中国一项新兴的事业，到2000年环境系统人员达25500人，环境保护行业所急需的科技人员，主要是具有大学本科以上学历的高级人才，从专业结构来看，急需补充的人才主要是环境工程、环境监测和环境规划与管理方面的人才。除环保行业外，大中型企业目前也急需环境专业技术人员及环境保护产业中所需要的专业人才。

有人曾经说过："中国不是缺少人才，而是缺少管理人才的人才"，环保系统也存在着同样严峻的问题，通过30余年的环保专业教育，培养了大批环境专业的人才，但毕业后从事环境专业工作的学生并不多。即使从事了本专业的工作，也未必能够发挥应有的才能。所以目前急需对这部分人力资源进行合理的管理、规划和开发，为中国的环境保护事业作出应有的贡献。

环保战线上的大批工作人员是从其他行业转过来的，他们大部分都未受过专业的环境教育，因此很难适应日益发展的环境保护事业的需要，所以对环境保护系统在职干部的培训显得极为重要。通过环保干部的岗位培训、继续教育和学历教育，从而提高环保队伍的素质。

2. 全民环境意识教育

加强环境教育，提高人们的环境意识，正确认识环境及环境问题，使人的行为与环境相协调，并使自己能自觉地参与保护环境的行动，这是解决环境问题的一条根本途径。

当前世界各国都在重视环境教育问题，就其总体来说，不外乎三方面的因素。一是决定于环境教育的本身的特点。环境教育本身就是一种终身教育，自人一降生于世他就受到环境的熏陶，当对外界有所感知以后，就受到环境教育。二是国际环境保护形势的发展，自1972年斯德哥尔摩人类环境会议，到巴西的环境发展大会，经历了30多年的发展历程，使人们的认识得到了提高，由无限制地对大自然的索取而逐渐认识到要有节制地向大自然索取，这就是今天所提出的可持续发展的理论。第三，国内环境保护的严峻形势，需要加强全民族的环境教育。

保护环境、热爱环境、改善环境、建设环境，提高全民族的环境意识，是中国社会主义现代化建设的奋斗目标之一。环境意识不仅是科学意识和道德意识，也是现代意识和艺术意识的重要内容。缺乏环境意识，就不可能揭示和实现人与环境的对立统一的关系。

中国从1973年以来，为了提高全民族的环境意识，从中央到地方，从城市到农村，从政府机关到学校和学术团体，从工厂到事业单位，都采取了形式多样的环境教育，取得了良好的社会效果。

通过幼儿园、中小学的环境教育，增强了年轻一代的环境意识。自1979年起，广东、浙江、辽宁、黑龙江、甘肃、上海、北京等地进行了中小学的环境教育试点。20多年来，随着环保事业的进一步深入，各地区中小学和幼儿园的环境教育有了很大的发展。同时在中等专业技术学校和高等学校，非环境专业的学生也开设了相应的环境课程，特别是与环境保护密切相关的专业，如能源、化工等专业，环境保护已成为大学生的必修课。在很多学校，环境科学基础知识的介绍已成为全校性的公共课程，列入教学大纲和教学计划。

有些国家已经颁布了《环境教育法》，中国也正在着手研究制定关于环境教育的规定或条例，使环境教育逐步走向法制轨道。

总之，环境教育是保护环境、维护生态平衡、实现可持续发展的根本性措施之一。加强环境教育既是环境保护工作者的一项基本职责，同时也是教育工作者，特别是幼儿、中小学教育工作者的一项基本任务。

第六节　国际环保公约、非政府组织及标志图案

一、国际环保公约

国际公约是国际条约的一种，通常指国际间为政治、经济、文化、技术等国际问题而举

行会议，最后缔结的多方面的专门性的条约。通常国际上由若干国家共同缔结的多边条约，也叫公约。

1. 国际环保公约的性质

国际环保公约是国际公约的一种，它倾向于立法形式的多边条约，因此，它也是一种国际法律。国际环保公约是为了保护、改善和合理利用环境资源而制定的国际公约。国际环保公约一般称为多边环境协定（MEA）。如《联合国气候变化框架公约》、《京都议定书》等等。另外，国际环保公约的主体除了国家之外，还有一些地区和国际组织。国际环保公约是国家或其他国际环境法主体之间缔结的，因此对当事各方具有约束力，必须由当事各方善意履行。国际环保公约具有强制性，也就是国际法中的“条约必须遵守原则”，缔约各方必须按照公约的规定行使自己的权利，履行自己的义务，不得违反。

2. 国际环保公约的作用

国际环保公约在调整世界各国之间的关系上有着十分重要的作用。一个合法有效的公约，对缔约方除已声明保留的条文外，均具有法律的约束力。国际环保公约在保护环境、防治污染、合理利用资源和阻止地球生态环境的进一步恶化方面起着十分重要的作用。如《联合国气候变化框架公约》，是联合国大会 1992 年 5 月 22 日通过的一项公约，该公约是世界上第一个为全面控制二氧化碳等温室气体排放，以应对全球气候变暖给人类带来不利影响的国际公约。

二、国际环境保护中的非政府组织

1. 环保非政府组织的含义及性质

（1）非政府组织的含义　非政府组织（Non Governmental Organization，简称 NGO）是指在地方、国家或者国际级别上建立起来的非营利性的、自愿的公民组织，按照建立目的的不同可以分为不同种类。如：以保护妇女权益为主要目的，成立了妇女保护协会，以保护消费者权益为目的，成立了消费者保护协会，以保护残疾人为目的，成立了残疾人保护协会等。按照这种分类，环保非政府组织是以保护环境为主要目的而成立的非政府组织。

（2）环保非组织的性质　环保非政府组织是以环境保护为主旨，当然不具有行政权力，不以营利为目的，为社会提供公益性服务的组织。环保非政府组织的性质决定了他们不同于政府环保组织和以营利为目的的商业组织，他们通常是为了保护环境这一特定目的而结成的具有自己利益或主张的团体，它们不依赖于某一组织或受制于某一组织，是完全独立的环境法的主体。由于其上述性质，使得环保非政府组织在国际上成为具有较高公信力、影响力的组织。

2. 非政府环保组织的分类

环境保护作为一项人类的共同事业，它不仅仅依赖于某个国家或组织的努力，它更需要全球各国的共同努力。目前参与全球环保的非政府组织有以下四种类型。

（1）由政府部门发起成立的民间环保组织　此类组织有的称为“半官方”民间环保组织。该组织主要由政府发起并主办，由热心环保事业的人士、企业、事业单位自愿参加的，其宗旨是：围绕实现国家环境与发展的目标，维护公众和社会环境权益，为国家环保事业建言献策，发挥政府与社会之间的桥梁和纽带作用，促进环保事业发展。如我国的“中华环保联合会”、“中华环保促进会”、“中华环境文化促进会”等。

（2）专门性（自发）民间环保组织　此类组织有的称为“草根组织”。该非政府民间环保组织以护自然生态环境、防止环境污染为目的，在世界范围内开展环境保护活动。其目的专一性使其在全球环境保护中成为不可缺少的部分。国际上最具影响力的有“世界自然保护同盟”、“世界自然保护基金会”、“绿色和平组织”；我国的“自然之友”、“北京地球村”等。

(3) 国际法学团体　国际法学团体作为一种学术性机构，其在国际环境保护的过程中，起着重要作用，其不但可以主要为环保主管部门提供法律意见和咨询，而且其可以以他的学术成果来教育人们去更好的爱护自己所生存的环境。

(4) 其他环保非政府组织　除上述外，其他参与全球环境保护的国际环保非政府组织都属于此类。如“国际标准化组”及“地球理事会”等。

3. 我国参与环境保护的非政府组织

(1) 我国非政府民间环保组织的现状　近年来，我国非政府环保组织发展迅速，到2011年，各类非政府民间环保组织约有4000家，从业人员中80%是30岁左右的年轻人，该组织中90%以上的是环保志愿者，只尽义务，不计任何酬劳。他们已成为我国政府与企业之外的第三方环保重要力量，为推动环保事业发展和进步发挥积极作用。

(2) 我国环保民间组织的类型　我国环保民间组织大致可分为四种类型：一是由政府或部门组织发起并主办，企、事业单位和个人自愿参加的环保组织，如“中华环保基金会”、“中华环保联合会”、“中华环境促进会”、“野生动物保护协会”、国家、省（市）“环境科学学会”等；二是自发组成的，以非营利方式从事环保活动，如1994年梁从诫先生发起的“自然之友”，被称为中国第一个国家注册的民间环保组织，1996年成立的“北京地球村”，倡导低碳绿色生活，通过建立绿色社区，带动城市和乡村生态文明建设。近年来，民间环保团体如雨后春笋，全国已有数百家，如“污染受害者协会”、“绿家园”、“北京绿十字文化中心”、“保护母亲河行动”“法治环保”等；三是学生环保社团及其联合体，包括学校内部和校际间社团联合体，如北京大学的“绿色社”、中国地质大学的“环保协会”、广西医科大学的“绿色沙龙”等；四是国际民间环保驻华结构，截止2011年，驻我国国际间环保机构有近70家之多。

三、世界各国绿色环保标志图案

环境标志亦称绿色标志、生态标志，是指由政府部门或公共、私人团体依据一定的环境标准向有关厂家颁布证书，证明其产品的生产使用及处置过程全都符合环保要求，对环境无害或危害极少，同时有利于资源的再生和回收利用。

环境标志工作一般由政府授权给环保机构。环境标志能证明产品符合要求，故具证明性质；标志由商会、实业或其他团体申请注册，并对使用该证明的商品具有鉴定能力和保证责任，因此具有权威性；因其只对贴标产品具有证明性故有专证性；考虑环境标准的提高，标志每3～5年需重新认定，又具时限性；有标志的产品在市场中的比例不能太高，故还有比例限制性。通常列入环境标志的产品的类型为：节水节能型、可再生利用型、清洁工艺型、低污染型、可生物降解型、低能耗型。

1. 中国绿色环保标志图案

我国的环境标志图形由青山、绿水、太阳和10个环组成。中心结构表示人类赖以生存环境，外围的十个环紧密结合，表示公众参与，其寓意为“全民联合起来，共同保护人类赖以生存的环境”。中国绿色环保标志图案见附录一。

2. 世界各国环保标志图案

世界国家、地区及组织环保标志图案见附录二。

思考题

1. 环境管理的含义和内容是什么?
2. 环境管理的手段有哪些?
3. 中国环境管理制度有哪些?
4. 环保法的目的和任务是什么?
5. 中国环境标准的分类是怎么样的?
6. 水环境质量标准主要分为哪几种?
7. 大气环境标准的种类和作用是什么?
8. 什么是环境监测? 它的程序和方法是怎样的?
9. 环境质量评价的分类有哪些?
10. 简述环境规划的含义与编制的基本程序。
11. 试讨论分析环境教育的意义。
12. 国家环保公约性质、作用是什么?
13. 何谓环保非政府组织? 你知道或了解的环保非政府组织有哪些?
14. 你身边有环保非政府组织或环保自愿者吗?
15. 你日常生活中见到的(食品、旅游区等)绿色环保标准有哪些?

低碳经济与可持续发展理论

通过本章的学习，了解低碳、低碳经济、碳足迹、碳汇及碳汇交易等新概念；熟悉如何发展和实现低碳经济，如何低碳环保生活，如何自觉融入、践行低碳生活消费模式；了解低碳经济与可持续发展内涵、实质，如何实施可持续发展，以及低碳经济是可持续发展的必由之路。

随着工业经济的发展，世界人口的剧增，人类生产、生活方式的无节制，温室气体排放量倍增，我们的地球在发烧，地球臭氧层正遭到严重破坏，因气候变化变暖带来的全球性灾害屡屡发生，已严重威胁到人类的生存安全与健康，即使全球GDP在不断增长，但因环境遭到污染、地球受到破坏，人们的实际生活水平和质量因而大打折扣。因此，人们呼唤绿色低碳的GDP，即低碳经济的发展模式。低碳经济是可持续发展的必由之路。

第一节 低碳经济

一、低碳与低碳经济

1. 低碳的含义

低碳（low carbon），是指人们日常生产和生活中较低（更低）的排放以二氧化碳为主的温室气体。

2. 低碳经济概念

低碳经济（Low-carbon economy），是指在可持续发展理念指导下，通过技术创新、制度创新、产业转型、新能源开发、改变生产和生活方式、节能减排等多种手段，尽可能地减少高碳能源消耗，减少温室气体排放量，达到经济社会发展与生态环境保护双赢的一种经济发展模式。

3. 低碳经济产生的背景

一是随着全球人口数量的上升和经济规模的不断增长，常规能源逐渐减少，面临枯竭；二是常规能源的使用造成的环境问题及其危害日趋严重，废气污染、光化学烟雾、水污染和酸雨等危害，以及大气中二氧化碳浓度升高带来的全球气候变化所带来的严重后果；三是低碳、清洁的新能源不断开发利用，如生物质能、风能、太阳能、水能、化石能、核能、地热能等，工业生产模式逐渐走向生态文明；四是人们对环境保护重要性认识的提高，以往无节制的生产和生活方模式、习惯和观念在转变。

在此背景下，“碳足迹”、“低碳经济”、“低碳技术”、“低碳发展”、“低碳生活方式”、“低碳社会”、“低碳城市”、“低碳世界”等一系列新名词、新概念、新政策应运而生。人们已认识到，只有通过低碳经济的发展模式，才能实现经济与人类社会可持续发展。

二、“碳足迹”与“碳汇”介绍

1.“碳足迹”

(1)“碳足迹”的概念 “碳足迹”(carbon footprint)，是指人类从事社会的一切生产、生活活动而引起的以二氧化碳为主的温室气体排放的集合。它标示一个人或团体的“碳消耗量”。“碳”，就是煤、石油等碳元素组成自然资源。“碳足迹”描述了能源意识和行为对自然界产生的影响，并唤起、号召人们开始践行减少碳排放的环保理念。

(2) 碳足迹与低碳经济的的关系 发展低碳经济，首先要统计、研究碳来源和了解碳足迹。不同的国家或地区，如发达国家和发展中国家，大城市和农村的碳源和碳足迹是不同的。如我国二氧化碳的产生有三个主要的来源。其中，最主要的碳来源是来自火电等大的企业排放，占二氧化碳排放总量的41%；其次是增长最快的汽车尾气排放，占二氧化碳排放总量25%，特别是在我国汽车销量开始超越美国的情况下，这个问题越来越严重；再是建筑排放占二氧化碳排放总量27%，而且随着房屋数量不断地增加而增加。

低碳经济的发展模式，就是要从生产、流通到生活消费和废物回收等一系列社会活动中找到和统计碳排放量、以实现低碳化途径和方法。

2.“碳汇”

(1)“碳汇”的概念 “碳汇”(carbon sink)，一般是指从空气中清除二氧化碳的过程、活动或机制。目前主要是指森林吸收并储存二氧化碳的多少，或者说森林吸收并储存二氧化碳的能力。

(2)“碳汇”与“碳源” “碳汇”与“碳源”是两个相对的概念。《联合国气候变化框架公约》(UNFCCC) 将“碳汇”定义为从大气中清除二氧化碳的过程、活动或机制；而将“碳源”定义为向大气释放二氧化碳的过程、活动或机制。

(3)“森林碳汇” 是指森林植物吸收大气中的二氧化碳并将其固定在植物或土壤中，从而减少该气体在大气中的浓度。其原理是：二氧化碳是树木和植物生长的重要营养物质，它把吸收的二氧化碳在光合作用下转变为糖、氧气和有机物，为生长枝叶、茎根、果实、种子提供最基本的物质和能量来源。这一转化过程，就形成了森林的固碳效果。因此，森林是二氧化碳的吸收器、储存库。森林这一固碳的作用称为“碳汇”。

据统计，目前森林占世界陆地面积的三分之一，但森林植被区的碳储量几乎占了陆地碳库总量的一半。森林是陆地生态系统最大的碳库。

除“森林碳汇”外，另外还有“草地碳汇”、“耕地碳汇”等。但固碳效果不如前者。

(4)“碳汇交易” 碳汇交易是基于《联合国气候变化框架公约》和《京都议定书》，为对世界各国分配二氧化碳排放指标规定出来的一种虚拟交易。发达国家为发展工业造成了大量的温室气体排放，在其无法通过技术革新达到降低《联合国气候变化框架公约》和《京都议定书》对该国规定的碳排放标准的时候，可以采取在发展中国家投资造林，以增加碳汇，来抵消他们国家(主要是指发达国家)的碳排放，这就是所谓的“碳汇交易”。简单说，就是发达国家出钱向发展中国家够买碳排放指标。这种交易是通过市场森林生态价值补偿的途径，某些国家（主要是指发展中国家）碳排放较低或者多种植被吸收二氧化碳，将多余的碳指标卖给需要的国家。并非真正把空气打包运至国外。

三、如何发展低碳经济

（1）各级政府　各级政府应把低碳经济纳入经济社会发展计划当中统筹考虑，在发展中减少或减缓碳的排放，在实施低碳经济的过程中加快经济发展，采用经济、技术、行政、法律等综合措施促进低碳经济的发展。比如说，加快能源结构调整，大力发展清洁能源，减少化石燃料在经济发展过程中的使用比例；加大产业结构调整力度，促进产业升级换代，关闭淘汰落后设备工艺，使用科技含量高、能源资源消耗少、污染物排放量小的工艺设备。

（2）各类企业　企业应该充分认识到低碳经济的发展趋势，牢固树立低碳经济的理念，从企业自身做起，加强管理，减少不必要的能耗，既可以节约能源、资源，又可以减少污染物的排放和碳的排放；同时还要加强自主创新能力建设和研发能力，提高能源的利用效率，使单位能耗能够创造最大的经济效益。

（3）公众参与　每个人都可以从自身的日常生活做起，尽量减少不必要的能量消耗，从而直接或间接地减少碳的排放。低碳生活对于普通百姓来说，是一种生活觉悟和态度，是一种观念的转变，而不是降低生活水平和质量。大家都有责任积极提倡并身体力行“低碳生活”，勤俭节约，从点滴做起，节能减排，为保护我们自己的生存环境做出努力和贡献。

四、国内、外低碳经济发展的相关历程

“低碳经济”最早见诸政府文件是在2003年的英国能源白皮书《我们能源的未来：创建低碳经济》。作为第一次工业革命的先驱和资源并不丰富的岛国，英国充分意识到了能源安全和气候变化的威胁，它正从自给自足的能源供应走向主要依靠进口的时代，按目前的消费模式，预计2020年英国80%的能源都必须进口。同时，气候变化的影响已经迫在眉睫。

2006年，前世界银行首席经济学家尼古拉斯·斯特恩牵头做出的《斯特恩报告》指出，全球以每年GDP1%的投入，可以避免将来每年GDP 5%～20%的损失，呼吁全球向低碳经济转型。

2007年年初，我国保定市政府已经提出了太阳能之城的概念，计划在整座城市中大规模应用以太阳能为主的可再生能源，以降低碳排放量。

2007年7月，美国参议院提出了《低碳经济法案》，表明低碳经济的发展道路有望成为美国未来的重要战略选择。

2007年9月8日，中国国家主席胡锦涛在亚太经合组织（APEC）第15次领导人会议上，本着对人类、对未来的高度负责态度，对事关中国人民、亚太地区人民乃至全世界人民福祉的大事，郑重提出了四项建议，明确主张“发展低碳经济”，令世人瞩目。他在这次重要讲话中，一共说了4回“碳”：“发展低碳经济”、研发和推广“低碳能源技术”“增加碳汇”“促进碳吸收技术发展”。他还提出：“开展全民气候变化宣传教育，提高公众节能减排意识，让每个公民自觉为减缓和适应气候变化做出努力。”这也是对全国人民发出了号召，提出了新的要求和期待。胡锦涛主席并建议建立“亚太森林恢复与可持续管理网络”，共同促进亚太地区森林恢复和增长，减缓气候变化。

同月，国家科学技术部部长万钢在2007中国科协年会上呼吁大力发展低碳经济。

2007年12月3日，联合国气候变化大会在印尼巴厘岛举行，15日正式通过一项决议，

决定在2009年前就应对气候变化问题新的安排举行谈判，制订了世人关注的应对气候变化的“巴厘岛路线图”。该“路线图”为2009年前应对气候变化谈判的关键议题确立了明确议程，要求发达国家在2020年前将温室气体减排25%至40%。《巴厘岛路线图》为全球进一步迈向低碳经济起到了积极的作用。

2007年12月26日，国务院新闻办发表《中国的能源状况与政策》白皮书，着重提出能源多元化发展，并将可再生能源发展正式列为国家能源发展战略的重要组成部分。不再提以煤炭为主。

联合国环境规划署确定2008年“世界环境日”（6月5日）的主题为“转变传统观念，推行低碳经济”。

2008年1月28日，世界自然基金会（WWF）正式启动“中国低碳城市发展项目”，以期推动城市发展模式的转型，我国保定市和上海市是首批入选的2个试点城市。根据WWF和保定市签订的《合作备忘录》，在“新能源产业带动城市低碳发展”的原则下，双方的合作将重点集中在：新能源产业及低碳经济发展方面先进理念和经验的引入；保定市成功经验的国内外推广；保定市新能源产业发展的能力建设。WWF将通过项目促进保定可再生能源及能效产品的出口和应用，对项目进行国内外宣传和推广，并为项目提供部分资金支持。保定市政府则将为项目提供相应的配套资金和人力物力，以确保项目顺利实施。

2008年6月27日，胡锦涛总书记在中央政治局集体学习会上强调，必须以对中华民族和全人类长远发展高度负责的精神，充分认识应对气候变化的重要性和紧迫性，坚定不移地走可持续发展道路，采取更加有力的政策措施，全面加强应对气候变化能力建设，为我国和全球可持续发展事业进行不懈努力。

2008年，应低碳经济发展的趋势，深圳市宗兴环保科技有限公司技术研发中心开发了新的项目《减碳技术咨询服务》，并与服务企业近百家。项目包括评估减碳空间、实施减碳措施、评价减碳效果、形成减碳报告。

2008年“两会”（全国人民代表大会和中国人民政治协商会议）期间，全国政协委员吴晓青明确将“低碳经济”提到议题上来。他认为，中国能否在未来几十年里走到世界发展的前列，很大程度上取决于中国应对低碳经济发展调整的能力，中国必须尽快采取行动积极应对这种严峻的挑战。他建议应尽快发展低碳经济，并着手开展技术攻关和试点研究。

2009年1月，清华大学在国内率先正式成立低碳经济研究院，重点围绕低碳经济、政策及战略开展系统和深入的研究，为中国及全球经济和社会可持续发展出谋划策。

中国社会科学院6月在北京市发布的《城市蓝皮书：中国城市发展报告（No.2)》指出，在全球气候变化的大背景下，发展低碳经济正在成为各级部门决策者的共识。节能减排，促进低碳经济发展，既是救治全球气候变暖的关键性方案，也是践行科学发展观的重要手段。

2009年3月中科院发布的《2009中国可持续发展战略报告》提出了中国发展低碳经济的战略目标，即到2020年，单位GDP的二氧化碳排放降低50%左右。

2009年9月，胡锦涛主席在《联合国气候变化框架公约》缔约方峰会上承诺，“中国将进一步把应对气候变化纳入经济社会发展规划，并继续采取强有力的措施。一是加强节能、提高能效工作，争取到2020年单位国内生产总值二氧化碳排放比2005年有显著下降。二是大力发展可再生能源和核能，争取到2020年非化石能源占一次能源消费比重达到15%左右。三是大力增加森林碳汇，争取到2020年森林面积比2005年增加4000万公顷，森林蓄积量比2005年增加13亿立方米。四是大力发展绿色经济，积极发展低碳经济和循环经济，研发和推广气候友好技术。"

2010年3月11日，中国国际经济合作学会杨金贵在《北京财经周刊》发表文章《2010，以低碳经济为核心的产业革命来临》，指出：一场以低碳经济为核心的产业革命已经出现，低碳经济不但是未来世界经济发展结构的人方向，更已成为全球经济新的支柱之一，也是我国占据世界经济竞争制高点的关键。引起广泛关注。

2010年3月，生态环保、可持续发展成为两会的主题，全国政协"一号提案"内容就是谈我国的低碳和环保问题。

2011年，深圳市作为国家低碳生态试点城市，以低碳推动产业转型，举行"中国绿色创新技术产品展"，展示国内外先进绿色创新理念和较高水平的低碳产品及技术服务。深圳市并成立"光之明"低碳产业园，集低碳产品研发、交易、科普等为一体的低碳产业示范区。

第二节　低碳生活融入千家万户

"低碳生活"(low-carbonlife)，就是指生活作息时所耗用的能量要尽力减少，从而减少碳足迹。低碳生活主要是从节约和循环利用等来改变生活细节，尽可能地接近低碳生活。

一、低碳生活，一种新的生活方式

低碳生活是一种新的生活方式。核心就是低能量、低消耗、低开支的生活方式。如今这种生活方式已经悄然走进中国，不少低碳网站开始流行一种有趣的计算个人排碳量的特殊计算器，如"中国城市低碳经济网"的低碳计算器，以生动有趣的动画形式，不但可以计算出日常生活的碳排放量，还能显示出不同的生活方式，住房结构以及新型科技对碳排放量的影响。

低碳生活对于普通百姓来说是一种生活态度，关键是每个人是否愿意和大家共同创建"低碳生活"的新方式。我们应该积极提倡并去实践低碳生活，有的人植树增加碳汇，有人去运输里程最短商店买商品，有人坚持爬楼梯而不坐或少坐电梯等。低碳生活前提并非降低生活水平和质量，低碳生活不仅是当今社会的时髦流行语，是一种新的生活方式，更重要的是关系到人类的生存安全、健康和社会的持续发展。低碳生活是每位公民应尽的责任和义务。

二、低碳生活秘诀、窍门

低碳生活就在我们每个人身边，不少人可能了解，但不习惯，很容易做到，但关键是要身体力行。

① 每天的淘米水可以用来洗手、擦家具，干净卫生，自然滋润，不但如此，洗米水也可以用来浇花、洗头，还可以用来做免费的护肤品。

② 用过的面膜纸不要扔掉，用它来擦首饰、擦家具的表面或者擦皮带，不仅擦得亮还能留下面膜纸的香气。

③ 喝茶剩下的渣，晒干，用来做茶叶枕头，既舒适，又能帮助改善睡眠。

④ 一旦不用电灯、空调，随手关掉；手机一旦充电完成，立即拔掉充电插头。

⑤ 选择晾晒衣物，避免使用滚筒式干衣机。

⑥ 在附近公园等适合跑步的空气清新的地方中的慢跑，取代在跑步机上的锻炼。

⑦ 外出尽量步行或骑自行车，少坐私家车。

⑧ 用低碳环保的生活用品，如竹纤维面料的衣服、毛巾、内衣袜子等，尽量不要穿着皮草类衣物。

⑨ 尽量减少乘车或开车外出购物，必需购买时，尽量徒步或就近或网购。

⑩ 尽量少喝或不喝果汁等碳酸饮料，多吃新鲜水果，撇开果汁含量和质量不说，水果从果园到工厂处理、灌装、运输、销售，事实上消耗了很多不必要的能源，制造了很多不必要的温室气体排放，容器还可造成污染。

⑪ 冰箱内存放食物的量以占容积的60%为宜，放得过多或过少，都费电。食品之间、食品与冰箱之间应留有约1cm以上的空隙。用数个塑料盒盛水，在冷冻室制成冰后放入冷藏室，这样能延长停机时间、减少开机时间。

⑫ 空调启动瞬间电流较大，频繁开关相当费电，且易损坏压缩机。将风扇放在空调内机下方，利用风扇风力提高制冷效果。空调开启后马上开电风扇。晚上可以不用整夜开空调，省电近90%。将空调设置在除湿模式工作，此时即使室温稍高也能令人感觉凉爽，且比制冷模式省电。

⑬ 洗衣机在同样长的洗涤时间里，弱挡工作时，电动机启动次数较多，也就是说，使用强挡其实比弱挡省电，且可延长洗衣机的寿命。按转速1680r/min（只适用涡轮式）脱水1min计算，脱水率可达55%。一般脱水不超过3min。再延长脱水时间则意义不大。

⑭ 微波炉加热较干的食品，加水后搅拌均匀，加热前用保鲜膜覆盖或者包好，或使用有盖的耐热的玻璃器皿加热。每次加热或烹调的食品以不超过0.5kg为宜，最好切成小块，量多时应分时段加热，中间加以搅拌。尽可能使用“高火”。为减少解冻食品时开关微波炉的次数，可预先将食品从冰箱冷冻室移入冷藏室，解冻后再加热可节省较多的电。

⑮ 电脑短时间不用时，启用电脑的“睡眠”模式，能耗可下降到50%以下；关掉不用的程序和音箱、打印机等外围设备；少让硬盘、软盘、光盘同时工作；适当降低显示器的亮度。用笔记本电脑要特别注意：对电池完全放电；尽量不使用外接设备；关闭暂不使用的设备和接口；关闭屏幕保护程序；合理选择关机方式：需要立即恢复时采用“待机”、电池运用选“睡眠”、长时间不用选“关机”；电池运用时，在WindowsXP/VISTA下，通过SpeedStep技术，CPU自动降频，功耗可降低40%。

⑯ 尽量减少对动物食品的摄入量。这样不仅低碳，而且不会由于动物中脂肪、胆固醇等物质的过量摄入，引起患高血压。

⑰ 尽量减少房屋装修，这样不仅省钱，且减少装修用材，材料的加工、运输等环节，另减少污染，对环境和居住者身体健康均有利。

⑱ 多养花草和义务植树，可增加碳汇，改善室内及房屋周边空气质量。

⑲ 请客吃饭减少浪费，因我们日常饭桌的一切食物、酒水及用具的生产、加工消耗大

量的能源，并且排放大量的二氧化碳等温室气体。

第三节 可持续发展理论的产生及内涵

一、可持续发展理论的产生

1. 可持续发展理论的产生

可持续发展理论的形成有一个过程。在 20 世纪 50～60 年代，第二次世界大战以后，当人类赖以生存和发展的环境遭受越来越严重破坏时，人们开始关注环境与发展的相互关系。1972 年，以 D.L. 米都斯（Meadows）为首的由西方科学家所组成的“罗马俱乐部”，面对人口激增，环境污染的严重现实，提出了名为“增长的极限”的著名报告。报告认为，如果目前的人口和资本仍以快速增长模式继续下去，世界就会面临一场“灾难性的崩溃”。而避免这种前景的最好方法是限制增长，即“零增长”。然而，“零增长”方案，无论是对急需摆脱贫困的发展中国家，还是对仍想增加财富的发达国家，都是难以接受的。因此，更多的人在寻找和探索一种在环境和自然资源可承受基础上的发展模式。并提出了“协调发展”、“有机增长”、“同步发展”、“全面发展”等许多设想。在此情况下，1980 年联合国向全世界呼吁，必须研究自然的、社会的、生态的、经济的，以及利用自然资源过程中的基本关系，确保全球持续发展。1987 年由原挪威首相伦兰特夫人（G. H. Brunland）任主席，由 21 个国家的环境与发展问题著名专家组成的联合国世界环境与发展委员会（WECD）在其长篇调查报告《我们共同的未来》中指出：“以前我们感到国家之间在经济方面联系的重要性，而现在我们则感到在生态学方面相互依赖。生态和经济从来没有像现在这样紧密地联系在一个互为因果的网络之中。”并正式提出了“可持续发展”的概念。可持续发展符合经济、社会、环境和生态系统内在联系和要求，是人类发展观、文化观上革命性的进步。1992 年的联合国“环境与发展”大会以“可持续发展”为指导方针，并建立联合国“可持续发展委员会”，表明了世界各国都赞同这个促进经济和社会各方面持续、健康发展的崭新的发展观念。走可持续发展的道路，是人类的醒悟、是人类的正确抉择，是历史发展的必然趋势。

2. 可持续发展的定义

“可持续发展”的定义有许多种表述，世界环境和发展委员会于 1987 年发表的《我们共同的未来》的报告中定义的可持续发展是：“既满足当代人的需求又不危及后代人满足其需求的发展”。这个概念得到了广泛的接受和认可，并在 1992 年联合国环境与发展大会上得到了共识。这个定义明确地表达了两个观点：一是人类要发展；二是发展要有限度，不危及后代人的发展。当代人不应该凭借手中的技术和投资，以耗竭自然资源、污染环境、破坏生态的方式剥夺或破坏后代人应当合理享有的同等发展与消费的权利。也就是说，既要考虑当前发展的需要，又要考虑未来发展的需要，不要以牺牲后代人的利益为代价来满足当代人的利益。

可持续发展是从环境与自然资源角度提出的关于人类长期发展的战略与模式，它不是一般意义上所指的一个发展进程要在时间上的连续运行、不被中断，而是强调环境与自然资源的长期承载力对发展的重要性，以及发展对改善生活质量的重要性。它强调的是环境与经济的协调，追求的是人与自然的和谐。其核心思想就是经济的健康发展应该建立在生态持续能力、社会公正和人民积极参与自身发展决策的基础之上。它的目标是不仅满足人类的各种需求，做到人尽其才、物尽其用、地尽其利，而且还需要关注各种经济活动的生态合理性，保护生态资源，不对后代的生存和发展构成威胁。在发展指标上与传统发展模式不同的是，不再把国民生产总值作为衡量发展的惟一标准，而是用社会、经济、文化、环境、生活等各个方面的指标来衡量发展。可持续发展是指导人类走向新的繁荣、新的文明的重要指南。

二、可持续发展的内涵及实质

1. 可持续发展的内涵

“可持续发展”包含了当代与后代的需求、国家主权、国际公平、自然资源、生态承载力、环境与发展相结合等重要内容。可持续发展包含两大方面的内容：一是对传统发展方式的反思与批判，二是对规范的可持续发展模式的理性设计。就理性设计而言，可持续发展具体表现在：工业应当是高产低耗，能源应当被清洁利用，粮食需要保障长期供给，人口与资源应当保持相对平衡等许多方面。

可持续发展把发展与环境作为一个有机整体，其基本内涵如下。

① 可持续发展不否认经济增长，尤其是欠发达国家的经济增长，但需要重新审视如何推动和实现经济增长，必须将生产方式从粗放型转变为集约型，减少每单位经济活动造成的环境压力，研究并解决经济上的扭曲和误区。环境退化的原因既然存在于经济过程之中，其解决答案也应该从经济过程中去寻找。

② 可持续发展要求以自然资产为基础，同环境承载力相协调。“可持续性”可以通过适当的经济手段、技术措施和政府干预得以实现。要力求降低自然资源的耗竭速度，使之低于资源的再生速度或替代品的开发速度。要鼓励采用清洁生产和可持续消费方式，使每个单位经济活动所产生的废物数量尽量减少。

③ 可持续发展以提高生活质量为目标，同社会进步相适应。“经济发展”的概念远比“经济增长”的含义更广泛。经济增长一般被定义为人均国民生产总值的提高，发展则必须使社会和经济结构发生变化，使一系列社会发展目标得以实现。

④ 可持续发展承认并体现自然资源的价值。这种价值不仅体现在环境对经济系统的支撑和服务价值上，也体现在环境对生命支持系统的存在价值上。应当把生产中的环境资源的投入和服务计入生产成本和产品价格之中，并逐步修改和完善国民经济核算体系。

⑤ 可持续发展的实施以适宜的政策和法律体系为条件，强调“综合决策”与“公众参与”。需要改变过去各部门封闭地、“单打一”地制定和实施经济、社会、环境政策的做法，提倡根据周密的经济、社会、环境科学的原则，全面的信息和综合的要求来制定政策并予以实施。可持续发展的原则要纳入人口、环境、经济、资源、社会等各项立法及重大决策之中。

2. 可持续发展的实质

可持续发展的实质是在发展过程中精心维护人类生存与发展的可持续性，它体现了人类与客观物质世界的相互关系。包括人类对自然的认识和人类发展观的进步；人与人之间的关系，人与自然之间的关系，人类自身的道德观、价值观和行为方式的变革；经济、社会发展战略。其核心是以地球为基地的人类如何与地球这个大自然和谐共处。人类依靠和利用自然不断改善自己的生存条件和生活水准，自然不仅不因为人们的无限利用而资源枯竭，而且能在人类自觉活动下得到维护和再造，成为循环不息永葆青春的自然体系。这就是所谓走可持续发展道路，它体现了人类与客观物质世界的相互依存关系。

可持续发展不否定经济增长，特别对发展中国家，贫困与环境恶化往往是联系在一起的。但经济增长和发展必须以自然资源为基础，同环境承载能力相协调，同社会进步相适应。要实现可持续发展必须进行国际、国内协调，以国际公约、法律、法规引导和规范人们的行动。广泛的公众参与，也是实现可持续发展的基本保证。

第四节　可持续发展理论的实施

一、自然资源的可持续利用

1972 年联合国环境规划署提出，所谓资源是指“在一定时空条件下，能够产生经济价值，以提高人类当前和未来福利的自然环境因素的总称。”中国学者中较为流行的资源定义是：自然资源是指人类可以利用的、天然形成的物质和能量，它是人类生存的物质基础、生产资料和劳动对象。在这里有三点值得注意：其一是天然物质；其二是可以利用；其三是能够产生生态价值和经济效益。

自然资源可分为原生性自然资源和后生性自然资源。原生性自然资源是随地球的形成和运动而存在的，如空气、风、太阳能等。后生性自然资源是指地球演化过程中某一阶段所形成的资源。如煤、石油、矿物、水、动物、植物、天然气、土地等。能源是资源中最重要的部分，所谓能源是指能提供能量的资源。它有两种类型，一种是含能物质（又称含能体能源、燃料能源），且所含能量易转化做功，如石油、煤炭等。另一种是运动过程能量（又称过程性能源、非燃料能源），如风能、潮汐能、太阳能等。

按自然资源的可更新特征，可将其分为可再生资源和不可再生资源。可再生资源是指只要合理使用，可持续更新、代谢再生的资源，如土地资源、生物资源、水资源、太阳能等等。不可再生资源是指经使用后耗竭的资源，如石油、煤炭、天然气等。当然，严格来说，一些矿物资源如铁矿石等从大的时间尺度上看也是可更新的，只是它的自然更新的周期太长。水资源尽管是可更新的，但由于时空分布的不均衡，可造成局部区域的水灾害或者水资源短缺。

1. 生物资源的持续利用

生物包括动物、植物和微生物，生物资源是自然环境的有机组成部分，人类的活动与它是密不可分的，人类的衣、食、住、行都离不开生物资源，它为人类提供了大量的食品、生活资源、工业原料和药材。在自然环境下，生物物种数也会变化，如恐龙的消失。但一般情况下，物种的消失速度很慢。近年来由于人类活动的增强和不适当地扩大，使生物资源大量减少，它包括生物物种的减少和生物数量的减少。

自然环境的各种生物（或称野生生物）是自然生态的主要部分，它们依赖自然生态系统而生存，是维持自然生态系统稳定和平衡的重要因素。保护生物资源、保护生物多样性是人类走可持续发展道路的重要内容。在生态系统中，种类繁多的动物、植物、微生物等有机体，有规律地组合在一起，它们相互依赖、相互制约。据推测，地球上每消失一种植物，可能就有 10～30 种依附于这种植物的动物、微生物将随之消失。因此，必须高度认识保护生物多样性的重要意义，切实保护好生物资源。

1992 年里约热内卢会议通过了“生物多样性公约”，中国已签署加入，并在建立保护区，就地保护生物，迁地保护和离体保存，建立生物多样性保护区网络，生态系统的恢复和改善等方面做了大量工作。

2. 矿产资源的可持续利用

矿产资源是指由地质作用形成的具有利用价值的，呈固态、液态或气态的出露于地表和埋藏于地下的自然资源，多属不可再生的耗竭性的自然资源。

矿产资源一般可分为能源、金属矿物和非金属矿物三大类。它是近代工业的基础，没有矿产资源工业就没有了原料，也就没有了动力。目前95%以上的能源，80%以上的工业原料，70%以上的农业生产资料等均来自矿产资源。因此可以说，矿产资源是人类生活资料与生产资料的主要来源，是人类生存和社会发展的重要物质基础。

矿产资源一般属于不可再生资源，由于不可再生资源的蕴藏量不可能得到补充，因而不可再生资源的可持续利用，是一个资源的最优耗竭问题，它包括根据资源的质和量以及人类发展的需求，对不同时期合理配置有限的资源；研究开发以可再生资源替代不可再生资源；继续开发探明尚未查明的不可再生资源等三个方面。从经济学分析，高效率资源配置的社会目标是使资源利用净效率的现值最大化。

3. 可再生资源的持续利用

可再生资源和不可再生资源由于性质不同，对它们可持续利用的方式也不一样。对于可再生资源，主要是合理调控资源使用率，保持其更新、恢复、再生的能力，并尽可能在使用中使其得到改善，实现资源的持续利用。自然资源的持续利用是人类社会持续发展的基础，因此，从持续利用的角度出发，根据自然资源整体性的特点，在开发利用自然资源，进行物质资料生产的指导思想上，应从区域性的，急功近利的狭隘观念转变到全社会规模的和有利于子孙后代利用的全局长远观念上，必须具备全局的观点和协调的观点，不能只顾局部利益而忽视全局利益，只顾部门利益而忽视整体利益，要协调好资源、人口、环境、发展的关系，兼顾资源、环境、经济、社会各个方面的效益，有一个长远的总体规划。可再生资源从经济学分析，财产权是重要因素。财产权明确的商品性资源（林场、牧场等）和财产权不明确或不可能确定的可再生的公共性资源（大气、公海渔场等），其持续利用方式也不相同。前者是如何确定最佳收获期和最大可持续收获量；后者则需通过国际合作，实行控制使用率和收获率（例如公海渔场、海底资源等）。

4. 保持生态平衡原则

保持生态平衡是持续利用的前提，尤其对可更新资源必须实行保护、利用资源与保持生态平衡相结合的方针。保护首先要保护资源生态系统的稳定性和资源的更新、恢复和再生能力，在保护的条件下开发和利用资源；保护不是消极的保护，要与培育、改造相结合。以土地为例，土地是人们生活资源的主要基地，同时也是人类赖以生存和发展的重要环境，利用土地资源时，必须考虑土地生态系统的生态平衡，做到用地与养地相结合。中国古代文化的发源地黄土高原就是因为在利用自然资源的过程中未能保持生态平衡，从历史上树木繁茂的森林草原地带变成了今天水土严重流失的秃岭荒原。

5. 因地制宜的原则

因地制宜就是根据当地的具体情况来采取适当的措施。根据地区的自然条件、自然资源的具体情况而采取不同的开发利用方式和相应的保护、改造措施；根据地区的资源结构与经济结构的特征，确定合理的产业结构；根据地区的资源环境与人口的关系，确定科学的发展规划。因地制宜既是进行各项生产的一项基本原则，也是人类社会经济活动所必须遵循的一条原则。

6. 节约资源和增加投入的原则

中国人均资源拥有量少、资源的有限性和人类需求的无限性的特点使得我们必须遵循节约的原则，并把节约的原则贯穿于资源的开发、利用、生产和消费的全过程，以最低限度的资源消耗获取最高限度的效益。另外，在利用自然资源的过程中要增加投入，提高自然资源的生产力。

在未来的自然资源利用方式中，人与自然的关系是相互协调的，其生存方式主要是综合利用自然资源。人类将立足于可更新资源的研究、开发和利用，遵循生态规律，服从而有效地利用自然力，根据生态规律，运用技术手段，加速生态系统的正向演化，使之朝向生态经济和社会的多效益、多产品，多功能目标发展，建立一个协调的生态环境和可持续发展的人类社会系统。

二、环境保护与可持续发展

环境为人类活动提供了各种资源。环境整体及其各组成要素都是人类生存和发展的基础。1989 年 5 月举行的联合国环境署第 15 届理事会通过的《关于可持续发展的声明》指出：“可持续发展意味着维护、合理使用并且提高自然资源基础，意味着在发展计划和政策中纳入对环境的关注和考虑”。这就明确了可持续发展和环境保护的关系，可持续发展的实现必须以维护和改善人类赖以生存和发展的自然环境为前提和基础，环境保护离不开社会经济的可持续发展。环境问题产生于经济活动之中，也要解决于经济活动之中。

环境与经济发展构成一个相互联系和相互制约的有机整体。《里约宣言》的第四条原则指出：“为了实现可持续发展，环境保护工作应是发展进程中的一个整体组成部分，不能脱离这一进程来考虑。”经济发展和环境保护是促进生产力发展的两个轮子，不可偏废。

一方面，环境的持续发展是经济可持续发展的基础和前提。可持续发展的提出是源于环境保护，搞好环境保护是实施可持续发展的关键。事实上环境问题的实质在于人类经济活动，向自然索取资源的速度超过了资源本身及其替代品的再生速度，以及向环境排放废弃物的数量超过了环境的自净能力，从而改变和干预了生态环境。实现经济可持续发展的基本条件是：经济活动中所消耗的可更新资源量不应大于其再生产量，向环境排放的污染物量不应大于环境的净化能力。

另一方面，经济的发展对环境有重要的促进和制约作用。资源的保护和环境污染的控制是以一定经济投入为前提的，而足够的资金则来自于经济活动。只有经济发展了，才能对环境建设投入更多的物力财力，才能为解决环境问题提供必要的技术设备和其他条件。科学技术的发展和人类的物质、文化生活水平和道德意识的提高，则有利于环境意识的加强，从而推动环境的建设。近 20 多年来，发达国家的环境有较大的改善，而发展中国家的环境问题依然存在并有恶化的趋势，其根本原因就在于经济发展水平的差异。如在许多至今经济仍落后的地区，基本的温饱问题尚未解决，人们把多生子女、乱砍滥伐、竭泽而渔看成是理所当然的事，从而造成了严重的生态破坏，陷入了“贫穷落后——破坏生态——贫穷落后”的恶性循环之中。

中国属于发展中国家，总体的经济发展水平还较落后。因此，中国目前面临着发展经济，增强实力，提高经济效益，消除贫困和强化环境保护、合理利用资源的双重任务的挑战。必须正确处理上述两者的关系，在把发展放在优先地位的同时，重视对技术的投入、重视对人口的控制及人口素质提高的投入、重视产业结构的合理调整，从而协调经济建设与环境保护的关系，促进环境质量持续发展、国民经济持续增长，实现社会的持续稳定的发展。中国要走可持续发展的道路，必须加强环境保护，改变落后的生产模式。

三、低碳生活与转变消费模式

《21世纪议程》指出，“全球环境不断恶化的主要原因是不可持续的消费和生产模式。”要达到较好的环境质量和可持续发展目标，就需要改变生产和消费模式，最充分地利用资源和尽量减少浪费，尤其需要改变工业化国家采取的，并在许多地区被仿效的生产和消费模式。

低碳生活是一种新的生活理念和方式，更是一种新的消费观念和消费模式的转变，主要指在不影响人们生活水平和质量的前提下，在日常生活中低能量、低消费、低开支，少浪费、多回收及循环利用资源等，尽可能地减少以“碳”为主的温室气体排放量，积极践行低碳消费模式。

1. 传统的消费模式

消费主要是指人类活动对生物圈的享用过程，虽然肉眼可见的是工业生产过程在使环境退化，而究其根本原因是人们对于该生产过程的产品的需求。尽管消费文化最初本来是工业的产物，但消费刺激需求，需求推动工业。

传统消费模式是一种“线性过程”。经济系统致力于把自然资源转化成产品和货物以满足人们提高生活质量的需求，用过的物品则被当作废物而抛弃。随着生活水平的不断提高，消费量日益增多，废物也在增多，这就造成了资源的消耗和环境的退化。线性消费本质上是一种耗竭型消费。如果全球人口都按以往这种方式消费，即按照消费的数量，而不是通过适宜的手段去满足人类需求来衡量经济财富和生活水平，那将严重威胁资源耗竭及自身发展。

“循环消费”是对于使用后的材料进行回收再利用，目的是减少对自然资源的使用。这样，传统产品的生态经济效率可以得到提高，同时，每单位产品排放的污染物和废弃物也减少了。“修旧利废”由来已久，以前仅在经济落后的地区被动进行，没有形成社会的行为。

消费本身无所谓好坏，关键需要分析其可持续性如何，传统的消费模式引起了环境污染、资源耗竭、生物多样性和自然景观的破坏，是不可持续的。消费问题是目前产生环境问题的原因之一，人类对生物圈的影响正在对环境产生压力，并威胁着地球支持生命的能力，从本质上说，这种影响是通过人们使用或浪费能源和原材料所产生的。

全世界大范围的水污染、酸雨、臭氧层破坏、全球变暖、物种灭绝、荒漠化、生物多样性锐减、土壤侵蚀、城市污秽、水资源短缺等等都与消费模式不当有关。资源耗竭危机是全人类的危机，需要建立一种可持续消费的全新观念，需要在一个连接人、国家、工业等多维系统中来考虑新的消费模式问题。

2. 可持续消费模式

在《21世纪议程》中，改变消费模式已被列为一个专门的项目，包括集中注意生产和消费的不可持续模式及制定鼓励改变消费模式的国家政策这两个方案领域。

联合国环境署在1994年于内罗毕发表的报告《可持续消费的政策因素》中指出：可持续消费就是提供服务以及相关的产品以满足人类的基本需求，提高生活质量，同时使自然资源和有毒材料的使用量最少，使服务或产品的生命周期中所产生的废物和污染物最少，从而不危及后代的需求。该报告还指出，可持续的消费并不是介于因贫困引起的消费不足和因富裕引起的过度消费之间的折中，而是一种新的消费模式，它适用于全球各国各种收入水平的人们。按照这个观点，需要改变全球的消费模式，无论是发达国家"奢侈型"消费，还是发展中国家"生存型"消费，它们都造成了对环境的不同影响。

1994 年，联合国在挪威奥斯陆召开的"可持续消费专题研讨会"指出，不能孤立地理解和对待可持续消费，它关联着从原料提取、预处理、制造、产品生命周期、影响产品购买、使用、最终处置诸因素等整个环节中所有组成部分，而其中每一个环节的环境影响又是多方面的。

3. 影响消费模式的因素

影响消费模式的因素主要有三个，它们之间具有非常密切地联系。它们是技术因素，社会与心理因素，法律、经济和学术因素。

(1) 技术因素　技术在提高生活水平，减少生产对环境影响，对生产模式、消费模式向可持续发展方向转变起着重要作用。清洁生产给科学技术的发展提出了更高的要求。

清洁生产是一种将经济效益和环境效益有机结合的最优生产方式，而且，清洁生产在污染控制方面的效率是末端控制效率的几倍。清洁生产在世界范围已取得了很大发展，广泛应用于原材料的改变、工业技术以及现有产品的改善方面。但清洁生产也是一个相对的概念，它将随着科技发展而不断完善。也许在不远的将来，高科技的发展将带给人们一个与现在完全不同的生产和消费模式，它将更有利于资源的保护和社会的发展。

(2) 社会与心理因素　可持续消费同样受到社会、心理、文化传统和价值观的限制，它们影响着人们对产品的需求。

目前社会上有相当一部分人错误地把物质消费理解为个人经济成就和个人地位的象征，把成功等同于物质财富和消费方式。可持续消费要求人们像改变技术和产品一样改变自身的价值观和消费态度，因为后者影响对前者的需求，但要达到这个目的必须要依靠社会的力量，提高人们的文化素质，调整人们对产品的心理需求，树立起新的物质观念。

(3) 法律、经济和制度因素　环境立法和管理系统可以影响和引导消费，价格是引导消费以及引导消费者行为的有利因素。然而，现有的价格体系并不能反映出自然资源、原材料和产品对人类健康和环境的影响。目前的价格体系和现行的经济结构（财政补贴、财政计划）等，实际上是鼓励了对自然资源的过度开采和生产、消费的不可持续模式。因此，世界各国必须通过立法和调整经济结构，使其促进消费模式向可持续方面发展。

此外，还有许多限制因素影响消费模式，例如许多国家的学术组织和有关工业开发的决策过程、规划以及教育系统也从各方面影响着消费模式。

关于可持续消费的研究还在进行。因为发达国家、发展中国家；政治家、企业家、商业家，从不同立场对此会有不同的看法，但在实施"可持续消费模式"时总体上意见是一致的。

四、科学技术进步与可持续发展

1. 科学技术进步在实现可持续发展中的作用

控制环境退化加剧的趋势可以分别从以下三个方面着手，即降低污染强度、减少人均收入或减慢人均收入水平上升的速度和控制人口增长。就人口增长而言，无论是对全球还是对中国来讲，即使采取严格有效的人口控制措施，在相当长时期内其绝对数量的增长也成为定局；就人均收入水平而言，对占地球上 80%以上人口的发展中国家人民来说，寻求发展、通过提高人均收入水平而改善贫困的生活状况，则是一个不可阻挡的历史潮流，这也是广大发展中国家当今最基本、最迫切的目标。因此，最有调节控制弹性的就是经济活动的污染强度。即通过大幅度降低污染强度而实现在人口总量绝对增长、人均收入水平日益提高的情况下控制环境退化。

降低污染强度在相当大程度上要依赖科技进步来实现。人类发展的历史表明，科学技术进步在改变人类命运过程中具有极为重要的作用。在可持续发展的过程中，希望再一次被极大地寄托在科学技术的发展上。科学技术、环境保护、经济竞争力和国家安全这几个重大战略课题愈来愈密切地被联系在一起，这至少表明科学技术发展已经被十分密切地结合到有关环境的政策与战略的考虑中去了。中国政府制定的“九五”计划和2010年远景规划，提出以“科教兴国”促进经济增长从粗放型增长方式向集约型增长方式转变的战略，这与可持续发展观是一致的。

然而，科学技术是一把双刃的剑，它可以对人类的发展带来巨大的推动力，也可以给人类造成危害甚至灾害。许多科学技术成就在给人类带来繁荣的同时，往往也隐藏着潜在危害。当然，这往往不是人们的初衷。燃煤锅炉给人带来温暖，但排放的SO_2和烟尘危害大气质量；造纸为人们生活、交往、通信带来方便，但造纸废水严重污染地表水。这里实质上涉及的是人、环境与科学技术之间辩证关系的哲学问题。问题的核心在于人类如何正确认识、掌握、发展和应用科学技术，使之与对人类的追求并行不悖。

事实上，在生产实践活动中确实存在着这样的机会和可能，即使科学技术的发展和应用在促进经济发展的同时，起到减轻污染负荷、改善环境质量的作用。例如，在基础无机化工原料硫酸的生产中，以先进的酸洗工艺技术更新落后的水洗工艺技术，就可以同时达到提高生产效率进而降低成本、提高产品竞争力和消除含酸废水对环境所形成污染的双重目标。如果将既可以使环境保护受益，又具有直接促进经济发展可能性的科学技术成果称之为“可持续科技成果”。那么，当代人类的任务就是主动地研究、开发，并积极推广可持续科技成果。

2. 新技术开发与生态、环境间的关系

如前所述科学技术是一把双刃的剑。任何事物均有其两重性，20世纪50年代经济高速发展所带来环境污染的教训，应该成为新技术开发的借鉴。开发每项技术都应在研究技术的同时研究其对生态、环境可能产生的危害或潜在危害，并使其在实施时同时解决。

例如“克隆”技术，无疑是生物学上的重大科学进步；它在保留稀有物种，人工繁殖物种等方面具有重大意义，但对生态系统的影响尚难预料。对于科学只能以实事求是的科学态度分析问题，既不能像宗教对待伽利略那样否定地球中心学说，也不能不负责地快速开发这一技术以致造成目前难以预料的灾难。

五、可持续发展离不开公众参与、法制建设及国际合作

1. 公众参与

“可持续发展”关系到人类的生存和发展，因此只有所有的人的环境意识提高，人人关心和参与有关可持续发展问题的讨论，并投身于实践，才能实现可持续发展的战略目标。1992年的《里约环境与发展宣言》和《21世纪议程》都肯定并强调了公众参与对可持续发展的积极作用。《21世纪议程》共有40章，它用11章的篇幅专门论述公众参与，而其他的29章，也几乎每一章都有关于公众参与的内容。1994年3月发布的《中国21世纪议程》也指出，“公众、团体和组织的参与方式和参与程度，将决定可持续发展目标实现的进程。”

（1）公众参与是实施可持续发展取得成功的关键　可持续发展意义下的公众参与，是指公众接受并宣传可持续发展的思想，参加可持续发展战略的实施。在《21世纪议程》等一些文件中，又常常把促进环境教育和培训、提高公众意识等称之为公众参与。后者是促使公众参与得以实现的必要手段，是参与实施可持续发展的一部分。

可持续发展的公众参与不同于对一般活动，对环境保护的参与更深刻、更广泛。不仅包括公众积极参加实施可持续发展战略的有关行动或有关项目，更重要的是人们要改变自己的思想意识，建立可持续发展的世界观，进而用符合可持续发展的方法去改变和控制自己的行为方式。可持续发展的公众参与不但要求珍惜环境资源，还要在产品的生产与消费和废物的循环利用与处理等过程中合理操作，追求效率与公平。这涉及人们的意识和观念的转变，要争取实现人类在代内和代际间的公平福利。这种公平关系意味着所有的人都应参与可持续发展进程，并且具有同等的参与权、分配权和发展权；意味着上代人和下代人都具有责任和权力，是多代人共同参与。实施可持续发展是人类世界观、价值观、道德观的变革，是行为方式的变革，是人类对于环境、经济、社会三者关系处理方法的变革。公众是否认识，愿意接受并积极参与，是实施这些变革的条件。因此，公众参与是可持续发展从概念到行动的关键。

（2）提高全民可持续发展意识　《我们共同的未来》报告中提出，“人类的生存和富裕依赖于能否成功地将可持续发展提到全球道德的高度”。可持续发展意识是反映人、社会、自然环境、经济的相互关系的社会思想、理论、情感、意志、知觉等观念形态的总和。在联合国的一些文件中，常称之为“世界文明”、“全球道德”、“共同人性”等。

人类的环境意识是在热爱自然、保护环境的活动中产生的；可持续发展意识是在经济的高速增长造成了环境的巨大破坏之后，人类在反思环境和经济发展的关系中逐步成熟起来的。所以可持续发展意识主要体现在以下几个方面。

① 综合思维。把人类、社会、自然环境和经济作为一个有机整体，统一考虑，注重协调约束各自的行为限度，达到一个动态的发展平衡。这种思维方式表现在社会发展战略的选择上就是要综合决策。

② 价值观。可持续发展的价值评定是以更深层的人类——自然系统为尺度；以人类与自然的和谐发展为目标。在价值观念上，既承认自然界自身存在的价值，即它对地球生命支持系统具有的存在价值，也承认对于生命和自然界可持续生存的价值。既然自然资源是有限的和有价的，就必须珍惜保护、有偿使用。在利用自然资源的过程中重在追求效率与公平，避免浪费和破坏。可持续发展价值观的建立，将决定公众的行为取向，是公众参与的动力源泉。

③ 经济观。经济增长是生产值的提高，它并不等同于经济发展。不能以损害和牺牲环境的方式去追求经济增长。在经济核算中，环境成本应当考虑自然资源的使用成本、用户成本、风险成本等。经济发展中应寻求集约型的发展模式，生产过程中应采用清洁生产技术。经济发展的目的是在人类、社会、环境系统相互协调的前提下，提高人类的生活质量。

④ 道德观。可持续发展要求人们具有高度的文化水平和道德水平，明白自身的活动对于自然，对于人类社会生存、发展的长远影响和后果，认识自己对社会和子孙后代的崇高责任，并能自觉地为社会的长远利益而牺牲一些眼前利益和局部利益。人们应当改变超前消费、炫耀富裕、过分追求物质利益、以牺牲环境来换取高额利润的各种不道德行为。

人类不但要对自己讲道德，而且要对自然环境讲道德。不应为自身的利益而损害自然环境。

道德调节的范围从人与人的社会关系，扩展到人类、社会和与自然界的关系。这种道德观的目标是人类、社会和环境的协调。

建立可持续发展的道德观和价值观，是人类在逐步接受可持续发展思想之后的又一进步，是更深刻的公众参与；同时，只有每个人都对自己生活的地球，对人类大家庭的幸福和对于未来抱有强烈责任感，才能形成一个巨大人力资源和可持续发展的意识资源，才能去推动可持续发展战略的实施。这是人类面临的巨大挑战。

和平、稳定、繁荣的国际社会是人们向往的目标。但是，如果没有可持续发展的道德观和价值观，人类很难积极主动地参与可持续发展进程。

(3) 促进公众参与是成功的保证　实施可持续发展战略是一项庞大的系统工程，涉及经济、社会发展和环境保护的各个领域，如意识形态、法律、工业、农业、商业、科技、资源、环境、贸易、国际合作等。公众参与的群组也是应包括以上所列各个领域的人员；包括每一个参与实施可持续发展战略的人，其中妇女、青少年、少数民族以及非政府组织往往是公众参与中的薄弱环节，但他们的参与却是至关重要的。

妇女占全球人口的一半，由于历史原因在一些国家、地区、民族中，妇女的地位、受教育程度、就业、参与经济、政治工作等方面的平等权利尚待完善。

青年约占人口的三分之一，是最富活力和想象力的群体，世界上许多重大发明都是青年科学家所为。在世界政治、经济、科学、文化等许多领域，青年都起着重要作用。促进青年参与讨论和决策，无疑有利于可持续发展战略的实施。

儿童是人类未来。从儿童开始培养可持续发展意识和教育，对人类的发展必将产生重要意义。

少数民族是各国家、各地区的重要群体。由于历史和地理原因，他们往往在受教育、就业、参与政治、经济活动中有一定困难，发挥这一群体的智慧、力量将使可持续发展战略的实施更加完善。

促进人们参与可持续发展的主要手段有教育、培训、参与、宣传四个方面。

① 教育。教育包括对少年儿童的学龄前教育，小学、中学的基础教育和进入大学后的学历教育。

② 培训。是对已经完成基础教育和学历教育的人，在可持续发展方面的再教育，也可以是专门技能、知识的短期教育、培训。

③ 参与。指公众直接参与、宣传保护环境和可持续发展方面的活动。

④ 宣传。通过电视、报刊、书籍、广播等传播媒介，宣传、推广可持续发展的思想和意识，促进全体人民参与工作。

2. 法制建设

实施可持续发展目标关系到全人类的生存和发展。但由于国家、地区、民族、政治、宗教、道德、思想、教育等差异，对具体问题和行动有不同看法和做法是正常的，但必须有统一的、具体的目标规范和约束人们的行为。

宣传教育可以提高人们的环境和可持续发展的意识；行政措施对人们的行为规范也有一定的约束性，但总体上前两者主要是劝导人们“应该怎么做”，这是必要的一个方面。另一方面从管理上必须依照法律，规定人们“必须怎样做”。对违反法律的人采取强制措施，只有这样才能保障可持续发展战略目标的实施，保证全体人民的最大利益。

例如，中国各地乡镇小企业、小土焦厂、小冶炼厂、小印染厂、小造纸厂等不仅效率低，大量消费资源、能源，并且单位产值的排污量远远超过正规企业。一个小造纸厂可以完全毁坏一条河流，山西省一些地区的小土焦厂使那里几乎整年天空“烟雾弥漫”。可是为了小集体，甚至个人的局部利益，虽然从中央到地方进行了多年的教育、劝导以及行政罚款措施，效果都不明显。一些企业为了私利“阳奉阴违”，上级检查时，治理设施运行；没有监督时，晚上则偷偷排污。对这类事情单靠教育和行政措施难以奏效，只有严格执法，才能解决问题。

3. 国际合作

环境问题没有国家界限。臭氧层空洞、温室效应等都必须靠全人类合作才能解决。因此，国际合作并以法律形式规范，约束各国行动，规定应尽职责是十分必要的。在联合国的组织下，从1972年斯德哥尔摩联合国人类环境会议的“人类环境宣言”，1992年里约热内卢世界环境和发展会议的《环境与发展宣言》、《21世纪议程》等一系列文件和《世界自然资源保护大纲》、关于臭氧层的《蒙特利尔议定书》、关于大气污染和气候变化的《诺德威克宣言》、控制危险废物越境转移及其处置的《巴塞尔公约》、《气候变化框架公约》、《生物多样性公约》、《森林问题原则声明》、《沙漠化公约》、发展中国家环境与发展部长级会议所通过的《北京宣言》等都是国际间承诺和应该遵守的法律文书。

由于各国从各自立场和利益出发考虑问题，因此围绕每一件国际环境文书的形式和履行都有激烈的争论，特别是发展中国家与发达国家就公平的含义，对污染所应承担的责任，不同国家应尽的义务等方面争论较大。

发达国家人均占有能源是发展中国家的100倍，实际污染物排放总量最大，加上将一些重污染工业转移到发展中国家，因此，为全球环境改善承担较多费用是合理的；可惜一些发达国家没有履行应尽义务。据20世纪90年代初统计，世界发展项目的资金由政府（主要是发达国家）提供的只有25%，而75%的是来自私营机构提供，这些资金比联合国环境规划署的预计的资金额少，因此影响全球范围发展项目的开展。

思考题

1. 低碳及低碳经济的概念是什么？
2. 何谓“碳足迹”和“碳汇”？
3. 碳足迹与低碳经济有何关系？
4. 何谓“森林碳汇”和“碳汇交易”？
5. 如何才能发展和实现低碳经济？
6. 你是如何做到低碳生活的？
7. 可持续发展的定义、内涵和实质是什么？
8. 为什么说环境保护是可持续发展的关键？
9. 为什么说清洁生产是可持续发展的重要途径？
10. 什么是可持续消费？
11. 为什么说公众参与是实施可持续发展取得成功的关键？

附　录

附录一　中国环保标志图案

中国Ⅰ型环境标志

中国Ⅱ型环境标志

中国Ⅲ型环境标志

绿色之星

有机产品标志

有机食品标志

绿色食品标志

无公害农产品

中国节能产品标志

中国环保产品认证

中国节水标志

香港环保标签

台湾环保标章

台湾省水标章

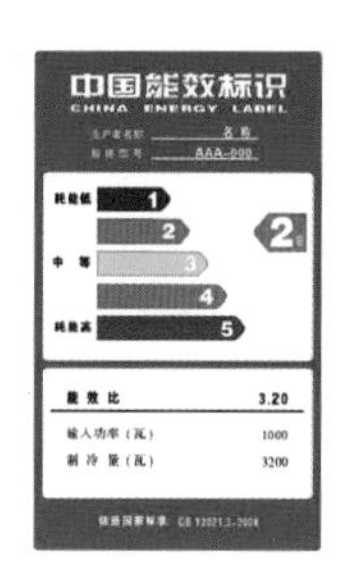

能效标识

附录二　世界部分国家环保标志图案

新加坡

瑞典

德国蓝天使

奥地利

匈牙利

日本生态标章

韩国

美国

加拿大

西班牙

克罗地亚

津巴布韦

法国

泰国

新西兰

捷克

荷兰

巴西

印度

参考文献

[1] 朱蓓丽编著. 环境工程概论. 北京：科学出版社，2001.
[2] 刘天齐主编，黄小林，邢连壁，耿其博副主编. 环境保护. 北京：化学工业出版社，2000.
[3] 程发良、常慧编著. 环境保护基础. 北京：清华大学出版社，2002.
[4] 汪大翚，徐新华. 化工环境保护概论. 北京：化学工业出版社，1999.
[5] 何燧源，金云云，何方编著. 环境化学. 上海：华东理工大学出版社，2000.
[6] 杨永杰主编. 环境保护与清洁生产. 北京：化学工业出版社，2002.
[7] 沈跃良，汪家权主编. 环境工程概论. 北京：中国建筑工业出版社，2000.
[8] 薛叙明主编. 环境工程技术. 北京：化学工业出版社，2002.
[9] 钱易，唐孝炎主编. 环境保护与可持续发展. 北京：高等教育出版社，2000.
[10] 丁亚兰主编. 国内外废水处理工程设计实例. 北京：化学工业出版社，2000.
[11] 中国化工防治污染技术协会组织编写. 化工废水处理技术. 北京：化学工作出版社，2000.
[12] 冷宝林主编. 环境保护基础. 北京：化学工业出版社，2001.
[13] 符九龙主编. 水处理工程. 北京：中国建筑出版社，2000.
[14] 杨若明主编. 环境中化学物质的污染与监测. 北京：中央民族大学出版社，2001.
[15] 郑铭主编，陈万金副主编. 环保设备原理·设计·应用. 北京：化学工业出版社，2001.
[16] 中国统计年鉴. 北京：中国统计出版社，2000.
[17] 周永康主编. 资源与环境知识读本. 北京：地质出版社，2000.
[18] 何燧源主编. 环境污染物分析监测. 北京：化学工业出版社，2000.
[19] 肖锦主编. 城市污水处理及回用技术. 北京：化学工业出版社，2002.
[20] 林灿铃主编. 国家环境法. 北京：人民出版社，2004.